狩人の悪夢

Nightmare of a hunter

Alice Arisugawa

有栖川有栖

角川書店

狩人の悪夢

装画　引地　渉
装丁　鈴木久美

目次

断章――奈落の森

巨大なスタジアムの前に立っていた。

とうに廃墟《はいきょ》と化しているらしく、壁面の化粧煉瓦《れんが》はいたるところで剝《は》がれ落ち、露《あら》わになったコンクリートに無数の亀裂《きれつ》が走っているのが雲間から射す月明かりで見て取れる。

壁面の一部を包んでいる蔦《つた》が風に震えて、乾いた音をたてていた。夜そのものが囁《ささや》いているようだ。

ぽっかりと口を開けた5番ゲート。左手の弓を持ち直し、そこから中へと入っていった。すぐ右手に階段が延びていたので迷いなく上がる。

硬い靴音が寒々とした空間に響き、背中に回した矢筒が小さく鳴った。何本の矢がそこに収められているのかは知らないが、残りはわずからしい。

手にしているのは竹製の和弓。よく使い込まれていて傷みが目立ち、鹿革を張った握りの部分は手垢《てあか》で光っていた。長さはせいぜい一メートルほどなので、おもちゃでしかないようだが、これが心強い武器になるのだ。

上り切ると、仄暗《ほのぐら》い廊下。どこにも光源がないのに、ぼんやりと周囲が見えている。立ち止まって耳を澄ませたが、何の音も聞こえてこない。恐ろしいまでの静寂。

スタンドへの出入口の向こうに夜空があった。そこからの光に導かれて進むと、ひと足ごとに視界が開けていき、やがて場内の全景が目に飛び込んでくる。

眼下に広がっているのは陸上競技用のトラックではなく、芝生を敷きつめたピッチでもなければ野球のグラウンドでもない。勾配《こうばい》がきつい擂鉢《すりばち》状のスタンドに囲まれているのは、鬱蒼《うっそう》たる森だった。降り注ぐ月光も木立の隙間に分け入ることができず、見渡す限り黒々としている。せいぜいビルの二階分ほどしか階段を上っていないのに地面がやけに遠く見えるのは、何メートルも掘り下げてあるのだろう。

四方を見渡すと観客席も老朽化し、どれも背もたれが罅《ひび》割れ、赤やら青やらの塗装はすっかり褪色《たいしょく》していた。放置されてからどれだけの歳月が流れたのか見当がつかない。

――きたことがある。

右手に聳《そび》える照明塔を見た時、不意に記憶が甦《よみがえ》った。その鉄骨の組み方に見覚えがある。無気味に黒く、超現実的な森も既知のものだ。と同時に、自分が今ここに立っている理由もはっきり理解した。

――ここは狩場だ。

――自分は狩人《かりうど》。

――だから弓矢を携えている。

そして、狩るべき獲物は目の前の森に潜んでいる。広くはあるけれど、スタンドで包囲されている森のどこかに、息を殺して隠れている。

――そいつを見つけて、仕留める。

足許《あしもと》に気をつけながら急な階段を下って行った。階《きざはし》の段差は五十センチ近くもあるだろうか。とてもではないが両足を交互に出すことはできず、常に左足を先にして一段ずつ慎重に下りる。

奈落まで下降しているのかと思うほど地面が遠かった。

やっとのことで大地に立つと、休憩もせず森へと続く径《みち》に踏み入った。気分が高揚して、胸の鼓動が感じられるようになる。

今夜の獲物が何なのかは知らないが、出合えばそれと判る。そういうハンティングなのだ。

ごつごつした太い木の根が張り出していて、足場はよくない。低く伸びた枝が行く手を阻んでいる箇所もある。それでも明かりなしに歩けることに感謝しなくてはならないだろう。上から見た時はあんなに暗かったにしては、森に入ってしまうと闇は存外に薄く、十メートルほど先まで見通せる。

右手前方から、囁くような細い音が聞こえてきた。ろくに起伏のない平坦《へいたん》な森なのに、いずこからかいずこへと小川が流れているようだ。そのせせらぎもまた、耳に覚えがあるものだった。

頭上を振り仰げば、いつしか雲はなくなり、美しいばかりの星空。刃のごとく鋭い梢《こずえ》が、中天の満月を縦に引き裂いている。見つめていると体温を奪われそうな、冷え冷えと蒼《あお》い月だった。

これだけの広さがある森で、どこにいるとも知れない獲物を探し出せるものか？　そんな懸念を打ち消したのは、湿った地面に残る足跡だった。輪郭がぼやけて男のものか女のものかも定かではないが、ひと組の靴跡が先へ先へと続いている。何と好都合な。こいつを見失わずたどっていけば、自然と目指す場所に着く。

奥へ奥へと歩いていくうちに、場違いなものに遭遇した。五メートルほど前方の右手から白い馬が躍り出たかと思うと、音もなく左の木立に消えた。眩《まぶ》しいほど純白の馬で、見事な鬣《たてがみ》をなびかせていた。突然のことに度肝を抜かれてしまう。

ホウ。

と、樹上で梟《ふくろう》が啼《な》いた。

ホウ、ホウ。

それを耳にした途端に、ようやく自分が夢を見ていることを自覚する。いつも梟の声が告げてくれるのだ。

肉体はベッドの上にあり、何の危険もなく眠っている。これはただの夢。打ち捨てられたスタジアムの中に得体の知れない森があっても、白馬がいきなり目の前を横切っても不思議はない。

さっきのあれは……そう、ベッドに入るまでワインを飲みつつ、テレビで動物番組を観ていた。そこに登場した馬ではないか。堂々とした走りっぷりが印象的だった。

――ここからは明晰《めいせき》夢か。よし。安心して、せいぜい楽しむとしよう。

だが、あまり悠長にかまえてもいられない。明晰夢はそう長くは続かないもの。早くことをすませなければ、楽しむ前に無粋な目覚めが訪れる。

足跡をたどっていくと、木立の間に切妻屋根の二階建ての家が見えてきた。テレビのコマーシャルによく登場するタイプの住宅で、薄闇のせいで定かではないが外壁は明るい色で塗られているようだ。以前に夢でこの森をさまよった時にはなかった。

足跡がそちらに向かっていたので、考えもなく近づいていったのが間違いだった。二階の大きな窓が勢いよく開くなり、風を切って何かが飛んできた。

傍らの木の幹に、カッと矢が刺さる。棒立ちになっていると、窓に現われた影はさらなる矢を放とうとしていた。慌てて身を隠した木に、狙い違《たが》わず二の矢が命中する。

狩られるのを待つだけのおとなしい獲物ではなかった。予期せぬ反撃に狼狽《ろうばい》している間に影は弓を手にしたまま窓から飛び出し、猿よりも軽やかに地上に着地するではないか。そのシルエットからすると、どうやら女らしい。全身が総毛立った。

きた方角へ一目散に駈けだした。何度も脚が絡まりそうになり、恐怖が心臓を鷲摑《わしづか》みにする。径に横たわった倒木を乗り越える際に振り返ってみたら、女はみるみる接近してきていた。自分の二倍は速く走れるようだ。

——待ち伏せされていたんだ。こっちが狩られる方だったのか。

とてもではないが逃げ切れない。絶望しながら考えた。

——迎え撃とう。走りながらでは矢を弓につがえることもできない。背中を見せたりせず、あいつが三の矢を放てないうちに射てしまおう。

正しい判断に思えたが、失敗は許されない。一度打ち損じれば相手は自分の許までやってきてしまうから、チャンスは一回だけ。

矢筒から素早く一本抜き、狙いを定める。女は長い髪を振り乱しながら、射程距離に入りつつあった。こちらが弓をかまえているのが見えているだろうに、怯《ひる》む気配は微塵《みじん》もない。

——はずれても大丈夫。取って食われたりはしない。これは夢なんだから。

そうだ、夢だったではないか、と緊張が緩んだところで異音がけたたましく割り込んできた。神経に障るピピピピという断続的な電子音。

右腕を伸ばし、枕許の目覚まし時計を探り当て、アラームを止める。ゆっくりと両目を開け、悪夢の余韻を振り払って気持ちが鎮まるのを待った。

とうに慣れっこになっているはずなのに、つくづく因果だ、とわが身を呪わずにいられない。

世の人々は、眠りの中で恋しい人と語らったり、死に別れた懐かしい人に再会したり、色々と楽しい想いをすることがあるというのに——

生まれてこの方、彼は悪夢しか見たことがなかった。

第一章　あなたに悪夢を

1

15時13分。〈のぞみ20号〉は定刻ちょうどに東京駅の18番線に滑り込んだ。いつもどおりの正確な運行で、しばしば締切を守れないどこかの作家は模範としなくてはならない。

大阪よりは幾分ましではあったが、プラットホームに立つと東京も湿度が高い。鬱陶《うっとう》しい梅雨の接近を告げるかのように。今日を入れて、五月も余すところあと五日だ。

予報によると今年の六月は平年より多雨で、集中豪雨への注意を気象庁は喚起していた。私が住んでいるマンションは大阪市内でも高台にあり、近くに河川がないので心配は要らないが、どこかで誰かが危険にさらされる。テレビのトップニュースになるような台風や荒天ばかりが恐ろしいのではなく、激しい雨が半日降っただけでも裏山が崩れたり、用水路にうっかり落ちて流されたりして、命を落とす人はいる。

——雨が降ると、どこかで人が死ぬ。

そんな言葉を聞いて、軽いショックを受けたことがあった。たかが雨と侮ってはならない。

エスカレーターを降り、改札口に向かいかけたところで「んっ？」と声が出た。

向こうからやってくる白いジャケットの男は、友人の火村英生《ひむらひでお》ではないか。東京駅で知人にばったり会うことは何度か経験していたが、彼と出くわしたのは初めてだ。視線が合った。

「出張か?」

彼の方から尋ねてくる。

「出版社で対談をするんや。お前の方はひと仕事終えて、これから京都に帰るみたいやな。旅行鞄《かばん》の大きさからすると一泊しただけか。最初から一泊の予定だったみたいやから、警視庁に呼ばれて難事件の捜査にきたわけやない。いつものジャケットで特にめかし込んでもないから、遠距離恋愛の彼女と会《お》うた帰りでもない。ディズニーランドで遊んできたにしては土産のグッズを持っていない、ということは——」

「男独りで夢と魔法の国に行くかよ」という突っ込みは黙殺する。

「学会か?」

「探偵みたいにあれこれ推理するほどのことでもないだろう。昔の事件の関係者に会って話を聞いてきたのさ。訪ねた先が茨城県のはずれだったので、泊まりがけでな。——すまん、アリス。急いでいるんだ。15時20分の〈のぞみ〉に乗りたい」

「おっと、それは悪かった」

私は半身になって、さっさと行くよう促した。

「またな」

小走りになり、背中を向けたまま ちょっと手を振る友人を見送る。少しだけ立ち話をしようとしたのだが、そんなに帰路を急いでいたか。

今日は金曜日だから授業があってもおかしくないものの、今から慌てて大学に戻ったところで間に合うとは思えないのにな、と考えているうちに察しがついた。おそらく15時20分発の〈のぞみ〉には今や絶滅寸前となった喫煙車があり、彼はそれを調べた上で指定席を確保しているのだろう。それしきのことで必死になりやがって。

彼に訊《き》いてみたいことがあった。ここで顔を合わせたのは具合がよかったのだが、仕方がない。大阪に戻ってから、近いうちに電話してみることにしよう。

私は改札口を抜けると、地下道をてくてく歩いて大手町《おおてまち》駅に向かい、三田《みた》線に乗った。ひと駅で神保町《じんぼうちょう》駅。地上に出て徒歩三分ほどで珀友《はくゆう》社に着く。まだ駆け出しに近いミステリ作家・有栖川有栖《ありすがわありす》にとって最大のクライアントだ。ビルの前で腕時計を見て、対談の開始時間までまだ二十分あるのを確かめた。

受付で名前と訪問先を伝えると、すかさず編集部に内線電話をかけてくれて、「少々お待ちください。すぐ参りますので」と言う。エントランスの隅のソファに掛け、担当編集者が迎えに下りてきてくれるのを待った。

壁には、珀友社の本が原作となったテレビドラマや映画のポスターがずらりと貼ってある。景気のいいことだ。ひと際目立っているのは、ハリウッドでの映画化が決まった『ナイトメア・ライジング』で、その原作者は白布施正都《しらふせまさと》。これから私が対談するお相手である。

スタイリッシュなポスターだった。夜の森の奥から、輪郭がぶよぶよとした蛍光色の怪物が這《は》い出してこようとしている。手前には小ぶりの弓に矢をつがえた手があり、これを見ただけでは射手が何者であるかは判らない。デザインがいい上に、〈あなたに悪夢を　ハリウッドも戦慄《せんりつ》したジャパン・ホラーの傑作〉というコピーが誇らしげだ。すでにクランクアップしていて、この秋に全米と日本での同時公開が予定されている。

自分とはまったく関係がないにせよ、日本のエンターテインメント小説が世界規模で評価されるのは喜ばしい。言葉の厚い壁さえなければ、とうにそうなっていたはずのことが近年ようやく実現しつつある。この国は大きな問題をたくさん抱えているし、国民性もひたすら美しいだけではない——どこの国だってそうだ——としても、面白い国だと私は思っている。その面白さがもっと広まって欲しい。

「お待たせしました、有栖川さん」

デビュー作から私の面倒を見てくれているパートナー、片桐光雄《かたぎりみつお》がやってきた。会うのは彼が去年の暮れに大阪まできてくれて、二人きりの忘年会を催して以来だ。

「わざわざ来社いただいて、すみませんね。京都あたりでセッティングできればよかったんですけれど、白布施さんがこっちで新作の追い込みに入っているもので」

恐縮したふうに言うが、かまいはしない。皮肉ではなく、忙しい作家に合わせるのが合理的だ。白布施は京都府下の亀岡《かめおか》市内に居を構えているが、東京にもマンションを持っており、現在はそこで執筆に没頭しているらしい。

「東京で担当者の監視下に置かれながら、ラストスパートをかけてるんですね?」

そう言うと、片桐はぎょろりと目を剝《む》く。感情が高ぶったわけではなく、力を入れてしゃべる時の癖だ。

「監視なんかしていませんよ。そんなことをしなくても白布施さんは期限内にきっちりと仕事を上げる人です。その時々の気分で、こっちで書いたりあっちで書いたりしているだけですよ」

「だいぶ鄙《ひな》びたところにお住まいなんでしょう?　せやったら、そっちで書いた方が無用の誘惑がなくて捗《はかど》ると思うんやけどなぁ」

「そんなものですか。じゃあ、有栖川さん、鄙びたところに引っ越してみません？　人恋しくなりかけたら僕が都会の香りとともに遊びに行きますから。漁船をチャーターして」

無人島に追いやられてはかなわないから、新幹線だけでなく白布施正都先生をよくよく見習って、これからは締切の厳守に努めたい。

白布施はまだきていないと言う。片桐に案内されて三階の会議室に行くと、中年の男性カメラマンがすでに待機しており、ストロボや撮影用アンブレラといった機材がセッティング済みだ。ありきたりの会議室だから、照明に凝るのだろう。

用意されていたポットから片桐が注いでくれたコーヒーを飲んでいたら、一緒に仕事をしたことはないがパーティなどで見た覚えのある女性編集者が戸口に現われた。私を見ると、深々とおじぎをする。

「初めてご挨拶《あいさつ》をさせていただきます。白布施先生を担当している江沢鳩子《えざわはとこ》と申します。よろしくお願いいたします」

両手で持った名刺を、すっと勢いよく差し出す。動作がいちいち大きく、潑剌《はつらつ》としている。

「江沢は文芸の編集に移ってきて二年目なんです」片桐が言う。「それまでは児童書を作っていました。こっちに異動して白布施さんの担当になったら、途端に『ナイトメア・ライジング』映画化の契約が好条件で成立した。——そのおかげで白布施さんからはラッキーガールと呼ばれているんだよね」

当人は、はにかむ。

「タイミングがよかっただけですよ。ガールという齢《とし》でもないし」
二十七、八歳というところか。艶《つや》のある黒髪を白いシュシュで括《くく》り、首筋あたりまで垂らしている。顔はややふくよかで、雀斑《そばかす》が頬に散って顎《あご》にはにきびが。表情が明るく、とても若々しくて健康的な印象を受けた。紺色が基調のビジネススーツのせいもあってか、就職活動中の大学生に見えなくもない。太くはないが黒々と濃い眉《まゆ》をしていて、ふた筋の後れ毛が筆で刷《は》いたように流れ落ちている。仕事ぶりは知らないが、目の輝きから推して優秀なのだろう。片桐が異動することになったら、後任は彼女にお願いしたい。
「つい今しがた、白布施先生からお電話がありました。車が渋滞に巻き込まれたので、十分ほど遅れるかもしれないそうです。有栖川先生にお詫《わ》びするようおっしゃっていました」

寒風の中や炎天下で待たされるわけでもなし、十分遅刻しそうなぐらいで謝ってもらうには及ばない。

「丁寧な方ですね」

私が言うと、江沢鳩子は即座に「はい」と応《こた》えた。

「とても紳士的な先生でいらっしゃいます。女性にはもちろん、男性にも親切です」

それに同意してから片桐は付け足す。

「彼女は、白布施先生のファンなんです。作品だけでなく、作者本人にも惚《ほ》れているんですよ。

——な、鳩ちゃん?」

愛称が鳩ちゃんだと判明した編集者は、ここでも返事をためらわない。

「はい。作品も作者も好きですよ。片桐さんが有栖川さんに惚れているみたいに」

「ええこと言うやんか。僕も有栖川さんにべた惚れやで」

私のパートナーは、おどけて大阪弁で返した。

片桐光雄よ、すまん。江沢鳩子が担当に就いてくれればと期待してしまったことを、こっそり彼に謝罪する。あくまでも後任は、の希望だったのだけれど。

「ところで」私は切り出す。「今さら言うのもなんですけれど、白布施さんの対談相手には他にもっとふさわしい人がいてるんやないですか？　ホラー作家とミステリ作家が垣根を越えて語り合う、というのが趣向やとしても」

二人の編集者は、声を揃えて言う。

「絶妙の組み合わせだと思いますよ。読者に受けますって」

「企画を立てたのは編集部ですが、白布施先生に提案したら『有栖川さんならお話ししてみたい』と乗り気でした。対談を楽しみにしておられますよ。同じ雑誌に有栖川先生の作品が何度か載っていて、『読んだらどれも面白かった』とも」

そこまで言ってくれるのなら、もう訊くまい。少なくとも私の短編を何本か読んでくれているのは判ったし。

白布施正都との対談相手に選ばれたのは私にとって意外だったが、うれしいことでもあった。去年の暮れ、彼の人気シリーズ『ナイトメア・ライジング』を何気なく書店で買ってみたらこれが面白くて、既刊の七冊を十日で読み終えてしまったほどだ。自分が書く世界から遠く離れているので純粋に娯楽として楽しめるのがありがたかった。よくできたミステリだと、読みながら勉強しているようになってしまうことがあるのだ。

白布施は四時五分にやってきた。

「お待たせして申し訳ありません。大変失礼しました」

雑誌や新聞でよく知った顔が現われ、第一声を発する。私は立ち上がって、まずは初対面の挨拶を交わす。

白布施正都は、私より四つ上の三十八歳。現在は亀岡と東京を行き来しているが、出身地は滋賀県。見た目は細身ながら、柔道やらレスリングやらの格闘技の心得があるそうで、シャツの首回りから覗《のぞ》く筋肉がそれを示している。身長は私とほとんど変わらない。頭髪は額からかなり後退しているが、サイドと後ろは長く伸ばしているのが芸術家っぽい。色白で彫りが深いので、欧米人の指揮者といった感じだ。人当たりのいいスマイルを浮かべながらも、目はさりげなく私を観察しているようで、それが気になる。波に乗って世界に雄飛する作家を前にして、こちらが勝手に気圧《けお》されているだけかもしれないが。

まずは、部屋を暗くしての写真撮影。それをすませると、いよいよ対談の開始だ。ホラー作家はテーブルの上で両手を重ねて背筋を伸ばした。江沢は「録音させていただきます」と断わってからボイスレコーダーをオンにして、私たちの真ん中に置く。進行役も、原稿をまとめるのも彼女がするらしい。

「舌馴《な》らしの雑談から始めませんか?」

白布施が言うと、江沢は了承した。

「はい、そうしてください。おしゃべりしているうちに〈ホラーの悪夢　ミステリの悪夢〉というテーマに沿ったお話になったら、もちろんそれはそれでかまいません」

「私が見事にまとめてみせる、ということだね。頼もしい」白布施は、ここで私の方を向く。「悪夢の話をわれわれにさせたいようです。お付き合いいただいて、恐縮ですね。本格ミステリ作家の有栖川さんには語りにくいでしょうけれど、僕は悪夢だけが売り物なので」

「悪夢だけが売り物だ、と言い切れるのが白布施さんのすごいところです。それだけでも、普通の作家にはなかなか言えません」

「たかが悪夢ですよ。口の悪い友人に、『いいよな。夢の話を書いて金が稼げるんだから』と言われてしまいました」

「見た夢をそのまま書いているわけでもないのに、そんな憎まれ口を叩《たた》かれても困りますね」

「クライマックスで主人公が他人の悪夢の中に入り込んで戦うのが、『あまりにも荒唐無稽《むけい》だ』と腐すんです。『ありがちだ』とも言われたなぁ。斬新《ざんしん》さに欠けるのは否定しませんけれど、それを言うならスティーヴン・キングだって……ねぇ」

ははは、と私たちは笑う。江沢が原稿をまとめる際にこの部分を採るのなら、(笑)と付されるに違いない。

「先生は、アメリカで〈日本のスティーヴン・キング〉と呼ばれているそうですよ」

江沢が言うと、白布施は大きく二度三度と首を振る。

「いかにも出版社が考えそうなキャッチフレーズだけど、月並みですね。僕なんて、あのキング・オブ・ホラーの足許《あしもと》にも及びません。月とスッポン以上の差がある。ホラー小説を書いている以外に共通しているのは、大きな事故に遭ったのに命拾いしたことぐらいでしょう。それだって本家のキングに比べたら軽いものだった」

スティーヴン・キングは五十一歳の時、別荘の近くを散歩中に車に撥《は》ねられ、九死に一生を得ている。つらかった手術やリハビリについて、本人が自著で記しているのを読んだ。一方の白布施も、二年前に自宅近くを散歩していたところを無謀運転の車に撥ねられ、全治三ヵ月の重傷を負ったことがある。精神的なショックから立ち直るための時間も必要で、丸一年は作家活動の休止を余儀なくされたと聞く。その間、ファンは首を長くしてひたすら人気シリーズの再開を待ち望んでいた。

〈日本の××〉というのがお決まりの宣伝文句について思い出すのは、フランスで使われた〈日本のシムノン〉だ。こう呼ばれたのは、まるで作風の違う横溝正史《よこみぞせいし》と松本清張《まつもとせいちょう》。正史が書くタイプのものを、名指しは避けつつもそれと判る書き方で清張が「化物屋敷」と批判したのを知っているだけに、キャッチフレーズのいい加減さが際立つ。万一、私の小説がフランス語に訳されたら、何人目かの〈日本のシムノン〉の称号を授かるのだろう。

「白布施さんが事故に遭われた時は、ニュースを聞いて驚きました。もうすっかり恢復《かいふく》なさったんですね」

見たところ何の支障もなさそうなので、私は言った。

「ええ。後遺症もなく、いたって元気に活動できています。肉体的につらかったのは当然ですが、ホラーというのは心身が健やかでないと書けない。小説を書きたいのに書けない状態が苦しかった。当時のことはあまり思い出したくありませんね」

ならば、と話題を変えようとしたら、白布施が屈託ない口調で尋ねてくる。

「ところで有栖川さん、ホラー小説はお好きですか？」

「はい、小説も映画も無邪気に楽しみます」

「お書きになったことは？」

「怪談めいたものや不思議な小説は頼まれて手掛けたことがありますけれど、ホラーはちょっと……」

「書きにくい？」

「読者を怖がらせるには大変な技術が要ります。それを持ち合わせていません。私が専門の本格ミステリを書くのとは違った頭の使い方をしなくてはならないし」

「いや、それがそうとも限りません。筆法には似た点もあると僕は考えています」

「……はあ」と頼りない声を出したら、江沢が割り込んできた。

「そのあたりを、まず白布施先生に解説していただきましょうか。ホラーとミステリに共通する筆法。これまでお話しになっていないことですね」

「うん、ミステリ作家の有栖川さんのご意見を伺いたいから披露してみようか。大した話ではないんだけれど」

白布施の滑らかな弁舌と人当たりのよさに助けられて、対談は順調に滑り出したようだ。雑談していたつもりが自然と本題に入っている。ちらりと片桐を見たら、ふだんあまり見ない真剣な表情になっていた。

2

風が強い。

サッシ窓に雨が吹きつけている。

今夜の天気は大荒れで、近畿《きんき》地方の各地に大雨・暴風・洪水・波浪など様々な警報が発令されていた。不安に怯《おび》えて過ごしている人がどれほどいることか。

自宅マンションに閉じこもった私には何の心配もない。明日の朝には雨も上がるそうだが、それでもこうまで闇が濃く、稲光が間歇《かんけつ》的に室内を照らし、風がヒュウヒュウと笛のように鳴く夜は、気持ちがいいものではない。さっさとベッドに入って眠ってしまえばよさそうなものだが、まだ十時半なのでさすがに早すぎるし、こんな夜にはおかしな夢を見そうだ。

「悪夢を見てしまいそうやな」

独り言を呟《つぶや》いてみる。にぎやかしに点《つ》けていたテレビ――気象情報は流れず面白くない番組ばかりだった――を消したせいで、自分の声が妙に大きく部屋に響いた。声を出すのは控えよう。いないはずの何者かに返事をされたら飛び上がってしまう。

自分の部屋で怖がるなんて、まるで小さな子供ではないか。アホらしいが、こんな夜もある。

だらしなく寝そべっていたソファの上で身を起こして、テーブルに置いたノートパソコンを見た。十日前の白布施正都との対談をまとめた原稿が、まだ画面に出たままになっている。電子メールで江沢から送られてきたそれに修正を加え、返送したのが三十分前。彼女のまとめ方がうまかったせいもあり、ほとんど手直しをしなくても興味深い対談になっていた。
見落としがないか、もう一度ざっと目を通して見ようとしたら、面白いので熟読してしまう。

白　超自然現象を核にしたホラー小説と、それを頭から否定するミステリとは対極にあるようですが、書き方には似た点があります。少なくとも私の『ナイトメア・ライジング』シリーズに関してはそうです。

有　アイディアから執筆が始まる、ということでしょうか？

白　察しがいいですね。そのとおり。ミステリの場合はトリックかな。トリック以外にも意外な犯人や結末を設定して、それを明かしたら物語が終わるようにする。ただ明かすだけではなく、事前に伏線を張っておく。やっていることは同じです。

有　言われてみればそのとおりですね。

白　そっくりですよ。だから、ミステリ作家の有栖川さんはホラーを書く資質と技術をお持ちになっているはず。たまには書いてみませんか？

有　いやぁ、人を怖がらせる小説を書ける気がしません。読者を本当に怖がらせるのが至難の業なのは知っていますから。嫌な気分にさせるだけなら比較的やさしいと思いますが。

白　怖がらせるのは確かに難しい。でも、いくつかコツがあるんです。書いていれば摑《つか》めますよ。

有　そのコツの一端を伝授していただけますか？　企業秘密でしょうけれど。

白　有栖川さんにだけこっそりお話しするのならいいですよ。でも、それだと読者に対して不親切だから、ここで一つだけ話しましょうか（笑）。要はタイミングですよ。お化け屋敷の設計者になったつもりで考えてみてください。お客さんは、「そろそろ何か飛び出してくるぞ」「もう何かくる頃だ」と警戒しながら奥へ奥へと進んでいく。そこにとっておきのお化けを出してもあまり効果はない。軽い恐怖を提供し、「ああ、やっぱり出てきたな」と気を抜いたところでガツンといけば、油断していただけショックが大きい。

有　なるほど。

白　ミステリで読者を驚かせるのも同じだと思います。サスペンスを醸し出すのも、謎を深めるのも、何をいつ読者に提示するかがポイントです。

有　そうですね。

白布施の言は傾聴に値する。このあたりで私は「ミステリに置き換えると、たとえばこうですね」などと返すべきなのだが、実践できていないせいで、適切な例が浮かばないのがもどかしい。対談だから交互に語っているが、質だけでなく量も格段に白布施が勝っている。やはり、もっとキャリアを積んだ練達のミステリ作家がお相手にふさわしかったのではないか？

いやいや、今になってそんなふうに思っても手遅れだし、司会役の江沢は満足そうだった。一応の役目は果たせたのだ。

対談の締め括りはこんな感じ。

有　白布施さんは実際に見た悪夢を小説の題材にしている、と先ほど伺いましたが、悪夢のストックが尽きてしまうことはないんですか？

白　心配してくださって、ありがとうございます。私が創作の糧にしているのは、自分が見た悪夢だけではないんです。他の人から聞いたものも、ご本人の承諾を得た上で使わせてもらっています。今のところ「俺の夢を元にして書くのなら謝礼を寄こせ」なんてケチなことを言う人はいません（笑）。有栖川さん、最近、何かいい悪夢をご覧になっていませんか？

有　「いい悪夢」ですか（笑）。うーん、このところ夢そのものをあまり見ていませんね。いいのを見たらご連絡します。

白　悪夢のストックを心配してくださっていますが、実は大丈夫。京都の家に、そこで眠ると決まって悪夢を見てしまう部屋があるんです。ふだんは避けていますが、いざとなればそこで寝ればいい。

有　本当ですか？

白　さあ、どうでしょう。ご興味があるのなら、今度うちに遊びにいらしてください。その部屋で、寝汗をたっぷりかく楽しい一夜を過ごしていただけますよ（笑）。

ボイスレコーダーが切られた後、私たちはクッキーをつまみながら雑談モードになり、しばらく話が弾んだ。もしかしたら江沢はそこを拾って原稿に盛り込むのでは、と思ったのだが、そんなことはしていなかった。

悪夢を見る部屋というのは、読者サービスの作り話なのか否か？　白布施は「本当です」と答えたのだが、信じる気になれない。作家は法螺《ほら》を吹くのが仕事だから、それが習性になっていないとも限らないのだ。悪夢を見る部屋がある家に住んでいるというのは、あまりにも『ナイトメア・ライジング』の作者にふさわしいエピソードだ。同業者である私をも欺き、自己を作品化しようとしているのかもしれない。

白布施は言った。

『うちに遊びにいらしてください』とお誘いしたのは社交辞令ではありませんよ。有栖川さんは大阪なんだから、二時間ちょっとでうちにくることができる。お越しください。悪夢の部屋に泊まるかどうかは別にして」

心が動く招待だった。彼は、さらにこうも言った。

「お客さんに休んでいただける部屋は他にご用意できるし、もしも拙宅に泊まるのは気が進まないのでしたら近くに素敵なオーベルジュもありますよ。辺鄙《へんぴ》なところですが、洒落《しゃれ》たものがあるんです。――あそこ、いいよね」

同意を求められた江沢は、「はい」と大きく頷《うなず》いた。何度か利用していて、お気に入りらしい。

「おいしい創作料理が食べられて、お部屋は小さいけれどこざっぱりとしていて清潔だし、朝は小鳥の囀《さえず》りで目覚めることができます。――先生、また近いうちにお宅にお邪魔してもいいですか?」

「ああ、いらっしゃい。東京での仕事は明日中に片づけて、日曜日には向こうに戻る。根を詰めていて疲れたから、しばらくあっちにこもるつもりだ。よかったら片桐さんもご一緒にどうぞ。有栖川さんともども、取材ということにすればいい」

わが担当者は目を輝かせていたが、会社はそう甘くはないだろうし、このところの彼が大忙しなのはよく知っている。

「皆さんのご都合は？」

白布施は、せっかちで合理的な人間らしかった。自宅に招待したい相手が眼前にいるのだから、この場で予定を決めてしまおう、というわけだ。手帳をめくるまでもないほど私のスケジュールはすかすかで、「では」と白布施は六月九日を提案してくる。片桐はやはり無理だったが江沢も訪問できると判ると、すぐさまスマートフォンを出し、三人分のディナーと一人分の宿泊の予約を入れてしまった。

そして今日が六月六日。日本列島の周辺には爆弾低気圧がうろうろしているので、天気が気懸かりだ。自然が豊かなので散策が楽しいとか、小鳥の囀りで目覚めるのが爽快《そうかい》だとか聞いているので。

追加で修正したい箇所はなかったので、対談の画面を消してインターネットに切り替える。以前に検索したサイトを見直しているうちに、火村に電話したくなった。東京から帰ってすぐの方がかけやすかったのだが、緊急の用事でもなかったので先延ばしにしていた。

少し収まっていた風がまた強くなっており、雨音もはっきり聞こえている。この雨のせいで、今夜どこかで人が死ぬのかもしれない。

しばらくコールしても出ない。風呂《ふろ》に入っている時間かな、と思ったところでつながった。

「この前はすまなかったな。あの時は昼飯を食っていなくて、腹ぺこでな。ホームで駅弁が買いたかったんだ」

友人は、無愛想だったと感じているらしい。

「そんなことはええんや。こっちこそ、急いでるところを引き止めて悪かった」

女性はどうだか知らないが、男同士だから前置きはこれぐらいで充分だ。ただちに電話をかけた理由に移ろうとして、躊躇《ちゅうちょ》する。どう切り出すか言葉を準備していなかった。とりあえずは用もないのにかけたふうを装うことにした。

「ここ半年ほど、お前のフィールドワークに付き合《お》うてないけど、困ったことがあったらいつでも呼んでくれてええぞ。一応、俺は専属の助手なんやから」

三月の初め、京都府下で起きた殺人事件の捜査に彼が乗り出す時に連絡を受けたのだが、私は本業に追われていたので断わっていた。

「もっと助手をさせろ、という売り込みかよ。そういうのは初めてだな。つらい仕事から逃げたがっているのか？」

「逃げずに昨日も今日も本格ミステリに立ち向かってるわ。——元気そうやったな」

「お互いにな。半年ぐらい顔を合わせていなかったからといって、珍しいことを言うじゃないか。まるで実家の親からの電話みたいだ」

彼の両親は他界しているから、そんな電話はかかってこないのだが。

何か用か、と彼に訊かれるのは望むところではない。話が深刻な雰囲気になってしまう。変な間が空かないように、とりあえず私は言葉を継いだ。

「最近はフィールドワークとはご無沙汰《ぶさた》か？　このところの京阪神でややこしい殺人事件が起きてないから、火村先生に捜査協力の要請がくることもないらしいな」

「ああ、事件日照りが続いているな。現場を踏んだだけで真相の見当がついて、被害者の身辺をさらっと洗うだけで犯人が見えてくる案件ばかりなんだろう。世間が平和なのは結構なことだ」

「せやから茨城県まで遠征して、過去の事件の関係者の話を聞いて回ったりしてたんやな」

「それも大事な研究の一環だ。――お前も仕事で東京に行っていたんだろ?」

「白布施正都というホラー作家と対談しにな。作品がハリウッドで映画化されるぐらいの売れっ子なんやけど、お前は知らんやろうなぁ」

今夜の彼は、心持ちのんびりとした口調で話していた。部屋でリラックスしていたようだ。

「ホラー小説は読まないし、そういう映画も観ない。恐ろしくて眠れなくなると困る」

冗談にもなっていない。私は、火村が何かに恐怖しているところを目撃した覚えがほとんどない。学生時代に河原町《かわらまち》を歩いていて、やくざ者に絡まれた時も平然としたままで、「しつこいんだよ」と凄《すご》んだのには、はらはらした。大した相手ではないと読み切っていたのかもしれないが、あれは怖がるべき場面だった。どんな時も怖がらないのは欠陥ではないか、とすら思う。

そんなことを京都在住の先輩作家、朝井《あさい》小夜子《さよこ》に話したら、あっさり同意してくれた。恐怖すべきところで恐怖できないのは生物として危うい、と言うのだ。パンチの利いた京女、ミステリ界の姉貴は、居酒屋で梅チューハイのグラスをぐいぐいやりながらこうも語った。

「映画なんかで、ものすごく危険なところにビビらず人を助けに行くヒーローがいてるやんか。古いけど、『タワーリング・インフェルノ』のスティーブ・マックィーンとポール・ニューマンとか。『誰が行くんだ?』『どこかの馬鹿だろうよ』とか言うて、二人で燃えさかる超高層ビルの最上階に向かう。カッコええねんけど、私、ああいうのを見て『勇敢やなぁ』って思わへん。『ああ、この人らは平気なんやな。全然怖がってないもん』と思うだけ。『怖いけど、やるしかないからがんばる』という人の方が勇気あるわ」

朝井女史に言わせれば火村の態度は蛮勇未満で、「どこかの線がプツンと一本切れているだけ」ということになる。だが――

彼にも恐れるものはあるのだ。悪夢にうなされ、悲鳴とともに目覚めるところを、学生時代の下宿で、あるいは旅先の宿で見た。寝汗を拭《ぬぐ》うのも忘れて自分の両手を茫然《ぼうぜん》と見つめる姿が異様で、私は啞然《あぜん》となり、とっさに眠っているふりをした。「お化けの夢でも見たか？」と茶化す気にもなれなかったのだ。

人を殺し、両手が血まみれになる夢だと聞いたのは後年のこと。ある事件に関係した教え子に打ち明ける場に居合わせた。私に向けて話したわけではない。その教え子もまた、悲鳴とともに悪夢から目覚めることがあったので、彼女の慰めにはならないと知りつつも告白したのだろう。

誰かを殺す夢ぐらい、私だって見たことがある。殺人現場に灯油をまき、火を放って逃げたことも。目覚めた時は嫌な気分だったが、それだけのことで、火村のように激しく動揺することはなかった。彼にとって、人を殺《あや》める悪夢はそれほど重いらしい。

何故、犯罪に興味を持ったのか？　何故、警察の捜査に加わって犯罪者を追いつめるのか？　その答えは韜晦《とうかい》そのものである。「人を殺したいと思ったことがあるから」なのだそうだ。説明として不充分というより、説明になっていない。そこを詳しく話すよう求められると、どんな心理によるのか、いつも拒む。あるいは、はぐらかす。悪夢の具体的な内容も教えようとしない。妙な態度と言うしかないが、自分でも割り切れない感情を、そんな態度をとることで表現したがっているようでもある。いわば静かな悲鳴だ。

「その対談は首尾よくいったのか？」

尋ねる彼の後ろで、猫の声がした。三匹のうちのどの子だろうか？

「悪夢の話で盛り上がった。白布施さんの家には、そこで寝たら必ず悪夢を見るという怪奇な部屋があるそうや」

話が自然といい流れになってきた。

「肉体に負荷を掛ける何かがその部屋にあるんじゃないのか？　それが原因で夢見が悪いってことだろう」

彼らしい推測だが、常識にかなった見方だ。私も似たような仮説を立てていた。

「そうでないのなら、ホラー作家の意図的な誇張だ。その部屋で悪夢に一度うなされただけなのを大袈裟《おおげさ》にしゃべっているのさ。……お前と親しい作家なのか？　だったら嘘つき扱いして、すまん」

「謝らんでもええ。それもありそうなことやな。――お前、まだおかしな夢を見てるか？」

ここで懐に潜り込んでみた。

「たまに」

「半月ほど前にも見たな？」

「どうして知っているんだ？　これは不思議だな。俺の頭の中に侵入できるはずがないのに」

「宵の口にうたた寝をしてる時に見たんやろう。叫びながら目を覚ますような夢を」

そこまで言うと、事情が判ったらしい。

「婆ちゃんに聞いたんだな？」

正解だ。火村と東京駅でばったり会う二日前。火村が大学時代からお世話になっている下宿屋の大家さん——その名も雅《みやび》な篠宮時絵《しのみやときえ》——から電話がかかってきた。菓子折りを送ったお礼だった。

「おおきに。上等のお菓子をいただいて」

「手紙に正直に書き添えたとおり、いただきものが重なったんです。賞味期限内に食べ切れそうになかったから、助けてもらおうと送っただけなんで、お礼なんか要りませんよ。ご丁寧にすみません」

彼の下宿に出入りしているうちに、私もよくしてもらうようになった。婆ちゃんとも十四年来のお付き合いになる。久しぶりに声を聞いたので、近況を報告し合ったりして、やがて火村の話になった。

昨夜、二階の奥の納戸にものを取りに行った帰り、現在ただ一人の店子である彼の部屋の前を通りかかったら、短く叫ぶ声がした。婆ちゃんは驚いて、「先生、どないしはりました?」と廊下から尋ねずにおれなかったそうだ。

「すぐに顔を出しはって、『うたた寝をしていたら変な夢を見てしまいました。お騒がせして、すみません』と。笑いながら言わはったんですけど、おでこに汗が浮かんでました。……あの癖、まだ治ってないんです」

一つ屋根の下で暮らしている婆ちゃんは、火村が悪夢にうなされるのを知っており、そのことを以前から私に話してくれていた。

「そうですか。治るもんやないのかもしれませんね」

「先生、気の毒に。警察からも頼られてる犯罪学者さんにこんなこと言《ゆ》うても仕方がないんやけど、もっと心安らかに暮らしたらどうかな、と思うことがあります。……けど、犯人を追いかけるの、やめしまへんやろなぁ。そんなん猟師から鉄砲を取り上げるようなもんやから」

「心静かに暮らすのは老後でいい、と考えていそうですよ。いや、それも怪しいか」

優しい大家さんは、こんな懸念を口にした。

「悪い夢を見てうなされるというのは、体の不調が原因のこともあるそうやないですか。そっちも心配やわ」

「あいつ、体調がようないんですか?」

「いいえ、ふだんと変わりません。ご飯もよう召し上がります。せやけど外から見ただけでは判らんこともあるやないですか」

「大学で年一回は健康診断を受けてますから、大きな異状があったら判るでしょう」

婆ちゃんを安心させるために、つい気休めを言っていた。

「健康診断で病気を見逃すことも多いと聞きます。『あんまり無理したらあきまへん』て言うてるんですけど、しょっちゅう注意するから慣れっこになってはるみたいやわ。有栖川さんからも言うてあげて」

「『俺を見《み》習《なろ》うて、ぼちぼちやれ』って忠告します。体調のことも訊いときますから」

彼が悪夢を見るのは昔からなので、急いで電話するほどでもない、と思っていた。ところが、先ほど〈悪夢　叫ぶ　病気〉といった言葉をネット上で検索してみると、いくつかの病名が引っ掛かるので、婆ちゃんが不安がっているのが正しいように思えてきたのだ。

「俺は、悪夢を見て大声をあげるほど元気だよ。これでも自分の健康状態には配慮しているんだ」

「それやったら禁煙せえ」

「煙草をやめたらストレスで健康を害する」

駄目だ、こいつ。ニコチンに依存してしまっている。

「どんな夢を見るんや？」

「人を殺す夢だよ、相変わらず」

「どこで、誰を？」

「答えたくないな。特にこんな天気の夜には。話したらまたひどいのを見そうだ。……そっちは雷が鳴っているな」

「鳴りまくりや。ホラータッチの夜になってるわ。――判った、今晩は勘弁したろ。そのうち話せよ」

「イエスと答えてもいいけど、追及が甘いぞ、アリス。『そのうち』っていうのは五十年後かもしれない」

青白い稲光。

それに照らされた部屋の隅に、一瞬、電話を片手に立つ火村の幻影が視《み》えた。何かを諦《あきら》めたような表情をしている。どうしてそんな顔を？――と問うのも愚かだ。私が勝手にイメージしているにすぎない。

「心配してくれる人が身近に二人もいることに感謝するよ」

「殊勝なことを言うやないか」

「本心だ」

「大阪にくることは?」

「近々行く予定はない。お前が京都にくることはあるのか?」

亀岡からの帰りに彼と会えるかどうかは判らない。

「そのうち何かで行くやろう。暇があったら一緒に飯でも食おう」

「血腥《ちなまぐさ》い殺人現場で『久しぶり』と会うよりいいな。俺もそっちに行くことがあったら声を掛ける」

電話を切ってから、酔いたい気分になった私は赤ワインのボトルを開けた。ほんのり酔いが回ったところでベッドに向かうとしよう。たまには早寝するのもいい。

どこかに雷が落ちる。

グラスを傾けながら、今夜、友人が安らかに眠れることを祈った。

3

六月七日の日中は快晴だったが、天気はすぐに崩れ、八日は雨交じりの強風が吹く荒れ模様となった。

終日マンションにこもって原稿書きと読書で過ごした私は、ありあわせのものをフル活用して名前のつけようがない料理を作り、自らその失敗の責任を取った。夕食をすませると、翌日の準備だ。

夕方、白布施正都と江沢鳩子から「予定どおりに」というメールを受け取っていた。午後四時に京都駅で江沢と落ち合い、JR嵯峨野《さがの》線の快速で亀岡へ向かう。所要時間は二十分。白布施は四時半に車で駅に迎えにきてくれるそうだ。

〈9日においでいただくことにして大正解でした。今日はどんよりと曇り、わが夢守荘《ゆめもり》の周辺は無気味な雰囲気に包まれていますが、明日は晴れの予報です〉

白布施から届いたメールにはそうあった。出掛けるのに悪天候はつらいが、無気味な雰囲気の夢守荘——ホラー作家は本宅のことをそう呼んでいる——を訪ねてみたかった気もする。

そして、明けて九日の木曜日。

予報に違《たが》わぬ晴天となり、溜《た》まった洗濯物を干すチャンスを逃すことを残念に思いながら出発した。さほど遠方に行くわけではないが旅行気分だ。年々、旅好きになっているのを感じる。他に気分転換の方法を知らないだけなのだが。

京都駅なら私は勝手が判っているし、江沢も何度か亀岡行きの列車を利用しているので慣れている。私たちは、嵯峨野線が出る32番線のホームで待ち合わせをしていた。

京都駅のプラットホームは日本一長い——〈のぞみ〉が停車してもまだ百五十メートルほど余る——という豆知識はけっこう有名だが、ホームが三十二本もあるのかと驚く人が多いだろう。34番線まであると知っても、びっくりしなくてよい。嵯峨野線というのは山陰《さんいん》本線の一部につい た愛称で、山陰本線が発着するホームにはサンに掛けて30番台が振られているだけで、15から29番線は存在しない。

四時前に32番線に着くと、江沢鳩子はもうホームに立っていた。黒いパンツスーツに、襟の大きな淡い水色のブラウス。数珠《じゅず》のようなネックレスが胸許を飾っている。にこにこしていて、今日も元気そうだ。

「お待たせしました」

「いいえ、私もきたところです」

そんなやりとりをしてから最後尾の車両に乗り込むと、彼女はクロスシートの座席をキャリーバッグと紙袋で確保していた。袋の中身は東京の和菓子らしく、私が用意してきた手土産とかぶったかもしれない。

「晴れて、よかったですね」

「はい。東京もずっと雨だったので心配していました。有栖川先生の日頃の行ないがいいおかげで助かりました」

「その朝礼でお馴染みの校長先生の言い回しの最古の使用例はいつなんでしょう？　もし判明しているんやったら知りたい」

「調べておきます」

などと言っているうちに列車が動きだした。嵯峨野線に乗る機会はめったにないので、このまま日本海側まで連れて行ってもらいたい気分だ。二十分で下車しなくてはならないのが惜しい。電車はすぐに北へと進路を変え、京都鉄道博物館の敷地を高架橋で斜めに横切る。

「今さら言うのも変ですけど、この前の対談でお会いしたばかりの白布施さんのお宅に泊まりがけでお邪魔するというのは無遠慮やったかな」

そう言うと、編集者は「いいえ」と首を振った。

「白布施先生からお誘いになったんですから、無遠慮なんてとんでもない。有栖川先生は、白布施先生に懐かれたんですよ」

「懐かれた？　私、あまり可愛げのある人間ではないと思うんですけど。——先生先生って連呼するのは面倒でしょうから、私のことは有栖川さんと呼んでください。片桐さんみたいに。そうしたら、白布施さんのことは『先生』だけですむでしょ」

「三文字削れますね」

いかにも編集者らしい発想だ。そうそう、台詞《せりふ》に彼の名前が出てくるたびに三文字だからかなり削れる。彼女は早速私の提案を採用して言った。

「先生にお目にかかる前に、有栖川さんにご相談したいことがあります」

「何ですか？　あまり込み入った話をする時間はありませんよ」

「込み入ってるんですよ」

眉尻《じり》を下げて、困った表情を作る。電車は最初の停車駅である二条《にじょう》に着いていた。

「ということで、てきぱきとお話しします。二つあって、第一に、先生はミステリを書こうとなさっています。本格ものではなく、どんでん返しの利いたサスペンスものらしいんですけれど、ミステリの書き方について有栖川さんにアドバイスをお求めになるかもしれません。それについては、よろしくお願いいたします」

「私を夢守荘に招いてくれたのは、それが目的だったんですか？　そうやとしたら荷が重い。私が知っている程度のことは、白布施さんは聞くまでもないでしょう」

照れ笑いをしてしまったが、江沢は敵のサーブを待つバレーボール選手に負けないほど真剣な表情だ。

「そんなことはありません。一つだけとっておきのアイディアがあるそうなので、私も楽しみにしているんです。傑作に仕上がるようお力添えを」

とりあえず承諾した。私に答えられる範囲であればいいのだが。

「それにしても、白布施さんの執筆意欲はますます旺盛《おうせい》なんですね。『ナイトメア・ライジング』が大ヒットして絶好調なこの時期に、ミステリに手を広げるとは」

彼の大ファンでもある編集者はこのコメントには喜ばず、浮かぬ顔になる。

「白布施さんがミステリを手掛けるのは、楽しみな反面、出版社としては痛し痒《かゆ》しなんですか？ そんなものを書くよりも、『ナイライ』シリーズを書いてもらいたいのが本音だというのも判ります」

いくら白布施が人気作家でたくさんの固定読者を確保していても、何を書いても売れるわけではない。あるシリーズに夢中になったファンが、同じ作家のそれ以外の作品に見向きもしないことはよくある。

「いいえ、私は本当に先生のミステリを読みたいですし、会社としてもシリーズ以外の新しい作品を歓迎しています。それをきっかけに、先生が新境地を開いてくださるのならうれしいばかりです。でも、そうじゃないことが問題で……」

明かしてくれたのは、思ってもみないことだった。

「作家を引退する？ 売れに売れているこのタイミングで信じられません。健康上の理由かな。事故に遭った後遺症はないとおっしゃっていましたけれど、実は具合がよくないのかな」

にわかには、それぐらいしか考えられなかった。

「同じことを私も思いました。でも、違うんだそうです。もう小説を書く意欲が湧かない、とおっしゃるので戸惑っています」

戸惑う前に、愕然《がくぜん》としただろう。およそあり得ない事態だ、と反射的に思ったが、あり得るか。

「ずっとがんばってきて、書くのに疲れたんやないですか。いったん仕事から離れたいだけで、休養したらまたばりばり働いてくれるのでは？」

電車は再び西に進路を取り、丸太町《まるたまち》通に沿って走りだしていた。京都の市街地では、道路だけでなく鉄路も碁盤の目に従って敷かれている。

「それならばしばらく骨休めをしていただいてもかまわないんですけれど、疲労でもないようです。『書くべきことはすべて書き尽くして、もう何も残っていない。今頭の中にあるミステリのアイディアを形にしたら打ち止めだ。小説家という稼業に未練はない』と」

「そこまで言いますか」

書くべきことはすべて書いた、と思える境地が作家にはあるにしても、白布施正都のキャリアはまだそんなに長くないし、作品数は『ナイライ』シリーズを含めて十作だ。足を洗うには早すぎるだろう。

江沢が私に持ちかけた相談というのは、白布施と作家同士で語らっているうちに引退の話が出たら、翻意を促して欲しい、ということだった。当人と親しくもない私にとって、これまた重い荷物である。

「私を相手に立ち入った話はなさらないでしょうけど、何かの弾みで話題がそっちに転がったら事情を伺ってみます。もっとかまって欲しくて引退をちらつかせているだけやったら、江沢さんにひと安心していただけるかな」

「安心しながら反省すべきかもしれません。私どものサポートが足りないのでしたら、誠意を持って対応します」

「江沢さんや珀友社のサポートに不満はないんやないですか。もし、欠けてるものがあるとしたら……」

「何でしょう?」と身を乗り出す。

「悪夢の提供ですよ。『新作で使えるナイスな悪夢をもっと持ってこい』なのかもしれません」

編集者は破顔した。

「だったら私、がんばりますよ。渋谷《しぶや》の交差点に立ってアンケートを取るし、夢守荘の悪夢の部屋に何日でも泊まり込んで、うんと怖い夢を見ます」

「捨て身の献身ですね。連泊して悪夢にうなされっぱなしは大変ですから、片桐さんにも手伝わせてください」

「それ、名案です。——有栖川さんと片桐は本当に仲がいいんですね」

「そう映っていますか?　ええ、気の置けない関係ですよ。彼もそう思ってくれてる、と思いたいですね。ケアレス・ミスが多い私みたいな作家にとっては、校正が丁寧なのも助かります」

「校正でしたら有栖川さんはお得意なのでは?　作家になる前は印刷会社にお勤めだったと伺っています」

白布施の対談相手になったので、私についてリサーチしてくれていたのだろう。

「よくご存じですね。営業をしていたんですけれど、その当時からしょっちゅうポカをやらかす駄目社員でした。最初の本が出てすぐに辞表を提出した時、上司は心底ほっとしていました」

「印刷会社に就職なさる前から、作家を志望していらしたんですか？」

「はい。高校時代にミステリを書き始めて、それ以来、作家になるのが夢でした。念願かなってデビューできたので、死ぬまで書き続けたいと思っています。努力で才能のなさを補っている人間にとって茨《いばら》の道でしょうけれど」

「齢を取っても引退なんてとんでもない？　大ベストセラーを連発して、一生遊んで暮らせるだけのお金が入っても書く？」

「はい。ただ、体力や気力がなくなってきたらリタイアするしかないかな。白布施さんの話に戻ってしまいますが」

「先生の本音は、別のところにあるのかもしれません」

「と言うと？」

「純文学に戻りたいのかな、と」

白布施正都の経歴について詳《つまび》らかには承知していないが、純文学の権威ある新人賞を受賞して二十代前半にデビューしたことぐらいは知っている。その後、二冊の長編と一冊の短編集を出したが高い評価は受けられず、三十代に入るまで厳しい作家生活が続いたことも。

一大転機となったのは、七年前に発表した『ナイトメア・ライジング——悪夢の黙示録』である。ホラー小説にアクションをたっぷりと盛り、娯楽に徹したスケールの大きなこの作品は、白布施が珀友社に持ち込んだものだという。発売直後から話題になって瞬《また》く間に版を重ねたから、版元がシリーズ化を熱望したのは言うまでもない。続編も半年間で三十万部を超すヒットとなって、白布施は一躍ベストセラー作家の仲間入りを果たした。

「白布施さんは、『ナイライ』が売れたことを、内心は面白く思ってないんですか？」

「そうだとは思いません。全力投球してきたシリーズですから、大切に思っていらっしゃるはずです。でも、これが認められるのなら二十代の時に書いたものもきちんと評価してくれよ、というお気持ちがあったとしても不思議ではありません。文名が高まったところで、かつて志した純文学に再チャレンジしたい。引退を口になさる裏にはそんなご希望があるのかな、と推察しているだけです」

　ありそうなことだ。

「なるほど。経済的にも充分すぎるほど余裕ができたでしょうから、純文学への再チャレンジは危険な賭《か》けでもありませんね。希望どおりになるかどうか難しいところですが」

『ナイライ』シリーズが臆面《おくめん》もなく純粋なエンターテインメント作品だから、たとえ出来がよくても純文学に回帰した作品を白布施ファンの多くは受け容《い》れないだろう。いったん娯楽路線に転んだ作者の出戻りに対して、文芸評論家が冷やかなまなざしを向ける——あるいは毅然《きぜん》と黙殺する——ことも予想される。

「江沢さんの推察が当たっていたら、珀友社にとって歓迎できない事態ですね」

「人気シリーズをどんどん書いていただきたいのは山々ですが、先生のご意思も尊重したいと思います。うちも文芸誌を持っていますからお力になれなくもありません。純文学とエンターテインメントの二足の草鞋《わらじ》もアリです」

『ナイライ』で億単位の儲《もう》けを叩き出してくれている作家だから、多少の無理を聞いても罰は当たるまい。だが、白布施の人格にも作品にも傾倒する彼女が抱いているのは、もっと純粋な気持ちらしい。

「そのへんも探りを入れてみましょう。白布施さんは本音を言い出しかねているのかもしれません。格が違っても作家同士なら、ぽろっと洩《も》らしてくれないとも限りません」

「お願いします」と頭を下げられた。

話しているうちに太秦《うずまさ》駅、嵯峨嵐山《あらしやま》駅と過ぎ、電車は滴るような緑の中に突っ込んでいった。昔は保津《ほづ》川の渓流に沿って走っていたが、今はいくつもトンネルをくぐりながら山の向こうを目指す。川を見下ろす旧線は観光用のトロッコ列車のものとなっていた。車窓が暗くなったり明るくなったりを繰り返し、長めのトンネルを抜けると視界が開けて、もう亀岡盆地だ。

「亀岡は、太古の昔は湖だったそうですね。先生から教わりました」

降りる支度を始めながら、江沢が言う。亀岡に関する私の知識といえば、明智光秀《あけちみつひで》が築いた城の跡があることと、宗教法人・大本《おおもと》の所縁《ゆかり》の地であることぐらいだ。

「へえ、この大きなお盆に水が溜まっていたんですか。山の一角が崩れて保津川ができたので、水が抜けた？」

「はい。山は自然に崩れたんじゃなくて、大国主命《おおくにぬしのみこと》が切り拓《ひら》いたとも伝わっているそうです」

今は京都市内への通勤圏で、大阪市内に通う人もいる。

ほどなく電車は、構内のゆったりとした亀岡駅のホームに滑り込む。

階段を上って跨線《こせん》橋上の改札口に向かうと、白布施正都が待ってくれていた。象牙《ぞうげ》色のバケットハットをかぶり、淡いペイズリー柄が入った紺色のジャケットに白っぽいパンツというでたちは、写真撮影があった対談の時よりおしゃれだ。

私たちを見つけると、ホラー作家は軽く帽子を持ち上げて言った。

「お待ちしていましたよ。亀岡にようこそ」

4

南口のロータリーにBMWのプレミアムワゴンが停まっていた。江沢鳩子を助手席、私を後部座席に座らせてから、白布施は車を出す。十五分ほど走るそうだ。

大型ショッピングセンターの横を過ぎ、右に左にと曲がりながら南に向かっているらしい。方角が違うのではないか、と思ったら、白布施のサービスだった。緑に包まれた小さな丘を私に見せたかったのだ。

「ほら、有栖川さん。明智光秀が築いた丹波《たんば》亀山《かめやま》城址《じょうし》ですよ。備中《びっちゅう》で毛利《もうり》攻めをしている豊臣秀《とよとみひで》吉《よし》の援軍を命じられた光秀は、この城を出てから途中で方向を転じ、本能寺《ほんのうじ》に向かった。明治初頭の廃城令で天守が壊された後、荒れ果てたまま売りに出されたのを大本の教祖の一人、出口王《でぐちお》仁三郎《にさぶろう》が買い取って、石垣などを修復して教団の聖地にしています」

そんなガイドにつられて、私は車窓を覗き込む。

「出口王仁三郎は亀岡の出身でしたね？」

「そう。戦時中は国家神道を振りかざす政府に弾圧されて、ここにあった神殿が爆破されたりしています」

「そのあたりのことを詳しくは知りませんが、『邪宗門《じやしゆうもん》』で読みました」

「有栖川さんは高橋和巳《たかはしかずみ》がお好きなんですか？」

純文学にも明るいと誤解されないようにしなくてはならない。

「いいえ、モチーフに惹《ひ》かれて読んだだけで、他の作品は未読です。『邪宗門』はたいそう読み応えがありました」

「どのあたりが？」と訊かれて焦る。

「延々と繰り広げられるディスカッションですね。内容はよく覚えていませんけれど」

「日本では稀有《けう》な作品ですよ。高橋は大阪市の生まれでしょう。私が思うに、あのディスカッションは、理屈っぽい大阪人の一面がよく表われている」

「理屈っぽい大阪人の一面、ですか」

「東京は形式ばっていて堅苦しく、大阪は大らかでのびのびしている、という巷説《こうせつ》もありますが、そうとも言い切れない。昨今の大阪についてはよく承知していないまましゃべっていますけれどね。昔から大阪の人は理屈が好きで、芸能や芸事にもそれが反映されている。歌舞伎にしても、江戸でははったりの利いた荒事が大受けしたのに対して、大阪は派手さよりリアリティの高いものを好んだ。必然性や理由づけにうるさいんです。商都だったせいなのか、楽しく弾《はじ》ける前に、楽しむための担保を求めるかのごとく『なんでそうなる？　なんで？』。——これは東京と大阪の比較というより、薩摩《さつま》や長州《ちようしゆう》に牛耳られる前の、古きよき江戸と浪速《なにわ》の比較かな」

江沢が感心したように頷いていた。

「うーん、面白いお話ですね」

　私はというと、語られる文化論そのものについては特に感想がなかったが、白布施が対談の際と同じく能弁であることに安堵《あんど》していた。夢守荘に滞在している間も絶え間なく話題を見つけてくれそうだから、こちらは気が楽だ。話好きがすぎる相手だと疲れることもあるが、何日も一緒にいるわけではない。

　市街地をすぐに抜けて、湯《ゆ》の花《はな》温泉へと続く国道372号と途中で分かれ、車は西北西に進路を取る。亀岡盆地は早くも尽きて、私たちは山へと入って行った。

「昨日の夜、うちの近くで落雷があってね」

　白布施が隣の編集者に話しかける。

「えっ、大丈夫だったんですか？」と江沢がすかさず訊く。

「近くと言っても家のすぐそばに落ちたわけじゃない。二百メートルほど南西だ。倒れた杉の木が道をふさいでしまって、市の道路管理課が倒木を撤去するまで、うちは袋小路に閉じ込められていたんだよ」

　ここで白布施は、夢守荘の立地について私に簡単な説明を付してくれる。今走っている府道から分かれた一車線の市道が行き止まりにぶつかる手前にあるのだそうだ。今日、江沢が泊まるオーベルジュ〈レヴリ〉は袋小路の奥まったところに建っていて、森の一軒家という風情だとか。

「それはご不便でしたね」

　私が言うと、左手をステアリングから離して小さく振る。

「いやいや。夜が更けてからのことだからずっと家にいたし、午前中の早くに復旧したみたいで、駅まで迎えにくるのには何の支障もなかった」

昨夜は雨風が激しかったというのでもないが、十時半頃に十分間ほど非常に強く降り、雷が一発お見舞いして去って行ったのだという。

「こんなふうに気持ちよく車を走らせていて、急に倒れた木が道をふさいでいたらびっくりしますね。事故が起きなくてよかった」

江沢が言う。うねうねと曲がりながら道は延び、前方から次々に緑が湧いてくるようだ。と、左手から鹿が飛び出し、行く手を横切った。助手席で「あっ」と声が上がる。

「たまにこういうこともある。常に安全運転を心掛けているから、ご心配なく」

「先生の腕前は信頼しています」

時折、民家があるが、無人のものが多いようだ。流れ去る風景を目で追っていたら、すかさず白布施が言ってきた。

「亀岡でも人口減少が始まったようですが、減り幅は小さくてまだ九万人以上を保っています。それでも空き家問題と無縁ではありません。うちの近くでも何軒かが放置されています」

「渡瀬《わたせ》さんのお宅も、まだ……?」

声を落として江沢が尋ねる。白布施は「うむ」と頷いていた。わざわざ訊いたところからすると彼女は隣人の渡瀬さんと面識があるのかもしれない。

「オーベルジュの名前は〈レヴリ〉でしたね」会話の切れ目に私は言う。「どこかで聞いたような単語なんですけれど、思い出せません。どういう意味なんですか?」

白布施は、すぐには教えてくれない。

「オーナーによると、ドビュッシーの有名な曲から取ったそうです。だからフランス語ですね」

ドビュッシーの曲名は『月の光』だの『亜麻色の髪の乙女』だの、たいてい日本語に訳されているから、レヴリはそれらのうちのどれかの原題なのだろう。単語一つのタイトルだからピアノ曲の『雨の庭』でも『雪は踊っている』でも『沈める寺』でもなく……オーケストラ曲の『春』や『海』でもない。春がプランタンで、海がメールぐらいは知っている。

「有栖川さん、大学で第二外国語は？」

白布施は意地が悪いことを訊く。

「それがその、フランス語です」

「ドビュッシーは趣味ではありませんか？　エドガー・アラン・ポーの『アッシャー家の崩壊』や『鐘楼の悪魔』をオペラにしようとしていた作曲家ですよ。いずれも未完成ですが。『雪の上の足跡』なんていうのも、題名も曲調もミステリアスだ」

もったいぶるなぁ、と思っていたら、助手席から救いの手が伸びた。江沢がハミングをしてくれたのだ。

「ああ……」やっと判った。「『夢』ですか。白布施さんのご近所のオーベルジュの名前が『夢』というのは面白い偶然ですね。いや、偶然ではなくて、夢守荘にあやかったネーミングですか？」

「さすがにそれは違います。僕が悪夢を売り物にする何年も前からあそこは営業していましたから。そもそも、〈レヴリ〉と夢守荘を関連づけるのも強引ですね。フランス語の夢はレーヴで、レヴリは夢想のことです」

だとしたら、ドビュッシーの曲を『夢』と呼ぶのはフランス語教育の見地からするとよくない。と同時に、日本語の夢という単語は意味の範囲が広すぎるのではないか。

「ドビュッシーの曲を正しく訳すなら『夢想』あるいは『幻想曲』。せめて『白昼夢』かな。レヴリとは、目覚めたまま見るものを指すんです」

「勉強になりました」とでも言っておくしかない。白布施は含み笑いをした。

「照れるから、そんなに畏《かしこ》まらないでもらえますか。僕が垂れた講釈はオーナーに教えてもらったことの受け売りにすぎません。外国語はからっきしで、フランス語どころか英語もひどいものです。自著の翻訳にあたってアメリカの出版社からくる電子メールは、すべて珀友社を経由するようにお願いしています。返事を書けないどころか、受信したものを読めないから」

「では江沢さんが——」

当人はすぐに否定した。

「ライセンス事業部が間に入って対応しています。私は横文字全般が苦手で、英語の電話を受けただけで血の気が引きます」

などとわいわいやっているうちに、道路がふた手に分かれるところにきた。オーベルジュへの道であることを示す立て看板が右の道端に立っていて、白布施はステアリングを切りながら「もうすぐです」と言う。

左手に棄てられたような一軒家があり、さらに数十メートルほど行ったところで何故か車はスピードを落とした。窓外に可愛い仔鹿《こじか》がいたからではない。

「右手に中ほどから折れた木があるでしょう。あれが落雷をくらって倒れたんです。もともと病気に罹《かか》っていたので、あんな派手に裂けたみたいですね」

周囲の杉から推して、五十メートル近い高さだったであろう。その上半分がバキリと折れて倒れる映像がスローモーションで脳裏に浮かんだ。樹皮がめくれた大きな木片がいくつも路肩に散らばっているのは、撤去作業の名残りか。

「先生は、雷が怖くないんですか？」

「平気。江沢さんは雷鳴を聞いても血の気が引くのかな？」

「英語の電話ほどは恐れませんけれど、嫌ですね。避雷針がある建物の中にいても、早く通り過ぎて欲しいと思います」

「今日は大丈夫だろう」

白布施はアクセルを踏み、車は滑らかにもとの速度に戻った。大きなカーブを曲がり切った先の右手に廃屋。さらに進むと左手に家がまた一軒。人気《ひとけ》がなかったが、こちらは廃屋なのか留守宅なのか判然としない。

「まず江沢さんを〈レヴリ〉にお連れして、チェックインしてもらおう。それから三人で拙宅へ。――あれです」

指差された右手前方に目を向けると、急な勾配《こうばい》の屋根を持つ山荘風の建物が見えてきた。玄関脇にゆったりとしたデッキがあり、二階にはバルコニーが迫《せ》り出している。大きな窓が並んでいるから、いたって採光がよさそうだ。奇抜なところもこれ見よがしに豪勢なところもないが、立派な家であることは間違いない。よく観察する間もなく、車はその前を風のごとく通過した。

この先には〈レヴリ〉しかないのかと思ったら、赤いスレート屋根の家が一軒あった。主《あるじ》の好みの色なのか、真っ赤な軽自動車がカーポートにあり、垣根で囲われた庭で草むしりをしている女性が一人。車が通りかかっても顔を上げようとしないので、年恰好《かっこう》は判らなかった。

「今の人は絵描きさんです」白布施が言った。「画家ではなくイラストレーター。こんなところに住んでいても、コンピュータがあれば何の不自由もなく仕事ができるらしい。便利な時代です」

淡々とした口調だったが、その女性イラストレーターに対して白布施はあまりいい感情を抱いていないように感じられた。親しくしているのなら、彼のコメントはもっと具体的で詳しいものになりそうだ。向こうが隣人との交流を避けたがるタイプで、接触が乏しいだけかもしれないが。

道はゆるく右手にカーブして、曲がり切るとオーベルジュ〈レヴリ〉が現われた。ホラー作家は森の一軒家と評したが、想像していたよりも瀟洒《しょうしゃ》だ。白い外壁が陽光を撥ね返しており、手前に向かって傾いた片流れの屋根に洒落たドーマー窓が四つ、誇らしげに突き出している。敷地を囲う金属製の素通しフェンスが低いため、雰囲気はとても開放的だ。玄関先に突き出した庇《ひさし》のアーチが愛らしい。その庇は一階に並んだ馬蹄《ばてい》形の窓とともに、楽しいハーモニーを奏でているようだった。

「私、初めてここにきた時に、オルゴールみたいだな、と思ったんです」車から降りて、江沢が言う。「全体が小さくて、可愛らしくて、あの屋根を開くときれいなメロディが流れてきそう。ドビュッシーだとか」

オルゴールか。言われてみると、そのようにも見える。きれいではあるが、さっきの白布施の話によるとそう新しくはないらしい。サインボードにsince 2002とあるから、外壁を塗り直すなどの改装を施して間がないのだろう。

「こんな場所なのに、しっかりお客を摑んで繁盛しているんですよ。その理由は料理を食べてみれば判ります」

白布施は、私の期待を煽《あお》った。江沢がチェックインしてから夢守荘に行き、七時にここへ戻ってきてディナーというのが本日の予定だ。編集者はそのまま宿泊し、私は夢守荘でお世話になる。

「お客さんが着きましたよぉ」

磨《す》りガラスの嵌《は》まった扉を押し開けると、白布施は中に快活な声を投げる。棚の花瓶に薔薇《ばら》の花を挿していた四十代後半ぐらいの女性が振り向き、エプロンで両手を拭《ふ》きながら飛んでくる。

「お待ちしていました。お客様をお連れいただいて、先生、いつもすみません。江沢さん、いらっしゃいませ。この前いらしたのは四月でしたかしら」

「はい、二ヵ月ぶりです。今日もご馳走《ちそう》を楽しみにきました」

彼女が言い終わらないうちに、奥から深紅の蝶ネクタイをした男性が出てきた。こちらがオーナー・シェフの光石燎平《みついしりょうへい》、女性はその妻の静世《しずよ》だった。夫婦揃って小柄で顔の輪郭がふっくりしており、一対のマスコット人形のようだ。

燎平の顔立ちはやや扁平《へんぺい》で、細い目に薄い唇をしたいわゆる北方系。それに対して静世は目鼻立ちがはっきりとした南方系で、南国の民族衣装が似合いそうだ。夫妻の遠いご先祖は、何万キロも隔たったところで生きていたのだろう。

白布施が「ご活躍なさっている推理作家の有栖川有栖さん」と私を紹介した時、光石夫妻はただ微笑んで頭を下げた。活躍中にしては聞いたことのない名前だな、と思ったのだろう。早くハリウッドに進出しなくてはならない。

江沢鳩子がチェックインをすませると、燎平が彼女のキャリーバッグを二階の部屋へと運ぶ。エレベーターが備わっていないので、彼がポーターの役目も務めるようだ。

「部屋で一服してから下りてきたらいいからね」

燎平に続いて階上に向かう江沢に、白布施はひと声掛けた。

「先生方、お茶でも召し上がってお待ちになりますか?」

静世が勧めてくれたが、白布施は丁重に断わる。

「ここのアフタヌーンティーは最高だけど、今日は自宅で用意していますから。おいしいケーキは、ディナーの後の楽しみに取っておきましょう」

「そうですか。——木が倒れていたところをご覧になりましたか?」

「ええ。きれいに片づけてありましたね。しかし、あんな大きな木が倒れてきて直撃されたらひとたまりもない」

二人が話している傍らで、私は館内の様子を見回していた。内装は絨毯《じゅうたん》からカーテンまで薄いグリーンを基調としていて落ち着きがあり、壁の漆喰《しっくい》の風合いもよい具合である。オープンから十四年という歳月を経て、何もかもがうまくこなれてきたようだ。エントランスやレストランの奥に掛かった絵は、いずれも夢幻的なシャガールのリトグラフ。このオーベルジュのテーマが夢想であることをアピールしているのだろう。

燎平が下りてきて、今夜の料理について白布施にいくつか確認する。私は、苦手な食材を訊かれて「ありません」と答えた。どんなものが出るかは秘密だという。

「由末《ゆみ》ちゃんはいるんですか？」

白布施が、夫妻のどちらにともなく尋ねる。

「細々としたものの買い出しに行っています。もう帰る頃です」

答えたのは静世だ。由末というのは燎平の兄の娘で、〈レヴリ〉を手伝っている、ということが聞いていて察せられた。

「ああ、そうですか。——今夜のお客さんは、私たち以外にも？」

「おひと方だけいらっしゃいます。昨日から弓削《ゆげ》さんがお泊まりなんです」

「弓削さんが昨日から泊まっていた？　それは知りませんでした」

常連客で、白布施とも顔馴染みらしい。静世は説明を補足する。

「急な用事でご予定が狂って、昨日の夜遅くにお着きになったんです。到着なさったのが十時半過ぎ」

「オーベルジュなのに食事はせず、ホテルとして利用したんだ」

「はい。おいでになる途中で、あの落雷に遭遇したと伺って、びっくりしました」

「えっ、そうなんですか？」

先ほど倒木の話題を出した際に言おうとして、タイミングが合わずに話しそびれたらしい。

「昨日の夜はそこまでお伝えしていませんでしたね。弓削さんがあそこを通られた直後に落雷して、木が倒れる音が後ろでしたそうです。『十秒ぐらいの差で命拾いをした』とおっしゃっていました」

「危機一髪だ。それは一生、話のタネになりますよ」

江沢が下りてくる。踊り場にもシャガールの絵。その前を通り過ぎ、もう三段で階段が尽きるというところでアクシデントが起きた。彼女は「あっ」と細い声を発したかと思うと残りの段を踏みはずしたのだ。ダダダという音を立てて落ち、勢いよく尻餅《しりもち》を搗《つ》く。私たちは慌てて駈け寄った。

「大丈夫⁉」

叫ぶ白布施。彼女は胸のあたりに手を当て、弱々しく「はい」と応えたものの立ち上がれない。

「渡瀬さんと同じ……。場所も……」

静世はひどく狼狽《ろうばい》して、燎平の二の腕を摑んでいた。夫も棒立ちになっていて、強いショックを受けているようだった。

「驚かせて、すみません」江沢は言う。「お尻を打っただけで、足を挫《くじ》いたりもしていません」

「眩暈《めまい》でもしたんですか？」

私が訊く。そのように見えた。

「ただの立ちくらみです。低血圧なので、たまにこんなことが……。ふらっときた瞬間に手摺《てす》りに手を伸ばしたんですけれど、摑み損ねました。少しだけこのままでいさせてください」

その言葉に、静世は安堵の溜め息をつく。不自然なほど大きな吐息だった。

5

枕許の置時計のカッチカッチが、どうにも耳に付く。ベッドに入るなりそれが気になってしまい、これは寝つけないかもしれない、という嫌な予感に襲われた。やれやれ、ただでさえ不吉な〈悪夢の寝室〉だというのに。

時計の針が無音だったとしても、今夜はなかなか眠れないような気がする。知り合って間もない売れっ子作家の家にお邪魔していることに加えて、今日経験した色々なものが頭の中に詰まっていて、順不同に甦《よみがえ》ってくるために目が冴《さ》えてしまう。

部屋が真っ暗になるのは好きではないので、ナイトテーブルのスタンドに仄《ほの》かな明かりを灯《とも》しているのだけれど、もう少し光量を落とすか、いっそ消してしまおうか？　カーテンの隙間から差し込む星明かりがあれば、完全な闇にはなるまい。

掛け布団から右手を出して、スタンドのスイッチを切る。誰かに目隠しをされたように暗くなったが、少しすると窓のあたりだけ闇が解けていった。

静かだ。

風に木立が騒ぐこともない。

この家の主は、「おやすみなさい」を交わすとベッドに直行して、たちまち眠りに就いたらしい。彼の寝室は同じ二階にある。フロアの端と端で離れてはいるが、まだ起きているのなら小さな物音が私の耳に届いてもよさそうなものだ。

「おやすみなさい。よい夢が見られますように」

今日最後に聞いた言葉は、皮肉めいていた。そこで寝たら必ず悪夢を見る、という部屋に客を泊めるのだから、朝までぐっすり眠れることを祈ってもらいたかった。

もっとも、そんな部屋で一夜を過ごすことを望んだのは他ならぬ私自身で、主は「いいんですか？　別の部屋の用意もありますよ」と念を押してくれたのに、ミステリ作家たるもの科学的合理精神を貫徹しなくては沽券《こけん》に関わる、とばかりにこちらを選んでしまった。明日の朝、江沢鳩子に会ったら「有栖川さんは〈悪夢の寝室〉で寝たよ」と白布施に報告してもらいたかったのだ。度胸と作家らしい好奇心を持ち合わせていることを彼女が評価してくれたらうれしい、と考えたばかりに——畜生、安らかに眠れそうにないぞ。

さっきまで主と語らっていた一階のリビングの壁に、『ナイトメア・ライジング』のポスターが貼ってあった。珀友社のエントランスにあったのと同じもので、赤で記されたキャッチコピーは〈あなたに悪夢を〉。あれがずっと視野に入っていたのは、まずいのではないか。暗示効果が発現して、脳が本当に悪夢を上映しだすかもしれない。

いや、そう警戒するな。

ごくありふれた部屋で、心身にストレスを与える要素は見当たらない。室内にあるのはベッド、スタンドと置時計をのせたナイトテーブルと小さなクロゼットだけ。装飾品は絵の一枚もなく、壁紙はおとなしいクリーム色で無地。それに合わせた黄色っぽいカーテンはありふれたボタニカル柄。ブドウ科の植物の蔓《つる》のデザインの一部が恨めしげな人の顔になっているでもないし、なっていたとしても明かりを消したから見えない。十畳ばかりの部屋はゆったり感じるだけで、決して人を不安にするほど広すぎたりしない。寝具も高級で、睡眠を妨げるものは何もないはずだ。

心を鎮めて、眠りに入っていこう——とすればするほど、脳は活発に動きだす。ここにくるまでの道中で見た景色、車中で交わした会話、〈レヴリ〉での出来事やディナーで出された料理の数々など、記憶の断片が自動再生されてしまうのだ。こうなると抵抗するのは難しい。

江沢が階段を踏みはずした時は驚いた。もっと高いところから落ちたら大怪我をしていたかもしれない。「しばらく部屋で横になっていなさい」と白布施は気遣ったのに、十分ほど椅子に座っていたら「もう大丈夫です」と言って、予定どおり私たちと夢守荘にきて、その後は元気にしていた。白布施が私に顔を近づけ、「湿布薬があるんだけれど、打った場所が場所だけに『さぁ、これを貼りたまえ』と女性に勧めるのも憚《はばか》られますよね」と真剣な顔で囁《ささや》いたのは、思い出すとおかしい。

彼女のアクシデントを目撃した光石夫妻の驚きぶりは普通ではなく、何かわけがありそうだったが、二人が口々に話してくれたので、事情はすぐに判った。

「二年ほど前に、今とまったく同じところで、同じように渡瀬さんがよろけて倒れたんです。だから、ぎょっとしました」

「立ちくらみだと伺って安心しましたぁ。渡瀬さんみたいに心臓が原因だったら大変、と。思わず体が硬直してしまって」

渡瀬さんが何者なのかについては、夢守荘に移動してから白布施から説明があった。

「渡瀬信也《しんや》君といって、六年前から僕のそばで事務から雑用まで手伝ってくれていた青年です。二十九歳だったけれど、青年と言っていいだろうなぁ。まだ若々しくて、大学生に見えなくもなかった」

江沢はその青年とは一面識もないのだが、彼については前任者からよく話を聞いていた。多忙な白布施にとって、会計や税務の処理から家事や車の運転手まで引き受けてくれる心強い味方だったらしい。

「渡瀬さんの後任の方は、まだお探しにならないんですか？」

そんな彼女の問いに、ホラー作家は「うん」と小さく頷いた。

「簡単に代わりが見つかる人材ではないよ。仕事は覚えられても、偏屈な作家に合わせてくれるキャラクターでなくてはならないからね。どこでどう募集したらいいのか見当がつかない。江沢さん、そんな人に心当たりはある？　珀友社で探してくれる？　僕が東京に行っている時の留守番もお願いするから、勤務地は当然こっちだよ」

「探してみます」

きっぱり答えた彼女に、白布施はふふふと笑った。

「いや、いいよ。自分で探す。だけど、渡瀬二世を見つけるのは不可能だな。事務から掃除から食事の支度から車の運転までこなすだけじゃなくて、彼は余人をもって代えがたい特殊能力の持ち主だった。創作のアイディアをいくつも授けてくれたよ」

「それは……うーん、はい、すごく特殊な能力ですね」

「どんな能力だと思います？」

白布施は私に顔を向け、悪戯《いたずら》っ子のような笑みを浮かべた。

「創作のアイディアを授けてくれた、ということは……特上の悪夢を提供してくれる人だったんですか？」

「おお」と大袈裟にのけ反って「見事に的中だ。ええ、そのとおり。彼ほどたくさんの悪夢を話してくれた人はいないし、これからも現われないでしょう。シリーズ第三作に出てきた、〈奈落の森〉を覚えていますか？　スタジアムの廃墟《はいきょ》の中に無気味な森があって、そこで狩人が死闘を演じるシーン」

「はい。あの舞台設定ならではのアクションが最高でした」

率直な感想を述べると、ホラー作家は満足げに頷く。

「渡瀬君の夢をヒントにして書きました」さらに言う。「代わる者がいない、と断言するにはわけがあります。僕にとっては幸運であり、彼にとっては不運なことに、渡瀬君は眠るたびにナイトメアを見たんです」

そんな人間がいるとは初めて聞いた。特異な体質のせいなのか、精神的な何かが要因なのか判らないが、さぞつらいだろう。

「信じられない、という顔をなさっていますが事実です。いや、僕は彼の脳内に忍び込んで確認したわけではありませんけれどね。彼が嘘をついている様子は微塵《みじん》もなくて、とめどもなく見た悪夢について話してくれましたよ。彼以外にも、悪夢しか見ない、という人に会ったことがあります」

「取材をなさっていて、ですか?」

「はい。七年前に『ナイトメア・ライジング』の第一作が評判になった後、私はウェブサイトを起《た》ち上げて悪夢を公募しました。大勢の読者がアクセスして、マイ・ナイトメアを書き込んでくれましたよ。渡瀬君の他にも『悪夢しか見ない』という方が二人いたな。その中で、創作のヒントとして使えたのは渡瀬君のものだけでした。悪夢の質が高かった、というよりも、彼の表現力が豊かだったわけです。メールをやりとりして東京在住だということが判ると、こちらから面談を求めました。会って話を聞くとさらに面白い上、失業中で生活に困っているということだったので、雑事を手伝ってもらうアルバイトとして雇うことにしたんです。大阪出身の彼は、東京を離れて亀岡に転居するのを厭《いと》いませんでした。便利屋みたいな使い方をしても不平をこぼさず、よく働いてくれましたよ。無愛想で無口だったけれど、それも好ましかった。僕はね、一緒にいる人間に気を遣われるのが暑苦しくて苦手なんです。その点、江沢さんは……ね」

「私がすごく鈍感な担当者みたいなんですけれど」

編集者は笑いながら言う。ただの軽口なのだ。

「江沢さんは、こちらが気を遣わないように配慮しつつケアしてくれるから最高だ、という話だよ。――とにかく、あの渡瀬君のような人は探して見つかるものじゃない。さっきは『自分で探す』と言ったけれど、ハプニングで天から降ってくるのを待つしかないね」

そんな得がたい人材を白布施から手放すはずもない。渡瀬信也が一身上の都合で辞めたのかと思ったら――

「どうして彼の後任を探さなくてはならないのか、有栖川さんは疑問に思っていらっしゃるでしょうね。渡瀬君は亡くなったんです。……二十九歳の若さで」

ホラー作家が沈痛な面持ちになると、編集者の顔にも憂いの翳《かげ》が差した。彼女は渡瀬と会ってもいないのに、敬愛する作家と感情が同調しているらしい。

白布施は不意に右腕を伸ばし、ある方角を指差した。

「ここにくる途中に、空き家が三軒あったでしょう。うちから一番近い家で渡瀬君は暮らしていました。職住近接というわけです。そこで突然、亡くなりました。死因は心筋梗塞《こうそく》。二十代でもあるんですよ。彼は血圧が高かったのに、世話になるばかりで彼の健康に配慮していなかったことが悔やまれます。渡瀬君が〈レヴリ〉の階段で胸を押さえて倒れた時は心配して、『医者に診てもらいなさい』と言いはしたけれど、面倒がって行かないのを放置してしまったのだから薄情な男です。彼は家で独り息を引き取った。本当にかわいそうなことをしました」

「でも」江沢が言葉を挟む。「突然死なんですから、先生にはどうしてあげることもできませんでした。ましてその時、先生も大変な状態で入院なさっていたんですから……」

渡瀬が急逝したのは、白布施が交通事故で入院している間のことだったのだ。どうすることもできなかった、と承知しながらも、まだ気持ちの整理がつかないのだろう。

「最後に彼が見たのは、どんな夢だったんだろう、と考えてしまいます」

白布施は視線を床に落とし、右手で左肩を揉《も》みながら言う。

「彼、ベッドで冷たくなっていたそうです。心筋梗塞は睡眠時に襲ったんですよ。だとしたら、彼が悪夢を見ている最中だったかもしれない。それがどんなものだったのか……」

こういう時、作家の想像力——あるいは妄想力——は悪く作用してしまう。渡瀬がひどい悪夢の中で恐怖に貫かれながら絶命する場面を、不必要なほどリアルに思い描いてしまうのだ。

話題を変えた方がよさそうだったが、私が舵《かじ》を切る前に江沢が言う。

「あちらのお宅は、まだそのままだそうですけれど——」

車の中でもそんな話が出ていた。

「渡瀬君の家か？　うん、ほったらかしだ」

ホラー作家は顔を上げて、両サイドに垂らした長い髪を物憂く掻《か》き上げる。

「ご遺族が片づけにいらしている、と〈レヴリ〉で伺いました」

オーベルジュで私がトイレに行って戻ると、そんな話をしていたようだ。「渡瀬さんの家に昨日から——」といったやりとりを聞いても、ご近所の噂話だろうとまったく気に留めなかったが。

「彼の昔の知り合いらしい。ご遺族の許可をもらって見にきたそうだよ。昨日の夕方、僕も会って少し話した。向こうから訪ねてきたんだ」

「若い女性だそうですね。渡瀬さんの元恋人ですか？」

「自分ではそう言っていなかったな。高校時代の友人だというから、せいぜいガールフレンドだろう。幼馴染《おさななじ》みかもしれない。彼がどんな仕事をしていたのか、訊かれるままに三十分ぐらい話したよ。小声でぼそぼそ話すんだけれど、頭がよくてしっかりした人だったな。江沢さんほどではないにせよ、ほっぺたがプクッとして可愛らしかった」

「ほっぺたがプクッ、ですか？　これでも先月がんばって一キロ落としたんですよ」

「君が？　よけいなことを。江沢さんには瘦《や》せないでもらいたいなぁ」

悪気がなかろうと体型の話はよくありませんよ、白布施先生。たとえ相手が男性であっても。

「その人、昨日はあの家に泊まったそうですね」

江沢は、やけにその女性のことを知りたがる。

「ぜひ泊まりたい、と希望したんだ。夜は〈レヴリ〉がパーティの予約でふさがっていたそうで、コンビニ弁当を持参していたよ」

「渡瀬さんが亡くなったベッドで寝てみたかったからじゃないですか？　だとしたら、ただのガールフレンドではなさそうです」

確かに。そうでなければ日帰りで切り上げそうなものだ。

「あり得るね。君の頭の中では、切ないラブストーリーの構想がまとまりつつあるみたいだ。……まぁ、あまり詮索《せんさく》はしないでおこう」

ここで彼は席を立ち、私たちに遅いアフタヌーンティーのお替りを淹《い》れてくれた。三つのカップから湯気が立ち上る情景を、妙に鮮明に思い出す。

バキリと家鳴りがした。目は冴えるばかりだ。

「実は、サスペンスものを書いてみたいんですよ」

渡瀬信也の話が一段落したところで、白布施は言った。ついては、私にアドバイスを仰ぎたい、と。読んでおくべき名作を尋ねられたので、その程度の質問には気軽に答えられたが、警察の捜査の実態に関しては手に余った。「こういう時に、どの部署がどう動くのか？」という設定がどれもイレギュラーで、その場にならないと判らないことばかりなのだ。もとより私は警務や広報についてはよく知らない。

「変なことばかりお訊きして失礼しました。現役の警察官に取材をするしかなさそうですね。それが判っただけでもありがたい」

「お役に立てなくて、すみません」

「とんでもない。不勉強なまま質問をした僕が反省すべきです」

ホラー作家は鷹揚《おうよう》に言ってから、カップを手にしたまま予想外の言葉を放つ。

「有栖川さんは、殺人事件の現場をいくつもご覧になっているそうですね。それはミステリの執筆に際して参考になっていますか？」

どうしてそれを、と訊き返す前に、江沢が説明をする。

「私が、片桐から聞いたことを先生にお話ししたんです。犯罪学者の火村英生先生の助手として、有栖川さんが警察の捜査に協力なさっていることを。内密にしておくべきことだったのなら、お詫びします」

笑いそうになった。内密にしておくべきであったらまず片桐に詫びてもらわなくてはならないし、それ以前に私の口が軽すぎた、ということだ。

「江沢さん、それは違う。君と片桐さんがぼそぼそしゃべっているのを耳にした僕が、『それはどういうこと？』と無理やり訊き出したんだ。――そちらのお話はご迷惑ですか？　犯罪学者が警察に捜査協力することが現実にある、というのに興味を惹かれて、つい訊いてしまいましたが」

「私は迷惑に感じませんが、火村はフィールドワークのことが公にならないようにしていますので――」

「ああ、フィールドワーク。社会学者でいらっしゃるんでしたね。世間には秘密で犯罪捜査で名探偵ぶりを発揮するのだとか。ミステリから抜け出してきたような人だ。でも、有栖川さんはその先生が解決した事件については書かない」

「はい」

「信念として、虚構を書くことに専念しているわけですね。ストイックな姿勢だ。もういくつぐらい現場を踏みましたか？」

「何十回も」とだけ答えた。

「そのことは内緒にしておきますよ。秘密だからこそ面白い。英都《えいと》大学の准教授で京都にお住まいなのだから、火村先生にお目にかかってみたい、とも思いますけれど、会わずにどんな方か想像して楽しむことにしましょう。大学時代に知り合って、一人は犯罪学者、一人はミステリ作家になったとは異なご縁があったものです。十四、五年のお付き合いですか。最後に出た学校で作った友人とは、えてして一生の付き合いになる」

「白布施さんの場合も、そうですか？」

彼は自嘲《じちょう》めいた笑みを覗かせた。

「僕は文学仲間と片っ端から喧嘩《けんか》別れしたので、ろくに友人がいません。文学談義というのは恐ろしいんですよ。こちらから切った奴もいれば、『低級な戯作《げさく》に逃げやがって』と僕と絶縁してきた奴もいる。人間関係がリセットされたおかげでさっぱりしました」

本音のようだ。男友だちについては、そんなふうにさっぱりしたとしても、女性関係はどうなのか？　独身を通しているのは特定の女に束縛されるのを嫌っているせいで、次々にパートナーを替えるという噂もあるが、大袈裟に語られているだけかもしれない。東京にも拠点があるにしても、艶福家《えんぷくか》だったらこんなネオン街から遠いところに引きこもっていられない。

ところで今、何時だろう？

ベッドに入ってから、もう一時間は経った気がする。

〈レヴリ〉の料理はどれも美味だったが、クリームスープに包まれた帆立貝のローストが絶品だった。できることなら月に一度ぐらい食べたい。

仕事の話も交えてディナーを楽しむ私たち三人から離れたテーブルでは、弓削という客が独りで舌鼓を打っていた。光石静世が「この京野菜たっぷりのリゾットはいかがでしたか？」などと話しかけるのに、「極上の味ですね」と応えながら。食後に白布施が声を掛け、私を紹介してくれたので、名刺を交換した。彼、弓削与一《よいち》はまだ三十歳で、ジャコメッティの彫刻のような痩身《そうしん》でいながら、落ち着いた物腰は余裕と貫禄《かんろく》すら感じさせた。職業はスマートフォン向けのゲーム・クリエイター。勤めていた会社を退職して「のんびり充電中です」とのこと。

――ボク、ここの料理には目がないんです。虜《とりこ》になってしまった。この二年間、月一度のペースで通っています。

――昨日はびっくりしましたよ。車の後ろで雷がドーンですから。車載カメラを付けておけばよかったな。後ろ向きに付けてたら、すごい迫力の映像が撮れて、ネットにアップできたのに。

――ボクが勤めていたのは、新大阪にある〈イリンクス〉というゲーム会社です。昔、『絶叫城』というテレビゲームを模倣した連続殺人が起きて大騒ぎになりましたね。あれを出してたところですよ。上司が馬鹿でやっていられなくて、見切りをつけました。新しいアイディアを温めているので、それを手土産にいい会社に自分を売り込むつもりです。

話しぶりは露骨に自信家。「ボク」を強調して発音するのが少しうるさかったが、それが印象的だったせいか、彼の言葉が耳に残っている。ああ、眠るのに邪魔だ。

白布施とオーベルジュを出る時には、オーナー夫妻の姪《めい》で厨房《ちゅうぼう》にいた由未が挨拶に出てきた。齢は二十五歳。ただの手伝いではなく、将来は独立できるよう叔父《おじ》から料理人としての手ほどきを受けているのだとか。ショートヘアでボーイッシュに見えたが人見知りをする質《たち》らしく、初対面の私と目が合うのを避けていた。「ありがとうございました」と言った声は、まるでアニメの可憐《かれん》なヒロイン。それも外見に反していたので、「えっ?」と声が出かけた。

──肉体に負荷を掛ける何かがその部屋にあるんじゃないのか？　それが原因で夢見が悪いってことだろう。

三日前の電話で聞いた火村の言葉まで出てきた。勘弁してくれ。わいわい、がやがや。頭の中で会議が開かれているようで、寝られたものではない。

いったん仕切り直すことにして、ベッドに腰掛けた。そして、気にならなくもないシーツのたるみを伸ばす。顔を上げて窓の方を見たら影が小刻みに動いていたので、どうしたのかとカーテンの隙間から覗けば、前庭の木の枝が揺れている。二重窓が音を遮断しているだけで、さっきから風が吹いていたらしい。

この部屋は北西の角にあり、道路に面している。朝まで車の一台も通らないのだろうな、と思いながら見ていたら、左手から誰か歩いてくるではないか。目を凝らさずにはいられない。

暗いし距離があるので顔立ちまでは判らないが、ふわりとしたワンピースを着た女だ。背中を丸め、両手をぶらぶらさせ、だらしない摺り足で近づいてきたかと思うと、夢守荘の前をゆっくり通り過ぎていく。魂をどこかに忘れてきたような、人間らしさを欠いた歩き方のまま。

背筋がぞくりとする。

私は「あかん」と声に出して、ベッドに戻った。

変なものを目撃してしまった。おそらく、あの女がこれから見る悪夢に出現し、私を追い回すのだろう。夢の中のあいつは、大草原を駈けるチーターより速く走るのに違いない。深い森や荒涼とした原野を越え、私は懸命に逃げて、逃げて、ついには人気のない倉庫街の行き止まりに追いつめられて、最早これまでと観念したところで呻《うめ》きながら目を覚ます。すると、部屋の中にあの女が立っていて、耳まで裂けた口をかっと開き、こう言うのだ。

……どんな言葉を発するのか思いつかない。即興でお話を組み立てる技量のない作家だな、と自分に失望したおかげで、恐怖が薄れていった。

もうベッドから出まい。窓には決して近づかない。

意志の力ですべてを追い払い、瞼《まぶた》の裏側をじっと見つめることにした。闇を感じて、そこに吸い込まれるのをイメージする。

次第に効果が現われ、睡魔が這い寄ってきた。ようやく到来したこのチャンスを逃してはならない。

誰の言葉も思い出すな。人間の声を意識から消して、風景やモノだけを脳内のスクリーンに映写しろ。

そう念じていたら、階下のポスターにあった赤い文字が闇の中にゆらゆらと浮かび上がってきた。歓迎すべからざるメッセージが、私に告げる。

〈あなたに悪夢を〉

第二章　貘《ばく》の家の惨劇

1

七時過ぎに目が覚めた。

耳を澄ませば小鳥の囀《さえず》りらしきものが厚いガラス越しにも微《かす》かに聞こえてきて、江沢鳩子が言っていたとおり清々《すがすが》しい。白布施正都はもう活動しているようで、階下で音がしていた。

着替えて下り、顔を洗ってダイニングに行くと朝食が調《ととの》いつつあった。青いストライプのシャツ姿の〈日本のスティーヴン・キング〉がトーストとサラダを用意し、卵をフライパンに落としたところだった。

「おはようございます。もうそろそろいらっしゃるかな、と気配を察したので、目玉焼きを作りかけていました。――で、いかがでしたか?」

悪夢の寝室に関するモニター調査か。飛び切り恐ろしい夢を報告したら喜ばれたのだろうが、もてなされているからといって嘘をついてまで迎合するつもりはない。

「私は悪夢を見る才能がないみたいで、おかしなのを一つ見ただけです」

「でも、あまり夢を見ないと言っていたのに何かご覧になったんだ。どんなものです?」

「見知らぬ土地で、日が暮れて道に迷っただけです。心細くなりましたが、怖いとまでは思わなかった」

「そうですか。がっかりですね。わざわざ大阪からお越しいただいたのにご期待を裏切ってしまった」

「その分、今朝は気分爽快《そうかい》です」

目玉焼きにトースト、新鮮な野菜を使ったサラダ、冷たいミルクという朝食がすむと、主《あるじ》はてきぱきとコーヒーを淹《い》れ、「移動しましょう」と言う。夢守荘の裏にはデッキがあって、そこだと野鳥をウォッチングできるのだ。鶯《うぐいす》の美声を聴きながらの朝のコーヒータイムは贅沢《ぜいたく》そのものである。

「有栖川さんもごみごみした大阪を捨てて、こっちに引っ越してきませんか？　きれいな空気と静けさ、取れたての野菜のサラダだけでもその値打ちはある。釣りはしますか？　そろそろ鮎《あゆ》が解禁になりますよ。保津川の鮎といったら北大路《きたおおじ》魯山人《ろさんじん》のお墨付きです」

本日も白布施は饒舌《じょうぜつ》だ。こちらが相槌《あいづち》を打つだけでも会話が滑らかに進んでいく。

「どうです、転居してみては？」

重ねて訊《き》かれたので何か応じなくてはならない。

「街の騒音が恋しくなりそうです。そういう環境で育っているので、引っ越すのはちょっと……」

「はは、そうですか。近所に作家仲間がきてくれたらうれしい、と思ってご提案してみたんです。でも、いいところでしょう？　よろしければ、これからもたまに遊びにきてください。〈レヴリ〉のディナー目当てでも結構ですから」

午前中に、江沢がオーベルジュから散歩がてら歩いてこちらにきて、白布施と仕事の打ち合わせをすることになっている。その間、私は近辺を散策し、〈レヴリ〉で三人揃ってランチをとった後、編集者とともに帰る予定だ。もう一泊していかないかとホラー作家は誘うのだが、丁重に辞退する。

「まだ八時四十分か。江沢さんがくるまで少しあるな。あの人のことだから、九時の時報と同時にドアのチャイムを鳴らすだろう。——お替りはいかがですか？　もういい？　そうですか」

少しだけ会話が途切れる。編集者がくるまでの時間に例の件について尋ねてみたくなった。

「白布施さんは、この先もずっとホラー小説を書いていくおつもりですか？」

彼は椅子の肘《ひじ》掛けに両腕を預け、森の方を見やったところだった。顔だけがこちらを向き、私の真意を探るようなまなざしを投げてくる。

「何かを感じて、そんなご質問を？」

売れに売れているホラーのシリーズがハリウッドで映画化されたところなのに、何故そんなことを尋ねるのか、というわけで自然な反問だ。

「勘違いだったら赦《ゆる》してください。白布施さんは『ナイトメア・ライジング』がこれだけの大成功を収めても、有頂天で舞い上がっている様子が微塵《みじん》もありません。作家としてより高い目標があるから満足していないのだなと、思っていたんですけれど、書くべきことは書いてしまったから心静かな境地に達しているのかもしれない。その場合は、シリーズは完結に向かうのではないか、と考えたんです」

彼が黙っているので、私は続ける。

「『ナイライ』の一ファンとしては淋《さび》しいことながら、作家が終わらせたいと希望しているのならそこで物語は終わらざるを得ません。まだまだずっと書き続けようとお考えだったら、とても失礼なことを言ってしまいましたが……」

語尾を濁して、相手の反応を窺《うかが》う。白布施は、にやりと笑った。

「有栖川さんの観察眼に敬服します。おっしゃるとおりで、僕は遠からぬうちにあのシリーズに幕を引きたい。突然そんなことを言うと版元がびっくりするので、江沢さんに仄《ほの》めかしているんです。今日もこの後、彼女とその件について腹蔵なく話し合うつもりでいます」

「デビュー当初のような純文学に戻るおつもりですか？」

江沢はそう忖度《そんたく》していた。

「まだ判りません。しばらく休養して、ゆっくり考えます。純文学に戻れるものなら戻りたいんですが……思索を深めたわけでもなし、重要なテーマを見つけたわけでもなし。一度は見切りをつけた道に、今さらどの面下げて戻れるのか、とも思う。怖いという気持ちもあるなぁ。僕自身は上質のエンターテインメントを書いてきたと自負していますが、あんなものは幼稚な戯作《げさく》にすぎないと蔑《さげす》む人も高名な評論家の中にいます。『通俗的な読み物が売れて小金を稼いだ三文作家が、悪乗りして純文学に舞い戻ってきやがった。さぁ、石をぶつけてやれ』と舌なめずりする顔が想像できる」

そんな心情については、江沢に語っていないのではないか？　エンターテインメントの作家同士という親近感から本心を打ち明けてくれたのか、今の告白も体裁にすぎないのか、見極めがつかない。

「では、シリーズを完結させて、別のエンターテインメント小説を書くお考えは？」

白布施は、両の掌《てのひら》を開いた。手相を見せようとするかのごとく。

「ミステリのアイディアが一つあるだけで、それ以外に書きたいものがありません。ぽつりと洩《も》らしたら、江沢さんは言いました。『傑作をお書きになった後の一時的な燃え尽き症候群ではありませんか？　時間が経てば、続きが書きたくてたまらなくなるかもしれませんよ』と。そうではない。バーン・アウトするほど必死で働いてきませんでしたから。作家を稼業とするのが困難なご時世になってきましたが、自分としてはごく普通に仕事をこなしてきただけで、燃え尽きたのだとしたら調達できる薪《まき》の量がよほどささやかだったんでしょうね」

作家としての立っている位置が違いすぎて、私にはコメントをする資格がなさそうだ。それでも一つだけ提案した。

「休筆という選択肢もあります。期限を切らずに、休まれてはいかがですか？」

「さすがは同業者ならではのアドバイス……と言いたいところですが、江沢さんもそんな提案をしてくれました。彼女、優しいのでね。もっとも、編集者が想定している休筆期間はせいぜい半年かもしれませんけれど」

二人して軽く笑ったところで、この話はおしまいになる。オチをつけることで白布施が打ち切ったのだ。

「〈レヴリ〉の先まで行くと、森の中を縫う林道があります。遊歩道の趣もあって気持ちがいいですよ。ずーっと行くと足場のよくない岩場があるので、そこで引き返すのがいいでしょう。一本道なので迷う心配がない。お薦めします」

そぞろ歩きで行って帰ると一時間ほどかかるコースだという。さらにこの周辺をぶらついて二時間ぐらい潰《つぶ》してこようと思う。

「ここらを歩けば、きっと英気を養えます。地図がなくても大丈夫でしょう。有栖川さんが大の方向音痴というのでなければ」

「もしも一本道で器用に迷ったら電話をかけるので救助にきてください。——そろそろ江沢さんがお見えになる時間ですね」

　私たちがカップを手にダイニングに戻ったところでチャイムが鳴った。まさに、ぴったり九時。

「どうでしたか、有栖川さん？」

　朝の挨拶《あいさつ》に続けて、彼女は言った。悪夢の寝室の伝説を崩すのが忍びない。

「『締切を守らねえ作家はいねえがぁ』と包丁を持ったなまはげが家に入ってきました——というのは冗談で、日が暮れて道に迷う夢を見ただけです」

「それって立派な悪夢じゃないですか」

　言われてみればそうかもしれない。鈍感極まりないが、今になって薄気味が悪くなってきた。

　地方の淋しげな町を歩いていた。黄昏《たそがれ》が訪れ、家々に明かりが灯《とも》る頃、私は町はずれの道を焦りながらたどる。向こうに見える電波塔を目印にどこかを目指していたのだ。不案内な土地だから行き方が判らず、こっちの方角に歩けばいいだろう、と見当をつけて。ところが、行けども行けども目標の電波塔——次第にシルエットと化していった——は近づかず、道はゆるい上り坂になる。町並みは低くなり、道を間違えたことが明らかになっても、どうしたことか私の足はいっかな止まらず、それどころか速足になって上り坂を進む。ああ、行きたかったところが遠くなる一方だ、と悲しみながら。そこで誰かと待ち合わせていたのに。

現実に起きている何かを暗示しているようでもあり、それも無気味だ。心に影が差したところで、もう一つ思い出した。

「これは夢ではないんですが、真夜中に変なものを見ました。この家の前を女の人がふらふらと歩いていたんです。零時を過ぎていたので〈レヴリ〉に向かうお客さんとも思えないし、あれは何だったんでしょうね」

「えっ、怖い」と江沢が反応したが、白布施は平然として言う。

「マタニティドレスのような服を着ていませんでしたか？」

「あ、そうです。ふわりとしたワンピースを着ていました」

ホラー・スイッチが入ったのか、そう聞くと江沢はますます怯《おび》える。勝手に妖気《ようき》に満ちた光景を想像しているのだろう。

「だったら矢作《やはぎ》さんだな。ほら、うちと〈レヴリ〉の間にある家に住んでいるイラストレーター」

「ああ」と彼女は表情を和らげてから「矢作萌《もえ》さんですね。有栖川さんのお話だけでその方だとよく判りますすね」

「あの人は、いつもだぶだぶのワンピースを着ているんだ。妊娠しているわけではなくて、好みなんだとか。束縛を嫌う自由人の魂のせいかもね」

「真夜中に散歩するのもご趣味なんですか？」

「そっちは本人の意思で行なっているのではない。彼女はスリープ・ウォーカーなんだよ。日本語で言うと夢遊病者」

「小説や映画ではお馴染みですけれど、そんな人の話を実際に聞くのは初めてです」

私は、聞くだけではなく目撃してしまった。夢中歩行とは、ああいうものなのか。足の運びが頼りなくはあったが、眠ったままにはとても見えなかった。

「先生の作品には呪われたスリープ・ウォーカーが出てきますけれど、矢作さんをモデルになさったんですか？」

「とんでもない。隣人を、夢中歩行しながら人を殺して回る殺人鬼のモデルにするなんて失礼すぎるだろう。作品世界にふさわしいものとして創造しただけで……。しかし、担当編集者にまで言われるんだから、あの人に誤解されるのも無理はないのかな」

「矢作さんから先生にクレームでも？」

「うん、無礼で無神経だと抗議された。決してそうではないことを説明して、嫌な思いをさせたことに対して謝罪したら収まったけれど、不快感は残ったみたいだね。僕の小説なんて徹底的に絵空事なんだから、モデルにしていないことは明らかなんだけれど……。まずかったのかなぁ」

白布施が言うとおり、現実の夢遊病とはまるで違った超常現象として描かれていたので、これまで問題になっていない。小説というものは、作者に他意がなくてもどこかで誰かを傷つける可能性がある、ということか。

「いつもあんなふうに夜中に歩いているんですか？」と訊いてみる。

「いつもということはありませんよ。ごくたまに。夜が更けると車が通らない道とはいえ、危険ではありますね。ご本人も『朝起きたら、転んだ傷がついていたことがある』とか言っていましたから」

江沢が「治らないんでしょうか?」

「それができるものなら、とっくに治療しているだろう。とにかく、『呪われたスリープ・ウォーカー』はもう小説に出さないよ。彼女との約束でもあるし」

ホラー作家と編集者には大事な話があるから、こんな雑談を続ける時間はない。私は散歩に出た。

2

〈レヴリ〉の前を過ぎてさらに道を進むと、舗装が途切れて林道になる。広葉樹の緑がきれいで、心まで洗われるようだ。幾種類もの野鳥を見掛けるが、名前が判らないのが悔しくてスマートフォンで調べてみたら、キビタキだけは判明した。

引っ越してくるのは無理だとしても、こんなところに別荘が持てたらいいな、という気になってきた。夏場の一ヵ月ほどを過ごすのは涼しくて最高だろう。小説を書いてやっとこさ食べていけている私が別荘を持つのは遠い夢だが。

散策するのは日常だと白布施は言っていた。こんな爽《さわ》やかな道を歩きながら、『ナイトメア・ライジング』の構想を練っているというのを不思議に感じる。華やかな闇とでも呼ぶべきあの小説の世界観からはるか遠く隔たっているのに。

いや。

それは六月初めの晴れた朝だから思うことであって、ここは悪夢を売る作家にお似合いの環境かもしれない。昨日、私は夜闇の深さをとっくりと見たではないか。都会にいると忘れてしまうが、夜は途方もない厚みを持ち、重たいまでに暗いのだ。その暗黒が白布施にあのような物語を囁き、手を添えて書かせているのだと考えたら腑《ふ》に落ちる。

純文学に見切りをつけてホラー小説を書くようになったきっかけを、あるインタビューで彼はこう語っている。

「小説が書けなくて苦しんでいた時期に、こんな夢を見たんです。人気《ひとけ》のない公園を一人で歩いていると、黒いロングヘアで黒いロングコートを着た女が佇《たたず》んでいた。携帯電話を耳に当て、時折こくりと頷《うなず》きながら。私から見てそっぽを向くような姿勢だったので顔は判らない。その傍らを通り過ぎようとした時、女がひと言だけぽつりと呟いた。『NIGHTMARE RISING』。そう、今みたいなネイティヴの発音で。はっとして見ると、女もこちらに顔を向けた。ぞわっと鳥肌が立ちましたよ。白っぽい布で包まれたラグビーボールのように目も鼻も口もない、のっぺらぼうでした」

目覚めてからもその言葉と情景が頭を離れず、白布施は夢の意味を探ろうと努める。そうこうしているうちにホラー小説の着想を得たのだとか。

「わざわざ横文字を使って、なんて安っぽいタイトルだろう、と嫌う人もいるようですが、そんな経緯があるので仕方がありません。私はホラー小説や映画とまったく無縁に生きてきた人間で、まともに読んだり観たりしたことがありませんでした。そんな人間にホラー小説が書けるわけがない、と思いながらも、あの夢が何かの啓示だとしたら『それでも書け』ということだろうと解して、恐る恐る筆を進めていったんです」

本当だとしたら神秘的な体験である。「本当だとしたら」という懐疑は、火村の影響だろうか。あの男は何でもかんでも疑ってかかり、証拠や証明を求めたがる。もちろん、対象が夢とあっては真偽の検証が不可能だから、「罪のない嘘による自己演出」という仮説は肯定も否定もできない。

ホラーに関心がなかったというのは嘘ではないようで、彼はその方面に無知であることを公言している。ラヴクラフトの一連のクトゥルー神話も永井豪《ながいごう》の『デビルマン』も読まずに『ナイトメア・ライジング』を書いたことに驚く。発表された当初は世界観の類似を指摘する声が多かった。しかし、シリーズ化されて物語が進むうちにまったく別の魅力を持つことが判って、外野の声は潮のごとく引いていった。

この現実世界とは別の世界があり、そこに生息する者たちがこちら側に〈浸潤〉を謀っている、というのが作品世界のベースだ。あちら側の者たち——ヨル——がそんな欲望を抱くのは、人間が持つ生命エネルギーを貪婪《どんらん》に食い荒らしたいという本能による。浸潤は容易なことではないため、ヨルは人間が最も無防備になる時に照準を定め、その夢に忍び込む。そして、覚醒《かくせい》した人間を自在にコントロールし、犯罪から戦争までありとあらゆるやり方を駆使して人間社会を崩壊させることこそ目的を達する最短の道だと考えて、実行に移すのである。

それに立ち向かう主人公は、ごく平凡な青年、夢乃美弦《ゆめのみつる》。二十歳にして数々の挫折《ざせつ》をくぐり抜けてきた彼は現世を儚《はかな》み、好きな夢を自由に見るという特技に慰められていたおかげで浸潤してきた者の意識を読み取り、何が起きつつあるのかを知る。そして、ヨルから世界を救うためおよそ勝ち目のない戦いをたった一人で開始した。少年時代に祖父から教わった弓術を磨き、ヨルに操られる人間の悪夢の中にダイヴして、彼らを〈一匹〉ずつ狩っていく。

どんな物語か紹介するとこれだけのもので、既存のホラーやファンタジーのつぎはぎの感はあるのだけれど、そこが正統派のエンターテインメントらしいとも言えるし、散々言い古されたことながら、いかに書くかが小説の成否を分ける。白布施正都が達成したレベルは、私が評するまでもなく絶賛に値するものだった。

第二作以降は、美弦のハンティングによってヨルに支配されることを免れた人物たち——政界の黒幕的老人やカリスマ的な人気を持つ女性哲学者やら——が彼の味方につき、黙示録的戦いは俄然《がぜん》スケールアップし、敵の攻撃も激しさを増していく。読み始めたらやめられない中毒性のある小説だ。

いつか自分もあんな有無を言わせぬ面白さの小説を書いてみたいものだ、と思いながら歩いていくと、行く手から人の声が聞こえてきた。男女の会話だ。道が曲がっているので見通しがきかず、姿は見えていないのだが、「ボクは——」だけで一人が弓削与一だと知れた。「渡瀬さんは——」とか言っている女の声は特徴的で、こちらも聞き覚えがある。

私の足音が耳に届いたようで、声がぴたっとやんだ。おしゃべりを中断させてしまったが、恋人同士が甘い睦言《むつごと》を交わしていたようではないから遠慮するには及ぶまい。

白布施から聞いていた岩場に行き当たったようだ。特に大きな岩の一つに腰掛けていた男女が揃って私を見る。弓削と一緒に座っているのは〈レヴリ〉にいた娘で、名前は……そう、光石由未だった。

「有栖川さんでしたね。おはようございます。この先は歩きにくくなっていますよ。散歩じゃなくてトレーニング向きです」

瘦身《そうしん》のゲーム・クリエイターが気さくに声を掛けてきた。

「おはようございます。トレーニングをするつもりはないので引き返すことにします」

「ジュースの自動販売機はないけれど、一服していきませんか？　そのへんにも座り心地がよさそうな岩があります」

「お邪魔でなければ」

「そんな気遣いをしていただく場面ではありません。ボクが由未さんを誘って、散歩に付き合ってもらっていただけですから。それ以上でもそれ以下でもない。——ね？」

返事は短く「はい」だった。雰囲気からしてもそのような感じで、ランチの支度まで彼女は時間に余裕があるのだろう。

「昨日は夜遅くまで白布施さんと語り合ったんでしょうね。作家同士でどんなお話をなさったんですか？」

ディナーの折に見掛けた印象どおり、弓削は人懐っこい。

「とりたてて珍しい話はしていませんよ。私は『ナイトメア・ライジング』の愛読者なので、執筆の楽屋裏を伺ったりもしました」

当たり障りのないことを答えておく。

「それは同業者の特権ですね。ボクもあのシリーズは好きだから映画を楽しみにしています。早く新作が読みたいなぁ」

「もう少しで書き上がるみたいです」と言うと、「本当ですか！」とうれしそうにしていた。

「渡瀬さんの話なんかは……？」

おずおずと由未が尋ねてきた。こちらは昨夜と同じく人見知りモードで、声はやはりアニメの声優風だ。

「出ましたよ。たくさん手助けしてもらったことを白布施さんは感謝していて、代わる人はなかなか見つからないだろう、ともおっしゃっていました。――渡瀬さんのことはよくご存じなんですね？」

「はい」

「お話を聞いて、白布施さんにとって本当に得がたい方だったことは察せられました」

また「はい」だけで終わるのかと思ったら、今度は言葉を継いだ。

「かわいそうな人です。黙々と先生のお世話をするだけで、何も楽しみなんかなさそうでした。怖い夢ばかり見ていたし」

「あなたにも悪夢の話を？」

「何度か。『今朝のはひどかった。不潔な牢屋《ろうや》に閉じ込められていて、怪物の餌《えさ》になるのを顫《ふる》えながら待つだけの夢だった』とか」

見知らぬ町で迷うどころではない。さすがは悪夢の達人と言うべきか、身の毛がよだつような夢だ。

「話してくれた後、『先生より先に由未さんに話してしまった。このことは内緒にしてね』と笑いながら手を合わせたりして……」

懐かしんでいるふうではなく、まだ悲しんでいるように見受けられた。かなり親密な間柄だったのかもしれない。彼女が一方的に好意を寄せていたとも考えられるが。

「由未さんは、いつから〈レヴリ〉に？」

「三年前です」

「料理の修業にいらしたそうですね」

「はい」

「叔父《おじ》さんがシェフで好都合でしたね。よそのレストランで働いたこともあるんですか？」

「ほんの少しだけ」

これ以上は訊かない方がよさそうだ。あまり語りたくない事情があるのかもしれないし、もとより彼女の身の上について詮索《せんさく》するつもりはない。

「有栖川さんはゲームをなさいますか？」

由未を助けるかのように、弓削が話題を変えた。こちらとしても望むところだ。

「仕事に追われて時間がないので、最近はあまりしませんね。どういうのが流行《はや》っているんですか？」

テレビで頻繁にCMが流れているゲームの名前をいくつか挙げて、それらがどんなものか嬉々《きき》として紹介してくれた。彼は天職に就いたようだ。

「そろそろ……」

由未が言うと、弓削は腕時計を見てパンと手を打つ。

「ああ、うっかりしていた。ここらで帰りましょう。――有栖川さんは、ゆっくり休んでいってください。ここは木陰になっていて気持ちがいいですねぇ」

二人が行ってしまうと、私はしばらく風に吹かれていた。もう少し先まで行ってみようかとも思ったのだが、足場が悪い上にぬかるみが残っているのでやめ、ウエストバッグからスマホを取り出してメールのチェックをした。ついでにニュースサイトを見ていたら、たちまち十時半だ。ぶらぶら引き返せば予定どおりの十一時に夢守荘に戻れそうである。

白布施正都と担当編集者はどんな話をしているのだろうか？　作家の決意は固そうだったが、珀友社を背負った江沢鳩子も簡単には引き下がるまい。互いがヒートアップして、私が家に入りそびれることがないように希《ねが》いたい。

林道から市道に出て、〈レヴリ〉を横目に歩き、赤いスレート屋根の家に差しかかる。垣根越しに視線を投げてみたが、家庭菜園らしきものがある庭に女性イラストレーターの姿はなかった。

夢守荘に帰ってきた。さて、事態はどうなっていることかと思えば——

チャイムを鳴らしてから玄関のドアを開けると、二人はダイニングで和気藹々《あいあい》と語らっていた。他社の編集者の噂話をしていたようで、緊張感はどこにもない。本題については、結論は出ぬままでも今日のところの決着がついたものと思われる。

「散策を楽しんできました」と言うと、自作が褒められたかのように白布施はうれしげだった。

「有栖川さんに報告をしなくては」

「何ですか？」

「あなたが勧めてくれた休筆の件を持ち出したら、彼女、何て言ったと思います？　私は『では、半年間ぐらいお休みになっては』というアンサーを予想していたけれど、とんでもない。半分の三ヵ月でしたよ」

江沢が慌てる。

「先生、私を鬼編集者みたいにおっしゃらないでください。作家というのは書かずにいられない方々です。三ヵ月ぐらい筆を擱《お》いてお休みになったら腕が疼《うず》いてくるのではありませんか、と言っただけです。鞭《むち》を振り回しているわけではありません。——そうなんですよ、有栖川さん」

「弁解しているよ、はは」

「もう先生、違いますって」

齢《とし》の離れた兄妹《きょうだい》のようだ。しかし、こんなやりとりも一種の駆け引きなのかもしれない。表面上はほのぼのとしていながらスリリングだ。

「作家なんて陰気臭いばかりの仕事だけど、江沢さんと話していると気分が晴れていくね。もう一泊していきなさいよ。〈レヴリ〉の部屋は空いているみたいだ」

「どれだけそうしたいことか。でも、会社は甘くないんです。私をそこまで自由にさせてはくれません。先生のアシスタントに転職したら、シリーズを書き続けてくれますか?」

「捨て身の作戦だね。そこまで言われると気持ちが揺らぎそうになるが——」

「揺らぎますか?」

「でも、駄目だ。初志貫徹、やめると言ったらやめる」

「何十万人ものファンが泣きますよ。悪夢は小説だけにしておいてください」

「うまいこと言うねぇ」

黙ってなりゆきを見守っていると、江沢から援護射撃を要請される。

「有栖川さんも何とか言ってください。ジャパン・ホラーの危機です」

「はあ。それは憂慮すべきことですけれど、白布施さんにお考えがあってのことでしょうから、私が口を挟むわけにも……」

煮え切らない態度をとることしかできず、江沢は苦笑するだけだった。

そんな中にチャイムの音が割って入り、私たちを黙らせる。「宅配便かな」と呟《つぶや》いて白布施が立ちかけたところで、急《せ》かすようにまた鳴った。こんなに失礼な配達員はいないだろう。

「はいはい、誰だよ」

白布施は苛立《いらだ》った様子を見せながら玄関に向かい、その背中が死角に消える。ドアが開く音から間髪容《い》れず、女の尖《とが》った声が聞こえた。

「白布施先生、ちょっといいですか？　渡瀬さんの家が変ですよ」

「藪《やぶ》から棒に、どういうことでしょう？　渡瀬君がいた家は、矢作さんもご存じのとおり空き家のままです」

「だからおかしいんです。あの家の所有者は先生なんですから、放ってはおけませんよ」

訪ねてきたのは矢作萌で、何故か興奮状態にあるようだ。不穏な雰囲気に江沢と私は顔を見合わせ、揃って腰を上げた。

「ご近所トラブル発生でしょうか？」と彼女。

私は「クレームの話をさっき聞いたばかりですからね」

様子を見に行くと、だぶだぶのワンピースを着た女が、白布施に詰め寄っていた。

「とにかく一緒にきてください。あの家の鍵《かぎ》を持って」

空き家に異状があるので調べてくれ、と言いにきたことだけは判ったが、何がどうしたのかが判然としない。本人が自分の見たものに確信が持てないため、故意にぼかしているようでもあった。

玄関先で、しばし会話が続く。

「落ち着きましょう、矢作さん。あの家は鍵が掛かっていないんです」

「え、そうなんですか？」

「はい。ふだんは施錠してあるんですけれど、一昨日《おととい》、渡瀬さんの遺品を見にきた女性がいましてね」

「そんな人がいらしたことは知っています」

「その人が出入りできるように開けっ放しにしておいたんですよ。お帰りになったのでまた戸締りをしようとして、うっかりそのまま忘れていた。不用心ですが、泥棒が入っても盗《と》られるものがないので、つい。彼女に鍵を貸したんだがな」

「そうでしたか。だけど、鍵が開いているからといって私が勝手に上がり込むわけにはいきません。様子を見に行ってもらいたいんです」

「悪戯者《いたずら》が窓ガラスを割りでもしているんですか？　おかしな落書きでも？」

「違います」

白布施の背中越しに訪問者を見た。年齢は私と同じく三十代半ばだろうか。赤い縁の眼鏡を掛け、黒いストレートヘアをセンターで分けて肩に掛かるまで垂らしている。あまり手入れをしていないようだが、枝毛がぴんぴん跳ねているところも含めて何となく彼女に似合っていた。体型が崩れているわけでもないのに過剰にゆったりとしたワンピースを好む趣味とともに、身なりにかまっていないところがクリエイターっぽいのだ。絵を仕事にしていると聞いているせいかもしれないが。

「はっきりおっしゃいませんね。行けと言われたら気になるので見に行きますが。――ちょっと待ってください。念のため合い鍵を取ってきます」

白布施が身を翻すと、彼女と視線がぶつかる。江沢や私が後ろに立っていることに初めて気づいたようで、バツが悪そうな顔で言った。

「お騒がせして、すみません」

「どうなさったんですか？　空き巣が入った形跡があるとか――」

隣人は、江沢の言葉にかぶせて答える。

「よく判らないんですけれど、中に誰かいるみたいなんです。その人、ソファにぐったりと座ったまま動かなくて……」

空き家でそれは只事《ただごと》ではない。

「窓から覗《のぞ》いたら見えたんですね？」

私が訊いた。どうして他人の家の敷地に立ち入り、窓を覗いたのかは判らないが。

返事は「はい」だ。覗き見したことが言いにくくて、奥歯にものが挟まった物言いになっていたらしい。

鍵を手に戻ってきた白布施に、「私たちもご一緒します」と江沢が言った。その勢いに押されたように、ホラー作家は「うん」と応《こた》える。

「一昨日いらした女性というのは、もうお帰りになったんでしたね？」

編集者に訊かれて、白布施は靴を履きながら「いいや」と言う。

「実は知らないんだ。昨日の午前中に挨拶もせずに帰った、と思い込んでいたけれど。しかし、まだあの家にいる、ということはないだろう」

「中に誰かいるそうです。ソファにぐったり座ったまま」

「おい、それはまずいな」

急病で倒れたのかもしれない。最悪の場合、渡瀬信也と同様に心臓の発作などで急死している可能性もある。

私たち四人は一団となり、五十メートルほど離れた家へと小走りで向かった。走りながら、江沢はポケットをまさぐってスマホが入っていることを確認している。周到にも、非常の際は救急車を呼ぶ心づもりをしているのだろう。白い柵《さく》に囲まれた平たい家に着いた時には、白布施、私、江沢、矢作という順の列になっていた。

白布施が玄関ドアのノブを押すと、抵抗もなく内側に開く。彼が言ったとおり施錠はされていなかった。

壁のスイッチを押して明かりを点《つ》け、白布施から靴を脱いで上がる。真正面は床の間風の壁龕《へきがん》になっていて、木彫りの彫刻が置いてあった。四足の動物だ。何だろうと思ったが、そんなものをしげしげと見ている場合ではない。白布施が左手のドアに向かったので、くっつくようにして後に続いた。

電灯が点くなり、二十畳以上は優にある部屋の光景が目に飛び込んできた。手前左の一角が小ぢんまりとしたキッチン。広いカウンターがダイニング・テーブルになっているようだ。その上にコンビニ弁当を食べた跡がある。奥は、羨《うらや》ましいほど広いリビングで、大型テレビと向き合う位置に背もたれが低い布張りのソファがあり、誰かが座っていた。女だ。

立ち尽くす白布施と私の背後で、二つの悲鳴が上がった。

ソファの上で大きくのけ反った女の顎《あご》は、ほとんど天井を向いている。逆様になった顔。開いたままの目。床にできた血溜《だ》まり。

「あの人だ」

白布施が言う。

「一昨日、訪ねてきた女性ですね?」と訊くと、黙って頷く。

数歩近づいて、女の角膜がすっかり混濁しているのを確かめてから、私は振り返って江沢に頼む。

「殺人事件だと警察に通報してください。死亡してかなり時間が経っているので、救急車を呼ぶ必要はありません」

殺人だと断定する根拠を誰も尋ねようとはしない。こんな自殺があるとは思えないからだ。ましてや事故はあり得ない。

ソファに座った女の細く白い喉《のど》を、矢が真横に貫いていた。

3

何をさて措《お》いても現場を保存しなくてはならない。この部屋に入らないように言ってから、私は死体と室内の様子を素早く観察した。やがて到着する警察に任せればいいことだが、火村のフィールドワークに同行しているため習い性になっていたのだ。

そんな私に、矢作が赤い眼鏡の奥から奇異の目を向ける。

「こういう場面にすごく慣れているみたい。あなたは小説家だと聞きましたけれど、元刑事さんなんですか？」

そんな異色の作家ではない。いや、臨床犯罪学者の助手を務めているのだから、もっと変わり種か。

「わけあって殺人現場に何度も立ち会っているんです。現場検証に支障をきたしますから、皆さん、何にも手を触れないようにしてください。腕を組むか、ポケットに両手を入れておいたら間違いが起きません」

玄関とリビングに入る際にドアノブと電気のスイッチに触れたことを白布施は悔いたが、それは仕方がない。

「警察がくるまで有栖川さんが指揮官ですね。さすがに場数を踏んでいるだけあって動じていない」

私だって動揺していたのだけれど、他の三人に比べればましというだけだ。指揮官とは烏滸《おこ》がましい。

「白布施さん、あの方の名前は？　まだ伺っていないんですが」

彼は、すぐに思い出せない。

「待ってください。度忘れしてしまって……。えーと、あれだ。新選組《しんせんぐみ》の……ほら」

「土方《ひじかた》？　近藤《こんどう》？」

後ろから江沢が「沖田《おきた》ですか？」

「そう、沖田だ。下の名前は……ヨリコ。どんな字を書くかは聞いていない」

「あそこで亡くなっているのは、沖田ヨリコさんに間違いありませんね？」

「そばに寄って見ていないし、顔貌《がんぼう》がかなり変わっていましたが、あの人です。いったい、どういうことなんだ。わけが判らない」

昨日の午前中に挨拶もなしに帰った、と白布施は思い込んでいたのだ。

「首に矢が刺さっていました。左から右へ突き抜けていたようですが、あの矢に心当たりはありますか？」

「矢でしたね。僕も見ました。あれが凶器なんですね？」

「そのように見えました。この家にあったものですか？」

「ええ、そうです。——ちょっと部屋を見ていいですか？」

彼はそっとドアを開け、奥の壁を指差す。先ほどは気がつかなかったが、大型テレビの脇に弓が掛けてあった。

「熱心な読者からプレゼントされた弓矢が飾ってあったんです。実用に耐えるものではなく、装飾用のレプリカなんですけれどね。実際に射ることはできないんですが、矢は先が鋭くて危険でした」

「矢も飾ってあった？」

「弓の下に。今は壁にないでしょう？」

それが沖田ヨリコの首に刺さっているわけだ。

「白布施さんが読者からプレゼントされたものが、どうしてここに?」

「うちには飾るのに適当な場所がなかったんですよ。渡瀬君が『カッコいいですね』と気に入ったみたいだったので、『君のところに置いておくか?』と。この部屋は壁が殺風景だったので、ちょうどよかったんです」

「あの弓に矢をつがえて放つことはできないんですね?」

「弓と矢のバランスが悪いので無理です。射たとしても、矢はぽとりと足許《あしもと》に落ちるだけでしょう」

ということは——犯人は矢を壁から取り、自分の手で被害者の首に突き刺したわけか。向かって右から左へ、という方向から推察すると犯人は右利きだ。

ドアを再び閉める前に、窓に注目してみた。左手——こちらが南か——に二つ、西に一つ。いずれもカーテンが掛かっているのだが、ある窓だけドレープにわずかな隙間がある。矢作がそこから室内を覗いたとしたら、ちょうどソファに座った死体の脚が見えそうだ。

「矢作さん」

呼びかけると、はっとしたように顔を上げた。

「何ですか?」

「こちら側の窓から覗いたら、カーテンの隙間から女性の脚が見えたんですね?」

下手な訊き方をしてしまった。これでは誘導尋問だ。

「はい、そうです。ほんの少しだけ開いていたんです」

「どうしてこの家の窓に近づいたんでしょうか？　通りすがりに異状に気づいたわけではないのに」

痛いところを突く質問かと思ったら、そうでもなかったようで、彼女は平然としている。

「私には、寝惚《ねぼ》ける癖があるんです」唐突に夢遊病のことを明かした。「夜中にベッドを出て、服を着替えて外に出て行ってしまう。そんな困った癖です。いえ、病気と言った方が正確ですね」

今はその話は関係ないだろう、と思いながら聞いていると、すぐにつながる。

「昨日も夜中にさまよい出たみたいで、朝起きたら掌を擦りむいていたんです。大したことはなかったんですけれど、嫌な気がしました。転んだようでもなかったから、外を歩いているうちに何かざらざらしたものに触れたんでしょう。さっき散歩をしていて、この家の柵にでも触ったのかな、と思って木の毛羽立ちを見ているうちに――」

昨日、〈レヴリ〉でランチをとった際、渡瀬信也と縁があった女性がここを訪れてきたことを光石夫妻から聞いていた。それで、もう帰ったんだろうな、と思って様子を窺おうとしたのだという。

「何か普通でないものを感じた、ということはないんですね？」

「そうですね。……ええ、特にありません」

その程度のことでわざわざ窓に寄って行くものだろうか、という違和感が残ったが、追及するのは控えた。私にはそんなことをする権限がないし、警察の取り調べを前に彼女に警戒心を植えつけるのは避けた方がいいだろう。

殺人事件だから京都府警本部の捜査員たちも現場にやってくる。顔馴染みの柳井《やない》警部の班であれば話しやすいのだが、さて、どうなるか。柳井ならきっと火村に連絡を取り、私が第一発見者の一人だということを言い添えるだろう。

どの班が担当するのか判らないが、火村には一報入れておくのがよさそうだ。十一時四十分。講義の最中かもしれないので、電話ではなくメッセージを送る。

〈亀岡で他殺死体の発見者になった。現場は、作家の白布施正都氏の隣家。警察へは通報ずみ。時間ができたら電話をくれ〉

こそこそと送信する私を江沢がじっと見ていたが、説明するのは火村がきてからでいい。矢作は魂が抜けたようにぼんやりと立ち、白布施は広い額を擦《こす》りながらぶつぶつと呟いている。

「どうしてこんなことになったのか……。この家はどうかしているな。呪われているみたいだ」

ホラー作家が「呪い」を口にしてぼやくとは。渡瀬信也の不幸な死が甦《よみがえ》っているのだろう。

「思い当たることは何もありませんか？」

この問い掛けは不興を招いた。

「あるわけがない。率直に言わせてもらうならばこれは、赤の他人が私の所有する家にきて勝手に殺されている、という意味不明で理不尽な事態ですよ。……いや、言葉が過ぎました」

ひどいとばっちりを受けた気がしているらしい。

私たちは所在なく玄関先で固まっていた。ちょうど壁龕の前あたりだったので、飾ってある木彫りの像が自然と目に留まる。さっき見た時は判らなかったが——獏《ばく》か？

「獏ですよ」私の視線をたどったのか、白布施が言う。「実在する哺乳類《ほにゅう》の獏ではなく、中国の伝説上の聖獣」

「もしかして、これもファンから贈られたものですか？」

「いや、そうではなく渡瀬君が買ったものです。京都の骨董《こっとう》市を冷やかしている時に見つけて、値段も安かったので面白がって買ってきたんです」

「自分を悩ませている悪夢を食べてくれることを期待したんでしょうか？」

「ええ。しかし、獏が悪夢を食べてくれるなんて日本古来の言い伝えを本気で信じるわけもない。悪夢を売り物にしている僕に『こんなものがありました』と見せたかったようですね。僕が暮らしている家を夢守荘と呼んでいたのに倣って、こちらの家を〈獏ハウス〉と名づけていましたっけ」

獏ハウスか。その呼称は便利だから使わせてもらおう。

ほどなく亀岡署の車がやってきて、私たちは家の外に出される。そして、警察車両の中で一人ずつ事情聴取を受けることになった。自らの緊張をほぐすためなのか、白布施は「作家としていい経験になるよ」と江沢にこぼしていた。

所轄の捜査員たちの主たる任務は現場保存だから、事情聴取といってもそう突っ込んだものではなく、本部の捜査員に引き継げるよう死体発見までの経緯が中心だ。私が身元を明かすと、刑事は「もしかして」と訊いてくる。

「英都大学の火村英生先生のお知り合いでは？」

「はい。彼の手助けをする機会がよくあって、府警の柳井警部も存じ上げています」

相手の目が輝く。

「そうでしたか。ということは、火村先生がこちらに？」

「死体の第一発見者になったことを伝えましたから、可能ならばやってくるでしょう」

そう言ったところでスマホが振動した。「失礼します」と断わって出てみると、噂をすれば影である。

「メッセージを読んだ。他殺というのは確かなんだな？」

歩きながらかけてきたらしく、火村の歯切れのいいバリトン・ボイスの後ろにキャンパスのざわめきが聞こえていた。

「首の左から右へ矢が突き抜けた死体や。自殺でも事故でもないやろう」

「矢が凶器ということは、現場は屋外なのか？」

「いいや、家のリビングでソファに座った姿勢で見つけた。犯人は、凶器を手で持って刺したんやないかな」

「もう推理を開始しているのか。で、被害者は何者だ？」

「用事があってその家にきた女性らしいんやけど、話すと長くなる。どういう素性の人なのか俺もまだ詳しくは知らん。今、亀岡署の刑事さんに色々と訊かれてたとこや」

「そうか、大変だけれど見せ場だな。知力の限りを尽くして何とか解決しろ」

「おい！」

大きな声を出したら、横の刑事が驚いていた。

「殺人事件やぞ。お前の研究のフィールドやないのか？」

「らしいな。片づけをして、飯を食べてから車を飛ばして行く。飛ばすって言っても、車の機嫌次第だけれど」

早くそう言え。

「走っているうちにバラバラにならんかったら、ということか。准教授としてそれなりの禄《ろく》を食《は》んでるんやから、ええかげんに買い替えろ。——フィールドワークにくるんやな？」

「行く。柳井さんからも留守電が入っていて、不運にも有栖川有栖先生が巻き込まれたことも話していたよ。これからそっちに電話をする」

柳井班がこの事件を担当すると聞いて、心強く思った。目つきが鋭く、福助のように鉢が開いた警部と会うのも久しぶりだ。彼の令嬢は火村の教え子になるのを希望して英都大学社会学部を受験したのだが、第一志望はかなわず経済学部に通っているそうだ。

「結局、『血腥《ちなまぐさ》い殺人現場』で会うことになっちまった。因果だな」

「こうなるような予感がしてたわ」

「俺もだ」

通話を終えてしばらくすると、府警本部の面々が到着した。「どうも」と寄ってきた小柄な柳井警部と挨拶を交わす。穏やかに話す人でふるまいも紳士的なのだが、顔が怖いのが玉に瑕《きず》だ。彼の片腕である南波《なんば》警部補は、〈人相の悪い福助〉などと無遠慮に評している。刑事としてはこれぐらいの強面《こわもて》がよいのだろうけれど。

「ご無沙汰《ぶさた》しています、というのも変ですが。火村先生もおいでくださるそうですね。ありがたい」

柳井は、こちらに向かう車中で彼と話したそうだ。

「所轄の方がいらっしゃるまでの間、現場は完全に保存しました。被害者が絶命していることを確認するために白布施さんと私が立ち入っただけで、他の人は足を踏み入れていません」

「助かります。死体を発見してすぐに通報なさったんですね？」

「もちろんです。時間を確認するのを怠ってしまいましたが、見つけてから一一〇番にかけるまで二分と経っていません」

通信指令室が通報を受けたのは十一時三十一分だったそうだ。

「火村先生がいらっしゃるまで時間がある。有栖川さん、先に現場をご覧になりますか？　先生よりも鮮度が高い状態で見分できますよ」

「拝見できるのなら」

「行きましょう」

足につけるビニールカバーと手袋を借りて屋内に戻る。そんな私を、白布施と江沢が何か言いたげに見ていた。

「これは……何でしょう？　ライオンとマンモスが合体したみたいな姿をしてる」

壁龕の置物を見て訝《いぶか》る警部に、「獏だそうです」とだけ答えた。獏の像が置いてある理由については、後で説明するとしよう。

現場に入ると鑑識による捜査の真っ最中で、しきりにフラッシュが閃《ひらめ》く。ソファの死体と向き合っていた南波警部補が、私を見て軽く頭を下げた。彼の傍らでは監察医が検視をしているところだ。

死体の顔は、逆様になってこちらを見たまま。角膜の濁った両眼が無念を訴えているかのようで痛ましい。事務的な手つきで監察医に体をまさぐられていることも含めて。

「いつもと逆ですね。先に有栖川さんが臨場して、後から火村先生がいらっしゃるというのは珍しい」

南波が言うのに応えて、

「私の地元の大阪で事件が起きた時は、そうなることもあるんですけれどね」

「さすがの火村先生も第一発見者より先に現場に現われることはできない、ということですか」

「ええ。もしそれができた時は、あいつが犯人です」

南波の口許がほころんだが、目は笑っていない。軽口で緊張が和らいだら死体を見てください、ということだ。

「有栖川さんと白布施さんは、戸口のあたりからご覧になっただけなんですね？」

歩み出した私に南波が訊く。

「はい。こういう状態ですから死亡していることは明らかだったし、何が原因かも判りました」

「ショッキングな殺され方ですが、こちらから見るとさらに刺激的ですよ」

「どういうことですか？」

もったいぶって答えてくれない。体の前面に激しい損傷が加えられているので、あらかじめ覚悟することを促しているようでもあった。

「はい、視《み》ましたよ」

人のよさそうな顔の監察医が二、三歩退いてスペースを作ったので、私は柳井とともに死体に近寄って行く。びっくり箱を、それと知って開けるような気分で。

回り込んでみたが、別に変わったところはないではないか。頸部《けいぶ》から噴き出した血が派手に飛び散っているのは予想どおりのことにすぎず、何が刺激的なのかと尋ねようとしたら、南波は「これです」と私が見落としているものを指差す。どきりとした。

「これは……刺激的ですね」

冷たくなった沖田は両腕を体の前面にだらりと垂らしている。その姿勢に不自然なところはないし、ブラウスやスカートも乱れていなかったが、問題なのは右手首だ。無惨にも切り落とされ、赤黒い切断面をさらしていた。

4

南波が、ぽんと肩を叩《たた》く。ふだんはそんな馴れ馴れしいことをしないのだが、気つけ薬のつもりなのだろう。効き目はあった。

「こうなっていたんですか。知りませんでした」

「ひどいですね。ざっと調べたところ、右手首はこの部屋の中にはありません。犯人が持ち去ったようです」

「犯人は何故こんなことを?」

愚問であった。

「答えられる人間はこの場にいません。それをこれから調べるわけです。ご協力のほど、よろしくお願いします」

「はい」と答えてから、右手首――ではなく、右手首があった部位を見直す。鋭利な日本刀で切られたようではなく、包丁か鋸《のこぎり》でごりごりとやったらしいことは素人目にも判る。女性のほっそりとした手首であっても、犯人にとって面倒な作業だったはずだ。

「かなり急いで強引に切っていますね。ありあわせの道具で慣れないことをした、という感じです」

監察医が、まず手首についてコメントする。髪が薄くなっていて初老に見えるが、とても若々しい声だった。続けて所見を述べる。

「見てのとおり他殺です。死因はおそらく失血性ショック。死後一日半ほど経過していますね」

「一日半ということは、犯行があったのは一昨日の夜十一時半ぐらい？」

南波の問いに頷いて「そう」

「どれぐらいの幅がありそうですか？」

「うーん、前後二時間というところですか。詳細は剖検で」

六月八日水曜日の午後九時半から九日木曜日の午前一時半の間ということになる。メモしようとしたら、手帳もペンも持っていないことにがっくりときた。作家のくせにこのザマは、武士が刀を置き忘れてくるのに等しい。その代わりスマホが内ポケットにあるのに気づいたので、そこにメモしておく。

「一日半の間、ホトケさんはほったらかしだったわけですね」

「うん、かわいそうに」

「あそこに弓が飾ってあります」南波は半身になって壁を示して「あれを使って矢を射たんでし

ょうか？」

意見を求められた監察医は怪訝《けげん》そうな顔をした。

「あの弓は実用品なんですか？　そうだとしても、この部屋の中で使うのは無理がありそうですよ」

「私もそう思います。犯人は矢を手にして突き刺した、と考えてもいいんですね？」

「かまいませんよ。人の力だけでこういう傷を作れたでしょう。矢の先が鋭く尖っているから。……この先っぽって、何と呼ぶんでしたかね？」

「ヤジリです」

南波は即答した。鏃とも矢尻とも書く。

「やっぱり矢尻でいいんですよね。先っぽなのに尻《しり》というのも変な話だ。――よけいなことを言って失礼しました。他に何かご質問は？」

「右手首と首以外には目立った外傷はなさそうですけれど」

「服を全部脱がして調べないと判りませんが、ざっと視たところ左の手首に強く摑《つか》まれたような形跡があるぐらいですか。乱闘はなかったにせよ、小競り合いがあったようにも見えます」

ここで柳井が横から質問を挟む。

「右手首が切断されたのは死亡してすぐですか？」

「多分、そうでしょう。あまり時間を置いて切ってはいない。被害者が絶命して十分後だったのか一時間後だったのかは知りませんよ」

「ここが現場なのは間違いなさそうやな」

南波が呟くのに監察医は、また「そう」

「ですよね。よそから運ばれてきたわけではない？」

「動かされていませんね。南波さんの足許にある血溜まり。そのへんで頸部を刺されて、血を噴きながらこのソファに腰掛けるように倒れたんですよ。そして、そのまま死亡した」

「犯人は返り血を浴びていそうですね」

私が言うと、監察医は初めてこちらを見て何か言いたそうにした。南波が紹介してくれると、「ああ」と納得したようだ。

「どなたかと思ったら、あなたが火村先生とコンビを組んでいる有栖川さんですか。初めまして」

マジシャンのごとく何かをすっと差し出した。血にまみれた死体の前で名刺を交換することになるとは。

「火村先生は？」

島原《しまばら》という名の監察医は、犯罪学者と対面したがっているらしい。すぐには到着しないことを言うと、「そう」と残念がっていた。

「はっきり言えるのは今のところそれぐらいです。くわしくは解剖してから」

役目を終えた島原は、「では」と手刀を切ってから退場した。

「こんなものがあるんです」

南波が、半ばソファの陰になった壁を指す。ヒトの手形が遺《のこ》っていた。鮮明なもので、これなら指紋も採取できそうだ。

「でっかいな」柳井が言う。「被害者の手は汚れてないから、彼女のものでないのは明白や。それ以前に大きさが違いすぎる。犯人は男で、しかも体格《ガタイ》のええ奴や」

「よろけて壁に手を突いたみたいですね。うろたえていたのか、それを拭《ふ》くのを忘れた——ということですかね、有栖川さん」

警部補に振られたが、とっさのことだったので頭に浮かんでいたことが口を衝《つ》く。

「これは左手の跡ですね。犯人が左の手形を現場に遺して、被害者の右手首を持ち去っている。妙な感じです。血まみれの左手を壁に突いたのはミスだとしても、死体の右手首を切ったことに何の意味があるのか……」

警部は、すげなく言う。

「右手首を切断した理由について考えたら、いくらでも仮説が立てられますよ。そんなことを思案するよりも、犯人を捕まえて『なんであんなことをしたんだ?』と問う方が早いでしょうね」

それでは面白くない。ミステリ作家たる私は、犯人が右手首を切り落とさなくてはならなかった理由についてさっそく考察を始める。

仮説その一は、そこに犯人にとって都合の悪い何かがあったから。傷を負った犯人の血液が付着したぐらいなら丁寧に拭き取ればよさそうだが、科学捜査を恐れて万全の策を取ったのかもしれないし、もっとまずい何かが遺るのを避けたかったのかもしれない。

仮説その二は、そこに犯人が持ち去りたいものがあったから。最も判りやすいのは指輪だ。自分のイニシャルを入れて贈った指輪が抜き取れなくて、やむなく手荒な手段を選んだとも考えられる。

仮説その三は……このへんから苦しくなってくる。犯人は、被害者の右手首そのものを必要としたのではないか。そんなものを何に使うのかは判らないが。

仮説その四は、被害者に右手首があると何かの邪魔になるので切除した、という見方。これまた、何の邪魔になるのだ、と問われると返答に窮してしまう。

仮説その五は……出てこないので、後でゆっくり考えることにする。

警部は「いくらでも仮説は立てられます」と言ったが、「いくらでも」は言いすぎではないか？

「ふぅむ。弓が飾ってある下のフックに矢が掛かってたんやな。犯人はそれを凶器に使ったらしい」

奥の壁を向いたまま柳井が言った。私は、白布施から聞いたことを伝える。近くで見ると弓は長さ一メートル五十センチほどの竹製だった。弦《つる》の素材は判らない。

「弦は麻糸でしょう」警部補が言う。「しかし、これでは実用性はない。どう見ても装飾用ですね」

初めて知ったが、南波は学生時代に弓道をたしなんだそうだ。柔道にも剣道にも長《た》けた武道家なのは知っていたが。そんな彼こそこの事件を担当するのにふさわしい刑事だと思いかけたが、犯人は弓で矢を射ていないのだから弓道体験は捜査に意味を為さないか。

島原は、小競り合いがあったようにも見えると言っていた。室内を見渡すと、ものが散乱したり椅子がひっくり返ったりはしていないが、ソファやテーブルがもとの位置から動いているようにも思える。ほんの少しずつだが。被害者は強盗にいきなり襲われたのではなく、顔見知りの何者かと口論しているうちに相手が激高し、殺人にまで発展してしまったのかもしれない。

南波はキッチンに向かい、流しの下の扉を開ける。

「包丁が一本だけあります。見たところ……血糊《ちのり》を拭《ぬぐ》い去ったようでもありませんね。手首ぐらい切り落とせそうですけれど」

もしかしたら包丁は二本あって、そのうちの一本を犯人がおぞましい作業に使った後で持ち去ったのかもしれない。もっとも、ここの住人は独り暮らしだったから、もともと包丁が一本しかなかった可能性もある。わが家のキッチンのように。

現場の状況は概《おおむ》ね把握できたので、〈獏ハウス〉の全体を三人で見て回る。犯行現場は家の玄関から向かって左半分を占めていたが、右半分にはトイレ・浴室、寝室、納戸と並んでいた。渡瀬信也の私物がいくらか遺されていたが、これといって変わった点は見られず、強盗に荒らされた形跡なども皆無だった。

シングルベッドだけがぽつんと置かれた寝室では、捜査員の一人が被害者の荷物を検《あらた》めていた。シャンパン色のキャリーケースに詰め込まれていたのは女性が泊まりがけの旅行をするのに必要なものばかりで、着替えは一泊分しかない。昨日にはここを離れるつもりでいたようだ。

財布には現金が五万円と少々。クレジットカードが二枚と健康保険証、そして顔写真入りの個人番号カードが入っていた。記載されているその内容を南波が読み上げる。

「沖田依子《よりこ》。大阪府大阪市旭《あさひ》区清水《しみず》六丁目五番九〇三号。一九八五年五月二十七日生まれ。――誕生日を過ぎてるから三十一歳か」

「携帯電話は?」と柳井が訊くと、調べていた捜査員は「ありません」と答えた。

「ないんか。犯人は電話だけ持って行きやがったんやな。被害者の手許にあったやろうから。しかし、金には手をつけてない」

動機が怨恨《えんこん》であることを窺わせる。

「シーツがきれいに張ってあって、人が寝た跡がないな」

ベッドに目をやる警部に、ここで二年前に渡瀬信也が心臓発作で死亡したことを話す。

「白布施さんによると、被害者は渡瀬さんのことを偲《しの》びながらここで一夜を過ごすつもりだったようです。ベッドに就く前に凶行に遭ったんですね」

「そういうことになります。何があったのやら」

勤め先は不明だが、九〇三号という住所からするとマンションで暮らしていたようだ。とりあえずそこに連絡を入れるよう部下に指示を出してから、警部は私に向き直る。

「死体を見つけるまでの経緯をお聞かせいただけますか。まず有栖川さんから伺っておいて、他の三人の話と突き合わせます」

ベッドの横での立ち話となった。火村がやってきたら、彼を相手にもう一度語り直さなくてはならない。

「矢作萌というイラストレーターが窓から室内を覗いた理由がはっきりしませんね。何か隠しているように思えます」

南波が言うのはもっともだ。

「私も不自然に感じました。ただ、昨日の深夜に彼女が寝惚けて外を歩いていたのは事実のようです。白布施さんの家の窓から、たまたまそれを見掛けたので」

「有栖川さんが見た？　ほぉ、そうなんですか。夢遊病やなんて下手な作り話かと思いましたが」

「彼女がそういう病気に罹《かか》っているのかどうかは保証の限りではありませんけれど、深夜にこのあたりをうろついていたことは証言できます。一昨日ではなく昨日のことですが」

「本人でしたか？」

「暗かったし、十メートル以上離れていましたけれど、服装や体つきからしてまず間違いありません」

「彼女は、有栖川さんに見られたことを知っているんですか？」

「目は合っていません。暗い部屋のカーテンの隙間から覗いたので、気がついていないでしょう」

柳井と南波はちらりと顔を見合わせていたが、警部は落ち着いたものだ。

「大きな血の手形の主とは思えませんが、彼女の話はよく注意して聞く必要がありそうですね。そして、一昨日の被害者がどんな様子だったのか、白布施さんに色々とお訊きしたい。この家の所有者でもありますし。その後、他の二人に」

私はそれには立ち会わず、結果は遅れてくる火村と一緒に聞くことにした。

5

全員の事情聴取が完了したのは、午後二時近くになってからだった。昼食も摂《と》っていない私たちを拘束し続けられないので、ひとまず解放されて矢作は自宅へ戻り、白布施、江沢と私の三人は車で〈レヴリ〉へ。予約していたランチに遅れることは、抜かりなく江沢が電話していた。

「殺人事件って、どういうことですか？」

「あの女の人が死んでいた、と電話で聞きましたけれど」

オーベルジュに着くなり光石燎平・静世夫妻の質問攻めに遭い、何があったのかを三人がかりで話す。厨房《ちゅうぼう》からは由未が心配そうな顔を覗かせ、騒ぎを聞きつけた弓削が二階から下りてきた。私たちから情報を漁《あさ》らずとも、ほどなくここへも刑事たちが聞き込みにやってくるだろう。

「まずは食べさせてください。あまり食欲はないんですけれど」

白布施が言うと、静世が慌てて料理を運び出した。私たちが黙々とパスタを食べる隣のテーブルで弓削がやにわにティータイムを開始し、こちらの食事がすむなり週刊誌の記者のごとく迫ってきた。

「死体を見たんですか？　びっくりなさったでしょうね。どんな殺され方をしていたんでしょう？」

迷惑がるかと思いきや、白布施は気前よく応じる。矢が被害者の首を貫いていた、と聞いたところで、ゲーム・クリエイターは思ったままを素直に口走った。

「うわ、まるで先生がお書きになる『ナイトメア・ライジング』じゃないですか。狩人の矢で殺されるなんて」

「矢があの家にあったのが禍《わざわい》したんですよ。それというのも……僕の小説のせいですが。犯人を狩人と呼ぶのは適切ではありません。弓で射ていないそうだから」

「死体は皆さん、見た？」

「ええ。矢作さんもね。でも、女性陣はほんの少ししか見ていない。僕なんか、刑事に中へ引っぱり込まれて『よく見てください。死んでいるのは沖田さんですか？　部屋の様子で何か変わった点はありませんか？』と訊かれて、うんざりしました。あんな血腥い現場を見せられて……今夜の夢に出てきそうだ」

私の横に座った江沢が、小声で尋ねてきた。

「有栖川さんは、火村先生に連絡をお取りになりました？」

「はい。ここにきます」

「そして、警察の捜査に加わるんですね。すごい。火村先生のフィールドワークを間近で見られるなんて。片桐に言ったらきっと羨ましがられます。あっ……不謹慎に聞こえたら、すみません」

嫌な感じはまったくなかった。

「それはそうと、予定が狂いましたね。私はかまいませんけれど、江沢さんは新幹線の予約をしていたでしょう？」

「私の予定を気にしてくださって、ありがとうございます。新幹線は指定を取っていなかったし、先ほど社に連絡を入れて出張を一日延ばす許可をもらいました。こんなことになったのに、『では失礼します』と先生に手を振って帰るわけにはいきません」

私が柳井警部らと現場を見ている間に、彼女はこれまた手回しよく〈レヴリ〉での宿泊を一日延長していた。

食後のコーヒーを飲んだところで時計を見ると、二時二十五分。ランチがすんだら白布施と私は現場に戻ることになっていた。火村がそろそろ到着してもおかしくない。

「行きますか」

白布施の方が号令をかけてきた。江沢は〈レヴリ〉の部屋で待機して、私たちからの連絡を待つことになった。今後のなりゆきは不透明だが、おそらく夕方には彼女も火村と会えるだろう。

ホラー作家の車に乗って獏ハウスに引き返すと、バンパーが盛大に凹《へこ》んだベンツが警察車両の後ろに停まっていた。ここまで傷んだベンツを平気で乗り回している男は、日本に何人もいまい。

「火村が着いていますね。あの車が彼のトレードマークです」

私が言うと、白布施は服の襟を直す。

「いつかお目にかかりたいと言っていた先生に、こんなに早く会えるとは。何が起きるか判らないものです」

柵のあたりでぼそぼそ話していたら、玄関のドアが開いて南波が出てきた。

「お戻りでしたか。今、火村先生に現場を見ていただいているところです。――白布施さんはここで少々お待ちいただけますか。有栖川さん、こちらへ」

手招きされて中に入る。白布施の耳を避けて何か話があるようだった。

「有栖川さんたちのお食事中に進展がありました」

「早いですね。もう?」

「ええ。火村先生がお越しになる直前に判明したんです。わざわざご足労いただいたのに、申し訳ないことになりそうな雲行きになっています」

「ああ、さては――」

壁に遺っていた血の手形から指紋がきれいに採取できて、それと合致するものが警察に登録されていたのかと思ったら、そうではなかった。

「指紋はしっかり採れたんですが、まだ照合している最中です。それとは別の線から容疑者が浮上しました。被害者の元同棲《どうせい》相手です。これが偉そうな名前でして、大泉鉄斎《おおいずみてつさい》といいます」

剣豪か書道家のようだ。

「その男をどうやって突き止めたんですか？」

「被害者のマンションに連絡を入れたところ、とんとん拍子にうまくいきました」

電話を受けた管理人が沖田依子と親しくしている住人にすぐ報《しら》せ、その住人が沖田の姉の連絡先を知っていたのだ。神戸《こうべ》在住の姉は今日中にこちらに着くそうだが、その前に重要な情報をもたらした。

「去年の暮れまで沖田依子と同棲していた大泉は別れた後も未練たらたらで、しつこく付きまとっていたようです。暴力を仄めかすまではいってなかったんですけれど執拗《しつよう》で、姉は『これはストーキングだ。エスカレートする前に警察に相談しておいた方がいい』と忠告していたのだとか」

「その大泉がここまで被害者を追いかけてきて、口論の結果あいうことになった、ということですか？　疑う根拠が薄弱に思えますけれど」

「その男は、上背はさほどないくせに手足のサイズがとても大きいそうです。あの血の手形に一致しそうです」

「ああ、なるほど」

それならば有力な容疑者と言ってよい。指紋を突き合わせれば一発で犯人だと判明しそうで、確かに火村の出る幕はないようだ。手形の主が犯人であることは間違いがないであろうから。

「火村先生、まだ出てきませんね。熱心に見ていらっしゃる」

「行ってみましょう」

部屋の真ん中あたりで柳井警部と向かい合っていた犯罪学者は、ドアが開く音に振り返る。青っぽいワイシャツの上に白いジャケット、ルーズに締めたネクタイというスタイルはいつもどおりだ。このワンパターンにまだ飽きる兆しがない。そして、現場検証の際に愛用している黒い絹の手袋を嵌《は》めている。

「老いたドイツ車に鞭打ちながら急いできたんだけれど、用がなかったのかもしれない。――どうしてくれる、アリス」

挨拶も抜きで絡んできた。気持ちは判るが、責めてくれるな。こういう展開が私に予想できたはずがない。

「千両役者の無駄遣いをしてしもうたみたいやな。すまん」

「いやいや」柳井が取り成す。「大泉鉄斎という男が犯人だと決まったわけではありません。捜査は緒《ちょ》に就いたばかりです」

「先ほどのお話では、そいつに決まったような口ぶりでしたが」

火村もそう聞かされたのだ。

「顔も拝んでいないのに犯人扱いするわけにはいきません。まずは彼に会って話を聞かないと」

「所在は掴めたんですか？」

「勤め先が判ったので、そちらに問い合わせをしています。大阪市内の町工場で働いているということですが、日頃から欠勤しがちだそうで」

沖田依子に付きまとうために仕事を休んでいたのかもしれない。

「彼のスマホの番号も判ってはいるんですけれど、何回かけても通じないんです」

「電源を切って、逃走を図ったとお考えですか？」

「可能性はあります」

「では、当面の課題として大泉を警察に追っていただくしかありませんね」

火村はそこで黙り、ソファの周囲に視線を注ぐ。壁の赤いスタンプが注意を引いたようだ。

「この手形はどういう状況で付いたんでしょうね。成人男性の腰の高さに、指先を上にした形で遺っている。足がもつれてよろけ、壁に手を突いたのならこうはなりませんよ。その場合、指先は横あるいは下向きになる」

ごもっともな見方だが——

「必ずしもそうとは限らんのやないか？」

「第一発見者の一人から反論が出たな。どんな時にこんな手形が付く？」

「犯人はよろけて、ほとんど尻餅《しりもち》を搗《つ》きかけたんやろう。体全体が深く沈んだ状態で壁に手を突いたら、ちょうどそういう手形になるんやないか」

「犯人は右利きに思えるんだが、矢を持っていない左手もこんなに血で汚れたのか？」

「汚れたんやろうな、両手とも」

「手が血まみれだったということは、よろけたのは犯行後だな。何が原因で体勢を崩したんだろう？」

「被害者の首に矢を突き立てた勢いが余ったんやろうな。苦しみながら被害者が突き飛ばしたから足がふらついたのかもしれん」

「犯人はソファの前にいる被害者に正対し、右方向から凶器の矢を振るっているので、壁を体の左にしていたことになる。よろけたのなら、とっさに左手を壁に突くだろう」

「そうなってるやないか。おかしなことはない」

「しかし」

「おっ？」

久しぶりに犯罪現場で会って、いきなりこんな応酬になるとは。

「この手形は実にきれいに遺っていて、犯人の体は深く深く沈んでいたことになる。そうなっては尻餅を搗くのは避けられなかっただろう。ところが、見ろよ。手形の真下の床に点々としている血痕《けっこん》には乱れた跡がまったくない。犯人は尻を床に突いていないわけだ。この事実は、腰の高さに鮮明に手形が遺っていることと矛盾する」

柳井と南波が興味を示しだしたようで、真剣な目になっている。火村准教授のゼミにこんなに食いつきのいい学生はいるのだろうか？

人間なんて、何の理由もなく勝手に足がもつれることもあるし、転倒寸前でアクロバティックに体勢を立て直せることもある。私には、火村があまりにも些細《ささい》なことに拘《こだわ》っているように思えた。

「そしたらお前は、この手形にどんな意味が隠されてると考えるんや？　自分がやりました、と犯人が宣言するためにスタンプしたとでも？」

「それはない。犯行声明のつもりで自分の手形を遺すのであれば、こんな高さに捺《お》すのは理屈に合わないから。壁の目の高さなり死体のすぐ脇のソファの背なり、もっと目立つところに堂々とスタンプしたはずだ。その方が捺しやすいだけでなく、インパクトがあって効果的だぜ」

「せやな。ということは？」

「おかしな手形だな、と思っただけさ。現時点ではそれしか言えない」

捜査陣が一顧だにしなかったことに名探偵だけが違和感を覚える——の図か。今回の事件は名探偵が出るまでもないありきたりの殺人のようだが。

「先生、よろしいですか？」南波が問い掛ける。「犯人が大泉だとすると、被害者の右手首を切断して持ち去った理由は何なんでしょう？」

「はっきりしてる」と言ったのは、犯罪学者ではなく柳井だ。「右手の指に、大泉が買い与えた指輪が別れた後もまだ嵌まってて、そこに『T・OからY・Oへ』とかなんとか刻んであるのを回収するためやろう。指に食い込んで抜けなくなってたので、手首から切った」

「切るのは指だけでいいのでは？」

南波は、しごくもっともな異論を唱えた。

「犯行直後、興奮状態でまともな思考ができてなかったんやろう。あるいは、指輪を三つぐらい嵌めてたので、手首を切った方が早いと思ったのかもな」

「自分のイニシャルを刻んだ指輪を現場に遺したくなかった、ということですね？」

「そうや」

「どうしてですか？　放っておけばいいと思います。同棲していた相手がそんな指輪を嵌めて殺されたからといって、たちまち自分が疑われる筋合いはありません」

「イニシャルはええとして、指輪が惜しくなって回収したとも考えられるぞ」

「手首を切り落とすのは楽ではありませんし、持ち歩くのも危険です。どれほどの値がする指輪か知りませんが、その仮説もどうでしょうね」

警部と警部補は、火村と私のやりとりの相似形を披露してくれた。

「死体の右手首がなくなっている件について、火村先生はどうお考えになりますか？」

犯罪学者に意見を求める南波は、少し楽しげだ。

「推理するにはデータが乏しくて、憶測ぐらいしかできません。——有栖川先生には何か推論があるよな」

無茶な振り方はやめてもらいたいものだ。

「いやぁ、難問ですけれど……。犯人が大泉鉄斎だという男と仮定すると、考えられることがあります。縁を切られても追いすがるほど惚《ほ》れた女性の手を、わがものにしたかったんやないですか？　ただそのためだけに切断して、持ち去った」

口笛が鳴った。甘ったるい想像を火村にからかわれたのかと思ったが、豈図《あに》らんや、そうではない。

「ここが小学校の教室だったら、つまらなそうに『僕も有栖川君の答えと同じです』と言うしかないな」

「えっ、そうなんか？」

「ストーカーまがいのことをしていた男が理性を失くして衝動的に愛する女を殺《あや》めてしまった、という前提に立つと、それなりに説得力のある説だろう。殺してしまってからも未練たらしく女にすがり、『せめてこの手だけでもわがものにしたい』と持ち去った。いつでも握れるようにと希《ねが》ってそうしたのなら、右手を切った必然性もある。気色の悪いことではあるけど。愛する異性の手を握るのは極めて特別の行為だ。時には抱擁よりも。人間には、手を握ることでしか表現できない感情がある」

恋愛心理学の講釈か。半年会わないうちに〈中の人〉が変わってしまったのか、工事現場を通りかかって落ちてきたスパナが頭を直撃したのか、と思いかけたが、「愛する異性の手を握るのは極めて特別の行為だ」と照れずに口にできるのは彼らしいとも言える。

「ここはもういいですか？　他の部屋や被害者の所持品を先生に見ていただかなくてはなりませんからね」

柳井が言ったところで、一人の刑事がやってきて本部から連絡が入ったことを告げる。大泉の居所が判明したのかもしれない。「南波、頼む」と指示して、警部は去った。

寝室に向かう途中で、火村が壁龕の彫刻に目をやったので「貘や」と教える。

「これにちなんで、この家を貘ハウスと呼ぶそうや」

「バクハウスって、なんか爆発しそうだな。もうしたか。惨殺事件が起きた」

「ドイツにそんな名前の学校があったな。新しい芸術や文化の発信地となって、ナチスに潰された――」

「そりゃバウハウスだろ」

南波がすたすたと歩いていくので、小声で火村に尋ねてみる。

「異性の手を握る意味について思いがけず見解が一致した記念に訊くけど、火村先生が最後に大切な女性の手をぎゅっと握ったのはいつや？」

「この前の日曜日さ」

面白くもなさそうに答える。

「お前を侮ってた。……マジか」

この男が抱える秘密は計りがたい。

「ああ。婆ちゃんが台所で転びかけてな」

第三章　フィールドワーク！

1

寝室で沖田依子の私物を検《あらた》め終えた頃に、柳井警部が白布施正都を伴って現われた。検証に立ち会ってもらうためだが、ホラー作家の態度は消極的だった。

「僕が彼女の荷物を見て、何か判るとは思えません。その鞄《かばん》を引きながらやってきたのは覚えていますけれど、証言できるのはそれだけです」

などと言いながらも、取り出された品々にひととおり目を通してから、あらためて首を振る。

「やはり気づいたことはありませんね。女性が泊まりがけで出掛ける際に必要と思われるものばかりだな、と思うだけです」

所持品にあった個人番号カードの写真を確かめて「この人です」と答えた。

私も横から覗《のぞ》いて見たところ、死に顔とはかなり違って見えているものの、同一人物であることは自信を持って証言できる。証明写真独特の微妙な表情になっていたが、口許《くちもと》が引き締まっていて、おとなしいが芯《しん》が強いタイプと映った。頬がふくよかなおかげで豊かさや幸せに恵まれそうに見えるのに、あんな非業な最期を遂げてしまった。

短軀《たんく》の警部は「そうですか」と言ってから、上目遣いになって白布施に殺人現場の見分を頼む。

「所轄署の刑事さんに言われて、さっき見ましたが」

「もう一度、じっくりとお確かめいただきたいんです。さぞ気が進まないでしょうが、どうかご協力を」

「それがこの家を所有、管理している者としての義務ですか。承知しました。――そちらは、犯罪学者の火村英生先生ですね？」

「あ、ご紹介が遅れました」

柳井が白いジャケットの准教授を紹介し、火村は「初めまして」と名刺を差し出した。白布施はそれを受け取ると、裏表を見てからシャツの胸ポケットに収める。

「有栖川さんからお噂を伺って、いつかお目にかかりたいと思っていたのですが、こんなに早くその機会がきたことに驚いています」

火村が私を一瞥《いちべつ》する。しばしば警察の捜査に加わることを彼は公にしていないので、よけいなことを作家仲間に吹聴《ふいちょう》しやがって、と思われたらしい。あとで誤解を解かねばならない。

「よろしくお願いします」

軽く一礼した犯罪学者に白布施は何か言いたそうだったが、火村がすっと廊下に出たので、それ以上の会話は交わせなかった。

一団となってぞろぞろとリビングに戻ると、死体が搬出されていることに白布施は安堵《あんど》した様子だった。それでもソファやその周辺には血痕《けっこん》が遺《のこ》っているので、刺激的な光景ではある。

「最後にこの部屋に入られたのは？」

警部が質問を繰り出す。

「一昨日《おととい》の午後です。亡くなった沖田さんを案内してきた時に、私もリビングに立ち入りました」

「その時と比べて、何か変わった点はありますか？」

「言わずもがなですが、壁に掛けてあった矢がなくなっています」

「死体の首に刺さっていたのが、その矢ですね？」

「はい」

「他には？　見て回ってから答えてください。どんな些細《ささい》なことも洩《も》らさずに」

貘《ばく》ハウスの持ち主は、無言のまま室内をゆっくりと巡った。もののない現場を入念に調べてから、やがて答える。

「特に変わったことはありません」

「キッチンに包丁が一本ありますけれど、もともとは二本だったということは？」

「包丁が何本あったかまでは記憶にありません」

「それが死体の手首を切断するのに使われたかもしれないんです。がんばって思い出してもらえませんか？」

「思い出すのは無理です。最初から知りません」

「ここで暮らしていた渡瀬信也さんが亡くなってから、遺品をよくご覧になってはいないんですね？」

「見ましたけれど、厨房《ちゅうぼう》の調理用品まではいちいちチェックしていません。無意味ですから」

つまらないことを訊《き》かないでくれ、と言いたげだった。

「渡瀬さんの私生活には立ち入らないようになさっていたんですか？」

　火村が口を開いた。白布施は、体ごとそちらに向き直る。

「ええ。わずかな距離しかありませんけれど、僕がここにくることはほとんどありませんでした。彼が暮らしている間だと、『壁紙が剝《は》がれてきている箇所があるんですが、どうしましょう？　ちょっと見にきてください』と言われて、一度きただけかな。——ほら、あのあたりです」

　言われてみれば、キッチンのあるコーナーの壁紙がめくれかかっている。火村は首だけ捻《ひね》って、そちらを見た。

「結局は、張り替えなかったようですね」

「直後に私が事故に遭って入院し、それどころではなくなったからです。そして、入院中に渡瀬君が心筋梗塞《こうそく》で急逝してしまった。だから、それっきりです」

「渡瀬さんが亡くなった後は、メンテナンスのためにこの家にいらっしゃることもあったんでしょうね」

「月に一度……ぐらいかな。換気が目的で、埃《ほこり》が目についたら軽く掃除機をかけることもありました」

　掃除機は納戸にあり、南波によると念のために警察がその中のゴミを採取済みだった。

「遺品の整理にきた方が殺されたわけですから、渡瀬さんについても詳しくお話を聞かなくてはなりません。白布施先生のプライバシーにも関係してくるかもしれませんが、その点はご了承ください」

　柳井が丁重に言う。

「ええ、それはもちろん。——その前に一つ教えていただきたい。あれは何ですか？」

白布施の視線の先にあったのは、壁に付いた血の手形だ。

「お気づきでしたか」

「そりゃあ、部屋を見渡せば嫌でも気がつきますよ、警部さん。――犯人が遺したものですね？」

「断定はできませんが、そのように見えますね」

「僕の掌《てのひら》よりも大きいな。どう見ても男の手だ」

白布施は壁に近寄り、身を屈《かが》めて覗き込んでいる。

「これ、指紋が採れるのではありませんか？」

「可能でしょう。すでに警察にある記録と照合するよう指示を出しています」

「でしたら早期解決が期待できますね」

「ヒットするという保証はありません。そうなれば願ってもない展開ですけれど」

白布施は上体を起こして、ほっと息を吐《つ》いた。

「どうしてこんなことになったのか……。この家ではよくないことが続く。使い道もないことだし、手放すのがよさそうだ」

「今まで手放さなかったことに理由はあるんですか？」

尋ねたのは火村だった。

「特別な理由や事情はありません。売却するにも手間が掛かるので、それが面倒でほったらかしにしていたようなものです」

「渡瀬さんの後任が見つかったら住んでもらうという考えはなかったんですか？」

「なくはない。しかし、後任を見つけるのは難しそうだったので、これまた募集もせずに放置していました。目先の忙しさに追われて肝心なことを後回しにしてしまう。火村先生にもそういうご経験があるのでは?」

「ええ。日々、そんなことばかり繰り返しています」

「本当に後任が必要だったら、真剣に探していたでしょうけれどね。急ぐことはないかと……」

ホラー作家は語尾を濁す。作家稼業からのリタイアが視野に入っていることを説明すると無駄に話が長くなるので、省略したのかもしれない。

「渡瀬さんのことより先に、沖田さんについてご存じのことをお話しいただきましょうか」警部が言う。「遺品の整理にきたとのことですが、まずはそれまでの経緯を」

「先週の土曜日に電話がかかってきたんです。『渡瀬さんと親しくしていた者です。そのままになっている遺品を見せていただけないでしょうか』と」

「何故、先生の電話番号を知っていたんでしょう?」

「渡瀬君の叔母《おば》さんに教えてもらったそうです」

「叔母さんですか。どんな人で、どちらにいらっしゃるんですか?」

「和歌山の大きな病院で看護師をなさっているそうですよ。彼が亡くなった後、こちらにいらしたので一度だけお会いしています。四十代後半ぐらいの、謹厳そうなタイプの女性でした。『信也がよくしていただいて』と感謝されましたが、世話になったのは僕の方です。渡瀬君からは聞いていなかったのですけれど両親は早くに他界していて、叔母さんが親代わりを務めた時期もあったようですね。連絡先ですか? うちに帰れば判ります」

「お願いします。——沖田さんはその叔母さんに電話番号を聞いて連絡を取ってきた。そして、先生はこの家に入れることを承諾なさった」

「はい、快諾しました。渡瀬君と親しかったというだけではどんな関係だったのか曖昧《あいまい》でしたが、受け答えに不審なところはありませんでしたから」

いつでもきてください、と白布施が答えたら、沖田依子が「では、来週の水曜日でもかまいませんか？」と訊いてきたという。その家で一泊したい、とも。

「九日の木曜日に有栖川さんと担当編集者の江沢さんがくることになっていましたが、それとは重ならないので彼女の希望はすべて受け容《い》れました。ここへ案内した後は、鍵《かぎ》を預けて『どうぞお好きなように。あなたがお帰りになる時に私が留守にしていたら戸締りはせず、鍵をこの家に置いてそのまま帰っていただいても結構です』と伝えてありました」

江沢と私を駅まで迎えに行く予定があったので、そのように言ったのだ。この家の鍵は、寝室のベッドサイドに置かれたままになっていた。

「それで沖田さんは——」

警部が言いかけるのを白布施は遠慮がちに遮る。

「申し訳ありません。ご質問にはすべてきちんとお答えしますが、できれば場所を変えていただけますか？　この部屋に長時間留《とど》まっているのが苦痛なんです。凄惨《せいさん》な光景を思い出しますし、半ば錯覚なのかもしれませんけれど血の匂いが……」

「ごもっともです。気が回らず、こちらこそ失礼しました」

「血飛沫《ちしぶき》が盛大に上がる小説を書いていながら、現実の血腥《ちなまぐさ》さには耐性がないもので。自分の家に戻って、そこでお話しさせていただけますか?」

「その前に、他の部屋と家の周囲にも異状がないか調べてみてください」

拒めない頼みに、「喜んで」と白布施は苦笑した。

納戸や浴室、トイレにも変わったところはなく、私たちは庭へ出る。ささやかな花壇には雑草だけが生え、軒先や雨樋《あまどい》の裏には蜘蛛《くも》が芸術的な巣を張っていた。

「足跡などはなかったんですか?」

私は南波にそう尋ねてから、事件当夜に激しい雨が降ったことを思い出した。

「雨に流されたのか、現場周辺に足跡はまったくありません。矢作萌がリビングの窓から室内を覗いていますが、そのあたりは地面をコンクリートで固めてありますから、彼女のものもなし」

そちらに回ってみる。火村はカーテンの隙間からどれほどの視野があるのかを確かめ、振り返って誰にともなく尋ねる。

「矢作萌は、どうしてここに立ったんでしょう? 他人の家の敷地に無断で踏み入るのには理由があるはずです」

答えたのは南波だ。

「所轄の者が質《ただ》していますが、その返答がどうもはっきりしません。火村先生の手もお借りして、後ほど事実を訊き出したいと思います」

太い指をポキポキ鳴らして、やる気満々である。准教授はクールだ。

「大した理由ではないかもしれませんけれどね」

「そうですか? 死体を早く発見してもらいたいわけがあったのかもしれませんよ」

「彼女が犯人だという仮定に立っての見方のように聞こえます。南波さんがそうお考えになる根拠は？」

「いや、現時点では特にありませんが」

「先生と久しぶりに現場に立てたせいで、こいつは奮い立ってるんですよ」柳井が親指を立てて警部補を指す。「大泉が犯人ではつまらん、と考えていそうやな」

「そんなことは思っていません」

ここでまた捜査員がやってきて、柳井に何かぼそぼそと耳打ちした。洩れ聞こえたところによると、行方不明の大泉鉄斎に関する新たな情報が入ったらしい。

「南波、頼む」

そう言い措《お》いて、警部は立ち去った。どこで何が起きているのか判らないが、雰囲気が慌ただしい。火村の出る幕は、いよいよなくなっているのかもしれない。

私のジャケットの中でスマホが振動した。江沢鳩子からの電話だ。白布施が電話を家に置いてきているので、私にかけてきたのだ。

「今いいですか？　気になったもので。そちらのご様子はいかがですか？　私にお手伝いできることがあれば言いつけてください」

〈レヴリ〉で待機しているのがもどかしくなったのか、私たちと合流したそうだった。ちょうどいい。私は白布施と南波の了承を得てから、彼女に夢守荘へきてもらうことにした。死体発見に立ち会った人間の一人だから、南波も話が聞きたいだろう。

「すぐに向かいます。車でお迎え？　それには及びません。歩いても十分ちょっとですから」

ショルダーバッグを肩に掛けた彼女が速足で夢守荘へと向かう姿を思い浮かべながら、私は通話を終えた。

現場から退去する際に、火村は壁龕《へきがん》に飾られている獏の置物に触れた。鼻の頭を突《つつ》いたので、どうしたのかと訊くと、「意味はない」と言うので拍子抜けした。

「なんや、さっそく意外なところから謎を解くヒントを摑《つか》んだのかと思うたのに。名探偵は一挙手一投足が意味ありげに見えるんやから、まぎらわしいことすな」

「息が詰まるようなことを言ってくれるじゃないか。死体の第一発見者としては興奮が醒《さ》めてないんだろうけれど、クールダウンしろ。今回の事件は、逃げた大泉鉄斎の行方を追うだけで解決するかもしれない」

「簡単な事案すぎて、がっかりしてるか？」

「いいや、興味深い事件かもしれない。俺は犯罪を観察して分析する研究者であって、犯人を推理するのが本来の仕事じゃない」

まことにごもっとも。

「そうか、火村准教授は犯罪社会学者やからな。いつもお前の名探偵ぶりを見てるせいで、それを忘れてたわ」

「気にするな。俺もよく忘れる」

どこまで本気で言っているのやら、火村は真顔だった。

2

ぞろぞろと夢守荘に移動する途中、南波が白布施に尋ねる。

「ここにくるまでの道で、事件が起きた夜に落雷があったそうですね。杉の大木が倒れて道をふさいだと聞きました」

「そのようですね。僕は雷が落ちるところを目撃したわけではないし、倒れた木が道をふさいでいるところも見ていませんが」

「木が撤去された後から聞いて知ったんですか？」

「いいえ。落雷のあった日に〈レヴリ〉というオーベルジュのご主人がスマートフォンにメッセージを送ってくれていたので、それで」

そういう経緯があったのは初めて聞いた。翌朝になって生活道路が使えないことに慌てないよう、ご近所の誼《よしみ》でわざわざ報《しら》せてきたわけだ。

「時間は？」

「どの時間ですか？　落雷があったのは十時半で、メッセージを受け取ったのは十一時より前だったと思います」

「十時半ということは、死亡推定時刻に収まる」南波は振り返り、火村に言う。「犯人は、落雷の影響を受けなかったんでしょうか？」

犯罪学者が黙っているので、私が応《こた》えることにしよう。

「死亡推定時刻は八日の午後九時半から九日の午前一時半でしたね。落雷があったのは、その時間帯の間ということになります。獏ハウスで凶行を終えた犯人が現場を離れようとして、道がふさがっていたらびっくりしたはずです。びっくりどころか、車に乗ってきたはずやから立往生です」

天が裂けるような音は犯人の耳にも届いていたはずだが、それだけではどこかに落雷したらしいとしか判らない。ヘッドライトに照らされた倒木を見て、自分が絶体絶命の窮地に陥ったことを瞬時に理解しただろう。ステアリングに手を置いたまま茫然《ぼうぜん》自失したのか、パニックを来《きた》して髪の毛を掻《か》きむしったのかは知らないが。

土地勘があれば車をUターンさせても行き止まりだということは承知していただろうし、それを知らなかったとしても逃げ道がないことは試せばすぐに判明した。

さて、どうする？　どうすることもできない。雪隠《せっちん》詰めにあったのも同然で、翌朝になって道路が復旧するまでその場に留まっているしか手はなかった。然《しか》るに犯人が市の道路管理課職員と「いやぁ、どうも」と挨拶《あいさつ》を交わしていないということは――

「導き出される結論は一つ。犯人は、午後十時半までに逃走していて、落雷の影響を受けなかった」

「そういうことになります」南波が同意した。「犯行時刻の幅が狭まりそうですね」

沖田依子を殺害後、理由は不明だが犯人は被害者の手首を切断している。遺留品がないか点検する以外に、よけいな時間を現場で費やしているのだ。それに要した時間を最低でも三十分と見積もると、犯行は十時までには完了していたと推測される。

神ならぬ人間には誰も予測できない落雷のおかげで、捜査は上々の滑り出しに思えた。もっとも、そうでなくても有力な容疑者がすでに浮上しているが。

「大泉鉄斎は、車を持っているんでしょうか？」

火村が口を開いた。

「どういうことや？」と私は訊く。

「言葉どおりの意味さ。話題の中心人物である彼が真犯人だとしたら、車で現場まできたのかどうか」

「街から遠く離れてるんやから、そら車できたやろう。亀岡駅からてくてく歩いてきたら二時間以上はかかるぞ」

「歩きはしなかっただろうけれど、原付バイクなどを利用した可能性も否定できない。それならば大木が道に横たわっていても、何とかできたかもしれないだろう」

「大阪からここまで原付できたというのは現実味が薄いな」

「大阪から乗ってきたとは限らない」

「犯人が原付できたことを匂わせるものがあるか？」

「そんなものはない。犯行時刻を絞り込む際は慎重でありたいだけだ」

「うーん、なるほど」

二歩ばかり前を行く白布施が振り向かずに呟《つぶや》き、南波も納得した様子だ。落雷が原因で大木が道をふさいだ場合に備えたわけでもあるまいし、犯人が原付バイクで参上するものか、と思ったのは私だけのようだ。

そんなやりとりをしているうちに夢守荘に着く。ちょうど〈レヴリ〉の方から江沢鳩子がやってくるところだった。速足というより小走りできたらしく、雀斑《そばかす》の散った頬がほんのり紅潮している。ミネラルウォーターのペットボトルを持っていたら差し出してあげたい風情だ。

「ああ……先生方と……一緒に、なりましたね。……私が、先に着いて……お待ちしていようと……思ったのに」

細い肩を上下させて、ぜいぜい言っている。緊急事態で呼ばれたわけでもなし、そんなに急いでこなくてもいいのに、鳩ちゃん。

「君が先に着いて待つ必要なんかないだろう」白布施は呆《あき》れている。「呼吸を整えなさい。ああ、がんばらなくてもいい。自然に、そう自然に」

リビングのテーブルをみんなで囲む頃になって、江沢の弾んだ息はようやく落ち着いた。すると汗が噴き出してきたようで、恥ずかしそうにハンカチで額を拭《ぬぐ》っている。そんな彼女の前に、白布施は笑いながら麦茶を注いだグラスを置いた。そして、南波と火村に彼女を紹介する。

「死体発見時のことを、詳しくお聞かせください」

南波が言うと「はいっ」と応えてから起立し、「その前に」ときびきびとした動作で、名刺を渡す。続いて火村に。

「江沢鳩子と申します。火村先生のことは、有栖川さんや弊社の片桐から――」

「どのように聞いていましたか？」

「はい？　ああ、その、フィールドワークとして警察の捜査にも加わっておられる犯罪学者の先生だと」

聡明な彼女は、名探偵という言葉を出さなかった。「名探偵だそうですね」なんて言われた日には、後で火村に小言を食らっていた。

全員に冷えた麦茶を供した白布施が着席したところで、「では」と南波が切り出す。

「沖田依子について白布施先生にお訊きします。まずは、先週の土曜日にかかってきた電話はどのようなものだったのですか？」

「すでにお話ししたとおりです。再現してみましょうか。『突然のお電話、失礼します。私は渡瀬信也さんと親しくしていた者で、沖田依子といいます。渡瀬さんの叔母さんから電話番号を教えてもらっておかけしました。不躾《ぶしつけ》をお赦《ゆる》しください』。こう聞いた時は、渡瀬君の叔母さんが僕に断わりもなく電話番号を教えたことが愉快ではなかったんですけれど」

沖田の話しぶりに真摯《しんし》なものを感じ、不満はじきに消えた。故人との関係については「親しくしていた者」を繰り返すので、ガールフレンドと恋人の中間ぐらいの仲だったのかな、と推察して追及はしなかった。

「渡瀬君の叔母さんの名前と連絡先は手帳に書いてあったな。ちょっと失礼」

白布施はいったん席を立ち、一分ほどして奥の部屋から戻ってきた。

「二年前の手帳を捜し出してきました。言いますよ。名前は渡瀬貴代《たかよ》。自宅の電話番号は、〇七三の――」

彼がゆっくり読み上げるのを南波が控える。

「沖田さんから連絡があった後、念のために渡瀬貴代さんに電話をしてみたんです。事情は沖田さんが言ったとおりで、『事前にご承諾を得るべきなのに、勝手にそちらのお電話番号を教えてすみません』と謝罪されました」

「その時に、沖田さんと故人の関係について尋ねなかったんですか？」

「よく知らない、とのことでした。『高校の同級生なのは確かです』とだけ。実の母親ならまだしも、叔母さんですからね。それも無理はないでしょう」

「八日を指定してきたのは沖田さんでしたね。急いでいるようでしたか？」

「『なるべく早く伺いたい』とは言っていました。彼女の都合で急を要したのか、ただ単に気分の問題だったのかは判りません」

「渡瀬信也さんが亡くなったのは二年前なんですから、今になって急ぐ理由もなさそうですが」

「彼女は二年前にはアメリカにいて、帰国してから彼の死を知ったということです。それが一年前だったのか、ひと月前だったのかは聞いていませんが」

「アメリカで何をしていたんでしょう？」

「彼女は話さなかったし、僕は尋ねていません」

神戸からこちらに向かっている姉に訊けば答えてくれるだろう。沖田依子について詮索《せんさく》するのを避けたのか、あまり興味が湧かなかったのか、白布施が持っている情報は多くない。

「彼女は予定どおり八日に訪ねてきたんですね。何時頃にこちらへ？」

「午後四時です」

「それは向こうが希望した時間ですか？」

「はい。沖田さんは、渡瀬貴代さんから聞いて〈レヴリ〉のことをご存じで、『そちらでアフタヌーンティーをしてから行きます』と言っていました。あちらの店でも渡瀬君の話をしたようですよ」

「あとで〈レヴリ〉に行って、どんな様子だったのか伺ってみます。――沖田さんはどうやってここまできたんでしょうか？」

「亀岡駅からタクシーです。僕は『お迎えに行きますよ』と言ったんですけれど、『そんな厚かましいことはできません』と固辞なさって」

タクシーで〈レヴリ〉に乗りつけ、アフタヌーンティーをすませてから徒歩で夢守荘にやってきたとのことだ。

「四時に沖田さんがこちらにきて、それからどうしました？」

「菓子折り持参でいらしたので、それをいただきながらここでしばらく話しました。彼女が座ったのは、有栖川さんが今お掛けになっているところです」

私は、もぞもぞと尻《しり》を動かした。

「どんなことを話したんですか？」

「もっぱら生前の渡瀬君についてですよ。彼がどれほど親切で、真面目で、有能だったかに終始しました。どんな料理を作るのが得意だったのか、とか。『昔から優しくて、何でも器用にこなしていました』と、しんみりした顔でおっしゃっていましたね。僕がべらべらとしゃべって、彼女は聞く一方でした」

「十代の頃の渡瀬さんについて、先生からお訊きになることは？」

「彼女が積極的に話そうとしなかったので遠慮しました。訥弁《とつべん》とか寡黙というのでもないんですが、どうも口が重くて」

「何か隠しているようだったんですか？」

「いえいえ。話す気分ではない、といった感じでしたね」

南波の質問に間が空いたところで、火村が尋ねる。誰の言葉ともかぶらないタイミングをいつも選べる能力が羨《うらや》ましい。

「沖田さんは、白布施さんから何かを訊き出そうとしていませんでしたか？　どうしてそんなことを知りたがるのだろう、と引っ掛かったようなことは？」

「……どうでしょう」

白布施は考え込んでしまった。腕組みをして、解いて、ようやく答える。

「思い当たりませんね。何に拘《こだわ》っていたかと言えば、獏ハウスで一夜を過ごすことだったようです。『泥棒もこないようなところですが、独りで大丈夫ですか？』と言うと、『ぜひ、泊まらせてください』と熱心でした」

「故人を偲《しの》ぶために？」

「はい。そのようにおっしゃっていました」

「遺品をつぶさに見て、何か調べようとしていたのではありませんか？　それにひと晩かけようとしたのかもしれません」

「つぶさに見たって、そんなに時間がかかるとは思いませんけれどね」

一時間近く語らってから、白布施は沖田を獏ハウスへ連れて行き、鍵を預けた。「どうぞ、ご自由に」と言っただけで、家の中を案内したりはしていない。

「案内するほど広い家ではありませんから。ああ、浴室の使い方だけは説明したかな。シャワーの止水の仕方がちょっと変わっているので」

再び南波が訊き手になる。

「五時ぐらいに沖田さんと現場にいらして、白布施先生はすぐに帰ったんですね？」

「そうです。五時五分か十分か、その頃には向こうを出ました」

「生きている沖田さんをご覧になったのは、それが最後？」

「はい。以降、まったくお見掛けしていません。正直なところ、彼女のことはすぐに頭から去りました。翌日、有栖川さんと江沢さんが見えることになっていたので、うちの掃除と片づけに取り掛かりましたから。──これでもやったんですよ」

江沢と私に、にこっと笑って見せるので、編集者は「畏《おそ》れ入ります」と頭を下げた。

「その夜のうちに沖田さんは殺害されています。何かお気づきになったことはありませんか？不審な人や車を見掛けたとか、おかしな物音を聞いたとか」

「ありません。夜が更けて雷雨になった時は、さすがに沖田さんのことを思い出して、心細い思いをしていないか、と心配したことぐらいしか記憶に残っていません」

それでも、様子伺いの電話をかけてみたりはしなかった。

「道路が通行不能になった件は、伝えなかったんですか？」

「時間が時間でしたからね。もうお休みになっているかもしれないと思って、連絡するのはやめました。翌朝の午前中に道が使えるようになったので、結局は何も報せず仕舞いです」

「翌日、あちらのお宅の前を車で通った時も、沖田さんがまだいるかどうか気にならなかったんですか？」

「有栖川さんたちをお迎えに行くため車を出したのは、午後四時過ぎです。沖田さんはタクシーを呼んでもう帰った、と決めつけていました。渡瀬君のベッドで一夜を過ごすことがあの人の最大の目的だと思っていましたからね」

南波が低く唸《うな》っていると、その間隙《かんげき》にまた火村が滑り込む。

「沖田さんは、在りし日の渡瀬信也さんの様子を白布施さんから聞いて、喜んでいましたか？」

「ええ、まぁ。……いや、どうなんでしょうね。表情が豊かな人ではなかったので、胸中までは推し量れません。とりあえずは気がすんだのではないでしょうか」

努めて正確な表現を選んでいるようだった。

「獏ハウスに入った時の反応はどうでした？」

「靴を脱いで上がると、いささかの感慨がこもった声で『ここですか』と言っていましたね。それぐらいで、目立った反応はありませんでした」

「現場にあった弓矢について伺います。凶器になった矢が壁に飾られている状態を見ていないのですが、それは殺傷力があるように見えるものだったんですか？　もしそうであれば、それを犯人が手にした時に殺意を持っていた可能性があるし、そうでなければ殺意までは抱いていなかったことになります」

「あれは物騒な品でして、見るからに凶器になりそうでした。渡瀬君は、『このままだと怖いですね』と言って、コルクを矢の先端に刺してカバーにしていたんですが、ある時コルクが割れてしまい、それっきりになっていました。――でも火村先生、あの矢を壁から取ったのが犯人だとは限らないのではありませんか？　何者かが侵入してきたので、沖田さんが身を守るために手にしたとも考えられます。それを犯人が奪い取り、彼女の首に……」

「その指摘は傾聴に値します。そうだったかもしれません」

二人のやりとりを、江沢が真剣なまなざしで聴いていた。

「八日の午後に沖田さんが獏ハウスにくることを、〈レヴリ〉の方はあらかじめ知っていたんですね。矢作さんはどうですか？」

「〈レヴリ〉に行った時に、聞いていたみたいですよ。僕から話したわけではありません」

「どんな人が何をしにくるのか、気になっていたのかもしれませんね。それで今日の午後、あの家の敷地に立ち入って窓から覗いたりした」

「そのあたりは、ご本人にお訊きください」

南波が「そうします」と答えてから、質問の方向を変える。

「沖田さんは、不安そうな素振りを見せることはありませんでしたか？」

白布施は怪訝《けげん》な顔をした。

「そんなことはありませんでしたが……どういうことですか？　ご質問の意図を計りかねます」

「誰かに襲われる危険を予期していなかったか、ということです」

「沖田さんをつけ狙っていた人でもいたんですか？」

大泉鉄斎については何も聞かされていないのに、白布施の勘はなかなか鋭い。

「いえ、そういうことではありません」

南波は、しらばっくれた。

死体発見時の状況を確認するにあたっては、江沢と私にも質問が向けられた。三人ともこれまでの証言を繰り返すのみだ。その間、火村は黙ったままで、一度も質問をしようとはしなかった。

「皆さんのご協力に感謝します。参考になりました」

南波が手帳を閉じると、白布施も江沢も安堵の色を見せる。ずっと気が張っていたらしい。

「私と火村先生、有栖川さんはこれから矢作さん宅と〈レヴリ〉に行きます。失礼いたしました。またお話を伺うこともあろうかと思いますが、引き続きよろしくお願いいたします」

白布施は「はい」と応えてから、江沢に言う。

「こっちにきてくれたから、午前中の話の続きをしようか。時間はたっぷりある」

「はい。お願いします」

彼女は、剣道の試合に臨むかのように一礼してから、ちらりと私を見る。白布施とじっくり話せるのは好都合なはずだが、矢作萌の事情聴取に同行したそうだった。

3

赤い車がある赤い屋根の家に行ってみるとイラストレーターはもう帰っていて、抵抗するのを諦《あきら》めたような表情で私たちを招き入れた。仲のいい友人が午後のお茶にやってきたわけではないから、気が重いのも当然だろう。

「応接間なんて洒落《しゃれ》たものはありませんから、ここで失礼します」

と言いながら私たちを通したのは仕事場だ。もともとあった壁をぶち抜いたらしく、一階の大半を占めているようである。奥には大きな机が二つあり、一つにはディスプレイの大きなパソコンが鎮座し、もう一つにはアクリル絵具などの画材が散らばっていた。壁の書架には資料と思《おぼ》しき書籍や雑誌がびっしりと並ぶ。

「お話しすべきことは、もう全部しゃべって何も残っていません。その確認にいらしたのでしょうけれど、精神的なショックからまだ恢復《かいふく》していないので、どうか手短にお願いしますね」

無愛想でいかせてもらいます、と初っ端《ぱな》に宣告された。飲み物などは出てこない。いや、なくていいのだけれど。

「死体を発見した経緯について、所轄の者にお話しいただいたことは聞いています。矢作さんが窓から室内を覗いて異変に気づいた、と」

南波がそこまで言ったところで、ストップが掛かった。

「私が他所様《よそ》のお宅を盗み見したようで、人聞きが悪いですね」

「でも、覗かれたんでしょう？　道を歩いていただけでは何も見えないし、カーテンの隙間から見たと証言なさっていましたよ」

すぐには反論できず、彼女は指に長いストレートヘアの先を巻きつけながら言葉を探していた。

「卑しい気持ちがあって見たわけではありません。一種の防犯意識からの行動です」

「ほお、防犯意識。詳しくお話しいただきましょうか」

「きっかけはこれだったんですよ」

指を髪から離して、掌を見せる。わずかに擦過傷らしきものがあった。

「軟膏《なんこう》を塗っただけで、大した傷ではないんですけれど、絵筆を執ると気になります。いつどこでできたものか、記憶がないんです。実は私——」

自分には寝惚《ねぼ》ける癖があるので、夜中ふらつき歩いているうちにできた傷だろう、と推測した。これまでにも掌を擦り剝《む》いたり、膝《ひざ》に打撲の痕《あと》がついていたり、ということを何度か経験していることも言い添える。

「今日の午後、散歩をしている時にあの家の前で思ったんです。この柵《さく》に手をやって、木の毛羽立ったところで掌を擦ったのかな、と」

それはすでに聞いた。問題なのは直後のふるまいだ。この機を待ちかまえていたように南波の質問が飛ぶ。

「なるほど。しかし、どうしてそのまま通り過ぎずにあの家の窓へと近寄って行ったんですか？　何気なく、というわけではないでしょう」

「何気なくではいけませんか？」

こちらを見回して、最後に私と目が合ったので、弾みで反応した。

「理由がないようで、あったんではないですか？　ぼんやりと心に引っ掛かっていることがあった、とか」

効果を熟考しての発言ではなかったのだが、結果としてこの言葉が彼女の態度に変化をもたらした。相手は、わずかに表情を和らげる。

「言われてみると、そうだったのかもしれません。あの家に渡瀬さんのお知り合いがいらしていると聞いていたもので、一昨日から気になっていたんです、どんな人がどんな用で今頃になってきたのかな、と。そうしたら、ちょっとおかしな場面を見てしまって……」

「いつ、どんな場面を？」と南波。

「あの人がきた日の夕方六時頃だったかな。駅の方まで買い物に行こうと、あの家の前を通った時、沖田さんというんでしたっけ？　彼女が庭に出て、鳥の巣箱に手を突っ込んでいたんです」

　巣箱なんてあったかな、と思ったのは私だけだった。南波も火村も、庭木に質素な巣箱が据えつけられているのを覚えていた。

「どうしてそんなものに手を入れていたんでしょうね」警部補が訝《いぶか》る。「あの巣箱は、二メートルぐらいの高さの枝にあったように思いますが」

「沖田さんは庭の隅にあった椅子を運んできて、それに乗って巣箱の中をまさぐっていました。変でしょう？　まるで、そこに隠してあるものを取り出そうとしているみたいでした」

　いったい何をしていたのか、矢作は不思議に思わずにいられなかったという。買い物の帰りには、獏ハウスの前で徐行をしたほどだ。さすがにもう沖田の姿は庭にはなかったそうだが。

「沖田さんは、白布施さんには言えない目的を持ってあの家にきたんじゃないですか。こそこそと何か捜していたんだから、渡瀬さんが隠していたものがあるのを知っていたんでしょう」

「そんなものがあるとしたら、何だとお考えになりますか？」

　南波よりも早く火村が訊く。

「見当がつきません。大事なものなんでしょうね。……えーと、私、何を言おうとしていたのかしら」

　矢作は気まずそうにしたが、すぐに話すべきことを思い出す。

「ああ、つまり、そういうことがあったから、私は沖田さんのことが気になっていました。それで今日の午後、もう帰ったんだろうな、まさかまだいないでしょうね、と思って様子が見たくなったんです」

沖田がもういないことを確認するために見たのだ、と強調する。言い訳めいてはいるが、私は信憑《しんぴょう》性を覚えた。まだいるのではないか、と思ったら覗き見なんて大胆なことはできないものだ。

「それが防犯意識ということですか」

「一種の防犯意識、です。ご近所で不審な人を見掛けたら誰だって警戒します」

「沖田さんがくると聞いた時から、彼女に関心を寄せていたのではないんですね？」

「火村先生、どうしてそんなふうに思うんですか？」

訊き返すイラストレーター。

「他意はありません。私だったら、ちょっと興味をそそられるかな、と思っただけです。——巣箱の話に戻りますが、沖田さんは目的のものを発見できたんでしょうか？」

「車で通過しただけなので断言はできませんけれど、見つけていないと思います。『ないわね』という感じの難しい顔をしていましたから」

この証言は印象にすぎない。

「何を捜してたんやろうな。巣箱に入る程度の小さなものみたいやけど。たとえば、手紙とか、記憶媒体のUSBメモリーやSDカードとか」

私の呟きを火村が拾う。

「小さいかどうかは判らない。どれぐらいの大きさなのか知らないまま、闇雲に捜していたのかもしれないだろう。手紙の可能性もあるけれど、おそらく記憶媒体ではないな。あの家にはパソコンがなかった」

　言われてみればそうだ。しかし——

「渡瀬さんが亡くなった後で、パソコンだけは処分されたのかもしれへんぞ。遺族の叔母さんが引き取ったとか」

「俺とお前で言い合っても仕方がない。あとで白布施さんに訊いてみよう」

「パソコン、要確認」と口に出しながら南波がメモをしていたが、答えを知る者がこの場にいた。

「渡瀬さんはパソコンを持っていませんでしたよ」

　矢作だった。私たち三人は、同時に彼女を見やる。

「道で会って、よく立ち話をしたんです。高い場所にある蛍光灯の付け替えを手伝ってくれたり色々と助けてもらって、お茶とお菓子をご馳走《ちそう》しながらおしゃべりをしたりもしました。そんな雑談の折に、私がネットで見た面白いサイトのことを話題にしたら、『パソコンを持っていなくて、ネットは見られないので』と話していました。スマートフォンも使っていなかったので、『若いのに珍しいね』と言うと、『そういうの全般、好きじゃないんです。使っていたこともあるけれど、ここでのんびり暮らしていると、なくても別に不便じゃないので』って」

　渡瀬信也の個性の一端に触れることができた。少し変わっている。こういうところで暮らしていればこそ、ネット環境が利便性を発揮する場面も多いと思うのだが。

「殺人事件の話から逸《そ》れますが、渡瀬信也さんがどういう方だったのかについて話していただけるでしょうか？　彼と親しかった女性が被害者になったので、その捜査にあたる上で参考になることがあるかもしれません」

火村の言葉を受けて、南波も「お願いします」と頼む。矢作に否《いな》やはなかった。

「真面目で優しい人でしたよ。笑うと目が可愛らしくて、仔犬《こいぬ》みたいになる。亡くなったから、いいことしか言わないのではありませんよ。私は好きでした。お世辞でない証拠に欠点も挙げましょうか。内向きで暗い印象がありましたね。若々しさとか覇気には欠けました。それが備わっていたら、女の子にモテたんじゃないかしら。もったいない」

「ということは、ガールフレンドなどはいなかった？」

「駅前に買い物に行って帰るぐらいで、ろくに外に出ないんですからガールフレンドの作りようもありません。この界隈《かいわい》にいる女性は私と〈レヴリ〉の静世さんと由未ちゃんの三人ですからね。年齢が釣り合うのは由未ちゃん一人。……まぁ、一人だけで充分ということもありますけれど」

「彼と由未さんは、相性がよくなかったんですか？」

「仲が悪かったというわけではなくて、渡瀬さんが引っ込み思案すぎて、親密になれなかっただけです。由未ちゃんの方は、彼を憎からず思っていたのに。はっきり言うと、好きだったみたいですよ」

「片想い？」

「はい。あの子もどんどんアタックしていくタイプではないから、二人の間に何も起こらない。そのうち渡瀬さんがあんなことになって……」

「由未さんは嘆いていましたか？」

「寝込んだほどです。光石さんご夫妻、心配していましたよ。瞼《まぶた》が腫《は》れるほど泣いていたとも聞きました。もしかすると、最近になってようやく悲しみが癒《い》えたのかもしれない」

私はしんみりとなったが、火村は淡々と続ける。

「渡瀬さんは、白布施さんの許で働くことに満足していたんでしょうか？」

「機嫌よくお仕えしていたようですね。まさに献身ですよ。私に不平不満をこぼしたことはなくて、『先生のお仕事を助けられて光栄です』とまで言っていました。心酔していたと言ってもいいでしょう。だから、白布施さんが交通事故で大怪我をした時は、おろおろしていました。甲斐《かい》甲斐《がい》しくお見舞いに通っていたのを思い出します」

「彼の楽しみは何だったんでしょうね。白布施さんへの献身だけに生きていたわけではないと思うのですが」

矢作は、男っぽい仕草で首筋を掻きながら答える。

「さっぱり判りません。まだ二十代で枯れるには早すぎたのに、何が楽しくて生きていたのか。……他人にはそう思えるだけで、誰にも煩わされないことが一番幸せで、独りの時間が充実していたのかもしれませんけれどね」

「白布施さんの片腕でいることに最大の喜びを感じていた、ということかな」

「自分の見た夢が、白布施さんの創作のヒントになっていることはうれしそうでした。悪夢しか見たことがないなんて言っていましたけれど、そんな人がいるんですすね。『寝るのがつらくないの？』と訊いたら、『嫌だけれど、どうにもならないので諦めました。楽しい夢というのを一度でいいから見てみたいな、とは思います』って淋《さび》しそうな表情をしていたことがあります」

矢作の顔も、ふと淋しげに翳《かげ》った。

4

次に私たちは〈レヴリ〉へと徒歩で向かう。南波も火村も、歩くことで現場周辺の様子を把握しようとしていた。風が木立をざわつかせ、空には灰色の雲が広がりつつある。天気予報を見ていないが、天気が崩れる気配が濃厚だ。

「可愛らしい店ですね」

オーベルジュの前に立つと、強面《こわもて》の刑事がにこりともせずに言った。

「ここの料理は、さぞうまいんだろうな」火村のコメントはこれだ。「そうでなかったら、こんな奥まったところで何年も営業を続けられそうにない」

単なる雑感なのに、南波が「なるほど」と感心するのが滑稽《こっけい》だ。本人もすぐに自覚したらしく、決まりが悪そうにしていた。

「南波さんは夜遅くまでお忙しいやろうけど、お前は自分の舌で確かめられるぞ」私が言った。

「江沢さんがお前の分のディナーも予約済みや」

「手回しがいいな。それはありがたいけれど、俺の分を出版社に持ってもらうつもりはないから、ちゃんと精算させてくれよ」

「了解した、別会計にしてもらう。火村先生だけ食べ放題、支払い放題や」

「同じメニューでいい」

店に入ると、まず光石静世に〈新顔〉の二人を紹介する。夫の燎平も厨房から出てきて、「ご苦労さまです」と南波と火村に頭を下げた。

お客の姿がなかったので、L字形のソファがある角のテーブルを五人で囲み、話を聞くことにする。

「由未さんはいらっしゃいますか？」

私が尋ねると、静世が「はい」と答えた。

「ディナーの下ごしらえをしているところです。呼んできましょうか？」

調理器具がカチャカチャと鳴るのが聞こえていた。

「いや、結構です」と南波が止めた。「お仕事中でしたら申し訳ない。お二人とのお話が終わってから、切りのいいところで呼んでいただけますか。――では、まず」

さっそく質問に入るのではなく、獏ハウスで何があったかの説明から始めた。光石夫妻が知りたくてうずうずしていたことだ。二人は、南波の話に食い入るように耳を傾けていた。被害者は通りすがりに等しい人物だが、首に矢を刺されたと聞けば驚くし、痛ましくも思う。静世は何度か「まあ」と詠嘆していた。

「まったくもって、ひどい事件ですね」

燎平の声には、憤りも混じる。

「でも、どうして？」と静世。

「それを調べて、犯人を捕まえなくてはなりません。ぜひご協力を」

「はい。何なりとお尋ねください」

静世が言うのに、燎平が付け足す。

「協力は惜しみませんが、私どもは亡くなられた方のことをほとんど何も存じ上げません。お役に立てるかどうか……」

そんな夫の反応が、妻は不服そうだった。

「知っていることを全部話せばいいんですよ。役に立つとか立たないとかは、警察の方が決めることです」

「刑事さんや先生方の前で、そうぽんぽん言うな。みっともない」

どこか微笑ましくもある夫婦の会話を、気が長くはない南波がぶった斬る。

「沖田依子さんは、事件があった日の午後三時にこちらへお茶を飲みにいらしていますね。予約が入ったのはいつですか？」

「俺が」と妻を制して、夫が答えていく。

「日曜日にお電話をいただきました」

「その時に、渡瀬信也さんの知り合いであるとか、そのような意味のことを言いましたか？」

「いいえ。初めはアフタヌーンティーとディナーのご予約だったんですが、夜はパーティのお客様でふさがっているとお伝えしたら、『では、午後のお茶の予約を一名お願いします』とおっしゃっただけです。そのお電話があった夕方に白布施先生とお話しする機会があって、『水曜日にこういう人が訪ねてくる』と伺い、渡瀬さんのお知り合いだと判りました」

当日、ほぼ三時ちょうどにやってきた沖田依子は、光石夫妻に向かって「実は私は」と素性を明かした。

「『渡瀬さんは、とんだことでした。お若くしてあんなことになって、私どもも驚きました』など申しますと、『こちらでおいしいお料理をいただき、いつも喜んでいたはずです。お世話になり、ありがとうございました』とお礼をおっしゃるので、恐縮してしまいました」

「故人に代わって礼を述べるというのは、まるで肉親のようですね」

「言われてみればそうですが、おかしいとは思いませんでした」

静世の受け取り方も同じだった。

「さらりとした言い方でしたからね。女房面、恋人面というのではなくて、渡瀬さんの代わりに気持ちよくお礼を言ってくださったように感じました。それだけに、あの方が渡瀬さんとどれぐらい親しかったのかは見当がつきにくいんですけれど」

「ご本人は、そのへんについては語らなかった？」

妻は頷《うなず》き、夫は「はい」と答える。

「お客様については詮索できませんから、どんなご関係か尋ねたりはしていません。私が渡瀬さんの何だったのかはご想像にお任せします、という雰囲気を漂わせていました」

「渡瀬さんについて、彼女は話を聞きたがりましたか？」

「はい。それも目的でお茶にお越しになったのでしょう。私と妻がおそばの席に座って、渡瀬さんのことをお話しいたしました」

頻繁に白布施とやってきて、ディナーをとりながら仕事の打ち合わせをしていたこと。休みの日に彼が独りでランチにきた時は、裏メニューの数々をサービスしたこと。〈レヴリ〉を贔屓《ひいき》にしてくれる客であると同時に、彼はよき隣人でもあり、客室の模様替えの最中にはりきりすぎた燎平がぎっくり腰になった時は、それを聞いて駈けつけてくれたりもしたそうだ。

「親切な人だったんですね」

「愛想はないんですけれどね。ぎっくり腰をやらかした時は助かりましたよ。二階がちらかったままで、男手がないと片づけられなかった」

「でも、終わった後で……」

静世が沈んだ声を出す。どういうことかと思ったら、ベッドの移動などを完了させて二階から下りてきた際に、渡瀬が階段の途中で倒れたのだ。

「力仕事で心臓に負担をかけてしまったのが原因かもしれず、申し訳なく思います。責任の取りようがないんですが」

「光石さんが負うべき責任はありませんよ」と南波は慰める。

「そうかもしれませんが、どうしても自責の念が拭えなくて。沖田さんは『そんなことがあったんですか』と言ってから、『渡瀬さんのエピソードが聞けてよかった』とおっしゃったんですけれど」

その件についてもっと詳しく話してくれ、と求められたりもしなかったというから、渡瀬の死に疑問を抱いて調べにきたのでもなさそうだ。

沖田依子は一時間近くここに滞在し、四時が近づくと「白布施先生とのお約束の時間なので」と店を出て行った。夫妻は、それっきり彼女を見ていないということだ。

「白布施先生からもお話を聞き、渡瀬さんが亡くなった家で遺品を見せてもらい、あの家で一泊するためにきた、ということだったので、翌日のお昼前にでもお帰りになったと思い込んでおりました。いらした夜に雷で大きな木が倒れて道路をふさぎましたが、それも思っていたより早く撤去されたので」

「何がどう関係するか、判りませんね」静世が言う。「道がふさがったままだったら、『タクシーを呼んでもきませんよ』とご連絡するつもりだったんです。そうしていたら、ご遺体の発見がずっと早くなっていました。殺されてから一日半もほったらかしなんて、かわいそうなことにはならなかった」

道路管理課の仕事が迅速だったのを恨むかのような口調だ。

「白布施先生には、木が倒れたことを報せていたそうですね」

「はい。翌日にお客様をお迎えすると伺っていましたから、お伝えしておかなくてはと思いまして。その際に沖田さんにもご連絡すればよかったのですが、あいにくそこまで気が回らなかったもので」

もしも電話をかけていたとしても、彼女は落雷よりも前に殺害されていて、出ることはなかったと思われる。

「ちょっと見てきます」と言って静世が席を立ったかと思うと、エプロン姿の由未を連れて戻ってきた。ショートヘアの頭には花柄の頭巾《ずきん》。南波と火村を見て、緊張した面持ちになっている。

「この子も、渡瀬さんについて少しだけ沖田さんにお話ししています。口下手なので、『親切にしていただきました』程度のことでしたが。――な？」

叔父に言われて、由未は「はい」と応える。補足したいことはなさそうだ。そこでコンコンとテーブルを軽く叩《たた》いてから、火村が穏やかに尋ねる。

「同性で年齢も近いあなたの目に、沖田さんはどう映りましたか？」

「どう、って……」

質問の意味を捉《とら》えかねている。

「『親しい間柄』の内実です。遠い昔の恋人だったとか、悩みの相談ができるほど仲のいいクラスメイトだったとか、何か感じるものはありませんでしたか？」

「難しすぎて、そんなこと答えられません」

「直感でいいんですよ。当たっていても外れていてもかまわない」

「でも、私が言ったことを参考にされて、それが間違っていたら困ります。知らないことは、知らないとしか言えません」

「私の期待は報われませんでしたが、それも非常に賢明な返答です。——質問を変えましょう。沖田さんを見て、悲しそうだとか、淋しそうだとか感じましたか？　あるいは、何かを調べるのが目的できたからそれどころではない、という感じでしたか？」

これまた繊細な問い掛けで答えるのが難しそうに思えたが、由未は迷いなく言う。

「沖田さんの心の裡《うち》は知りませんが、感じたことがあります。あの人は何を考えているのか判りませんでした。自分の感情を隠していたからです」

予想に反して意味深な証言が飛び出した。手応えを感じたのか、火村の唇の端がわずかに持ち上がる。

「興味深いな。沖田さんが隠していたのはどんな感情だったと想像しますか？」

「そんな訊き方をされると答えられません。私、想像なんかしませんから」

「じゃあ、想像は抜きにしましょう。沖田さんが何か隠しているように思えたのは、表情や態度に違和感があったからでしょう。どこが引っ掛かったか覚えていたら話してください。時間をかけて思い出していただいても結構ですよ」

由未は私たちを待たせない。

「渡瀬さんのことを偲んで、淋しそうな顔をしていたら何も引っ掛からなかったと思います。あの人は、淋しがっている場合じゃない、という感じでした。やることがたくさんあってきたみたい。気が張っているというか……」さらに言う。「淋しいとか悲しい以外の感情が伝わってきました。もちろん、楽しんだり喜んだりというわけではありません」

「それらとは別の感情というと、何だろうな」

火村は、考え込むふりをすることで相手の答えを引き出す。

「怒っているとか、不安になっているとか、焦っているとか……。たとえば、そんな気持ちです」

南波が頭を掻いた。

「随分、たくさんの感情がミックスされていたんですね。どういう場面でそんな複雑な気持ちになるんやろう」

「私の言ったことは、あまり参考にしないでください。印象の話ばかりで、知っていることは一つもありません」

念を押さずにはいられないようだった。叔父夫妻は、そんな由未に心配そうな目を向けている。

「沖田さんは、来訪した本当の目的を隠していたみたいだな」

テーブルの上でゆっくりと無限大の記号を指で描きながら、火村が呟いた。由未がそれに食いつく。

「えっ、どういうことですか？」

「私が憶測しているだけだから、あなたはこれっぽっちも責任を感じなくていい。——そもそもは亡くなった渡瀬さんが何か隠し事をしていて、沖田さんはそれが何かを調べにきたのかもしれません。そう考える明確な根拠はないんですけれどね」

貘ハウスの巣箱を探っていたことまでは打ち明けない。

「渡瀬さんは陽気で明るくはなかったけれど、穏やかで親切な人だった。彼を知る人が揃って話していますから、そうだったのでしょう。でも、それは外面上のことであって、どなたも彼の内面までは語らない。当人が他人に見せなかったからです。渡瀬さんは何か秘密を抱えていたように思えてなりません。——あなたのご意見はどうですか？」

「秘密は誰にだってあります。大したことがなくても、必死で隠すこともあるし」

「ええ、おっしゃるとおりですね。渡瀬さんが深刻な秘密を持っていたとは思わない？」

「知りません。知らないし、想像したこともありません」

「あなたと彼は年齢が近かったから、多少は立ち入った話をすることがあったかな、と思ったんですけれど」

「ご近所とはいえお客様ですから、馴《な》れ馴《な》れしい話はしないように注意していました」

「不躾にあれこれ訊いて、失礼しました」

「もういいですか？　野菜の下ごしらえが途中なので」

解放されると、由未はまっすぐ厨房に戻って行こうとして、「あっ」と声を上げる。柱の陰にいた弓削与一と体がぶつかったのだ。

「すみません」

「ボクこそ、ごめんなさい」

足音を忍ばせて二階から下りてきたのだろう。いつから立ち聞きしていたのかは判らない。

「宿泊なさっている常連の方ですか？　除《の》け者にしませんから、こちらにきてください」

南波に促され、針金人形のように細い男は照れ笑いとともに入ってくる。

「どうもどうも。スパイの真似をしていたわけではありません。階上《うえ》の廊下に出たら、刑事ドラマみたいなやりとりが始まったのが聞こえてきたので、つい聞き耳を立ててしまいました。自分で言うのもなんですが、子供の頃から行儀がよくないもので」

静世が立って、弓削に椅子を譲る。ゲーム・クリエイターは当然のごとくそこに腰を降ろした。

「殺された女性は、沖田依子さんというんですね。首に矢が刺さっていたなんて、猟奇的だな。白布施先生の『ナイトメア・ライジング』をなぞったみたいじゃないですか」

さっき会った時も同じようなことを言っていた。どうしても見立て殺人を連想してしまうらしいが、ミステリが本業で、犯行現場をじっくりと観察した私は、そんな発想はまったくしなかった。犯人が積極的に『ナイトメア・ライジング』の一場面を再現しようとした形跡はなく、必然性があってそこに存在した品物がたまたま凶器として使用されたにすぎない。

「ここは誰かの夢の中ではありませんよ」

私が言うと、弓削は「知っています」と返してきた。

「夢の中でもなければ、ヴァーチャルなゲーム空間でもない。動き回れる空間は有限で、重力が支配する現実の世界ですよね。見立て殺人なんてクレイジーなものは、やっぱりありませんか」

「そうとは限りません」と応えたのは火村だ。弓削のみならず南波も驚いていた。

「わあ、そんな事件もあるんですか？　えーと、火村先生でしたっけ？　いつどんな実例があったかだけ教えてください。詳しいことはネットで調べます」

「現実の世界でもそれぐらいのことは起こり得る、とコメントしただけです。——弓削さんは、沖田さんとはお会いになっていないんですよね？」

「はい。でも、ぞっとしています。殺人現場のすぐ横を、事件が起きたかもしれない時間に車で通っていますから」

事件の概要を南波が光石夫妻に話すところから聞いていたそうで、弓削は死亡推定時刻を知っていた。

「ボクが通りかかった十時半というと、犯行の前か後か判りませんけれど、犯人があの家にいた可能性があるわけでしょう？　そう考えると恐ろしくなります」

沖田依子と一面識もない弓削だが、その点において重要な証人である。獏ハウスの前を通過する際、何かを目撃しなかったか南波が尋ねた。

「残念ですが何も覚えていません。家の明かりが点《つ》いていたかどうかも記憶にない。カーテンが閉まっていたせいかな？　あるいは、すごい落雷に直撃されかけて頭の中がホワイトアウトしていたから何も気がつかなかったのかもしれません」

それはありそうなことだ。南波は重ねて問う。

「あの家に車やバイクなどが駐《と》まっていたかどうかも思い出せませんか？」

「まったく判りませんね。ヘッドライトが照らす前だけを見て、早くここに着こうと急いでいましたから。青い稲光が何回も閃《ひらめ》くし、ゴロゴロという雷鳴が腹に響くし、雨で視界は煙るし、ホラー映画の中に放り込まれたみたいでした」

〈レヴリ〉に到着して落雷の一件を光石夫妻に話した彼は、疲れていたのですぐに部屋に上がって寝たという。事件について訊き出せることはなかった。

「いつまでこちらに滞在のご予定ですか？」

最後に南波が尋ねる。

「決めていません。あと二、三日はお世話になるつもりですけれど」

〈のんびり充電中〉の彼は、野次馬根性を発揮して事件が解決するまで連泊したそうだった。

5

貘ハウスへ戻ろうとしたら、燎平が「車でお送りします」と言う。浴室の電球を替えようとしたら買い置きがなくなっていたので、街まで行こうとしていたのだそうだ。ついでがあるならば、と時間を節約するため乗せてもらうことになった。

「先ほどは姪《めい》が失礼しました。要領を得ないことをお話しして」

発車させてすぐに燎平が言う。

「詫《わ》びていただく必要なんかありません。火村先生や私の質問に対して、誠実にお答えいただいたと感謝しています」

南波が言っても「そうですか？」と疑わしげだ。

「姪御さんに厳しいようですね。しっかりした娘さんですよ」

「刑事さんに褒めていただけるとは。昔からあんな調子の子なんですよ。中学生ぐらいからクラスで浮いていたようで、いじめられたりはしていないのに半年ほど登校拒否になりました。高校は何とか無事に通えたんですけど、人付き合いが苦手なのは治りませんでしたね」

卒業後、人と接しない仕事に就くことが本人のためだと両親は考えたが、由未は料理を作ることが好きで、おいしいものを食べてもらう喜びが味わえる職を自ら選ぶ。それが厳しい道なのは承知していたはずだ。

「料理人になりたいと大阪に修業に出たら、まるで勤まらなかった。手取り足取り、『何度失敗してもいいから、やってみようね』と優しく指導してくれる世界ではありませんからね。もともと神経が細いタイプなので、向いていないんじゃないかと心配していました。結局、見るに見かねて私が手許に引き取ったんです。『おいしいものを作ってたくさんの人を幸せにしたい』という気持ちだけは強く持っているようだし、そう筋が悪くもないから夢をかなえてやりたい。甘やかしては本人のためにならないので、私なりに厳しく接しているつもりなんですけれど」

夫婦とも、由未のことは大事にしているのが窺《うかが》えた。よその娘を預かっているという意識もあろうが、自分たちに子供がいないだけによけい可愛いのかもしれない。

「由未さんは、休みの日には息抜きに京都市内に遊びに行ったりしているんですか？」

車中の会話が途切れないよう、私がそんなことを訊く。

「ええ。インターネットで知り合った友だちと会っていますよ。パソコンを通してだと友だちを作るのがうまくいくらしい。何とかいうアイドルグループのファンつながりだそうで、年に何度かは誘い合って遠方のコンサートにも行っています」

矢作に「何が楽しくて生きていたのか」と言われた渡瀬信也と違って、由未はちゃんと友人も楽しみも持っているようだ。

「あの年頃ですから、ボーイフレンドの一人も作ればいいと思うんですが、できたら気になってやきもきしてしまいそうで、親代わりというのも難しいですね」

「渡瀬さんが亡くなった時、由未さんはとても悲しまれたそうですね」

火村が、ルームミラーの中の燎平に問い掛けた。

「あまりにも突然でしたから、ひどいショックを受けたようです。渡瀬さんと交際していたわけでもないんですが……憎からず思っていたのかもしれませんね」

もっと話が聞きたかったのだが、たちまち獏ハウスに着き、私たちは下車した。曲がった道の向こうに燎平の車が去る前に、柳井警部が家からひょいと出てきて「ちょうどいい」と言う。捜査に進展があったらしい。

「あれ、まだここにいらしたんですか」

南波は、警部が捜査本部に入っていないことが意外そうだ。

「いっぺん本部に行ったけど、三十分ぐらいで引き返してきた。火村先生が現場に参上してるからな。ここにおっても情報は集まってくる」

「私が現場に参上しているから云々《うんぬん》という冗談はさて措いて」火村が言う。「柳井さんがここで陣頭指揮を執っていらっしゃるのは、気になることが現場に多々あるからですか？」

「はい、どうも色々と気になりまして、亀岡署の机の前に座っている気にはなれんのです」

そう言っている間にも電話が鳴るので大忙しだ。短い通話を終えると、警部は満足そうに片頬で笑った。この場面を犯人が見ていたら身顫《みぶる》いしそうだ。

火村が「大泉鉄斎の消息が摑めたんですか?」

「まだ大泉に行き着いてはいませんが、聞き込みの成果があって〈前足〉が見えてきました。八日水曜日の夜、奴はここにきています」

「目撃者がいた?」

「はい。大泉は運転免許を持っていないと判り、タクシー会社を洗ったところ、『確かにこのお客を乗せた』という運転手を突き止めました。八日の午後九時前に亀岡駅前で拾い、この家の数百メートル手前で降ろしたということです。その時刻は、車に残った記録によると九時十三分。場所は落雷で倒木があった地点の少し手前で、大泉は『ここでいい』と車を停めさせています」

「んぉ?」と変な声を出してしまった。柳井が反応して、私を見る。

「どうかしましたか、有栖川さん?」

「引っ掛かったのは私だけのようですね。大泉は、どうしてそんなところで車を降りたんでしょうか? ここまで歩いたら十分はかかりますよ。タクシーを何百メートルも手前で降り、わざわざ暗い道を歩こうとしたのは変です」

火村が私の右肩に手を置いた。

「考えれば君にも判る。大泉は、何のためにこんなところまで夜遅くにタクシーでやってきた?」

私は肩を揺すって、彼の右手を払った。

「自分から逃げた沖田依子を追ってきたんやろう。何らかの方法で、彼女が貘ハウスを訪ねていることを知って。──もしかして、大泉は貘ハウスの場所を勘違いしたんか？　彼が降りたあたりに荒れた廃屋があったな。まさか、あのボロ家と間違えたとは思えんけど」

「いくらそそっかしくても、それはない。沖田が訪ねた家の場所を正確に調べていたから、手前でタクシーを捨てたのさ。大泉の立場になって考えてみろよ。この家の前まで乗りつけるか？」

車が停まれば、必ず沖田の注意を引く。たちまち警戒されて、下手をしたら警察に通報されないとも限らないから、彼はそれを避けようとした──ということか？

「察しがついたようだな。確証はないが、そういうことだと思う」

「大泉は、十分ほどかけてここまで歩いてきた。それからどうしたんや？」

「ドアチャイムを鳴らしたのか、戸締りされていないどこかから侵入したのか、色々と考えられる」

「大泉は家の中には入っていますね」南波が言った。「壁の手形は、奴のものでしょうから」

柳井も南波も、大泉のことを〈奴〉呼ばわりだ。まだ殺人犯と断定はできないが、別れた女をつけ回すなんて男は〈奴〉でかまわない、というのが二人の統一見解のようである。

「九時十三分にタクシーを降り、歩いてきたとしたらここに着くのは九時二十三分頃。死亡推定時刻はその日の午後九時半から翌日の午前一時半と見られてるけど、犯行が行なわれたのは何時やろう？」

私は、火村をちらりと見る。

「お前、独り言のふりをしながら俺に訊くな。沖田依子と対面してすぐに殺害したのか、しばらく話し合ってから口論から殺害に発展したのかは、現場の状況を見ただけでは判らない」

彼は、ここにきて初めての煙草に火を点けた。ヘヴィースモーカーが今までよく辛抱した。

「すぐに殺したんやとしたら、落雷までにことは終わってたわけや。杉の大木が倒れたことを知らんまま現場から逃走できたことになるな」

柳井がドスの利いた声で「そこです」と言った。

「死亡推定時刻の幅に何とか収まる九時半に凶行が為されたとすると、死体の手首の切断などを行なうのに三十分を要したとしても、落雷までは充分な時間があります。もちろん、殺人現場の前までタクシーを呼ぶわけがありませんから、奴は府道まで引き返して乗ったと思われます」

そんな時間に流しのタクシーが拾えたはずもないから、電話で呼んだのだ。

「その帰りのタクシーを探しているんですね？」

「はい。しかし、該当する車は今のところ見つかっていません」

「府道を街に下って行ったら、コンビニやガソリンスタンドがあります。どこかの防犯カメラがそれらしい車を記録していそうですね」

「鋭意、それらを当たっています。大泉が乗ってきたタクシーが早期に発見できたのは、コンビニのビデオ映像に映っていたからです」

ビデオを調べて大泉の〈前足〉がたどれたのなら、ほどなく〈後足〉も突き止められるだろう。

「大泉が犯人で、タクシーを使って立ち去ったのだとしたら、向かった先は亀岡駅ということになりそうですね。十時台やったら、もちろん電車は動いています」

警部はここで手帳を開いた。

「まだ報告がありませんが、駅にも捜査員をやっています。亀岡駅の最終電車は、京都行きの上りが23時35分です。園部《そのべ》行きの下りは意外と遅くて、24時34分までありますね」

夜が更けてから園部駅に着いても仕方がないから、おそらく上り列車に乗ったのであろう。人《ひと》気《け》が少なくなった亀岡駅で、きっと彼は逃れようもなく防犯カメラに捉えられている。

「〈前足〉が簡単に判ったんですから、大泉は〈後足〉も残していますよ。それをたどって、追いつめてやります」

南波が力瘤《こぶ》を作る真似をした。早々と事件に目鼻がついて、気分がよさそうである。

「なんで被害者の右手首を切断したのかは謎ですが、大泉を捕まえれば吐くでしょう。先生にとって興味深い心理が吐露されるかもしれませんよ」

やはり柳井も大泉が犯人だと決めてかかっている。それも無理のないことか。

犯人が沖田依子の右手首を切断した理由について、新しい仮説を思いついた。あまり自信はないが、半ば戯れに話してみよう。

「もしかしたら、被害者は『あなたと手を切りたい』と訴えたのかもしれません。激高が収まらない犯人は、殺害後に『それならば望みどおりにしてやる』と包丁を持ち出し、彼女の手首を切り落とした――」

「合理的な行為ではありませんが、そういうことやった可能性もありますね。人間というのは理屈だけで動いていませんから」

さして納得した様子もなく南波が言った。火村が眉間《みけん》に皺《しわ》を寄せているのは、煙草の煙が目に沁《し》みているだけだと思いたい。

「指輪やと思うがな」と警部。

南波が「指輪に拘りますね」

「被害者が右手にどんな指輪を嵌《は》めてたか、関係者に訊いてきたか？」

柳井が自分で白布施に訊く機会を持っていたのだが。

「いいえ」

「訊いてこんか。俺が思うに、二つか三つ嵌めてたんやないか？」

「白布施さんに電話してみます」

「後でもいい」

私は、大泉の〈後足〉について考えていた。深夜の府道からタクシーを呼んだりしたら後日まで強く印象に残るのは避けられず、近くの家で殺人事件があったことがニュースで流れるなり、運転手は「怪しい男を乗せた」と警察に通報するに違いない。当夜、大泉は——彼が犯人であったとしても、そうでなかったとしても——タクシーに乗ったのだろうか？

そこでまた柳井に着信。亀岡駅に出向いた捜査員からの報告らしい。「ふん……ふん……判った」で警部は通話を終えた。

「グッドニュースではありません。大泉が20時47分着の下りで京都方面から亀岡駅にきたことは確認できましたが、それ以降はカメラに映っていないということです。もう一度精査するそうですが」

20時47分の列車で到着したのなら、九時前にタクシーに乗ったことと符合し、〈前足〉は明らかになった。問題は〈後足〉だ。鉄道を利用しなかったとしたら、タクシーで一気に京都方面に向かったのか？　大阪府豊能町《とよのちよう》方面に向かう国道もあるが、わざわざそんな時間のかかるルートを選ぶ理由は見つからない。

「……乗ってない」

私は、譫言《うわごと》のように呟いていた。

「どういうことですか？」

南波が訊いてくれたので、思いついたままを答える。

「大泉が犯人やとしたら、夜中にタクシーを拾うこと自体、とても危険です。こんな時間にこんなところから乗るなんて妙な客だな、と運転手に不審がられてしまいます。彼は、タクシーを呼んだりしてないんやないですか？　そして、亀岡駅から電車に乗った形跡もないとしたら、誰かが迎えにきた車に乗って去ったんですよ。計画殺人だった場合は、あらかじめピックアップしてくれるように頼んでいた。突発的な犯行であったなら、急遽《きゆうきよ》、電話で助けを求めた」

「なるほど。迎えにきた車に乗り込んだというのは、検討すべき可能性ですね」

柳井に認めてもらえて、うれしい。

「われわれは、防犯カメラに映ったタクシー以外の車両もチェックしています。有栖川さんの読みが正しければ、それらしい車が浮上してくるはずです」

どんな逃走手段や経路を取ったにせよ、警察の組織的捜査をもってすれば遠からず判明するだろう。死体発見から半日も経たないうちに、捜査は目覚ましい速さで進展した。

今度は私に電話がかかってきた。江沢鳩子からだ。

「ご様子はいかがでしょうか？　白布施先生も気にしておられます」

彼にせっつかれて電話をしてきたのかもしれない。

「詳しいことは話せませんが、捜査は順調に進んでいるようです」

とでも言っておくしかない。

「そうですか。有栖川さんと火村先生の活躍のおかげですね」

「とんでもない。今回は火村の出る幕がない勢いで警察の捜査が進んでるんです」

「あ、それはちょっと残念」

もっと劇的なものを期待していたようだ。

「でも、さっき有栖川さんと火村先生と刑事さんを前に事情聴取を受けて、どきどきしました。こういうことをなさっていたんだなぁ、と。あれが本物ですよね」

「本物とは、どういうことですか？」

「うちで募集しているライトノベルの新人賞に、犯罪社会学者が探偵になる作品があったんです。出来がよくなかったので二次選考で落ちてしまいましたけれど、片桐が『まるで火村先生をモデルにしているみたいだ』と面白がっていました」

まさか事情を知る者が書いたのではあるまいな。投稿者について尋ねずにはいられない。

「偶然ですよ。書いたのは常連の投稿者で、毎回色んな分野の学者を探偵役にして送ってくる人です。一昨年《おととし》は統計学者が主人公の『オペレーションズ・リサーチ！』、去年は犯罪心理学者が主人公の『プロファイリング！』。どちらもエクスクラメーション・マーク付きでした」

一昨年の方が面白そうだ。

「今年のタイトルは、もしかして――」

「もちろん『フィールドワーク！』です。引き続きがんばってくださいね、フィールドワーク！」

「ええ、精一杯がんばりますよ。フィールドワーク！」

電話を切ると、火村が怪訝な顔でこちらを見ていた。

「何をそんなに気張っているんだ？」

「気にするな、こっちの話や」

そうこうしているうちに、被害者の姉が亀岡署に着いたとの報せが入った。

6

私たちが亀岡署に着いた時、沖田依子の姉は遺体と対面している最中だった。署の刑事課長は「もうそろそろ出てくると思うんですが」と腕時計に目をやる。

「様子を覗いてみましょうか」

南波警部補が言って、遺体が安置されている一階奥の部屋に向かった。廊下で突っ立っていては所在がないので、火村と私もそのあとに続く。

と、中から女性同士の話す声がして、ドアがゆっくり開く。付き添った女性警官とともに、被害者の姉――木部恭子《きべきょうこ》が出てくるところだった。大柄で、ふくよかな体型をしているのだが、さすがに今は力なくしょげている。涙を拭《ふ》いた跡などはなく、しっかりしてはいるようだ。

私たちを紹介された彼女は、「きれいにしていただき、ありがとうございます」と頭を下げた。強行犯係の捜査員によって遺体が清められていることへの謝意だ。

ドアが閉まるまでのほんの短い間に、部屋の中がちらりと見えた。捜査会議などで用いられる長机を四つ並べて寝台とした上に白いシーツが布《し》かれ、そこに遺体が横たえられている。備品類を収納するための殺風景な部屋だが、今は急ごしらえの霊安室となり線香の匂いが仄《ほの》かに漂っていた。遺族との面会がすんだので、この後、遺体はただちに解剖のため京都府立医科大学の法医学教室へと搬送されていく。

別室に移って木部恭子から話を聞くことになる。遺体をきれいにしている間を利用して、すでにひととおりの聴取は終わっていたが、あらためて、ということだ。同じ質問に答えることを、彼女は厭《いと》わなかった。

「正直申しまして、そんなに仲がいい姉妹ではありませんでした。地道にこつこつとが信条の私とは正反対に、妹はひとところに落ち着かないタイプだったせいです。かといって不仲だったわけでもないんですよ。なんとなく敬遠……というか、お互いの領域にあまり立ち入らないように遠慮し合っていた感じでしょうか」

くぐもった声だが、話の内容は明瞭《めいりょう》だった。ただ、姉妹の間で距離があったということは、彼女が持っている情報量の少なさを予感させる。

「お仕事先からここまで直行なさったそうで、大変でしたね」

南波が労《いた》わる。木部恭子は、神戸市内の貿易会社に勤めていた。夫は同じ会社の社員だが、フランスに出張中のため同伴できなかったのだ。

「昨日の朝、『テロに気をつけてね』と送り出したのに、日本で身内がこんな恐ろしいことに巻き込まれてしまうとは……。悪い夢を見ているようです」

常套《じょうとう》的な表現だが、まさに悪夢の中に放り込まれた気分なのだろう。遺体を見るまでは、半々の確率で何かの間違いだと思っていた、と言う。

どうしてこんなことになったのか心当たりを訊かれた彼女は、迷うことなく大泉鉄斎の名前を出した。この時点では、現場に遺っていた血の手形については聞いていないはずなのだが。

「一度会っただけなんですけれど、胡散《うさん》臭い人でした。見た目も話しぶりもどんよりと陰気で、話す内容もいちいち後ろ向きで、しかもすぐにバレる細かな嘘が交じるんです。そんなことは妹に言えませんでしたけれど」

散々な言いようで、とにかく虫が好かない、と思ったわけだ。その感情にどれだけの根拠があるのかは不明だが。

「二人の関係が破綻《はたん》したいきさつなどは、ご存じですか?」

南波の問いに彼女は首を振った。

「よく知りませんけれど、何かにつけて大泉がちゃらんぽらんだったことが原因のようです。珍しく妹から電話がかかってきたと思ったら、『大泉と別れたから報告だけしておく』と。『あそこまでいい加減だと面倒みきれない』とぼやいていました。私にすれば、そんなことは付き合う前から判ったでしょうに」

あくまでも大泉に手厳しい。その後、彼が未練がましく依子につきまとっていた件についても、電話で一度だけ聞かされたことがあるそうだ。

「話したこともない変な男につきまとわれるのなら災難ですけれど、あの子の場合はそうではありませんから、『自分の蒔《ま》いた種でしょう』なんて言ってしまったのを後悔しています。野卑なところがある男でしたが、粗暴ではないと思っていました。『小心者だから無茶な真似はしないと思う』と言っていたので、『もっと用心しなさいよ』と注意したんです。よりが戻るなんて、あの男も考えていなかったと思いますよ」

「大泉さんから話を聞いてみないことには何とも言いかねますが」

南波の慎重な物言いに、遺族は不服げだった。

「あの男でなければ、誰が妹にあんなことをするんでしょうか？　他に思い当たる人物はいません。妹は、誰かに憎まれるような人間ではなかったんです」

「一人もいないんですか？　真犯人を取り逃がしてはいけないので、そこはよく考えてお答えください」

「私が知る限りではいません」

とはいえ、姉妹の交流が薄かったことをすでに聞いている。姉が知る範囲の外で、沖田依子がどんな人間関係を構築していたかは定かでない。

大泉に対して辛辣《しんらつ》な評価を下しているが、木部恭子は当人と一度しか会っていないのだから、それがどこまで的を射ているかも疑わしい。大泉自身よりも、反りの合わなかった妹へ向けられた無意識のうちの悪感情ということもある。

「お二人の馴れ初めについては、お聞きになっていますか？」

気になって私は尋ねてみた。

「ちょうど今から一年ほど前、街を歩いていて声を掛けられたそうです。それでお付き合いが始まって、半月後には同棲していました。それくらいは世間ではままあることかもしれませんが、とても衝動的で軽はずみに思えました」

堅実な彼女にとっては、考えられないことらしい。その年の瀬にはもう関係が破綻していたことについても批判する。

「あの子の男性関係については、よく知りません。そういうことを話し合う姉妹ではなかったので。高校時代からボーイフレンドがいるのが当たり前でしたが、どの交際も長くは続きませんでした。めまぐるしく相手が変わるので『あなたは気が多いね』と言ったら、『別れた理由はそれぞれで、私は飽きっぽいわけではないし、すぐ飽きられるのでもないよ』と反論されたことがあります」

ここで姉は、そんな妹を内心羨んでいたのかもしれない、との告白を加えた。

「私にはできない生き方をしていましたからね。失恋するなり、『自分を見つめ直してくる』と単身アメリカに渡るなんて大胆なことは、とてもできません。あちらではアルバイトをしながら食いつないで、カナダ人の男性と同棲したかと思ったらまたふられて、『どこにいても現実はシビアだね』と笑いながら戻ってきました。恋多き女で、奔放で、駄目な男にかまってしまう世話好きで、あの子なりに降りかかってくる苦も楽も満喫していたみたいです。……憎まれ口を叩き合ったりもしましたけれど、可愛い妹でした。こんな最期を迎えるなんて、あまりにもひどい」

彼女は、南波から捜査状況を聞き出しにかかる。

「大泉とまだ話していらっしゃらないようですけれど、あの男の居所は判っているんですか？

一刻も早く取り調べてください」

　南波は、このタイミングで大泉の手形が現場で採取されていることを明かした上、彼の行方を最優先で捜査中であることを告げた。木部恭子の顔にわずかに朱が差す。

「やっぱりあの男のしわざですか。いいえ、そうと決まったも同然でしょう。血のついた手形から指紋が採れているのなら犯人なのは確定です」

「まぁ、そうですね」

　あっさりと同意したのは火村だ。わが意を得た恭子は、彼の顔を見る。

「こちらの先生は常識をお持ちですね」

　火村は、遺族の味方につくことにしたようだ。その方が話をしてもらいやすくなる、という読みか。

「ええ、九分九厘、大泉による犯行だと思います。しかし、現場に血の手形があったとしても、おかしな物語をでっち上げて言い逃れをしようとするかもしれないので、外濠《ぼり》も内濠も完全に埋めてしまう必要がある。彼についてご存じのことがあれば残らず話してください。――たとえば、依子さんへのつきまといは具体的にどのようなものだったんでしょう?」

「詳細には聞いていません。『完全に縁を切ってしまいたいのに電話をかけてくる。番号を変えたら家の周辺をうろうろしていて困る』と」

「その程度なら、鬱陶《うっとう》しいというだけですね。依子さんは不安や脅威を感じなかったのでは?」

「連絡を取るのを拒絶しているのに家のまわりをうろつかれたら、それだけで怖いですよ。女性の身になって想像してみてください」

「依子さんは、どんなふうに不安や脅威を訴えていたんですか？」

「『今はおとなしいけれど、いつか逆上するかもしれないから怖い』とは言っていました。『事件の被害者になって、ニュースで名前が流れるのは嫌』とか」

「漠然とした心配だったように思えますね」

「そうでしょうか？　私は妹を案じて、早く警察に相談するようアドバイスしました。ことが起きてからでは遅いんです。現に妹は、あの男に殺されました」

「『現に』は不正確です。彼の犯行を目撃していた人がいるわけではありません」

ここは、ぴしゃりと撥《は》ねつけることで恭子の緊張感が緩まないようにする。火村の手練手管だ。

「依子さんの最近の暮らしぶりなどは、ご存じでしたか？」

「あまり。不定期の仕事を渡り歩きながら、大泉と手を切って気楽に過ごしていたようです。どんな仕事でも選《え》り好みせず、鼻歌交じりにこなしてしまう子でした」

「精神的にタフだったんですね」

「はい。私としては、何かの道に一途に打ち込んで欲しかった。のめり込めるものを探していたのかもしれませんね。それが見つからないから、駄目な男を憐《あわ》れんで世話を焼いたり、外国に行ってみたり、ふらふら落ち着かなかっただけかな、とも思います」

火村と南波の視線が合う。警部補の目は、そのまま質問を続けてください、と言っていた。

「依子さんは、現在はどんなお仕事をなさっていたんですか？」

「四月下旬まで大阪の住宅販売会社で派遣社員として事務をしていたようです。契約期限が切れてからは、なけなしの蓄えで生活していたと聞いています」

勤めていた会社の名前までは知らなかった。

「渡瀬信也さんのことはご存じでしたか？　依子さんとは高校時代からの知り合いだったようなんですが」

「いいえ。そんな名前は聞いたことがありません。同窓生ならば卒業アルバムに載っているはずですね。警察がお調べになれば判りますよ」

「依子さんは、渡瀬さんを偲ぶために事件現場となった家をわざわざ訪問しています。よほど親密だったと思われるのですが」

「妹が親しくしていた男性のうち、私が知っているのは大泉だけです。他には知りません」

「……そうですか」

「先ほど刑事さんから伺ったんですが、渡瀬さんという男性が依子の元恋人だったとしても、お亡くなりになっているんですよね。だとしたら、今度の事件には関係がないのではありませんか？」

「ええ、おそらく」

「とか言いながら、何か気になさっているご様子ですが」

「依子さんが亀岡にいらした事情をよく把握しておきたいだけです」

沖田依子を殺《あや》めたのは大泉鉄斎である疑いが極めて濃厚だが、死の直前の彼女の行動には釈然としない点がある。故人の面影を偲ぶことだけが目的で貘ハウスに上がり込んだのか？　庭木の巣箱を探っていたという矢作萌の証言が本当だとしたら、何か別の狙いがあったようだ。どうにもそれが気になる。渡瀬信也が沖田依子にとっていかなる存在だったのかが判らなければ、彼女の秘密めいたふるまいの意味を推理しようがない。

ノックの音がしてドアが開く。入ってきた捜査員が、南波に何かを手渡して去った。警部補は、それを机に置いて木部恭子に示す。

「この人に見覚えはありますか？」

タクシーの車載レコーダーからプリントアウトした写真だった。三十過ぎぐらいの男が、どこか虚《うつ》ろな目をして後部座席に座っている。黒っぽいポロシャツを着ていて、面長で眉《まゆ》が濃い。

「大泉です」

恭子は即答した。

「間違いありませんね？」

「はい。——刑事さん、これはいつどこで撮られた写真ですか？」

「事件があった直前です。現場付近まで客を運んだタクシーのレコーダーに映っていました」

「だったら決定的な証拠になりますね」

「いえ、そこまでは。しょっ引くためには、まだまだ証拠を固めなくてはなりません」

確認作業があっさりすんだので、南波は写真を手許に引き寄せる。火村は、それに視線を釘《くぎ》づけにした。

私も見る。写真の男の虚無的な表情は、これから恐ろしい所業を行なおうとする人間のものには思えなかった。いかなるエネルギーも感じない。殺人者にも偏執的なストーカーにも見えず、彼自身が殺されてしまった者のようだった。

7

署を出た私たちは、次にタクシー会社に向かった。大泉を乗せた遠野《とおの》という運転手から話を聞くためだ。

車で移動する短い間に、火村と南波のこんなやりとりがあった。

「一昨日の午後、沖田依子を〈レヴリ〉まで乗せたタクシーは判っていますか?」

「会社に残った記録からあの車だ、というのは突き止めたんですが、運転手の話は聞けていません。間の悪いことに昨日から休暇を取っていて、奥さんによると能登《のと》方面に出掛けています」

「連絡がつかない?」

「はい。釣り好きの男で、船で海に出ているらしいんです。夜になったら陸《おか》に戻るでしょうから、それまで待つしかありません。――その運転手に何か急いで訊きたいことがありますか?」

「ええ」

「何でしょう?」

「大泉が沖田依子をつけ回していたという証言がありますが、事件の当日、彼は被害者の背後について尾行はしていません。彼女の行き先が貘ハウスであることを、どうして知っていたんでしょう?　被害者が教えたはずがないのに」

沖田依子は午後三時にタクシーで〈レヴリ〉に到着し、大泉鉄斎は午後九時前に亀岡駅前からタクシーに乗っている。確かに、依子が向かった先をあらかじめ知っていたかのようだ。

「白布施さんに電話をしているのを立ち聞きした……とも考えにくいですね。盗聴していたという可能性もゼロではありませんが。――先生はどうお考えなんですか？」

「沖田が〈レヴリ〉に向かった際、そのタクシーを尾行したか、あるいは沖田を〈レヴリ〉に運んで戻ってきたタクシーを捕まえ、『さっきのお客が行ったところまでやってくれ』と頼んだ」

「ああ、その手がありますね。彼女が行った先を確認しておいていったん引き下がり、夜になって出直したというわけか」

ここから私が割り込んだ。

「ちょっと待て。沖田は五時頃に獏ハウスに案内されて、白布施さんが鍵を預けた後はずっと一人きりやった。復縁話がしたかったんか、危害を加えるつもりやったんかは知らんけど、夜まで待つ必要はないやないか」

「そのへんの事情は判らない。すでに殺意を抱いていて、殺すなら夜だ、と考えたのかもしれない。沖田が持っていたキャリーケースを見れば、泊まりがけできていることは見当がつく」

「オーベルジュに泊まったら、どうするんや。手出しが難しいやないか」

「彼女が獏ハウスへキャリーケースを運び込むのを見たのさ。アフタヌーンティーを飲んだ〈レヴリ〉に泊まるのなら、荷物はそこに置いていた」

「すっきりせんな。キャリーを持ち歩いてたんは獏ハウスを出た後、骨休めに温泉にでも行こうとしてたからかもしれへんのに、沖田から目を離すかな」

「お前がストーカーだったら、叢《くさむら》に潜んでじっと獏ハウスを見張っていたか？」

「想像するだけで情けないけど、する。南波さんがストーカーでも、そうしはりますよね？」

「私だったら、します。張り込みには慣れてますからね。酔っ払いに小便をかけられながら、ゴミ箱の陰で蹲《うずくま》っていたこともあります。こんな時候に、叢や木陰に身を隠すぐらい何でもありません」

「ですよね。――どや」

「アリス。一時間ほど前に柳井さんから聞いたことを思い出せ。大丈夫だ、お前ならできる」

できた。

「……大泉が九時前に下り電車で着いたところが亀岡駅のビデオに映ってたな」

「ああ。ずっと獏ハウスの近くに潜んでいたはずがないのさ」

「そしたら彼は、沖田依子が獏ハウスに入ったのを見届けた後、いったん亀岡を離れたことになる。どこで何をしてたんや？」

「さぁな。夜までたっぷり時間があったから、時間潰《つぶ》しをしていたんだろう」

「保津川観光用のトロッコ列車に乗りに行くとか？――それはないな」

「時間を潰しやすい京都市内まで引き返したかもしれない。各駅のビデオを調べれば追跡できそうだけれど、そこまでする必要があるかどうか。――目指すタクシー会社に着くぞ」

訪ねていくと、遠野運転手はワイシャツの袖《そで》を二の腕までまくって、自分の車を清掃しているところだった。

「車の中、もう掃除してもええと言われましたけど」

遠野の第一声だ。

「きれいにしていただいてかまいませんよ。すみませんが、一昨日のお客について、もう一度お話を聞かせてもらえますか。ここで結構ですから」

南波が言い、立ち話となる。白髪頭を五分刈りにしたベテラン運転手は仕事の手を止められて迷惑がるでもなく、むしろ面白がっていた。

「暗い道端で降ろしてくれって言うから、けったいなお客さんやな、と思いましたよ。まさか人を殺しに行くようには見えませんでしたけれどね」

以下、警部補とのやりとり。

「ごく自然な態度でしたか？　普通のお客さんと違った点は？」

「むすっと黙ったままで、別に変わったとこはなかったな。『〈レヴリ〉の近くまで』と行き先を言うた後は無言です。次に口を開いたと思うたら『ここでええから停めて』ですわ」

「道が分かれて少し行ったあたりですね？」

「はい、府道から市道に入ってちょっと行ったとこ。そこから〈レヴリ〉まで、だいぶあります。食事に行くにしては時間が遅すぎたし、泊まるにしては身軽だったから、〈レヴリ〉が目的地やなさそうやな、と思うてました。その近くの家に行きたいんやろう、と。けど、それにしてもけったいですわな。目的の家の真ん前まで乗って行ったらええのに」

私と目が合ったので、反射的に「まったく、おっしゃるとおり」と幇間《ほうかん》風の相槌《あいづち》を打った。

「お客は、独り言も口にせず終始黙ったままですか。荷物などは？」

「小ぶりの手提げ鞄を持ってました。それだけです。車載のレコーダーにも映ってますよ」

「以前にも、同じところに行ったことがあるようでしたか？」

「なーんにもしゃべらんのに、そんなん判りませんよ、刑事さん。テレパシーは使えませんから。

窓の外を物珍しげにきょろきょろ見たりはしてませんでした。暗《くろ》うて景色がさっぱり見えんかったせいかもしれませんけど」

「黙っておとなしく座っているだけだったんですね？」

「鞄からスマホを出して、ちょっといじってましたね。手持ち無沙汰《ぶさた》だったんか、着信を確かめてたんか、天気予報を見てたのか知りませんけど」

「スマホをいじっただけで、電話をかけたりはしてない？」

「してたら言うてます」

質問が尽きた南波は、火村にバトンを渡した。犯罪学者は、相手の目を見ながら尋ねる。

「その客は、亀岡駅から出てきたんですか？」

誘導尋問になるので、ですね、とは訊かない。

「はい。ふらふらと、ゆっくり歩いて乗り場まできました」

「降りた後、その男はどうしていましたか？　すぐに〈レヴリ〉の方へ歩きだしたのか、タクシーが行ってしまうのを見送っていたのか」

おかしな客だと思ったので、遠野はルームミラーで男の様子を窺っていたと言う。

「天を仰いでいました」

「突っ立ったままですか？」

「〈レヴリ〉の方へゆっくり歩きだしながらです」

「どうして空を見上げたんでしょうね」

「雨が降りだしてたからでしょう。フロントガラスに、ぽつぽつと雨粒が落ちてきました。傘を差そうかどうしようか、という感じやったかな」

暗い夜空を見上げても雨は見えないが、そういう場合、人は上を向くものだ。

「雷を伴って激しく降ったのは十時半近くになってからですが、その前から少し降っていたんですね？」

「お湿り程度の小雨が降って、やんだかと思うとまたパラパラして、もう降らんのかと思うたらゴロゴロ、ザーッです」

「あのあたりに空き家がありましたね。男を降ろしたのは、その手前ですか？」

「えーと、ちょっと手前です。カーブの曲がりっ端ぐらい」

奇《く》しくも杉の木が倒れたあたりか。

「そうですか」

これで終わりかと思ったら、火村はあることを依頼する。沖田依子を〈レヴリ〉まで運んだ車に残されているレコーダーの映像が見たい、と。休暇中の運転手から話を聞くより、その方が早いというわけだ。

「無理ですわ」

遠野は顔の前で手を振る。

「部外者に見せるかどうかは、管理職の方の裁量ということですか？　それならば、しかるべき方にお願いしてみます」

「ああ、いや」と言ったのは南波だ。「無理というのは権限のことではなく、もう録画が消えているという意味です。あれは事故や事件が起きた際、ただちに検証するのが目的ですから、十六、七時間すれば記録が上書きされます」

傍らで頷く遠野。火村は「勉強になりました」と軽く頭を下げた。タクシーのドライブレコーダーの仕様は特別だと勘違いしていたらしい。

「火村先生も、まだまだ勉強せなあかんことがあるんやな」

タクシー会社を出てから私が言う。

「当然だろう。誰にとっても、世界は常に学ぶことにあふれている」

火村英生語録に新たな言葉が加わった。やや月並みではあるが。

「しかし、十六、七時間で記録が上書きされてしまうのだとしたら、さっき署で見せてもらった写真はどうしたんですか？」

火村は南波の教えを乞《こ》う。

「あれは遠野の車に残っていた映像です。彼の休暇中に車が整備に出されたため、レコーダーがオフになっていたのが幸いしました。それも、あと二十分ほどで消えてしまうところでした。ギリギリで間に合ったわけで、やはり何事にもスピードが大事ですね」

「アリス、聞いたか。スピードだ。お前もこの教訓を仕事に活《い》かせよ。締切に追われてばかりでは駄目だ」

変なタイミングで説教される。

「先生が興味をお持ちなので、能登で釣り糸を垂れている運転手となるべく早く連絡をつけるようにします」と南波。「他に気になっていることはおありですか？」

火村は人差し指を立てた。

「一つだけ。――大泉がタクシーを降りたところで雨がパラついたようなので、もしかするとすぐ近くにあった空き家で様子見の雨宿りをしたかもしれません。調べてみるべきだと考えます」

「われわれもそう思って、登記簿に当たって所有者に立ち入りの許可を取るという段取りを踏んでいるところです。もう連絡がついた頃でしょう」

「六月とはいえ、そろそろ始めないと日が暮れます」

「先生は、重要な証拠が見つかると期待していますか？」

「というわけではありませんが、何か遺っていれば儲《もう》けものです。その夜に泊まるホテルを書いたメモを落としていく、なんて大サービスはしてくれていないでしょうけれど」

まだ暮れるには間があるが、日は西の山並みに近づきかけている。

いったん亀岡署に戻り、火村と私はベンツに乗り換えた。

8

七時前には〈レヴリ〉のテーブルに着いていた。私の向かいの席には江沢鳩子、火村の正面には白布施正都。オーナー・シェフの光石燎平が選んだ赤ワインが白布施たちのグラスに注がれたが、さすがに乾杯は抜きだ。ディナーを楽しむ気分ではないので、コース料理も簡素な形にしてもらった。

九時半から予定されている捜査会議に出席する火村と私は、ジンジャーエールを頼んでいた。彼は会議に出た後、私を夢守荘まで送ってくれてから京都に帰る。遅くなるからうちに泊まっていったらどうか、と光石夫妻が勧めたが、着替えの用意がないのを理由に翻意しなかった。

「もう犯人の目星がついた、ということですが」

みんながひと口飲んだところで、白布施が言う。捜査員の一人が、別れた男に被害者がつきまとわれていたことを洩らしたらしい。警察がある人物の行方を追っていることを火村は伝えた。

「先生も、その男が犯人だとお考えですか？」

まぁ、そう訊きたくなるわな。

「非常に疑わしいですね。それだけしか言えません」

「現実の捜査というのは、たいていこういうものですか」ホラー作家は小さく嘆息する。「被害者の周辺に動機を持っている人物がいて、そいつを洗うとちゃんと証拠が出てくる。――いや、今回はそんなことをするまでもなく、現場に犯人が指紋を遺してくれていた。火村先生が才能を発揮するまでもなかったようです」

江沢が残念がる。

「せっかく先生のフィールドワークを拝見するという絶好の機会が得られたのに、とても単純な事件でしたね。――あ、すみません。ご遺族のことを思うと、早期に解決した方がいいに決まっています」

「君にさっき見せてもらったインターネット上の書き込みほど不謹慎ではないよ」

白布施が渋い顔をした。どうしたのかと思ったら、ホラー小説ファンが集う掲示板のことだった。この事件の現場が白布施正都の家の近所――そんなことは公表されていないのだが――と知ったあるファンが「まるで狩人に射られたみたいだ！」と言い散らしたことに端を発し、「殺された女は、きっとヨルの一族だろ」「美弦、うまく仕留めたな」「亀岡は〈浸潤〉が進んでいるのかも」などという書き込みが続いているのだとか。

「ネット社会が到来してから、人間は不真面目で残酷になった。他人の不幸を娯楽にし、水に落ちた犬には嬉々として石を投げる」

「そんなつまらない騒ぎは無視するとして、マスコミが白布施さんのコメントを求めてきたりしていませんか？」

冷たいガラス皿に盛られた料理を食べながら、私が訊く。サニーレタス、トマト、三度豆と炙《あぶ》りベーコンのサラダもいいが、オリーブオイルをかけ、塩を少しだけ振って食べる自家製豆腐がとてもおいしい。

「ある新聞社から電話がかかってきたので、ものも言わずに切ってやりました。僕は、好感度よりも自分の感情を優先するんです」

「死体の第一発見者だということを聞いたんでしょうか？　あるいは現場となった家の持ち主が白布施さんだということを知って——」

「そうではなく、事件現場の隣にたまたま有名人が住んでいることに気づいただけのようでした。以降、モジュラーケーブルを抜いたままにしてあります。あの電話で『ミステリ作家の有栖川有栖さんがうちにお見えになっているので、失礼しますよ』と言ったら、そちらに矛先が向いたんでしょうね」

「向きませんよ」

〈日本のスティーヴン・キング〉のお言葉だからバリューがあるのであって、私ごときの発言を記者は欲しがるまい。

「興味を持つと思いますけれどね。――では、臨床犯罪学者の火村准教授がいらっしゃると聞いたらどうしたかな？　先生は、警察の捜査に手を貸していることを伏せていらっしゃるそうですが、現場でしばしば姿を見かけて、彼らはそのことを知っているのではありませんか？」

「およそのことはバレていますす」と火村は認める。「しかし、私が何をしているのかまでは判っていません。警察にうまく取り入って、犯罪捜査の現場でせっせと研究材料を漁《あさ》らせてもらっている、というぐらいに思われているんでしょう」

これは嘘に近い。記者たちは火村の探偵ぶりをかなりのところまで摑んでいながら、警察の要請もあって報じるのを控えているのだ。彼らがそれに従う義務はないから、いつ何がきっかけで事実が公になるかは予断を許さない。

「本当ですか？　うーん、それは面白い。現実世界というのも捨てたものではありませんね」

妙に感心するホラー作家に、担当編集者も同意する。

「私もそう思いました。火村先生は、ヨルの一族ではなく犯罪者を相手にした狩人ということですね」

火村にとっては意味不明なので、白布施の『ナイトメア・ライジング』がどんな物語なのかをざっと説明してやった。ホラー小説に関心のない彼は、作者を前にして反応に困ったかもしれない。変な間が空いたらまずいな、と思っていたら、すかさず白い鳩が飛んでくる。

「先生が描くヨルは、人間誰しもが持っている暗い一面を表わしています。そこには犯罪も含まれますから、火村先生がなさっていることは夢乃美弦と重なりますね」

火村は、控えめに否定する。

「私がしているのは、命を懸けて世界を救うなんてヒロイックな行為ではありません。ヨルの〈浸潤〉は阻止できない、と諦めてもいます」

「現実の世界から犯罪がなくなることはないかもしれませんけれど……」彼女は言葉を選ぶ。「だからといって、起きてしまった犯罪を見過ごすわけにはいきません。私たちは、どんな獲物も逃さない狩人を必要としているんです。火村先生のような人を」

犯罪学者は目を伏せて、薄《う》っすらと笑った。

「必要としている、ですか。どうかその言葉は真摯に職務をまっとうしている警察官に贈ってください。彼らは狩人以上の存在で、防犯の名の下、できるだけ〈浸潤〉を食い止めようと努めてもいます」

江沢は、なおも言う。

「真摯に職務をまっとうしている警察官ばかりではありませんし、警察の狩りのやり方を心得た上で犯罪を行なう人間もいます。そんな時こそ、火村先生が見事な推理の矢を放って——」

彼女は弓をかまえ、矢を放つ仕草をした。

「うっ！」

呻《うめ》き声がしたので振り向くと、弓削与一が胸を押さえてよろめいていた。

「江沢さん……どうして……ボクの心臓を射るんですか……。恋に落とす、つもり？」

食事に下りてきたところだったらしい。おどけるのをやめた彼は、すたすたと歩み寄ってきて、隣のテーブルに着く。

「すみません！　あの、安心してください、弓削さん。私が射たのはキューピッドの矢じゃありませんから」

「残念ですね。もしかして、殺人事件の話をしていたんですか？　捜査はどうなっているんでしょうね」

もう容疑者が絞られ、警察が行方を追っていることを白布施が教えた。

「へえ、日本の警察は優秀ですね。こんなに早く犯人を突き止めるとは」

「まだ犯人と決まったわけではないそうですけれど」と私。

「最新情報が入っているのなら聞かせてくださいよ、有栖川さん。差し障りのないところでかまいませんから」

容疑者がどういう人物かだけ話していると、火村がスマホを手に「失礼」と立ち上がり、店の外に出て行った。柳井か南波からの電話なのだろう。

「容疑者を取り押さえたのかな？」弓削が色めき立つ。「ひょー。だとしたら、死体が発見されてからわずか半日で解決だ」

その傍らで、飲み物のオーダーを取りにきていた光石静世が言う。

「だといいんですけれど、取り押さえたとは限りませんよ。容疑者が出頭してきたのかもしれないし、どこかで自殺しているのが見つかったのかもしれません」

「そうかそうか、なるほど」

弓削が感心していると、五分ほどで火村は戻ってきた。代表して私が尋ねる。

「例の男が逮捕されたんか？」

「いいや、容疑者が見つかったわけじゃない。彼の職場の先輩とやらの話が聞けた、というだけのことだ」

「ここで言える内容か？」

「話す」

満座の注目を浴びながら着席した准教授は、要点だけを述べる。

「事件当夜、その先輩は容疑者に電話をかけていました。『休んでばかりいたら馘首《くび》になるぞ。ちゃんと仕事に出てこい』という内容です。時刻は午後十時十二分。容疑者はひどく迷惑そうに応じて、早く電話を切りたがっていたといいます」

「それは」江沢が手を挙げて、「犯行前で落ち着かなかったからなのか、犯行直後で動揺していたのか、どちらでしょう？」

「判りませんね。その時の会話の内容について、捜査会議で詳しい報告があるはずです」

「その会議は九時半からでしたっけ。遅いスタートですね」

「大阪まで聞き込みに行った捜査員が戻るのが遅くなるせいです。珍しいことではありません」

「火村先生や有栖川さんも、どんどん発言なさるんですか？」

「たいていは一番後ろの席で聴くだけですよ。有栖川は、死体の第一発見者として何か訊かれるかもしれません。――その時は、しっかり証言しろよ」

バジル風味の特製ソースをかけたジャガイモのバター焼きにかぶりつこうとしていた私は、手を止めて言い返す。

「今さら確認を求められることもないやろう。大事なことは全部しゃべった」

火村は、空いた皿を下げにきた光石静世に声を掛けた。

「つかぬことを伺いますが、落雷で木が倒れたところの近くに廃屋がありますね。あの家はいつから空き家なんですか？」

何故そんなことを尋ねるのか怪訝に思いそうなものだが、静世はさらりと答える。

「あそこは随分と前から空いたままになっています。白布施先生が夢守荘にいらした少し後だから、七年近く前ですか。年配のご夫婦が悠々自適の暮らしをしていたんですが、旦那《だんな》様がお体を壊したので、病院に通いやすいところに移っていかれたんです。『街中に住むのは好きやないけど仕方がない』とぼやきながら」

「何をしていた方なんですか？」

「自称・発明家です。いえ、自称なんて言ったら失礼ですね。ご夫婦合わせて六十も特許や実用新案をお取りになっていて、そこから入ってくるお金でゆったりと生活なさっていました。介護関係のものを得意にしていらしたので、先見の明があったと思います」

緑に包まれた家で、夫婦一緒に発明家として生きる。それが趣味や道楽ではなく、経済的な余裕も保障してくれていたのなら楽しかっただろう。

「空き家のまま放置されているのは、買い手がつかないからですか？」

「そういうことです。辺鄙《へんぴ》な場所だから売りにくいのに加えて、間取りが変わっているのが原因みたいですよ。大きな作業部屋がアトリエに使えるんじゃないか、と見にいらした彫刻家さんがいましたけれど、帯に短し襷《たすき》に長しだったようで、成約しませんでした」

「そうですか。ありがとうございます」

火村が静世を解放すると、白布施が話を引き継ぐ。

「処分したがっていましたね。光石さんや私のところにも、『どうです、買ってもらえませんか？』と打診がきたほどですよ。近所に何軒も家を持っていても仕方がない。――火村先生は、どうしてあの家のことをお尋ねになったんですか？　研究と思索を深めるための別荘として購入するおつもりでも？」

「まさか、それはありませんよ」

「しかし、熱心にお訊きでしたよ」

別荘にしたいと考えたわけはないだろうが、あまりに唐突だった。さては何かあるな、と白布施は思ったようだ。

次の料理を運んできた静世が、発明家夫妻のその後についても話してくれた。

「今年の年賀状によると、もう旦那様のお体の具合はいいそうです。夫婦とも元気なうちに伏見《ふしみ》のケア付きマンションに転居したのだとか。こちらの家のことは気に掛けていらして、『いつまでも空き家だと物騒だし、息子たちに迷惑をかけないよう、自分たちが生きているうちに処分したいのですが』と書いてありました。でも、難しいですね。外からきてくださる方がいらしたら、私どももうれしいんですけれど」

今夜のメインディッシュは、辛子醬油《じょうゆ》と柚子《ゆず》胡椒《こしょう》がぴりっと利いた丹波牛のソテーである。黙々とナイフを使う火村は、さっさと食事をすませたがっているらしい。ここを早く出て、捜査本部に行きたいのか？

隣のテーブルに体を向けて、江沢が言う。

「あの物件、弓削さんはいかがですか？　ゲーム創りに集中しやすい環境だし、お気に入りの〈レヴリ〉に毎日通うことだってできますよ」

「そう言われると、ゆらゆら心が動きますね。だけど、ボクは芸術家ではなくて時代の最先端で踊るエンターテイナーですから、ここで暮らすのはさすがに刺激が乏しすぎるというか……」

根が真面目なのか、買わない理由を真剣に考えているようだった。

火村は、フルーツをあしらった食後のジェラートもあっという間に平らげてしまう。彼に釣られて腕時計を見たら、八時をわずかに回っていた。捜査会議までは、まだだいぶ時間がある。

「うん、どれもおいしい」弓削が静世に言う。「このふた皿目は由未ちゃんが作ったんでしょう？　あとで本人に感想を言わせてください」

「ぜひ、そうしてやっていただけますか。あの子、喜びます」

不意に火村がポケットからスマホを出し、また席を立ちかけて足を止めた。その場で「はい……はい」と二回ほど応えたかと思うと、通話を終える。今度こそ容疑者確保の報せか、と思った。

「後でご説明します」

自分に視線を注ぐ者たちに言ってから、火村は静世を呼ぶ。彼女は速足でやってきた。

「どうかなさいましたか？」

「先ほどは帰ると言いましたけれど、予定が変わりました。ここで一泊させていただけますか？　事態が急変したので。——行くぞ、アリス」

私は、残っていたコーヒーをぐいと飲んで立つ。火村は白いジャケットの裾《すそ》を翻して、もう店の入口へと向かっていた。

第四章　矢と弓

1

　発明家夫婦が住んでいた家の前には警察車両が駐《と》まり、捜査員たちの出入りがあった。みんな動きがきびきびとしている。投光器が持ち込まれているようで、開けっ放しの玄関と窓から明かりが洩《も》れていた。ベンツが停車した音を聞きつけたのだろう、南波が出てきた。

「大泉です。顔も服装も、遠野の車で映された男と合致しています」

「意外な形で対面することになりましたね。それにしても、こんなところにいたとは灯台下暗しだ」

　火村は両手に黒い手袋を嵌《は》め、車に備えてある懐中電灯を手にして家に入って行く。手袋の用意がない私は、両手をコットンパンツのポケットに突っ込んで彼に続いた。玄関でビニール製の靴カバーを着けて、捜していた大泉鉄斎の許《もと》へ。

　七年近くも人が住んでいなかった家はさすがに荒れていたが、化物屋敷というほどではない。しかし、何者かが無断で上がり込んだ形跡があって、玄関ホールの床に空のペットボトルやコンビニ袋などが散らばっていた。煙草の吸殻もあり、やはり放置された空き家は物騒だ。

「戸締りはどうなっていたんですか？」

　私が南波に訊《き》く。空き家といえども用心のため施錠してあったはずだが。

「錠が壊されていました。だいぶ前に破られたようで、悪戯者《いたずら》のしわざでしょうね。——そちらです」

警部補が指したのは、十畳ほどの広さのダイニング・キッチンだ。投光器に照らされたその部屋にも、ビールの空き缶や紙屑《くず》が転がっていた。不埒《ふらち》な連中が車座になって宴会を催したのか、テーブルと椅子が壁際に押しやられている。

「本格的な検視と鑑識が始まる前に、ざっとご覧ください。あそこで見つけました。明らかに他殺です」

キッチン・カウンターの向こう側を南波が指差すので回り込んでみると、フローリングの床下収納庫のハッチが開いている。縦一メートル八十センチ、横七十センチ、深さ五十センチほどある大型の収納庫だ。その中に男が一人、納棺されたごとく仰臥《ぎょうが》していた。身長は一メートル六十五センチぐらいで、体を折り曲げることもなく全身がすっぽりと収まっている。足許の隙間には茶色っぽい手提げ鞄《かばん》。

火村は、懐中電灯を翳《かざ》しながら片膝《ひざ》を突いて覗《のぞ》き込み、私は「死因は何です?」と南波に尋ねた。警部補よりも早く犯罪学者が答える。

「絞殺だろうな。何かで喉《のど》を絞められた痕跡《こんせき》がある」

「凶器は何や?」

「この状態では見当たらない。細い紐《ひも》のようなものが食い込んだ痕《あと》が赤い輪になって……待てよ。側面には索状痕がない。紐を首に巻いて絞められたのではなく、紐状のもので頸部《けいぶ》を前から強く圧迫されて窒息死したのか。とすると……犯人は何を凶器にして、どう使ったんだ?」

「火村先生」

南波が掠《かす》れた声を出した。苦々しげな顔をしている。

「体の陰になっていて見にくいかもしれませんが、被害者の左手を」

獏《ばく》ハウスに血の手形を遺した方の手だ。無気味に血で染まったままなのだろうか、と思って私は首を突き出した。

「どういうことだ?」

火村が何かに驚いている。

四秒ほど遅れて、「どういうことや?」と私も言わずにおれなかった。

大泉鉄斎の死体は、左手首を欠いていた。すっぱりと切断されており、懐中電灯が照らし出すのは無惨な切り口。

ぞくりと背筋が顫《ふる》えた。死体の有り様がグロテスクだったからではなく、何故こうなっているのか、理由がまるで判らなかったせいである。

ほんの数時間ほど前に見た沖田依子の惨殺死体には右手首から先がなかった。今度の死体には左手がない。犯人は首狩りならぬ手首狩りをして回っている。

「右手はちゃんとある。血で汚れてもいない。きれいなもんだ」

他に変わった点がないか、火村は確かめていた。異状はなかったらしく、立ち上がって膝の埃《ほこり》を払う。

「死後硬直はピークを過ぎていて、緩解が始まっているな。殺されてから二、三日経過している」

「三日が経過してるわけはないやろう。一昨日の午後九時にタクシーに乗ってるんやから。十時十二分頃には職場の先輩と電話で話したりもしてる」

私の突っ込みを、彼は撥《は》ねのける。

「ありがとう、言われなくても判っている。門前の小僧が習わぬ経を読んだだけさ。お前は、大泉はタクシーを降りてからあまり間を措《お》かずに殺されていた、という結論を汲《く》み取ってくれたらよかったんだ」

「あまり間を措かず、ではどれぐらいの時間を指すのか不明やな。沖田依子よりも先に殺されてるのか？」

「そいつは専門家でも判断が難しそうだぜ。二人は前後して殺されている、としか言えないだろう」

「同じ犯人による連続殺人？」

「手首が切断されているという顕著な特徴が共通しているから、同一犯だと見るのが自然だ。これは連続殺人というよりも、ダブルマーダー。二重殺人だな」

事件の様相がまるで変わってきた。有力な容疑者だった大泉が、沖田と相前後して殺されていたとなると、捜査は一から立て直しを迫られる。

「かくして火村先生は当地に留《とど》まることになった、か」

「ああ。着替えの用意もしてきていないっていうのに」

「ダブルマーダーやぞ。そういう日常的な煩わしさはええから、なんで大泉がここで死んでるのか考えろ」

「考える前に事実の収集だ。食材が揃っていないのに包丁を握るシェフはいない」

複数の車が、家の前で停まる音がした。

「先生、鑑識が入ります」

南波が言うと、「もう少しだけ」と応《こた》えて火村は四つん這《ば》いになった。懐中電灯で死体の頭の先から爪先《つまさき》まで照らして、〈食材〉を探し求める。

「脱げた靴が足許に転がっている。犯人が放り込んだんだろうけど、被害者はどこで殺されたんだろうな。ここか？　別の場所から運ばれてきたのか？……あっちだ！　そうか、そういうことか」

何事かに納得している。犯行現場の見当がついたようだ。

「『あっち』というのは、獏ハウスか？」

問い掛けても返事はなく、死体が穿《は》いているスラックスの裾《すそ》を入念に調べていた。発見があったようだ。

鑑識課員たちが入室してきたところで彼は顔を上げ、懐中電灯を消した。そして、私たちはキッチン・カウンターの外に出て、鑑識課員らや現場で検視を行なう捜査員らと入れ替わる。

「何かお気づきになったことがあるようでしたが」

部屋の隅に移動してから、南波が訊いた。火村は、調達したての〈食材〉を披露する。

「この男は、沖田依子と同じく獏ハウスで殺害されたものと思料されます。やられたのは沖田が先です」

「先生がそうお考えになる根拠は何ですか？」

「スラックスの裾に微量の血液らしきものが付着していました。それが沖田依子のものだとしたら、彼女が先に殺されていたことになります」

「大泉自身の血かもしれませんよ。彼も左手首を切り落とされているんですから」

「ご指摘のとおりです。鑑定してみなくては、どちらとも言えませんね」

我慢できずに「いやいや」と私は火村に質《ただ》す。

「涼しい顔で『ご指摘のとおりで』やないやろう。どっちの血が付いてるのか判らんうちに、沖田が先に殺されたと決めつけてたやないか。撤回するのか？」

「決めつけたように聞こえたのなら、俺の言い方が悪かったのかもな。大泉は、獏ハウスで沖田よりも後に殺されたのではないか、と推測しただけだ」

「推測にしてもそれなりの根拠が要る。──お前、スラックスの裾を調べる前に『あっちだ！』と声を上げたな。あっちというのは獏ハウスなんやろ？」

「そうだ」

「なんで、あっちで殺されたと考えた？」

「凶器があっちにあるからさ。もっとも、これも鑑定してみないと断定はできないことで、今は思いつきの仮説にすぎない」

写真の撮影が始まり、盛んにフラッシュが閃《ひらめ》いている。

「ほお。獏ハウスにある何が凶器に使われたと考えたのか教えてくれ」

「お前もしっかり見ているぜ。壁に飾ってあった弓だよ」

「あれが？」

とんでもないことを言いだした。

「あんなもんで、どうやったら人間の首が絞められるんや。弦《つる》だけをはずして使うたとでも?」

「作家なんだから想像力を駆使したまえ。ここに弓があったとして——」虚空を両手でなぞって、それらしきものを描く。「弦の部分を正面からお前の頸部に当て、そのまま壁にぐいぐいと押しつける。気道がふさがり、お前の脳への酸素の供給は絶たれる」

彼の仕草に合わせて、私は壁に背中をつけた。火村は架空の弓の持ち方を変える。

「あるいは、不意を衝いてお前の背後に回ってから、弦を力いっぱい手許に引き寄せる」

「……そうされると苦しいな」

「または、お前を床に倒して弦を喉に当て、上から体重をかける。——犯人にとって二番目のやり方が一番楽かな。頑丈そうな弓には見えなかったけれど、そんなふうに使用したぐらいでは壊れなかっただろう」

南波は、自分の喉をさすりながら尋ねる。

「先生は、被害者の頸部の傷をじっくりご覧になっていましたね。そのようなことでついた痕だったんですか?」

「頸部の前面だけに索状痕が走っていて、しかも中央部が最も深い。索状物を首に巻かれた形跡はない。それでいて眼球結膜や口腔《こうこう》粘膜に溢血《いっけつ》点が見られ、窒息死の様相を呈しているとなれば、私の仮説にも無理はありません」

ここまで経が読めたら門前の小僧も立派なものだ。懐中電灯の明かりだけでは見分しにくかっただろうに。——さらに彼は言う。

「それだけのことから凶器が弓だと仮定するのは飛躍しています。ですが、今回の事案においては私の発想にも必然性があるでしょう。このすぐ近くで矢による殺人が発生していて、その矢とセットの弓を見たばかりなんですから」

「至急、あの弓を鑑定します。先生のお考えどおりだったら、弦から被害者の皮膚組織が検出できるはずです」

「私の推測どおりだったら、必ず出ますよ。犯人が注意深くても、それを拭き取るほどには気が回らなかったでしょうからね」

「凶器をぬけぬけと壁に戻しておくとは、大胆な奴です」

「大泉の死体が出てこなければ特異な索状痕を私たちが目にすることはなく、警察があの弓の弦を調べる理由がありません。下手に目立たないよう壁に戻しておくことが自然でした」

沖田依子殺害で使われた矢という凶器も珍しかったが、その次は弓による絞殺ときた。奇怪な二重殺人と言うほかはない。現場にあった矢も弓も、本来の使われ方をしていないわけだ。

「嫌な犯人やな」

私の呟《つぶや》きを、火村が拾う。

「この事件の犯人だけ差別するのか？　人を殺すのは、みんな嫌な奴だ」

「そういうことやのうて……モノの使い方が狂ってることに、いらっとくるんや」

「バットで人を殴り殺したり、電化製品のコードで首を絞めたりするのも狂ったモノの使い方じゃないか。他の事件とどう違うって言うんだ？」

「もともと弓矢は、攻撃に使うにせよ防御に使うにせよ殺傷を目的とした武器や。ナイフや包丁といった刃物とも性質が違う。それを手にしながら、弓で矢を射ずに二回も殺人を犯してるやろ。俺は、そこに異様なものを感じるんや。気色が悪い」

「今度は作家的想像力を発揮しすぎていないか？　犯人の精神が歪《ゆが》んでいるせいでモノの使い方が倒錯しているわけではなく、期せずしてそうなっただけかもしれない」

「そうかもしれんけど……」

私は深呼吸をした。普通ではない他殺死体を続けて見たせいで、神経過敏になっているのかもしれない。普通ではない死体――

「凶器の使い方が風変わりなだけやない。この二つの事件は色々とおかしいやないか。なんで犯人は死体の手首を切って持ち去ったんや？　しかも、片方は右手首、もう一方は左手首。二つ合わせたら、意味ありげに左右ひと組になる。金目的とか怨恨《えんこん》とかが動機の、ありきたりの殺人とは思えんな。手首の切断については、期せずしてそうなった、とは言いがたいやろう」

「たまたまとか、何かの弾みで、とは考えにくい。宿題にしよう」

私たちがそんなやりとりをしている間に、南波は一人の捜査員を呼び、獏ハウスの弓を鑑識に回すよう指示を飛ばしていた。

写真撮影がすみ、死体は検視のために収納庫から引き上げられようとしていた。「せーの」と捜査員たちの声が聞こえている。

「おい、それは何や？」

一人が野太い声を発したので、火村は勢いよく振り返る。死体の下から新たな〈食材〉が出てきたようだ。

「拝見できますか」

つかつかと歩み寄った准教授が言うと、捜査員が見つけたばかりのものを差し出す。結束用の白くて細いビニール紐だった。だらんと垂れた長さは八十センチぐらいか。火村はそれに顔を寄せ、鋭い視線を向けていた。

「凶器はこれやないですか、先生？」

紐を手にした捜査員に問われ、人差し指で唇をなぞったまま答えない。有力な凶器の候補が死体の下から出てきたことに戸惑っているのか？

「ちょっといいですか？」

私もよく見せてもらった。これが人間の首を絞めるのに使われたものかどうかまでは判らないが、絞殺の凶器としては弓よりも自然に思える。

「これで殺したんやないか？」

あらためて私が尋ねると、やっと火村は反応した。

「長さも形状もそれらしいけれど、死体に遺《のこ》っている索状痕と一致しない。こいつを使って絞めたのなら、犯人は被害者の首にひと巻きしたはずだ」

「ところが索状痕がそうなっていない、と言うんやな？　説明をつけることも可能やろう。たとえば、さっきお前が挙げた三番目のケース。床に倒れた被害者にのしかかって、紐で頸部を圧迫したのかもしれん。後ろから紐を首に巻きつけようとしたところで抵抗されたので、そんなふうになった――」

「何故そんな不自然なことをする？　手頃な長さの紐なんだから、頸に巻きつけてぐいと絞めないはずがない」

否定されたが、私はめげない。

「こんなケースも考えられるぞ。犯人は、被害者の背後からこの紐を巻きつけようとしたんやけど、二人の間に何か邪魔なものがあって紐が首を一周しなかった。たとえば……柱とか」

「目の前に柱があるのに、紐を片手にした犯人はその向こうの被害者の首に紐を巻きにいった？ドタバタ喜劇かよ」

調子に乗りすぎたか。突発的な殺人ならば現場はドタバタもするだろうし、可能性はゼロではないと思うのだが。

「弓と併せて、この紐も鑑定します」南波が言う。「先生の仮説どおり弓による絞殺だったとしても、死体の下から出てきた紐ですから重要な遺留品です」

「犯人が死体を入れる前からあったんかもしれへんけどな」

独り言だったのだが、警部補の耳に届いていた。

「有栖川さん、カウンターの上を見てください。端っこに荷造り紐があります」

言われて初めて気がついたが、白いビニール紐のロールが載っている。

「ここの所有者が引っ越す時に使ったものを忘れて行ったんでしょう。ロールの横に紐を切るためのカッターも置いてある。刃の部分で手を切らないようになっている安全カッターです」

「ありますね。それが何か？」

「死体の下から見つかった紐は、どう見てもあれです。犯人はここにあった紐をここにあったカッターで切ったものと思われます。ほら、切り口の片方が新しいでしょう。ここの主《あるじ》がいた時からこの紐が収納庫に落ちていたとは考えにくい」

そう聞いたら、目の前の紐が凶器に思えてきた。それ以外にこのがらんとした部屋で紐を使う理由がないではないか。

「これが凶器ですね。弓ではなさそうや。――な」

火村は同意せず、鑑定の結果が出るまで判断は保留した。

「仮定の質問をしてもええか？　お前が言うたとおり凶器が獏ハウスの弓やったとしたら、犯人はわざわざ紐をあれぐらいの長さに切って、何に使《つこ》うたんやろう？」

「思いつかない。今は」

収納庫から、あの茶色っぽい手提げ鞄も取り出されている。別室で中身を検《あらた》めることになった。

「おい、もう何もないんやな？」南波が確認する。「左手首も、それを切った刃物もなし、か」

あってもいいのに、と思った。

「なんで左手首を切断したのかは脇に措くとして――犯人は、それなりに手間をかけて死体をこの空き家に運び込んだ。いつか買い手がつくまでは発見されへんと期待してたやろう。それやったら、手首を切った刃物を収納庫に入れていってもよさそうなもんや。それをまた別の場所に捨てる手間が省けるのに」

俯《うつむ》いている火村の顔を覗き込もうとしたら、目が合った。うるさがられたかと思ったらこちらを指差して言う。

「それだ。おかしいよな」

「お、やっぱりおかしいか？」

「非合理的じゃないか。包丁一つにしても、よそで捨てるとなると場所を探すのも面倒だ。ここでよかった」

「細かいことばっかりやけど、色々と謎があるな。おかしなことになってきた。警察が半ば犯人と決めつけて、必死に行方を追うてた男がこんなところで永遠の眠りに就いてたとはなぁ」

犯罪学者が黙っているので、さらに煽《あお》ってみたくなった。

「火村先生の出る幕はないどころか、お前に打ってつけの事件になってきたみたいやないか」

彼は、能役者のごとくゆっくり面を上げた。写真班が焚《た》くフラッシュのせいで、一瞬、その顔が人間離れしたものになる。

「そうだな。この現場は、とても面白い。犯人の呻《うめ》き声や悲鳴がこだましている」

2

「面白い、と言ったら軽忽《きょうこつ》すぎますか。失言でした」

白布施正都は、自らを罰するように右頬を叩《たた》く真似をした。同じことを口走りながら、火村は微《かす》かに笑っていたのに。

「日本語の『面白い』は使用範囲が広いので、間違いではないと思います」

私はフォローしておく。

「では、面白いと評させてください。答えを知りたいと、強く思う謎が立ち上がってきましたね。一昨日《おととい》の夜、いったい何があったのか。どう考えたらよいやら、取っ掛かりが摑《つか》めません。こんなことになって警察も慌てているのでしょう？」

「走りだしてすぐに進む方向が違うと判ったわけですから、ダメージはないと思います。二人の被害者の身辺を徹底的に洗え、というのが今夜の捜査会議の結論です。……今夜といっても、とっくに日付が変わっていますけれど」

アンティークの柱時計に目をやると、午前一時半が近い。現在、亀岡署では記者会見が行なわれている。

「眠くないですか、有栖川さん？　ただでさえ色々あって疲れた一日だったのに、お引き止めして申し訳ない。お話は朝になってからでもかまいませんが」

今聞きたい、という本音が透けて見えていた。

「私は宵っ張りなので、全然かまいません」

「ならば、もう一杯」

空にしたグラスに二杯目を注がれた。ここ数日、ワインを口にすることが多い。

「犯人は、何故あの家の床下収納庫に死体を隠したんでしょうね。穴を掘って埋めるよりも手軽ではありますが、どうにもやり方が中途半端です」

「捜査が始まった日のうちに発見されましたからね。結果として、うまい隠し方ではありませんでした」

「有栖川さんもそう思いますか」

「しかし、南波警部補の見方はそうでもなく、床下の死体が見つけられたのは幸運だそうです」

白布施は意外そうだった。

「幸運ですか。隠し部屋で見つけたわけでもないのに？」

「警察が空き家に踏み込んだのは、大泉が雨宿りに立ち寄って何か遺さなかったかを探すためでした。彼の逃走経路が不明だったので『足を挫《くじ》いて動けんようになった大泉が身を隠してたら事件解決や』という冗談が飛んでいたそうです。入ってみたら、不法侵入した不心得者がゴミを散らかしていたので、事件に関係していないか一つずつ調べていきましたが、それらしきものはない。もちろん、大泉が潜伏してもいない。捜査を切り上げかけて、念のため床下収納庫も覗いておこう、とハッチを開けたということです」

「あわや死体を見つけそこなうところじゃないですか。知りませんでした。警察の捜査というのは、そんなにあっさりしたものなんですか？」

「いや、そうではなく――」

問題の床下収納庫のハッチの上に、椅子が一脚置いてあった。大泉が不注意で落とした何かが収納庫に入るはずがないし、椅子がハッチの上にあるということは彼が中に潜んでいるはずもない。そのため無視されかけたのだ。

「開けてびっくり玉手箱、というわけですか」

「白い煙が立ち上りはしませんでしたけれどね。冗談がまことになって大泉が潜んでいたのに、話を聞ける状態ではなかった。二度と目覚めない人になり果てていたので」

白布施はソファの背にもたれて、腕組みをした。

「よそからやってきた人間が二人、一夜のうちに殺された。どういうことだろうな。連続殺人のようでもあるけれど、大泉という男が沖田さんを殺し、その後で別の誰かに殺害された可能性もあるわけですね?」

デリケートなところに触れてきた。

「なくはないですね」

「でも、ありそうにない、と?」

「どうでしょう」

この話を進めると、事件当夜、沖田と大泉以外に未知の闖入者《ちんにゅう》が犯行現場にいたのかどうか、という問題に突き当たるのだが、これまでの捜査で得られた情報からすると、そのような人物は見当たらない。つまり、この界隈《かいわい》にいた者の中に犯人がいることになってしまう。

「防犯ビデオが街にも道路にも氾濫《はんらん》しているとはいえ、ビデオに映ることなく犯行のあった家に行くことはできます。警察は、犯人を見落としているのでは?」

やはりそうだ。白布施は、自分や隣人たちに容疑が掛かることを迷惑に思っているらしい。

「そうかもしれません。捜査は始まったばかりですから」

「沖田依子も大泉鉄斎とやらも、このあたりの住人にとっては赤の他人だ。犯人は外部からきたんです。違いますか?」

「二人の被害者とつながりのある人はいませんが、かつてここで暮らしていた渡瀬さんと沖田さんには接点がありました。彼女が白布施さんに話したことが本当だとしたら」

「そこに事件の原因が伏在している、と? 渡瀬君は自然死だったし、彼が亡くなってから二年も経過しています。どう結びつくんでしょう?」

相手が火村だったら、それやがな、と言いたいところだった。それを見つけることが事件解決への道だ。

「有栖川さんの話を伺っていて、疑問に思ったことがあります。ストーカーもどきの大泉は、沖田さんを尾行してここまでやってきたと考えられるようですが、彼女が獏ハウスに泊まることを事前に察知していたんですか？　沖田さんがその予定を物騒な男に話していたとは思えないんですが」

白布施に教えていいものかと躊躇《ちゅうちょ》した。迷うぐらいなら黙っているのが無難と判断し、「捜査中です」としておく。

実際は、休暇で能登に釣りに行っている勝本《かつもと》という運転手と夜になって連絡が取れたおかげで、そのあたりの事情は明らかになっていた。おしゃべり好きだという勝本の話術に引き込まれたのか、亀岡駅から〈レヴリ〉までの十五分ほどの間に、沖田依子は存外多くのことを語っていた。まずは勝本運転手が、電車に乗ってわざわざあの店に午後のお茶にやってきたのかと尋ね、このような会話になったという。

――親しくしていた人があの近くの家に住んでいたことがあるので、そこを訪ねて行くんです。

――その人に会いに行くのとは違うんですか？

――はい。二年前に病気で亡くなって、今はいません。

――もしかして、小説家の白布施先生の秘書だか助手だかをしていた男の人ですか？　若くして、お気の毒でしたね。

白布施は有名人だから、彼の身近で起きた不幸のことを勝本は承知していた。そうと知った沖田は、彼の印象などを話して欲しがった。

――その渡瀬さんと直接お話ししたことはないんですよ。先生のお宅へお客さんをお送りした時、見掛けたことがあるだけで。おとなしくて真面目そうな人でしたね。

彼が住んでいた家に行ってどうするのか、と勝本は尋ねた。今さら遺品の整理でもあるまい、と思いながら。

――渡瀬さんが亡くなったことは、だいぶ後になって聞きました。お葬式にも出られなかったので、せめてあの人が住んでいた家に行ってみたいと思っただけです。白布施先生にもお目にかかって、彼のお話を聞くことにしています。

沖田と渡瀬がどんな関係だったのかについて訊くことは憚《はばか》られた。おしゃべりな運転手にも節度がある。元恋人か、学校や職場の関係か、そのあたりだろうという見当はついた。

――よろしかったら、お迎えに上がりますよ。私の携帯の番号をお伝えしておきますから、お帰りになる時間が判ったらお電話ください。

彼女はその言葉に「ありがとうございます」と応えてから、今日はその家に泊まるつもりだと言う。

――お帰りは明日。ああ、それでは駄目だ。私、明日から休みなんですよ。

――ご親切に言っていただいたのに、残念です。せめて、こちらの会社のタクシーにきていただくことにします。

渡瀬が亡くなった家に泊まると聞いて、これは単なる女友だちや同僚ではなく、元恋人だな、と勝本は確信すると同時に、若くして愛する男と死に別れた彼女の悲運に同情した。

このような経緯で、沖田依子の訪問先と目的は勝本の知るところとなる。そして、彼女を〈レヴリ〉まで送って亀岡駅前に引き返したところで、大泉が乗り込んできた。

——客待ちをしているのが前に一台いたんですけれど、その人は私の車に寄ってきたんです。おいおい、順番を守らないのは困るな、と思いました。仲間内で喧嘩《けんか》の原因になりますから。

火村が推測したとおりだ。大泉は、沖田が乗ったタクシーのナンバーを覚えておくなりして、戻ってくるのを待ちかまえていた。車内で交わされた以下のやりとりがそれを証明している。

——前の車に乗ってもらおうとしたら、恐縮した様子でこんなことを言うんです。「さっき女の人を乗せましたね。そこまで連れて行ってください。あの人が忘れ物をしていたんで届けるんです」。特に不審な態度でもなかったので、本当かな、と疑ったりはしませんでした。「〈レヴリ〉でいいですか？」と訊くと、「はい、そこまで」と言う。

車中で、大泉はほとんど口をきいていない。会話を拒否するようにスマホをいじっていたので、運転手から話しかけることもなかった。

——忘れ物を届けたらすぐ引き返すだろうと思い、「ご用がすむまでお待ちしていましょうか？」と訊くと、「彼女と一緒に帰るかもしれんから、迎えは結構です」と言うんですよ。「えっ、お客さんも渡瀬さんがいた家に泊まっていかれるんですか？」と訊いてしまいました。前の女性と、「独りでお泊まりですか？　夜は静かで淋しいほどですが」「平気です」という話をしていたので、おかしいな、とは思いました。

不審に思われたことを察したらしく、大泉は言い訳めいたことを言う。

——「泊まるかどうかは決めていないけど、彼女にややこしい伝言があって、時間がかかるかもしれないので待たなくていいです」と。「お電話いただいたらお迎えに参りますけど」とまたも商売っ気を出したら、「お願いしようかな」と言って、うちの会社の電話番号をスマホに登録してくれました。

　そして、〈レヴリ〉が見えてきたあたりでお客は「ここで降ります」と言った。

　――スマホを片手に「電話をかける用事ができたので、それをすませてから歩いて行きます」と言われたので、五十メートルばかり手前で車を停めました。降りてすぐ電話をかけていたのを覚えています。

　おそらくは、かけているポーズだけだ。〈レヴリ〉の前で車を停めて沖田に見られては尾行が台無しになるから、手前で下車したのだろう。

　――その人は、五時を過ぎてから電話をくれました。会社の記録によると五時十八分？　だったら、その時間です。渡瀬さんがいた家に向かったら、あの人はずっと手前で立っていましたね。散歩がてら、ちょっと歩いていたんだそうです。亀岡駅までお乗せしました。目を閉じて黙っていたので、何も話していません。

　かくのごとき次第で、大泉は沖田が獏ハウスに独りで泊まり込むことを把握できたのである。そして、午後九時前に別のタクシーを拾って現場に向かった。――その後で何が起きたのかが謎だ。

　捜査会議でこの報告がもたらされると、大泉には沖田を殺す意思がなかったのでは、という説が出た。あらかじめ強固な殺意を抱いていたのなら、なるべく運転手に顔を見られるのを避け、わざわざ同じ車を電話で呼ばないと思われるからだ。彼が沖田を殺害したのだとしても、犯行に計画性はなかったようだ。

「沖田さんをつけ回す大泉。その大泉の後ろに、もう一人外部からきた人物がいたんじゃないかなぁ」

これは白布施の推測ではなく、願望だろう。三人の人間がこっそり連なっていたとは考えにくいし、第三の人物の存在を匂わせる情報は皆無だ。

「よそのトラブルがここに持ち込まれたんですよ。ホラー作家のまわりで連続猟奇殺人だなんて、洒落《しゃれ》にならない」

「ましてやミステリ作家がきている時に、ですね」

「有栖川さんがきた夜に事件が起きたわけではない。前夜のことです。——しかし、一日だけでもズレていてよかった。そうでなければ、とんでもないご迷惑をおかけするところでした」

「平気ですよ。慣れていますから」

事実なのだが、白布施には奇異に響いたに違いない。

「火村先生のフィールドワークに同行しているから、他殺死体ぐらいは見慣れているんですね。それでも、現場のそばにいたというだけで容疑者扱いされるのはまっぴらでしょう」

「被害者とは縁も所縁《ゆかり》もないので、そんなことにはなりませんよ」

「だといいのですが、ありもしない結びつきを探られるだけでも辟易《へきえき》します。僕の場合、沖田さんが殺される前に会って話しているだけに」

「それは〈レヴリ〉の人たちも同じですよ。白布施さんが特に怪しまれる理由にはなりません。ただ、渡瀬さんについて色々訊かれるでしょうね。あの人が事件の遠因になっている可能性を調べるために」

「身近にいたので、ここにきてからのことは承知していますよ。しかし、僕と会うまでのことはほとんど知りません。自分のことを語りたがらない男でしたから」

「秘密めいたところがあったとか？」

「大なり小なり、秘密は誰にでもあります。……いや」

白布施は言葉を切って、耳のあたりに垂らした髪をいじる。何かが心をよぎったらしい。

「もしかすると重い秘密を抱えていたのかもしれない。昔話が好きではなかったとしても、ふとした拍子に話しそうなものなのに、彼は一度も過去を語りませんでした。『兄弟はいるの？』と訊いたら『一人っ子です』と答えましたが、それ以外に家族について聞いた覚えがない。有栖川さんが『秘密めいたところ』なんて言うから、気になってきました」

「恋愛体験なども、まったく話さなかったんですね？」

「家族について触れないぐらいですから、もちろんです。警察が彼について調べて何か判ったら、教えて欲しいぐらいです」

こらえていたのに欠伸《あくび》が出た。白布施は私に詫《わ》びる。

「すみません。まだまだお聞きしたいことはありますが、明日にしましょう。昨日と同じ部屋でお休みになりますか？　ストレスを感じるようでしたら、別の寝室を使っていただけますが」

二つも惨殺死体を見た夜に、〈悪夢の寝室〉のベッドに入るのは気が進まないだろう、と心配してくれているのだ。シャワーを浴びたらすぐに熟睡できそうだったし、荷物を移動させるのも面倒だったので、私は昨夜の部屋でいいと答える。やっぱり殺人事件に慣れている、と思われたかもしれない。

「コンビニで着替えを買っていらしたのなら、明日以降も引き続きうちにお泊まりいただいてもかまいませんよ」

「私がいたら何もできないでしょう。これ以上、お仕事の手を止めるわけにはいきません。捜査の進み具合を見て、いったん自宅に戻るか、〈レヴリ〉に行きます」

「有栖川さんがいいようになさってください。近辺が騒々しくて、どうせ仕事になりませんけれどね。——あっ、明日締切でエッセイを一本頼まれていたのを思い出した。参ったな」

今晩中に書かなくてはいけないと言うので、これを潮に寝室へ引き揚げることにした。

3

貘ハウスのリビングらしき部屋。

その中央に三人の男女がこちらを向いて立っていた。右は沖田依子、左は大泉鉄斎。真ん中の弓と矢を手にした人物だけは煙のようにくすみ、輪郭からでは性別すら判然としない。

——まず、女から殺しました。

真ん中の人物は一歩踏み出してから振り向き、右手にしていた矢をヒュンと横に振るった。鏃《やじり》は沖田の細い首を貫き、その体は音もなく崩れ落ちる。彼女はすぐには絶命せず、手足が小さく動いていた。

傍らで凶行がなされたというのに、大泉は表情もなく棒立ちだ。

真ん中の人物は〈犯人〉だった。

――次に、男を殺《や》りました。

大泉は乱暴に突き倒され、〈犯人〉がのしかかる。彼は喉を弓弦《ゆづる》で圧迫されてもがいていたが、じきに動かなくなった。苦悶《くもん》のさなかで左手を伸ばし、沖田の右手を握ったまま息絶えたのだ。

しばしの静寂。

二つの死体。

床の上に沖田の血が広がっていく。

――もう愛し合ってもいなかったのに、目障りですね。こうしてしまいましょう。

〈犯人〉はどこからか包丁を取り出して、屈《かが》み込む。そして、しっかりと握り合った沖田と大泉の手首を切断しにかかる。ごりごりという嫌な音をたてながら。

――違う。

私の後ろから、火村が現われた。

――そうじゃないだろ。そんな嘘が通じると思っているのか。この人殺し野郎。

罵《のの》られながら〈犯人〉は作業をやめず、とうとう沖田と大泉の手首を切り離した。つながった右手首と左手首は、奇妙なオブジェのよう。

――嘘じゃない。こうしたんだ。

――出鱈目《でたらめ》だ。

火村は、〈犯人〉が使った弓を拾い上げると、頭上に振りかざした。威嚇ではなく、処罰を与えるつもりだ。

――待てや。

激しい抵抗を覚悟しながら、私はその右腕に飛びついて制止した。どこかでホウと梟《ふくろう》が啼《な》く。

——もういい、アリス。

——何がええんや？

——これは夢だ。

前を向いたまま火村が言い、右手を開いた。弓が床に落ちて撥ねる。


目を覚ました私は、今のが悪夢だったかどうかにわかに判定しかねた。二人も殺されるシーンだから、やはり悪夢か。

夢の中の〈犯人〉に向かって、火村は何が「違う」と訴えていたのか？　処罰するように弓を振り上げたのだから、あれは〈犯人〉だったのだろうが。

夢の意味を考えても仕方がない。うなされるような悪夢ではなかったにせよ、私が二日続けて夢を見るのは珍しい。それしきをもって夢守荘の魔力とするのは大袈裟《おおげさ》だが。

何時か判らないが眠気はなく、それなりに睡眠が取れたようだ。まだいくらか朦朧《もうろう》とした頭のまま、ベッドから出て窓辺に寄り、そっとカーテンをめくってみる。

一面に霧が立ちこめていた。

4

小ぢんまりとした盆地のせいもあり、亀岡には霧がよく出るそうだ。晩秋から春先にかけて、夢守荘は霧の中で朝を迎えることが多いのだとか。

「丹波霧といって、昔からですよ。亀山藩の文人、軽森野楊《かるもりやよう》が詠んだ句があります——亀山は蓬《ほう》萊島《らいじま》か霧の海」

そう言って、白布施正都はトマトサラダを口に運んだ。明智光秀の城に今も名残りを留めるように、亀山は亀岡の旧名である。

「寒くなってきたらこういう地形は放射冷却が起きやすいんでしょうね。この時季では珍しいんですか？」

私が訊くと、主は白く煙った窓を見やる。

「ええ。しかも、夜半に小雨が降った影響なのか今朝の霧は濃い。僕らが置かれた状況を表わしているかのようです。文字どおりの五里霧中」

三日前、当地にふらりとやってきた沖田依子が少し離れた隣家で殺害され、彼女をつけ回していた大泉鉄斎の犯行かと思われたが、彼もまた無惨に殺されていた。事態は混迷して、警察は捜査方針を一から見直すことになった。期せずして発生した霧に包まれたに等しい。

「お疲れですか？」

白布施の目が充血しているのを見て、私は尋ねた。今朝までに書かなくてはならない原稿は仕上げたそうだが、手こずったようだ。

「昨日は色々あったので、どうしてもよけいなことを思い出してしまい筆が走らなくて、たった五枚の身辺雑記を書くのに明け方までかかりました。ただの寝不足です」

仮眠しかできていないのだ。私が泊まっていなければ朝食の支度をすることもなく朝寝ができた、と思うと申し訳ない。

「お休みになりますか？　私はこれから〈レヴリ〉で火村と落ち合って、亀岡署に行きます」

彼は、目脂《めやに》の浮いた右目を擦《こす》りながら、ほんの短い間だけ思案した。

「では、そうしましょうか。ベッドに引き返して二時間ほど睡眠をとります。〈レヴリ〉に行ったら江沢さんに伝えておいてください。『白布施は午《ひる》まで寝ているから放っておいてくれ。君も忙しいだろうから遠慮せずに東京に帰ればいいよ』と」

伝言について了解し、朝食がすむと私は夢守荘を出た。

霧によって左右の木立はほとんど輪郭を失い、不規則に並んだ黒っぽい列柱と化している。雲の中の不思議な神殿に迷い込んだかのようだ。はっきり見えているのは自分が踏みしめているアスファルトの道路だけ。乳白色のベールの下に延びるそれに導かれて歩を進めて行くと、霧は生命あるもののごとく揺らぎ、耳を澄ませば得体の知れない何かの息遣いが聞こえてきそうだった。海に浮かぶ仙境、蓬萊島などという風情ではない。

向こうから誰かくる——と思ったのは錯覚だった。霧が微風に蠢《うごめ》いただけである。誰にも見られていなかったのが幸いで、とっさに身構えたのが馬鹿らしい。一瞬、頭をよぎったのは矢作萌の顔だ。夢中歩行の癖がある彼女が、ふらつきながら歩いてきたのか、と。もう九時が近く、寝《ね》惚《ぼ》けてさまよう時間でもないのに。

私が外に出たのが、選《よ》りによって最も霧が深い頃合いで、〈レヴリ〉に近づくにつれて視界が開けていき、見覚えのある風景が戻ってきた。江沢鳩子がオルゴールに喩《たと》えた愛らしいオーベルジュは、行く手で白いケープをまとって夢幻的に佇《たたず》んでいる。脳内でドビュッシーの『夢』をBGMとして流してみたら、ぴたりと合うこと、気味が悪いほどだった。

「おはようございます」

店に入ると、光石静世の声に迎えられた。夢守荘からこちらに移ってくることをあらためて言うと、すでに部屋の用意は整っています、とのこと。いつまでお世話になるか未定だが、とりあえず当地でもう一泊だ。

火村と江沢は食後のコーヒーを飲んでいた。朝寝坊をしているようで、弓削与一の姿はない。私はとりあえず火村の横の椅子に掛けたのだが、ゆっくり座っていることはできなかった。

「白布施さんのところでコーヒーもご馳走《ちそう》になってきたんだろ。朝霧に抱かれて三人で朝の散歩に出よう」

どうしてそんなに逸《はや》っているのやら、火村はすぐにでも腰を上げたそうだった。理由が判ったのは、店を出てからのことだ。

「昨日、江沢さんは〈レヴリ〉でのんびり寛《くつろ》いでいたわけではなく、電話を使って仕事に没頭していたのでもない。色んな情報を仕入れてくれていたんだ。それを検証したいんだけれど、店の中では話しにくい」それで火村は散歩に出たがったわけだ。「近くに落ち着いて話せる場所があったらいいんだけれど、他に店なんてないしな。いっそ三人で車で街まで出るか」

妥当な案だが、視界が確保できないので運転が難しいし、朝霧に抱かれての散歩というのも捨てがたい。

「この近くで心当たりがある。——ちょっと歩くけど、かまいませんか？」

江沢の承諾をもらってから、私は夢守荘とは反対の方向に歩きだす。昨日の朝、散歩をしたコースをたどって岩場まで行けば、誰の耳も気にせず話し合うことができる。霧が濃いままだと足許に不安があったが、かなり薄らいできていた。

「見通しがよくないですよ。道に迷ったりしませんか？」

江沢の気懸かりは、それだった。

「一本道なので大丈夫です。ほら、この道をずーっと進むだけ」

ずーっと進みながら、私たちは話し始めた。

「江沢さんが探偵ぶりを発揮したそうですね。何か新事実が判りましたか？」

「火村先生は『探偵ぶり』なんておっしゃいませんでしたよ。探偵ごっこで他人様のプライバシーを嗅《か》ぎ回っていたと誤解なきようお願いします。部屋に閉じこもっているだけでは所在がないので、色んな方としゃべっているうちにちょっと情報が集まっただけです。それも事件に関係があるかどうか……」

「聞かせてください。何がどう事件につながっているか判りません。——なぁ、先生」

「〈浪速《なにわ》のエラリー・クイーン〉の言うとおりです」

言い渋っている編集者に、火村は水を向ける。

〈浪速の〉で冗談なのは明らかとはいえ、軽々しくクイーンの名前を出すな、と抗議したかった。

「私が興味を惹《ひ》かれたのは、二年前に亡くなった渡瀬信也さんを巡る人間模様です。ただちに今回の二重殺人と結びつけるのは早計ですが、被害者の一人である沖田さんがここを訪ねたのは渡瀬さんと縁があったから。あながち無関係ではないかもしれません」

准教授と話しているうちにそうなったのか、彼女の言葉遣いが硬い。

「人間模様って何や？」

火村に問い掛けたら、江沢が答える。

「聞いたままをお話ししますので、未確認情報として扱ってください。〈レヴリ〉の由未さんは、渡瀬さんに好意を持っていたみたいです」

驚きはしない。昨日、由未が渡瀬について話す際、悲しみを露《あら》わにする場面を目のあたりにした。渡瀬が急逝した時に大きなショックを受けたことも矢作萌や光石夫妻から聞き及んでいる。

「それは薄々感じていました。好きだっただけやなしに、まだ渡瀬さんは彼女の心に留まっているようですね」

「有栖川さんはお気づきだったんですか。ええ、渡瀬さんへの想いを上書きしてくれる男性とは巡り合っていないんでしょう。白布施先生から伺ったところでは〈おとなしくて真面目な人〉なんですけれど、渡瀬さんって女性の気を惹くタイプだったようです。静世さんも好青年と評していたし、矢作さんにとっても……」

ここが言いにくいらしいので、私は先回りをする。

「ははぁ。渡瀬さんに気があった、ということですね。としたら、このエリアの女性はみんな彼のファンや。母性本能をくすぐるタイプか」

「あ、それ、原稿で出てきたらチェックを入れたくなるかも」

陳腐な常套《じょうとう》表現ですみません。以後、注意しよう。

「由未さんはあんな感じで引っ込み思案なんですけれど、矢作さんは違います。もっと積極的にアプローチをしたみたいですよ。遅い時間に彼を自宅に招いて手料理でもてなしたり、街に買い物をしに行く時に『重いものを買うから手を貸して欲しい』と頼んだり」

矢作自身、渡瀬のことを「私は好きでした」とさらりと言っていたが、積極的にアプローチしていたとなると「好き」の意味が変わってくる。

「そんな話、白布施さんからは出ませんでしたね」

火村が言うと、江沢はホラー作家をかばうように応える。

「ご存じなかったんでしょう。燎平さんが車で矢作さんの家の前を通りかかった時に見掛けた、ということでした。先生は、遅い時間に矢作さんの家の前を通る機会がありません」

遅い時間に出入りしていたということは、二人はかなり親密だったのかもしれない。そのことを由未が知っていたのかどうかが気になった。

「由未さんには黙っていたんですが、光石さんご夫婦が話すのを聞いていたかもしれないそうです。でも、それならばと自分も渡瀬さんに迫ることもなく……やきもきしていたんでしょうね」

「それはいつ頃のことですか？」

「二年ちょっと前から渡瀬さんが亡くなるまでのようです」

さらに霧が晴れてきた。木立の樹肌が鮮やかに見えるようになり、懐かしい現実世界が戻ってきた。

「渡瀬さんは、由未さんの気持ちを察していたんでしょうか？」

「静世さんによると『何となく感じて、由未ちゃんに丁寧に接してくれてはいたと思う』ということです。ただ、そういう優しさは、気を持たせる罪な態度にも思えるんですけれど……どうですか？」

意見を求められた男性陣は、順に答える。

「愛の告白を受けたんやったら『残念ながらその気はありません』とはっきり断わるべきでしょうけど、そこまでいってなかったんやったら仕方がないんやないですか」

「ありがちな態度ですね」

火村のアンサーは短く、是非を論じなかった。

「で、もう一つややこしいことがありまして――」

江沢探偵の調査によると、弓削与一は料理と周辺の環境が気に入って〈レヴリ〉に足繁く通っているのだが、来店の目的はそれだけではなく、由未に会いにきているのではないか、という。

「静世さんの見立てなんですけれど、私もそんな感じを受けていました」

大きな岩がごろごろ転がったところに着いた。私は、昨日の朝、ここで話に出た二人が語らっていたことを思い出す。弓削の方から散歩に誘った、と聞いた。

めいめい適当な岩に腰を降ろして、話を続ける。夜のうちに降った雨で湿っていたので、江沢はハンカチを敷いてから。火村は風下を選んで座り、煙草と携帯灰皿を取り出した。

「それがほんまやとしたら、弓削さんというのも恐ろしく気が長い人ですね。二年越しでここへ通いながら、まだ結果を出せてないやなんて。由未さんが渡瀬さんに心惹かれてたことに気づいて腰が引けてたんやとしても、渡瀬さんが亡くなった後は前のめりになりそうなもんです。由未さんがショックを受けて消沈してる間だけは自重する必要があったにせよ」

「弓削さんともお話しなさったんでしょう？」

問い掛けとともに火村が吐いた紫煙が、霧と混じって流れていく。

「付近を歩きながら、雑談めかして探りを入れてみました。探りを入れる、というのは、言葉がきつすぎるかな。あの方、見掛けは自信家で軽い感じもしますけれど、とても繊細な人だと思いました。しゃべっていると感情の動きが細やかで、こちらが言ったことを必ず丁寧に拾ってくれるんです。軽い調子で話すのは一種の擬態なのかもしれません」

「擬態」と火村は復唱する。「繊細な人だとおっしゃいましたね。言い換えるとセンシティヴということでしょうか？　あるいはナイーヴ」

英語の電話を受けると血の気が引く彼女も、英単語の二つぐらいは平気だ。

「適切ですね。傷つきやすい自我を防御しようと努めているんだと思います。だから、簡単には本心を晒《さら》しません。思ったことを口にするのではなく、相手に要求したいことがあっても辛抱強くチャンスを待つ人。たとえば——弓削さんは『ナイトメア・ライジング』のファンで、白布施先生と組んでお仕事がしてみたいようなんですけれど、下手な提案をして断わられないよう、じっと機会を窺《うかが》っています」

「どうしてご存じなんですか？」

「それは、私にぽろっと打ち明けてくれたからです」

「会って間もない江沢さんにそんな意向を洩らすというのは、慎重な姿勢ではありませんね」

「私が先生の担当者だから、これはチャンスと思ったんでしょう。『実はボクは』というのではなく、婉曲《えんきょく》な言い回しを遣っていました。『ゲーム化するのにぴったりのコンテンツなのに、実現していないのは先生にゲームへの拒絶反応があるからですか？』と訊いてきて、『ボクには、ちょっとした腹案があるんです』と。『先生に当たってみたらどうですか？』と言ったら、『まず、ボクを信頼してもらおうとしています』。そんな努力をしているようには見えなかったんですけれどね。これでどうだ、というアイディアを固めるのに一生懸命なのかもしれません」

「その件については判りました。――弓削さんが由未さんに想いを寄せているという見立ては当たっていましたか？」

「遠回しに話を持っていくと、『〈レヴリ〉に通う目的の一つは、由未さんの顔を見ることです』と認めました。ふわーっとした調子で笑いながらですけれど、なんかこう、熱い吐息とともに言いましたね。――あ、私に息が直接かかったわけではありませんよ。不正確な表現でした」

自分がしゃべることにまで逐次校正を入れるのは職業病か。

「気長で、慎重あるいは臆病《おくびょう》で、それから純情な男ですね」

私が感想をまとめる。

「三十分ほどお話ししただけですから、そう理解していいかどうかは判りませんけれど、由未さんへの思いやりは感じましたよ。どんどんとアタックしないのは、彼女の心にまだ渡瀬さんの面影が強く残っていたから、それがもっと薄くなるのを待っていたみたい。『もうそろそろ、傷が癒《い》えたかな』と言ったので、彼女をずっと観察していたんだな、と思いました。――観察というと冷たいので、見守っていた、に替えます」

また自己チェックが入った。

弓削は、その想い人への接近を開始したらしい。私は、昨日の朝、まさにこの場所で二人と出くわしたことを話した。

「弓削さん、ささやかなデートに誘ったんですね。今後のなりゆきに注目……ですけれど、話が脱線していませんか？　殺人事件から遠ざかっています」

「車輪は線路をはずれてはいないでしょう」

無造作に言って、火村は顔のそばに飛んできた羽虫を払う。

「火村先生は、今回の事件の背景に渡瀬さんを巡る恋愛事情がある、とお考えなんですか？」

〈渡瀬さんを巡る恋愛事情〉なんて彼女が言うと、小説のタイトルのように聞こえてしまう。

「ええ、この狭いエリアで起きていることは、すべて検討を要します」

「でも、肝心の渡瀬さんは二年も前に亡くなっています。それが今になって殺人事件を引き起こすとも思えないんですが」

「人間は、死んだ後も生きている者に大なり小なり影響を与え続けます。被害者の一人は、渡瀬さんと親しかった女性らしい。彼が事件の中心にいるのかもしれません」

江沢が両肩をすくめたので、寒気でもしたのかと思ったら違った。

「これがフィールドワーク！　なんですね。私、今それに参加しているんだ」

「そんなに力を入れて言うほどのことではありませんよ」

火村のフィールドワークの相棒は私なのだから、もっと発言しなくてはなるまい。

「渡瀬さんというより、渡瀬さんの秘密が事件の中心にあるんやろうな。矢作さんの証言によると、沖田さんは貘ハウスで何かを捜してたらしいやないか。鳥の巣箱に手を突っ込んだりして。捜してたその何かが悲劇を招いたんや」

「ミステリ作家として、一つ二つ仮説を出してみろ。お前が書いている小説なら、彼女が捜していたのはどんなものになる？」

「鳥の巣箱に入る程度のサイズやろ。仕事柄、データの記憶媒体がすぐに浮かんだけど、渡瀬さんはパソコンを持ってなかったな。手紙類とか……」

「あり得るな。他には？」

「……葉書」

「作家なら定形郵便物と一語ですませろ。――その線はまんざら悪くない。捜すべきものが渡瀬さんの許にあると彼女が知っていたことの説明がつけやすいからな」

「どういうことですか？」と江沢。

「自分が渡瀬さんに宛てて出した郵便物を回収しにきた、と考えられるからです。どうしても人目に触れさせたくないので取り戻しにきたのかもしれません」

「誰かに読まれたら困る内容の郵便物ですか。巣箱に隠している可能性まで考えたのだとしたら、やばそうですよね。だけど、そんなものが出てきたとしても、見つけた人が沖田さんのことを知らなかったら問題は起きないと思います。二年経っても何もなかったのに、わざわざ取り戻しにくるでしょうか？『きっと誰かが遺品整理で捨てただろうな』と思いそうなものです」

頷《うなず》く火村に、私が尋ねる。

「お前はどんなものを想像してるんや？」

「作家じゃないから想像もつかない」

しれっと言うのでつんのめりかけたが、江沢は真顔で言う。

「その切り返し、ナイスです」

われわれのフィールドワーク、満喫していただけているだろうか？

5

黄色い蝶《ちょう》がひらひらと飛んできて、江沢のジャケットの襟に留まった。そのままブローチと化したかのごとく、羽を広げてじっとしている。

「やっぱり蝶々は花に舞い降りるんやなぁ。よく似合いますよ」

「ありがとうございます、有栖川さん。でも、動いたら逃げちゃうから……困りました」

火村は、こんなやりとりにかまわない。

「渡瀬さんを中心にして、少しややこしい状況があったようですね。そのことを白布施さんは知っていたのかな。あなたが担当編集者になる前のことですけれど、想い出話の形で口にするようなことは？」

「先生は、渡瀬さんの私生活には関心がなかったそうですから、ご存じなかったでしょう。『彼は、なかなか女性にもてた』といった話は一度も聞いたことがありません。それに、先生は東京のマンションでお仕事をなさることも多かったので、こちらで起きていることには案外目が届いていなかったかもしれません」

「おせっかいを慎んでいただけで、何となく知っていたとも考えられますが」

犯罪学者が納得してくれないので、編集者は続けて言う。

「渡瀬さん、矢作さん、由未さん。この三人が三角関係みたいになっていたのは、先生が事故で入院なさっていた頃らしいんです。となると、先生は知りようがなかったと思います」

「ああ、そうでしたか。――ふむ」

鼻の頭を掻《か》いてから、彼は質問の方向を変える。

「入院といえば……白布施さんが無謀運転の車に撥ねられたのは、やはり二年前でしたね。お宅の近くで災難に遭ったと伺っていますが、このあたりは車がほとんど通らない。外界の刺激を遮断して思索にふけっていたとしても、交通事故なんて起きそうな気がしないんですけれど、現場はどこだったんですか?」

私も怪訝《けげん》に感じていたのだが、白布施にとって不愉快な記憶だろうからと遠慮して訊かずにいたことだ。

「ご自宅の近くといっても、夢守荘の前の道ではありません。大泉さんの死体が見つかった家を過ぎた先の府道をぶらついていて撥ねられました。あのあたりもお散歩のコースに入っていたんです。事故の後は『また脇見運転をしている奴がいるかもしれないので、もうあの道は歩かない』とおっしゃっています」

「自宅の前の道ではなかったんですね。その事故に関しては、きれいに決着がついているんですか?」

「先方は過失を素直に認めて、保険会社を通じて治療のためにかかった費用以外に慰藉《いしゃ》料も出したので、何の問題もなく解決したということですけれど……先生、その事故が今度の事件に関係しているんですか？」

「いいえ、それはないでしょう。白布施さんへの興味からお訊きしただけです。――ついでにお尋ねしますが、白布施さんと渡瀬さんの結びつきは、仕事上のボスとアシスタントの域を出なかったんですね？」

江沢の襟から蝶が飛び立った。彼女の体が顫えたのかもしれない。

「その質問はどういう意味ですか？　私が早とちりしていたら赤面の至りですが、ここはずばっと伺います。もしかしたら先生が若い渡瀬さんに恋愛に似た感情を寄せていた可能性についてお訊きになっているんでしょうか？」

「あなたは早とちりをしていません。ええ、私が尋ねたのはそういうことです。三角関係だの四角関係だのは、とかく事件の原因になるから確かめたいだけで、他意はまったくありません」

「あくまでもフィールドワークの一環ですね。まず、声を低くしてお答えしますけれど、先生は平均的な男性以上に女性好きです。前任の男性担当者も含めて、何人かの業界関係者の証言があります。今のところ、私にはそんな素振りを見せないようになさっていますけれど」

「とことん不躾《ぶしつけ》に訊きますが、女性である江沢さん自身、身をもって実感なさったことは？」

「え、先生から口説かれたとか？　それはありません。先生の女性のご趣味は、私から一万光年ぐらい離れたところにあるからです。ストライクゾーンは三十代後半から四十代初めぐらい。牝《め》豹《ひょう》のようにセクシーな年上大歓迎。先生は、芳醇《ほうじゅん》なフレーバーで舌に余韻が残る極上焙煎《ばいせん》コーヒーが大好物だから、私みたいな安物のコーヒー牛乳は眼中にありません」

「さすがは編集者さんだ。有栖川と違って、色んな言葉がぽんぽん出ますね」

俺も言葉のプロやぞ、と猛烈に抗議したかったが、戯言《ざれごと》に反応するのは控えた。

「女性も男性も好きになる人もいますけれどね」

「火村先生の調査は念入りですね。主観と客観の二面から、その憶測を否定させてください。まず主観から。私、学生時代から男性好きの男性は直感的にすぐ判るんです。そのセンサーの針は、先生に対してはぴくりとも動きません」

「客観的な根拠は?」

「先生が渡瀬さんに惚《ほ》れていたのだとしたら、東京に滞在する時も彼を同行させそうなものです。なのにそんなことはなさらず、いつも独りで上京して、仕事や用事が片づいてからも羽を伸ばしていた、と聞きます。私以外の編集者に訊けばお確かめいただけます。——いかがですか?」

「とても説得力があります。江沢さんのおかげで誤ったルートが一つ消せました。ありがとうございます」

火村が丁重に言ったので、「いえ、そんな」と彼女は両掌《りょうて》を突き出して振る。

「火村先生がありとあらゆる可能性を検証なさることがよく判りました。——お二人はあっさりした関係で、むしろ白布施先生はそのことを悔いているようです」

「もっと渡瀬さんのことを気に懸けてやればよかった、と?」

「はい。個人差はあるにせよ、一般的に男性は自分の健康について関心が薄いように思います。その結果は自身に返ってくるんですけれど、先生は渡瀬さんの急死に責任を感じておられるんです。『身近で世話を焼いてくれていた渡瀬君の健康について、ちゃんと見ておくべきだった。彼が〈レヴリ〉の階段で倒れた時はびっくりしたが、一度病院でよく診てもらえ、と形式的に言っただけ。彼がその忠告に従わなくても本気で案じなかった。あまりにも不人情だった』とおっしゃって……」

「後悔先に立たず、ですね」

風が吹いた。梢《こずえ》の葉にのっていた雨粒が飛び、私の頰に当たる。

一般的に男性は自分の健康について関心が薄い。確かにそんな傾向がありそうだ。私は、わが身について省みるとともに、友人の体のこともより真剣に考えてやるべきだろう。悪夢に囚《とら》われた火村について、初めて病気の心配をしたのは婆ちゃんだ。「いっぺん、病院で診てもろた方がええぞ」と世間話の延長みたいに言ってすませていたら、いつか後悔することになるかもしれない。

江沢は、右手を伸ばして足首をさすっている。そこに火村の目が留まった。

「〈レヴリ〉の方から聞きました。チェックインして部屋から下りてくる時に、階段で足を踏みはずしたそうですね。まだ痛みますか?」

「無意識のうちに手をやっていました。大丈夫です。痛かったのはその時だけで」

「立ちくらみがしたのは本当ですか?」

「え?」

声にこそ出さなかったが、私も内心で問い返していた。——研究熱心な犯罪学者よ、何が訊きたいんだ?

「あなたがアクシデントに見舞われた場所は、渡瀬さんが転倒したのとほぼ同じだったとも聞いています。それはただの偶然なのですか？」

「私が演技をしたんじゃないか、とお尋ねなんですね。そんなことをする理由はないし、どこで渡瀬さんが倒れたのかも知りませんでした。火村先生は、どうしてそうお考えになったんですか？」

さらりと訊いてはいたが、彼女が気分を害してもおかしくない。

「江沢さんに何か思うところがあって周囲の反応を試したのなら、この機会に理由を聞かせていただきたいと思っただけです。――フィールドワークで質問攻めにされるのは愉快なことではない、とお判りいただけましたか？　私は研究と称してこんなことばかりやっているんです」

「火村先生が強いストレスをお感じになることもあるでしょうね。よく判りました」

真剣な目で言ってから、彼女は口許をほころばせる。

「どきっとしました。私は火村先生に疑われているのかな、と。被害者のお二人とは一面識もないのに」

事件の様態にもよるが、警察はまず犯行の動機がある者をマークする。しかし、火村が動機を顧慮するのはえてして最後だった。殺意はどんな形で隠れているか知れないからだ。

「江沢さんを疑う材料はありませんけれど、ことのついでに伺っておきましょうか。事件があった水曜日の夜、どこにいらっしゃいました？」

本気とも冗談ともつかない口調だった。

「うわ、アリバイ調べですか。東京の自宅で出張の準備をしていましたが、独り暮らしなので証人はいません」

「その日、退社なさったのは何時です？」

「夕方、デザイナーさんの事務所で打ち合わせをして直帰しました。事務所を出たのは六時過ぎだったから会社に戻ろうかとも思ったんですけれど、出張に備えた買い物をしたかったので新宿《しんじゅく》に寄ってから」

「買い物をせずに七時発の新幹線に飛び乗ったとしたら、九時十五分頃に京都に着けましたね。自動車の運転は？」

「できます。あまり上手ではないし、東京に引き返すため夜通し高速道路を走る体力もありませんけれど。——あ、そのまま京都に留まっている手があるのかな？」

私はストップの号令を掛けた。

「座興はもういいですよ。江沢さんが犯人やなんて、こいつは本気で疑うてません。——せやな？」

火村を頷かせる。

「江沢さんと犯行を結びつけるものは何もありません。彼が言ったとおり座興だと思ってください。ただ、もう一つだけ確認したいことがあるんです。白布施さんの亀岡の住所について、沖田さんから珀友社に問い合わせが入ったりはしなかったんでしょうか？　作家の住所を知りたいからその著書を出している出版社に問い合わせをする、というのはありそうなことです」

「お問い合わせをいただいたとしても、著者のご住所をあっさりお答えすることはあり得ません。事情を伺った上で、白布施先生のご了解を得られて初めてお教えします。そんなことがあったとは聞いていませんが、念のため片桐にでも調べてもらいましょうか？」

「必要があれば、警察が確かめようとするでしょう」

先ほどは座興と言ったが、火村は江沢鳩子を容疑者に含めているのではないか、という気がした。沖田が珀友社にかけた電話を受けたのが江沢当人だったとすれば二人に接点が生じ、その時のやりとりが犯行動機につながったと考えられなくもない。

その動機とは何だろう？　白布施にとって極めて不都合な話が出たため、作家を守ろうとして究極の非常手段に訴えた、とでも？　いくら白布施に心酔していたとしても、ありそうにない。また、火村が本気でその可能性を疑っているのなら、会社に沖田から電話がかかってこなかったか、と彼女自身に訊いたりせず、警察に確認を進言しそうなものだ。

彼女に揺さぶりをかけて反応を窺っているのか？　そうかもしれないが、この場で彼に質すことはできないので今は頭を悩ませないことにした。

「話が散漫になってきたようやから、このへんでまとめたい」

火村はすっと右手を差し伸べた。

「じゃあ、お前が仕切ってくれ。俺も情報を整理したいと思っていたところだ」

いきなり司会を仰せつかってしまった。しゃべりながら考えるしかない。

「渡瀬さんを巡る恋愛事情について、多分に憶測を交えて語るとこんな感じか。――彼と矢作さんは、ひそかに通じ合っていたかもしれない。そのことを察して由未さんはつらい思いをしていたかもしれない。由未さんを思慕する弓削さんにとって、もしかしたら渡瀬さんの死は都合のええことやったかもしれん。そんな中で、渡瀬さんのかつての友人だか恋人だかの沖田さんが獏ハウスで殺害された。さて、それは渡瀬さんを巡る恋愛事情と関係があるのでしょうか？」

「すっきりしました」江沢が言う。「要するに、検証すべきはその点ですね。有栖川さんのまとめを聞いて、思いました。渡瀬さんがもてたことは事件と関係なさそう」

私は、にわかには賛同しかねる。

「そうですか？　沖田さんが獏ハウスで捜していたもの次第では、事件と結びつくかもしれませんよ。たとえば、その捜し物が出てくると渡瀬さんの名誉が傷つく場合。よけいなことをしないでくれ、という想いから彼を慕う何者かが沖田さんを襲撃した、とか。適当な例が浮かばないので、どんなものかは訊かないでくださいね」

「渡瀬さんの名誉を傷つけるようなものだったら、沖田さんが公表しないんじゃないですか？　それをこの世から消し去るために捜しにきたのなら判りますが」

「沖田さんと渡瀬さんの間柄は元恋人などというものではなくて、実際はその反対に敵やったらどうです？　生前の彼にひどい目に遭わされていたとか。矢作さんや由未さんがそのことを知ったら、沖田さんの行動を力ずくで阻止しようとしかねません」

「矢作さんや由未さんは、どうやって沖田さんの真意を見破ったんですか？」

「相手が渡瀬さんに恋していたと知らずに、沖田さんが『実はね』とうっかり目的の一端を打ち明けたんでしょうかね」

江沢の眉根《まゆね》に皺《しわ》ができる。

「そんなことって、ありますか？」

「気になった誰かが、うまく訊き出したのかもしれません。渡瀬さんの元恋人らしき人がやってきたんですから、訪ねてきた理由を探りたくなったんです」

「そこで『実はね』と答える程度のことだったら殺人には発展しないだろうし、殺人に発展するほど深刻なものだったら沖田さんは答えをはぐらかしたと思います」

「見解が分かれましたね」

私に釣られて、彼女も火村の方を向く。

「江沢さんの見方に軍配を上げたくなるけれど、有栖川説も保留だな。沖田さんが捜していたものが何だったのか、沖田さんはそれを見つけたのか、見つけたのならそれは犯人の手に渡ったのか、渡ったのなら現在も所持しているのか、すでに処分してしまったのか。まだ判らないことだらけだ」

「沖田さんが何を捜していたかは、本人が亡くなってしもうた今となっては知りようがないな」

火村は、私ほど悲観的ではなかった。

「諦《あきら》めてしまうのは早い。彼女の自宅を捜索すれば、ヒントぐらいは見つかるかもしれない。あるいは、親しい誰かに話していたということも」

「ここで論じてても始まらん、ということやな。ということで――以上、まとめでした」

「思ったより短かったですね」

江沢は残念がるが、手持ちの材料がこれだけしかないのだから仕方がない。

「沖田さんのことばかり話しましたけれど、大泉さんはどうして殺されたんでしょう？　殺人の現場を目撃してしまったから、と考えたらいいのかな」

「どうや、火村？」

「江沢さんに同意します。彼が亀岡駅前からタクシーに乗ったのは当夜の午後九時前。九時十三分に空き家の近くで下車して、十時十二分に職場の先輩と電話で話していたそうです。まだ空き家のあたりで電話を受けたのかもしれない。通話時間は聞いていませんが、数分で終わったとして、それから貘ハウスまで歩いたとしたら十時半までには着けたでしょう。沖田さんの死亡推定時刻の範囲内で、犯行そのものか、あるいは死体のそばにいる犯人を目撃したと考えても無理はない。予期せぬ闖入者に気づいた犯人は、口封じのために第二の殺人に及んだ、というところでしょうか」

何故、大泉の死体をそのままにしておかなかったのかは判らない。被害者たちの手首を切断して持ち去った理由も。

話が一段落したところで、白布施から預かってきた言葉を江沢に伝えたのだが、彼女はさらに連泊することを決めていた。

「ちょうど休みに入ったので、明日の日曜日いっぱいここで事件の様子を見て、月曜に東京に戻るつもりです。この後、静世さんが街へ買い出しに行く車に便乗して、服やら何やら調達してくることになっています。昨日から着た切り雀なので」

「大変ですね」

「先生を騒ぎの渦中に残して『じゃあ、失礼します』と帰れませんよ。もしかしたら明日遅くに片桐がくるかもしれないので、〈レヴリ〉でひと部屋確保してもらいました」

「片桐さんが?」と私は驚く。

「はい。本当は今日にもこちらに駈けつけたかったようなんですが、明日まで東北へ出張に出ているので」

「白布施さんの担当でもないのに……。もしかして、火村のフィールドワークを見るため？」

「そうかもしれませんね。日曜日にくるのが無理だったとしても、どんなものなのかは、私が報告しておきます」

犯罪学者は俯いて、両手で何かしている。幻の弓で誰かを絞め殺す動作のようだった。

6

火村と私が亀岡署に向けて出発したのは、十一時前だった。准教授のスマホには南波警部補からのメッセージが届いていて、何やら重大な新事実が判明したらしい。〈くわしくは署で。お楽しみに〉と気を持たせるようなことが書いてあったのだとか。

貘ハウスの前には、制服警官の姿があった。夜通し誰かが張りついていたのだろうか、という私の疑問に火村が答える。

「そりゃ、そうさ。夜中に犯人が忍び込んで証拠隠滅を図るかもしれないだろう」

「犯人が忍び込むのを警戒してるということは、隣人たちの誰かが怪しいと警察はにらんでるわけやな？」

「怪しまずにいられるか。大泉の死体をあの空き家の床下収納庫に隠したことからして、事前にその存在を知っていたと考える」

江沢鳩子が集めた情報によると、かつてあの家で暮らしていた発明家夫妻は隣人たちを自宅に招いてもてなすことがあったというから、光石夫妻、由未、矢作萌、白布施正都にとって〈勝手知ったる他人の家〉だった。大きな床下収納庫も見ていても不思議ではなく、弓削与一以外は犯人の条件に当て嵌まるが――

「せやけど、事前に知っていた人間だけが怪しいわけでもないやろ。とりあえず空き家に死体を隠しておこうとして侵入したら、お誂《あつら》え向きの収納庫があったんで利用したとも考えられる」

「可能性は否定できないな」

夢守荘、獏ハウスを通過して、その空き家の前を通りかかる。こちらの敷地内には腕章をつけた私服の捜査員がいた。

亀岡市街に向かう道と合流するところには、黄色い規制線が張られているので、立哨《りっしょう》していた巡査に断わってからそれを越える。通行禁止の措置が取られているのは、この一帯に隠されているかもしれない二人の被害者の手首と凶器を捜索中だからだ。

「犯人は、手首や凶器と一緒に被害者のスマホや携帯電話も隠したんやろうけれど、見つかるかな。林の奥でちょっとした穴を掘って埋めたり、木の洞《うろ》に投げ込んだりするのは簡単やとしても、捜すとなると範囲が広いから金属探知機を使うたって難しそうやぞ」

「難しいだろうな。落雷で道がふさがった後の犯行だったとしても、翌日の午前中には道は復旧したから、もっと遠くへ処分しに行くこともできた。買い物や客の迎えで街に出たついでに桂《かつら》川に投げ捨てるとか」

客の迎えのついでというのは、特定の人物を指している。

「駅まで迎えにきてくれた白布施さんは、手首や凶器を始末した直後には見えんかったけれどな。――あの人、お前にとってどうなんや？」

「どうとは？」

「犯人の臭いがするか？」

「だったら困るのか？　悲しい？」

　質問のぶつけ合いになったので、いらっときた。

「雑誌の企画で対談をして、家で二泊させてくれた売れっ子の同業者というだけの存在や。あの人が犯人やったらバッドニュースやけど、俺が困ったり悲しんだりすることはない。……ただ、ファンは悲しむやろうな。出版社やハリウッドの関係者にも衝撃が走って、映画の公開に影響が出そうや」

「江沢さんもダメージを受けるな？」

「ああ、作品にも作者にも惚れているそうやから気の毒なことになる。――お前、白布施さんのどこに引っ掛かってるんや？」

「早とちりするな。俺はまだどの的を狙ったらいいのか見極めがついていない」

「江沢さんも的の一つか？」

「ああ。アリバイを訊いたのは酔狂じゃない。彼女が犯人だったら、お前は――」

「盛大に悲しい。けど、そんなアホなことはないわな。彼女には動機がないし、犯行時間に現場に立つのも無理や。前日のうちに新幹線で京都にくるぐらいはできたとしても、レンタカーを借りて獏ハウスに行ったりしたらどこかの防犯カメラに記録が残ってるやろう。そんなもんがあったら、もう警察は見つけてる」

「落ち着け。ごく薄い可能性として考慮に入れているだけで、彼女に的を絞ってはいないんだから」

何度も的という言葉が出るせいで、特異な凶器のことを思い出す。先ほど、江沢が岩場で話したこんなことも。

――矢と弓を凶器にした殺人事件。それが行なわれた時間に、現場から半径五百メートル以内にいたことが確定してる人は六人。そのうちの半分の名前が矢か弓に関係しています。偶然なんでしょうけれど、因縁めいていますね。

矢は、矢作萌。光石由未は名前の音がユミで、弓削与一は姓に弓が含まれているだけでなく、ご丁寧にも名は歴史に残る弓の名手と同じだ。姓の弓に掛けて、名づけ親がわざとそうしたとしか思えない。

「白布施さんも弓矢には深い縁があるじゃないか。書いていた作品の中で重要なアイテムなんだろ?」

「まぁな。せやから現場に弓矢があったわけで……あんなものがなかったら、事件は起きてなかったんやろうか?」

だとしたら、白布施が『ナイトメア・ライジング』を書いていたことが事件の遠因とも言える。

「そんなふうに因果関係の糸を延ばしていったらキリがない。ユミとユメは音が似ているからって、〈レヴリ〉の光石夫妻にまでつなげるか?」

まさか、そこまではしない。だが、ひょっとするとその駄洒落がヒントになって、白布施は主人公の狩人・夢乃美弦に弓矢を持たせたのかもしれない。

「名前はどうでもええ。弓矢が凶器に使われたという事実は、白布施さんの嫌疑を弱めるんやないか? あの人だけは獏ハウスの中の様子を熟知してたから、被害者を襲うにしても脅すにしても、壁の弓矢を取るよりもキッチンの包丁を選んだはずや。違うか？」

「断定しかねる。不確定要素が多くて、そのあたりのロジックは精緻《せいち》に組み立てられないんだ。軽く脅すのが目的だったから包丁ではなく矢を持ち出したところ、激高してそれで刺してしまったのかもしれない」

「沖田を刺した時、犯人は弓も手にしてて、大泉にはそれで襲いかかった？」

「そうかもしれないし、全然違うかもしれない。カタログに載せきれないほど色んなケースが考えられるんだから。——いいか、アリス。沖田と大泉のどちらが先に殺されたのかも、実のところまだ決定していないんだぜ」

「お前をせっつくのが探偵助手たる俺の務めや」

「こっちにはそんな認識はないな。せっつかずに、黙々と見当はずれな仮説を出してもらいたい。子供の頃に、トランプで神経衰弱ってやったことがあるだろう。あれさ。お前がはずれのカードをめくり尽くしたところで、俺が正しいカードをオープンする」

「俺の方こそそんな認識は持ってなかったけど、それでお前の役に立つんやったら、よしとするか。お前にええとこ取りされるわけや」

「そうしてもらえるとありがたいね。余人をもって代えがたい役目だから。しかし、はずれのカードをめくるのも早い。カードはまだテーブル上に配置されている最中だ」

坂を下ったところにコンビニがあった。事件があった夜、現場方向に走る車があれば、ここの防犯カメラに捉《とら》えられていたはずで、警察はチェックずみだ。駐車場にテレビの中継車があるところを見ると、取材にきたスタッフが買い出し中か。

亀岡署に着くまで、ある程度まとまった話をするだけの時間はある。昨日、火村がやってくる前に考えたことを吐き出すことにした。

「グロテスクな話やから江沢さんの前では避けてたけど、切断された手首の謎について考えようやないか。俺が思うに、犯人が被害者の手首を現場から持ち去ろうとするのは、次のケースや」

火村の顎《あご》がわずかに動く。言え、と。

「第一に、犯人にとって都合の悪い痕跡が被害者の手に遺ったから。第二に、はずせなくなった指輪などが欲しかったから。第三に、手首そのものが欲しかったから。第四に、手首が何かの邪魔になったから」

簡単すぎたかな、と思って各仮説について補足説明を加える。話してみると、やはり第三と第四の理由が茫洋《ぼうよう》としていたが、火村に揶揄《やゆ》されることはなかった。

「他に何かあるか？」

「獏ハウスの現場にいた時から考えていたけれど、頭に浮かんだ仮説は四つで、有栖川先生とまったく一緒だよ」

「おお！」

一瞬、見事に扇の的を射落とした那須与一《なすのよいち》になった心地がしたが、真相にたどり着いたわけではないので大袈裟に喜ぶほどの場面でもなかった。

「でも、事情が変わった」

「どういうことや？」

「沖田の右手首が持ち去られただけではなく、大泉の左手首もなくなっていた。さっきの仮説の第一や第二があり得たとしても、特異な状況だから同じことが連続するとは考えられない」

「それはそうやけど……」

勢いを殺《そ》がれながらも、私は何とか言い返す。

「四つのうち最も現実味が薄いと思うてた第三の仮説にスポットライトを当てたくなってきたわ。犯人はオカルト的な儀式に使うために死者の手首をコレクションしてるのかも」

「死者の手首をコレクションねぇ」

「ハンド・オブ・グローリー。栄光の手って知ってるか？　絞首刑になった罪人の手首を加工して燭台《しょくだい》にする。家の前でそれに火を灯《とも》したら、そこの家人は死んだように深い眠りに落ちる——」

澁澤龍彦《しぶさわたつひこ》の本で得た雑学で、小栗虫太郎《おぐりむしたろう》の『黒死館殺人事件』や『ハリー・ポッターと秘密の部屋』にも出てきた。死んだような眠りに落とすための魔術ときたら『ナイトメア・ライジング』にも使えそうだが、まだ登場していない。

「現代の日本でそんなものを作ろうとする奴がいるとも思えないな。〈日本のスティーヴン・キング〉が次作のため取材をしているとでも？」

あの人は娯楽としてファンタスティックなホラー小説を書いているだけで、オカルト懐疑派と見た。万が一にもそんな実験をするとは思えない。

「オカルトを持ち出すのが不可やったら、殺人の記念品として持ち去った。記念品を欲しがる殺人者というのは珍しくないやろ？」

「それは快楽殺人の場合だ。今回の二重殺人は、そんなふうに見えない」

「手首を持ち去ったのは異常やし、凶器も普通やない。昨日も『モノの使い方が狂ってる』って言うたやろ。――そう、快楽殺人の線もある！」

「断《アブソルートリー・ノット》じてない」

私は忠告せずにいられなかった。

「それ、江沢さんの前で言うたらあかんぞ。貧血を起こして倒れるから」

「血に飢えた快楽殺人犯が、わざわざあんな辺鄙《へんぴ》なところで獲物を探し回っていたとか、あらかじめ凶器を用意していなかったというのは不自然すぎる。別のものを携えていたのにあの弓矢を目にして『おっ、こっちの方がいいや』と変えた？　あんな使いにくい凶器に変えねぇよ。死体の一つはその場に放置し、もう一つは空き家に運び込むというのも意味不明だ」

矢はまだ飛んでくる。

「ついさっき俺は、はずれのカードをめくって見せてくれたら参考になる、と言ったよな。試行錯誤のサポートを期待しているんだ。カードが載っている畳をめくれとは言っていない」

那須与一が扇を射落とし、源平ともども喝采《かっさい》する『平家《へいけ》物語』の名場面には続きがある。敵ながらあっぱれ、と小船の上で舞う老いた武者をも与一は射るのだ。「まぐれでないところを見せてやらぁ」ということらしいが、東国武士のなんと粗暴で無粋――西国がゆるすぎ？――なことか。残酷な中にも古《いにしえ》の戦が持っていた詩情が台無しで、古文の教科書では必ずカットされるのも当然か。束の間、与一の気分を味わった私だが、自分が老武者だったことを知った。

だが、首に矢が刺さったまま不屈の精神で立ち上がる。

「今朝、おかしな夢を見たんや」

固く手をつないだまま息絶える沖田と大泉。その手首を切り落とす殺人犯の幻。

「二人の仲は破綻《はたん》していたそうやけど、死ぬ間際にしっかり手を握り合うたんやないかな。で、そのまま死後硬直したので、犯人は二つの手首をワンセットで切断した」

「無理があるな。リガー・モーティスが起きるまでは二時間ほど要する。しっかり握った右手と左手を引き離せなくなるまでは、さらに何時間か。犯人がいったん家に帰ってから、『やっぱり切っておこうか』と出直したのでない限り、両手をワンセットで切り落とす必要はない」

「判ったから、俺の前でもむやみに横文字は使わんといてくれ。死後硬直という日本語があるんやから」

持ち去られた手首の謎についても、まだ考えるのが早すぎるということらしい。火村のそっけない口調がそれを示している。そういうことなら別の話をしておくか。

「やっぱりお前、ちゃんと健康診断を受けた方がええぞ。渡瀬さんみたいなこともあるんやから」

「何だよ、いきなり。そっちこそ体だけが資本なんだから注意しろよ」

「俺も受診するから、お前もやれよ。自律神経に不調があるのかもしれん。海苔《のり》とか和布《わかめ》とか豆腐とか、マグネシウムが多く含まれてるものを摂《と》れ」

「夢にうなされて叫ぶから夜驚症の疑いがある、か？　調べてくれた友情に感謝するよ。俺の場合は、食生活で解決するとも思えないけれどな」

「精神的なものが原因やったら心療内科や。どの科の門を叩くべきか、お前やったら自分で判断できるやろ。今回は俺がフィールドワークに引っ張り出しておいて言いにくいけど、事件現場に立つこと自体が影響を与えてるんやったら、しばらく距離を置いてみたらどうや？」

車は街中へと進入していて、亀山城址のそばを通過する。

「ここ半年ほど、フィールドに立つ機会が少なかった。そうしたら、悪い夢を見ることが減るどころか増えたよ。因果関係があるのかないのか判らないけれどな」

どこまで本当のことをしゃべっているのか知れたものではないが、私の心配は増す。

「……人を殺す夢やな？」

「そう、いつもの」

「夢乃美弦みたいに自分の夢をコントロールしようとしてみたらどうやろう？　解放されるぞ」

「ホラー小説の登場人物と一緒にするなよ。そんなにうまくいけば苦労はない。誰にでも修得できる方法があるのなら、試してみるから教えてくれ」

教えてやりたい。彼を楽にするために。

「この事件が解決したら調べてみよう。さっきの霧みたいに、きれいさっぱり晴らしたいな」

「南波さんがいいネタを用意して待ってくれているらしい。どんなご馳走が出てくるか楽しみだ」

口ではそう言いながら、彼の表情はどこか硬い。事件を解決しても、心に立ちこめた霧が晴れる気配を感じられないのかもしれない。

第五章　隠された貌《かお》

1

南波警部補は、挨拶《あいさつ》もそこそこに捜査本部の隅の席へ私たちを招いた。さては沖田依子の自宅を捜索して、犯人の正体につながる記述がある日記でも見つかったのか、と思ったら——

「いや、そこまでありがたいものではありません。被害者は日記を書いていませんでした。パソコンの中からも、今のところ大した情報は出てこず。古い携帯電話が出てきたので中身を洗うことにしましたが、結果が出るには時間がかかります。といっても暗号を解くわけではありませんから、午後には吸い出せるでしょう。さて、何が出てくるでしょうねぇ」

今朝の警部補は饒舌《じょうぜつ》だ。あまり睡眠を取っていないはずなのに声が弾み、活力に満ちている。

「沖田絡みではなく、われわれが摑《つか》んだのは渡瀬信也に関する新事実です」

沖田の高校時代の卒業アルバムを見て、彼がクラスメイトだと確認したぐらいでは〈重大〉ではないはずなのに、南波はアルバムの話を始めた。

「渡瀬の顔写真は、沖田と同じ三年A組のページにありました。ただ、名前が違っています。渡瀬ではなくボコイ」

「外国籍だったんですか」

私が言うと、南波は首を振る。

「母親の母に、恋人の恋と書いて母恋。珍しい姓ですが、彼は日本人です。鉄道好きの奴が言うことには、北海道の室蘭《むろらん》市に同じ綴《つづ》りの母恋という駅があるそうです」

聞いたことがある。毎年、母の日に記念乗車券を売り出す駅だ。

「聞いたことがある」

私の心をなぞるがごとく火村が言ったが、彼が思い出したのは母恋駅ではなかった。

「母恋信也。——アリス、この名前に聞き覚えはないか？」

フルネームにして聞くと、記憶の襞《ひだ》の間に挟まっている気がする。火村が正解を言おうとした寸前に、いつどこで知ったのかを思い出した。

「十年以上前に大阪であった事件やな？　高校生が父親を刺した」

南波が両手を腰にやって頷《うなず》いた。

「そうです。十三年前、彼は十八歳の時に実父を包丁で刺して死なせています。未成年でしたから、もちろん匿名で報道されたんですが、近隣住民や学校関係者はどうしても少年Aの正体を知ってしまう。その中の誰かが、面白半分に彼の氏名と顔写真をインターネット上にアップして、大きな騒動になりました」

それも覚えている。いや、大騒動になったから母恋信也の名を知ったのだ。

「あの事件は殺人ではなく、正当防衛だったのでは？」

「有栖川さんのご記憶どおりですよ。酔っては暴れ、母親に暴力をふるう酒乱の父親が包丁を振り回したので、高校三年の息子が必死に制止しようとして揉《も》み合いになり、刃先が父親の頸部《けいぶ》に刺さって失血死に至った。いたましい事件です。事実関係について丁寧に検証した結果、差し迫った生命の危機に瀕《ひん》した母親を守るために息子が取った行動はやむを得なかった、そうしなければ彼自身にも生命の危険があった、という判断が下されて正当防衛が成立しています」

母親は数箇所を刺されて重傷を負い、少年自身も背中に浅からぬ傷を受けていた。家庭内の事件だから目撃者はいないが、事件発生時、母恋家からは父親の雄叫《おたけ》びと母親の悲鳴、息子の「親父、やめてくれ！」という怒声が聞こえていた、という複数の証言があり、死体の受傷や現場のあらゆる状況を調べ上げた末に、家庭裁判所で正当防衛とされたのだ。母恋信也少年は刑に服さずにすんだが、ネット上の騒ぎもあって精神的に苦しみ、高校を中途退学せざるを得なかったという。

「とことん不幸な事件ですよ。死亡した父親の評判はひどいもので、あんな最期を遂げたのは自業自得と言われたようですが、母親はその時の怪我がもとで半年後に死亡。まだ多感な少年のダメージがいかばかりだったか……」

自業自得で命を落とした父親は性格的に大きな問題を抱えていたが、会社員としての平凡な貌《かお》を持っていたらしい。どこにでもある中流家庭を襲った悲劇だった。

父親の死亡によって母恋夫妻の婚姻関係は消滅し、少年は母親の姓に変わって渡瀬信也となる。ごく自然ななりゆきだが、彼にとって改姓は救いとなったに違いない。

ネット上での騒ぎは何年か尾を引き、私が印刷会社の営業部で働いていた時にも、残業していて上司とこんな会話を交わした。

――ひどかったな、あれは。お母さんもやけど、刺した息子がかわいそうでたまらん。

――ほんまですね。命懸けで包丁を持って暴れる父親に飛びかかっていったんでしょう。

――名前がな、また憐《あわ》れを誘うんや。母恋しいで母恋。命に代えてもお母さんを守りたかったんやろうな。

――事件そのものも悲惨ですけれど、その後であの子の顔と名前が漏洩《ろうえい》したことが不憫《ふびん》です。

――うん、それもな。母恋やなんて珍しい上に事件と意味が重なる名前やったせいで、いっぺん聞いただけでも覚えてしもうた。ほんまは、この名前を口に出したらあかんのやな。ネットに洩らした奴の共犯になってしまう。

――そうですね。

――よっしゃ、もう言わんとこう。

雑談はさらに続いた。

――テレビや新聞のニュースで、ちょくちょく変わった名前の犯人が捕まってるやろ。あれ、身内もつらいやろうし、刑を終えてから本人も不利やろうなぁ。あの事件の犯人か、とバレやすい。

――名前が珍しいか、ありふれているかで、同じ犯罪者でもその後の運命が違ってくるかもしれません。

――気ぃつけや、有栖川有栖君。悪いニュースで名前が出るようなことは、絶対にしたらあかんぞ。

母恋少年は、父親殺しと恐れられたり非難されたりするどころか、ひたすら世間の同情を浴びたのだが、当人がそれに慰められるはずもない。起きてしまったことは取り消せないとして、罪がないのであればこの一件を早くみんなに忘れてもらいたい、と望んだであろう。だが、火村も私も、十三年が経つというのにまだ覚えていた。この国にめったにない母恋という姓だったがゆえに。母恋と渡瀬。両親の姓が逆だったら、人の噂も七十五日で彼はとうに忘れられていただろう。

「渡瀬信也がそんな過去を背負っていたとしたら、社交を避けてつつましやかに暮らしていたことも理解できますね。世間を恐れて警戒していたのか、嫌悪から拒絶していたのかは判りませんが、彼の秘密の一端が明らかになった」

火村が言う。そうなると気になるのは、彼が高校を辞めた後のことだ。白布施と知り合って助手にスカウトされるまで、どこで何をしていたのか？

「目下、捜査中です。沖田依子との関係も。午後には続々と情報が飛び込んでくるでしょう」

乞《こ》うご期待、というテロップが南波の胸許《むなもと》に浮かんでいるようだった。

「沖田と渡瀬は、高校時代から恋仲だったとかではないとしても、社会人になってから再会して、交際していたのかもしれませんね」

私はしゃべりながら考える。事件が起きたのは、豊中市《とよなか》だったか吹田市《すいた》だったか、とにかく大阪府の北摂《ほくせつ》エリアだった。渡瀬信也は、自分を知る者がいない東京方面に出て、新しい生活を送っていたのだろう。ある時、ばったり沖田と出くわして――というところか。同窓会の席で意気投合して、ということはないし、一方が相手の居所を探して近づくのも困難だったから。

「コンビニのレジカウンターを挟んで出会《でお》うたんか、駅のホームでどちらかが声を掛けたのかは判らんけれど、それっきりにならんかったんでしょう。沖田の自宅に残されてた古い携帯電話に、どんなメールが保存されているかが気になります。渡瀬とのやりとりがありそうやないですか」

「私もそれが楽しみで」と南波。「想い出が詰まってるからでしょうけど、使い古した携帯を取っておいてくれた被害者に感謝します」

「感謝するのは中身を見てからでも遅くないでしょう」

火村が水を差すのは、ぬか喜びが嫌いなせいである。私は南波に対して気を遣う。

「お前に訊《き》きたいんだけど、白布施さんはこのことを知っているのか？」

そう言われたので、考えてから答えた。

「知らんのやないかな。すべて知りながら、わざわざ言うことやないと隠してたようには思えん。渡瀬が打ち明けてなかったら、白布施さんは知りようがなかったはずや」

高校三年生の時の顔写真がネット上に流出したが、特徴のある顔ではなかったから私が覚えているのは名前だけだ。成人して顔貌《がんぼう》も変化していただろうし、「君は、ひょっとして――」となるとは思えない。

「確認する必要があるな」

「白布施さんが渡瀬信也の過去を承知してたとしたら、どうなんや？　今度の事件にどうつながる？」

「そこはこれから検討するんだ。白布施さん以外の隣人たちについても、確かめた方がよさそうだな」

「渡瀬信也の過去を知っていた人物Xがいてたとしよう。そこへ沖田依子がやってきて、渡瀬が死んだ家で何かを捜している素振りを見せた。……なんで沖田が殺されることになるんやろう？沖田が捜していたのが渡瀬の過去に関するものやったとしても、彼の高校時代の事件はいったん世間に広まってるから、それが沖田の手に渡るのを阻止したかったとしても、Xが殺人まで犯すはずがない。渡瀬が生きてたらいざ知らず、彼は二年も前に他界してるんやし」

どう考えてもまだパズルのピースは揃っておらず、まだ大きな何片かが欠けている。

「警察庁の照合センターに送らせた資料のコピーです。母恋信也は正当防衛だったので、前科にはなっていませんが」

南波がA4のファイルを差し出した。ここで目を通して行け、と。

「指紋の照合もなさったんですか？」

ページをめくりながら火村が訊く。

「渡瀬信也が住んでいた家からは、生前の彼の指紋が検出されています。母恋信也と同一人物であることに間違いはありません」

当時、大々的に報道されたせいで、事件の内容はほとんど既知のものだった。信也を罪に問わないように求める署名が短期間で三万人分も集まっていたそうで、近隣住民らによる嘆願があったようだ。被害者となった父親の評判がひどかったことに加えて、少年は品行方正だったのだ。できることなら背負わされた十字架を下ろし、幸せになってもらいたかった。沖田依子も、同じ想いだったのかもしれない。

そこで彼女の姉から聞いた話を思い出した。依子は恋に破れた傷心からアメリカに渡っている。その失恋の相手は渡瀬だったのではないか？　可能性はある。アメリカでカナダ人男性と暮らし、その関係も破綻《はたん》して帰国してから大泉鉄斎と同棲《どうせい》した。そんな遍歴だったのだろう。

渡米のきっかけとなった失恋の相手が渡瀬ではなかったとしても、彼女と渡瀬の関係はとっくの昔に切れている。帰国してから渡瀬の死を知って、どうして心が大きく動いたのだろうか？　縁が切れた赤の他人だろう。それとも、彼女の方では思慕の念や未練が燻《くすぶ》っていたのか？——姉も知らなかったことだ。私が憶測を巡らせて判るはずがない。

南波は、卒業アルバムにあったクラス写真のコピーも見せてくれた。沖田依子と母恋信也はいずれも二列目の両端にすまし顔で立っている。紙のちょうど真ん中で折り畳んだら重なる位置関係だ。二人の運命がどのように交差したのかが事件の鍵《かぎ》になるだろう。

そして、三日前の夜に沖田の運命は誰とどのようにぶつかったのか？　私たちに突きつけられている問題はそれだ。

「大泉のスラックスにあった血痕《けつこん》の鑑定結果は出ましたか？」

ファイルを閉じて火村が訊くと、南波は自分の頭を軽く叩《たた》いた。

「ご報告が遅くなりました。スラックスだけでなく黒い靴下にも血液が付着していたんですが、いずれもO型で沖田の血液型と一致しています。大泉はAB型。昨日、先生がお考えになったとおり、殺されたのは女が先で男が後の線が濃厚になりました」

昨日、空き家で犯罪学者が思料したとおりのようだ。

「私たちの方からも提供したい情報があります。これも渡瀬信也に関するものです」

火村は、江沢から聞いた〈恋愛事情〉を話した。南波は手帳にメモを取ってから、ふむ、と顎《あご》を撫《な》でた。

「渡瀬の死に不審な点はなかったようですが、彼が事件の中心にいるみたいですね。高校時代の一件が関わっている、てなことが……あるか？　今から十三年も前のことやぞ」

自問自答する警部補。

「関係者の中に、渡瀬の父親と縁のある人物がいてるということは？」

その復讐《ふくしゅう》というのもないだろうが、私は気になった。信也の父親の名は、母恋連太郎《れんたろう》だった。

「連太郎につながる者がいないか、洗ってみましょう。瓢簞《ひょうたん》から駒が飛び出さないとも限りません」

そこへ、署長との打ち合わせをすませた柳井警部がやってきた。近隣の署に応援を要請して、凶器と二つの手首の捜索に全力を注ぐという方針を確認していたらしい。

「犯人がそれらを持ち去ったのは、手掛かりになると恐れたからでしょう。特に、わざわざ切断した二つの手首。草の根を分けてでも見つけ出します」

燃え上がる闘志を表明するかのごとく、警部は机を拳《こぶし》で叩いた。

「ああ、それから凶器については、先生がおっしゃったとおりです。まだ弓の弦《つる》に付着した皮膚組織のＤＮＡ鑑定の結果は出ていませんけど、弦の形状が大泉の頸部の索状痕と完全に一致しています」

「すると、収納庫から出てきた荷造り紐は……」

私の呟きに警部は続ける。

「あれで何かしようとしたんでしょうけど、よく判りませんね」

火村の右手が上がり、人差し指でそっと唇をなぞった。

2

私たちは、なおしばらく意見交換をしてから亀岡署を出て、駅前のショッピングモールへと向かった。江沢と同じく着た切り雀なので、私はネイビーカラーの地味なTシャツを一枚買う。他に洒落《しゃれ》た色目のものがあったけれど、前面にＤＯＡ（Dead On Alive）とプリントされていたので陳列台に戻した。

フードコートで麺《めん》類を食べてから近くの喫茶店に入ると、お客が少なかったので事件の話がしやすかった。

「警察からの情報を待ちながら、どうしよ?」

「〈レヴリ〉に戻って、関係者たちから話を聞いて回ろう。各人のアリバイの有無を再度確かめる。昨日、泊まってみて感じたんだけど、あのオーベルジュを夜中にこっそり抜け出すのは難しいことじゃない」

正面玄関からは出入りしにくいが、宿泊施設の義務として裏口がある。そちらを使えば、比較的たやすく内緒の夜間外出ができるらしい。鍵はノブのつまみを回すだけのもので、開けっ放しにしていても外出中に気づかれる懼《おそ》れは低いとのこと。

「とはいうても、車を出す音は消されへんやろう」

「窓の下に駐車しているわけじゃないし、窓ガラスが厚いから、そっと出せば聞こえない」

「犯行その他に一時間以上はかかったと思われる。光石さん夫婦は寝室が同じやろうから、それだけの時間、どちらかがベッドを抜け出したら気がつきそうなもんやけど」

「あの夫婦、寝室は別なんだ。不仲というわけではなさそうだから、朝から晩まで一緒にいると寝る時ぐらいは独りがいいのかもな」

判る気がする。

「宿泊客の弓削も裏口から出ようとしたらできたんやな」

「ああ。定宿だから裏口から出られることは知っていただろう」

「独り暮らしの人間にはもともとアリバイがない上に、〈レヴリ〉におった四人もアリバイ不成立となると、厄介やな」

「ないと思われたアリバイが意外な形で成立することもある。そこを調べるんだ」

「江沢さんも含めて、か？」

「それは警察にやってもらうのがよさそうだな。南波さんに言うのを忘れた。——ここ、コーヒーもうまいし、居心地のいい店だな。近所にあればよかったのに」

「隣に別の客が座らんレイアウトで、間接照明やのに本が楽々読めるだけの照度があるのもええ。——沖田依子は、渡瀬信也にどんな感情を持ってたんやろうな。彼が死んだ家で一夜を過ごしたい、というのは捜し物をするための方便やったんかもしれんけど、憎からず思っていたのは確かやろ」

「どこが確かなんだ？　行きのタクシーの勝本運転手に話したことも含めて、一から十まで嘘かもしれないだろう」

飲もうとしたコーヒーに塩を投げ込まれた気がした。口に運ぼうとした私のカップが止まる。

「そのことについては、俺も疑《うたご》うたことがある。お前が言うとおり、沖田が白布施さんに接触してきた真の目的がはっきりせえへん。嘘を並べて何とか獏《ばく》ハウスに潜り込もうとしていたのかもしれん。沖田は渡瀬の敵だったかもしれん、と江沢さんの前で言うたんは俺やった。――しかし、集まってきた情報を一から十まで疑うてかかると推理の足場が組まれへんやないか」

「組めないものを無理やり組んだら、間違ったものができる。信用できるのは警察が吟味して証拠に裏打ちされたものだけさ。時として、それすら疑う必要があるけれどな」

「今朝、江沢さんから聞いた色んな話も――」

「もちろん、関係者らに当たって自分で確かめる。当たり前じゃないか」

火村の言はもっともだ。

「今さらのように理解した。せっせと溜《た》め込んだ情報の真偽を検証するわけか。どこに嘘が混じってるか見極めなあかん、と。すべての証言と証言を突き合わせて矛盾がないかチェックし、食い違いが生じたらどちらの証言が真であるか判定するんやな?」

「やり方は色々ある」

たとえば、という話になるのかと思ったら、テーブルの角を見つめたまま黙ってしまう。頭の中で何かをまとめようとしているらしいので放っておくことにした。

死亡推定時刻が……大泉がタクシーを降りた時刻が……落雷で杉の木が倒れた時刻が……と手帳を開いて考えていたら、新たな客がぞろぞろと入ってきた。男性ばかり四人連れ、いや、二人連れが二組か。最後に現われた顔を見て、あっと思う。

――因幡《いなば》の白兎。

肩幅の広いがっちりとした体型と似合っていない色白の垂れ目。にこにこと柔和なところが食わせ者っぽい東方《とうほう》新聞の社会部記者、因幡丈一郎《じょういちろう》だった。大阪本社の記者なのに、亀岡まで取材に出張《でば》ってきているのか。

因幡は、周囲に気づかれぬほど小さく私に会釈し、同僚らしき男と入口脇のテーブルに着く。別の二人連れはカウンター席に並んで座った。雰囲気からして、こちらも殺人事件の取材にきた報道関係者らしい。分かれて座ったところをみると他社の記者だ。私たち同様、亀岡署で捜査員らと会い、昼食をすませてから食後のコーヒーにきたというところか。

私の向かいの席にいる白いジャケットの男が火村英生であることを、目敏《めざと》い因幡のことだから瞬時に悟ったに違いない。彼と鉢合わせしたのは、ありがたくない事態だ。蛇のごとく這《は》い寄ってきて、捜査の進捗《しんちょく》状況や火村自身の見解を尋ねてくるかもしれない。臨床犯罪学者とお近づきになりたくて、うずうずしているのだから。

しかし、他社の記者が居合わせたのは幸いで、この場で火村からおいしいネタを引き出そうとしたら——引き出せるわけはないのだが——、商売敵の耳にも入ってしまう。素知らぬ顔で通して、次の機会を待とうとするのではないか。

彼がいる席に視線を向けずに気配を窺《うかが》っていたが、五分経ってもやってこない。やはり、ここは自重するようだ。

煙草をふかしながら黙考していた火村に電話がかかってくる。画面を見て「南波さんだ」と言ってから、彼はスマホに出た。込み入った話ではなかったようで、彼が発した言葉は「行きます」だけだった。

「大泉の先輩が亀岡署にきたそうだ。死体が見つかった現場に花を供えてやりたい、と言って」

大泉が殺される少し前に、携帯電話で話した人物だった。その時の様子について話が聞ける。ひととおりのことは昨日のうちに大阪へ出向いた刑事が聴取していたから、目新しい情報はもたらされないかもしれないが。

「会社の先輩がわざわざ亀岡まで花を持ってきたんか。ええ人やな」

「俺だって、それぐらいしてやるよ」

「縁起でもない」

火村が煙草を灰皿で揉み消しているところへ影が一つ近寄ってきた。私たちが揃って顔を上げると、短髪にスーツ姿の男が立っている。カウンターに掛けたうちの一人で、両手で名刺を差し出した。

「平安《へいあん》新聞社会部のミツヤと申します。失礼ですが、英都大学の火村英生先生でしょうか？」

名刺には三ツ矢とある。矢が三つとは怪しい名前だ。

「二人の男女が殺された事件の捜査協力にいらしていると拝察します。よろしければ少しお時間を頂戴《ちょうだい》して、お話を聞かせていただけないでしょうか？」

こっちが迫ってくるとは予想外だった。見覚えのない記者だが、火村のことを一方的に知っているらしい。

「何もお話しできることはないし、時間もありません。名刺は持ち合わせていないので、失敬」

「あ、はい。でも少しだけお願いしますよ。犯人は、あの界隈《かいわい》の住人に絞られたんでしょうか？事件当夜は落雷で倒れた大木が道をふさぎ、外部の者が現場に出入りすることが難しかったとも聞きます」

どたどたと因幡がやってきた。後れを取ってはならじと参戦してきたのかと思ったら、そうではない。

「平安さん。あんた、忙しい先生方の邪魔をしてどうするねん。紳士的にいこうや。抜け駆けを咎《とが》めてるんやないで」

三ツ矢の先輩らしき年嵩《としかさ》の男がやってくると、そっちにも叱咤《しった》をくれる。

「この新米さんに教えたり。われわれが守ってるルールと、先生方にすがりついても無駄なことを。東京からもテレビを含めてようけ乗り込んできてる。しょうもない動きをしたら、あの連中に先生方のことが知れるやないか。先生がワイドショー出演の依頼を断わる手間を増やすな」

その記者が「すんません」と詫《わ》びる傍らをすり抜けて、私たちはレジへと進む。いつもは煩わしい因幡を見直した。恰好《かっこう》のいいことを言いながら実は抜け駆けに腹を立てただけ、が真相かもしれないが。

会計をしている間も、なおも因幡が小言を垂れるのが聞こえていた。

「鉄砲を担いだ猟師が熊の臭いを追うてるところなんやぞ。見守るとこや」

通りへ出たところで、私は犯罪学者をからかう。

「お前、マタギみたいに言われてたぞ」

彼は、にこりともしなかった。

「熊なんか追いかけてねぇよ。俺が撃つのは人間だけだ」

冷たい響きに笑えなくなり、黙ってショッピングモールの駐車場へ向かった。

亀岡署に戻ると、応接室で大泉の先輩と対面した。濃紺のスーツに身を包んだ大柄な男性だ。テーブルの上には彼が携えてきた花束が置いてあり、菊の香がつんと匂った。

「戸守《ともり》さんです」

南波に紹介され、深く頭を下げる。顔立ちも体つきもごつごつしているのだが、表情は淋《さび》しげだ。

「まずは現場にご案内して献花を」

警部補の声も、しめやかだった。署の若手が運転する車に南波と戸守が乗り込み、私たちのべンツがついて行く。どんよりと雲が垂れ込め、午後早い時間だというのに景色が薄暗く見えた。

まだ現場検証が完全にはすんでいないという理由から、戸守が持ってきた花は死体発見現場となったキッチンではなく、廊下に供えられた。死体が横たわっていた床下収納庫を示されると、体格のいい先輩は数珠《じゅず》を取り出して合掌した。

外に出てから立ち話となる。戸守は、こちらが求めるまでもなく自分のスマートフォンの通話記録を見せてきた。

「あいつとの最後の電話です。六月八日二十二時十二分。私がかけました。通話時間もここに出てます。たった四十三秒」

雷雨がくる少し前だ。

「仕事に出てくるように、という電話だったそうですね」

火村が言うと、携帯の画面を見たまま「はい」と答える。

「大泉さんの反応は?」

「えらい迷惑そうな声で『判った。行くから』と言われました。あいつのことを思うて電話してるのに、その言い方はなんやねん、です。『ほんまに出てくるんやな。ええ加減なことばっかりしてたら誰からも相手されんようになるぞ』と言うたら、『ありがとう。ちょっと手が離せんから、またな』と……」

「『ありがとう』が聞けたんは、よかったやないですか」と私。

「せやけど、早う電話を切りたいから言うたみたいで、すっきりしませんでした」

「声の後ろで、何か聞こえていませんでしたか？」

「雨風や電車が走る音がしてたわけやないけど。家の外でした。なんとのう判るやないですか」

うんうんと私は頷く。戸守は、その時間に大泉が屋外にいたであろうと知らずに証言しているのだから信憑《しんぴょう》性は高い。ということは、暗い道を獏ハウスまで歩いていたか、その近くまできていて愚図愚図していたところだろう。

「何をしていて手が離せないのか、ヒントになるようなことは話しませんでしたか？」

「ありません。『またな』と言うたかと思うと、あいつは電話を切ってしまいました」

事件解決に寄与する情報は得られなかったが、そんなものを彼が花束とともに持ってきてくれると期待するのは虫がよすぎる。ああ、一つ思い出した、と言うこともないまま、戸守は乗ってきた車の後部シートへ。助手席のドアを開けて、南波が言う。

「私は署へ戻ります。先生方はどうなさいますか？」

「関係者に話を聞いて回ります。何か判明したらお報《しら》せいただけますか？」

「はい。すぐ火村先生にお電話を」

車を見送った後、火村は落雷を受けた杉の木へと歩いて行った。私も彼と並んで、折れたあたりを見上げる。周囲と同じく高さが五十メートルもあったという大木は、上の二十メートル分ほどがなくなっていた。

「翌日の午前早くに撤去されたそうだけど、迅速な処理だな。大仕事だったはずなのに。それも白布施さんのおかげか」

火村が太い幹に手をやって言う。警察によると、この奥に白布施の家があったため役所は撤去を急いだらしい。有栖川有栖の家しかなかったら、どれぐらい遅れたのだろうか？

「これが倒れるのを間近で見ていたら、すごい迫力だっただろうな」

准教授はそう言いながら、落ちている樹皮を拾い上げたかと思うと、ぽいと捨てる。

「弓削は、あわや押し潰《つぶ》されるところやった。あの人は命拾いをしたんやな」

「もし、落雷でこいつが倒れなかったら……」

と言ったきり、彼は黙った。私が補ってやる。

「犯人は、大泉の死体をどこか遠くへ捨てに行っていた、か？」

返事がない。

「違うんか？　倒木で道がふさがれたから、次善の策として手前にある空き家に隠したんやろう」

「決めつけていいのか？　もともとあそこに隠すつもりだったのかもしれないぜ。昨日の南波さんの話によると、ハッチの上に椅子が置いてあったというだけの理由で捜査員らはあわや床下収納庫を調べずに立ち去りかけたんだから」

「まぁな。犯人がどんなつもりやったんかは、判れへん」

「判らないと決めつけるな」

火村は真剣な顔でまた折れた杉を見上げる。笑いたくなった。

「お前、時々そうなるな。自説の検証に付き合わせるかと思うたら、俺が手伝えそうなことを頼みもせずに自分だけで推理を巡らせたり、何かを調べだしたりする。疑問が生じたり仮説を立てたりするたびに、助手に披露して意見を求めるべきやろう。そうでなかったら俺の存在理由がないで」

准教授は顎を上げたまま視線をこちらへ向ける。学生から意表を衝《つ》く質問を投げかけられたかのような目だった。

「ずっとこの調子でうまくやってきたじゃないか。お前が言うとおり、俺の行動には一貫性が欠けているかもしれないけれど、説明しにくいタイミングというのがあるんだ。今、頭にあることを話そうとしたら、何かが閃《ひらめ》くのを逃がしてしまいそうな気がしている。お前はお前で考えながら、しばらく待ってくれ」

予想もしなかった丁寧な言葉が返ってきたので、また笑いそうになった。それから彼の言葉をよく嚙《か》み締め、すまなく思う。

「この調子でうまくやってきたんやったな。久しぶりのせいで勘が狂うたかな。お前は頭蓋骨《ずがいこつ》の中にデリケートな推理の妖精《ようせい》を住まわしてるみたいやから、これからも好きにやったらええ」

「鉄砲担いだマタギに見られたり、妖精の家主に喩《たと》えられたり、俺も忙しいな」

ここで油を売らず聞き込みを始めるか、となったところで、火村が何かを見つけたようだ。振り返ってみると、空き家のそばに矢作萌の姿があった。裾《すそ》が太腿《ふともも》あたりに達するロング丈の赤いカーディガンを着て、現場を覗《のぞ》き込んでいたのか、私たちを観察していたのか、どちらとも取れる曖昧《あいまい》なところに手ぶらで佇《たたず》んでいる。——どうしたのか、と私から声を掛けた。

「散歩がてらと言うと変ですけれど、この家を見にきたんですよ。どんな様子なのかなって」

隣人としておかしな行動ではないので、それはいいとして、私たちに何か言いたそうにしている。

「警察の捜査状況が気になるのなら、できる範囲でお話ししますよ。何も知らされないのは不安でしょうから」

火村が気さくな態度を取ったのは、このチャンスを利用して相手の懐に潜り込もうという魂胆からだろう。臍《へそ》を曲げると口を噤《つぐ》んでしまいそうな人物なので、情報提供を持ちかけるのはいい手に思えたのだが、その必要はなかったのかもしれない。彼女の方から自宅に誘ってきた。

「お茶菓子も出せませんけれど、おいで願えますか？　先生方にお訊きしたいことがあったんです。まさか、とは思うんですけれど、心理学の専門家の観点から否定してもらえると心が軽くなると思うので……」

「私は心理学者ではなく、社会学が専門です。それでもお役に立てそうですか？」

「犯罪の研究がご専門なら、ご存じかと」

要領を得ないが、向こうから招いてくれるのなら好都合だし、彼女が何に心を悩ませているのか大いに興味がある。

「見掛けはよろしくありませんが、平気でしたらあれでお宅まで」

火村は、右手を翳《かざ》して愛車を示した。

3

火村英生と私の前にお茶を出した後、矢作萌は向かいの席に座ると、やや落ち着きのない様子で両肩を揺すった。緊張している自分に苛立《いらだ》っているのか、戦闘モードというほどではないにせよ表情が尖《とが》っている。私たちはお茶に口をつけてから、彼女が話を切り出すのを静かに待った。奥の机に目をやると、アクリル絵具などの散らかり具合が昨日とまったく変わっていないように見える。事件のことを考えて、仕事が手に付かなかったのかもしれない。

「沖田さんをつけ回していた男性が殺されていたとなると、捜査の方針はがらりと変わりますね。警察は誰を疑っているんでしょうか？」

イラストレーターは、まずそれを知りたがったのだが、火村は質問をさらりと受け流してしまう。

「そんなことをお訊きになるだけならば、私たちを自宅に招いてお茶を出すまでもなく立ち話でもすみました。あなたは、私を心理学の専門家と勘違いなさった上で何か相談したがっていた。『まさか、とは思うんですけれど』という表現を使って。そちらの話を伺えますか？」それから言い足す。「今のところ警察は特定の誰かに疑いを向けていません」

「近隣の者が怪しい、と考えているのではありませんか？」

自分にも疑いが向けられているのではないか、と矢作が案じていることは私の目にも明らかだった。火村はそれを否定しない。

「もちろん、現場の近隣住民である皆さんの中に犯人がいる可能性も考慮に入れていますが、誰かに的を絞ってはいません。矢作さんは何を心配しているんですか？　警察に隠していることがあるのなら打ち明けてください。脅すわけではありませんが、下手に秘密を抱えていると、あとでまずいことになるかもしれない」

「現時点で私が疑われているわけではないんですね？　そう聞いて気持ちが楽になりました」

「自分が疑われていると思った理由は何でしょうね。これまでの証言に反して、被害者たちと面識があったんですか？」

「いいえ」

「では何故？」

犯罪学者は、短い言葉で矢作の胸をどんと突く。彼女は、センターで分けている髪を両手で払うようにした。

「私は睡眠障害を抱えていまして……。このことは以前にも申しましたね。不眠症などではなく、寝惚《ねぼ》けて夜中に歩く癖があるんです」

彼女が何を言おうとしているのか判った。夢中歩行している間に何かをやらかしたかもしれない、という漠然とした不安に囚《とら》われているのだ。

「睡眠時遊行症ですか」

火村は、聞き慣れない病名を口にした。夢遊病の正式な呼び名らしい。

「はい。こういうのを宿痾《しゅくあ》というんでしょうか、小学生の頃からの長い付き合いです。成長すると自然に治ることも多いそうですが、私の場合はそうなりませんでした。薬物療法も効果がなくて、これはもう諦《あきら》めるしかないな、と……」

「ベッドから出て家の中をうろつく程度ではなく、家の外を出歩くこともある？」

「たまにあります。玄関に鍵を掛けておいても開けてしまうので」

「そりゃそうでしょう。外から鍵を掛けているわけではないんだから簡単に出て行ける。しかし、それは危険ですね。どれぐらいの頻度でそうなるんですか？」

「独り暮らしなので正確には判らないんです」と苦笑した。「年に数回は、翌朝に汚れた手足やパジャマを見て、やっちゃったな、と思うことがあるんですけれど、知らない間にもっと頻繁に夜中の散歩をしているかもしれません」

「ふらつき歩いている間に何をしているのかは判らないわけですね。そのせいで事件や事故に巻き込まれたことは？」

「これまではありませんけれど、軽い打ち身や擦り傷が体に残っていたことはあります」

痛みで目が覚めたりしないのか、と疑問に思う。

「金曜日の朝も手に傷がありました。久しぶりのことです」

「絆創膏《ばんそうこう》を貼るほどでもない傷だったんでしょう？　あなたが眠ったままどこかで大暴れをしたとは思えません。夢中歩行をするというだけで殺人事件の犯人ではと疑われてはかなわないでしょう。捜査は緒に就いたばかりで、警察はそこまで追いつめられていませんよ」

「そうですよ」私は、火村に加勢する。「それに、小説やドラマならいざ知らず、寝惚けたまま人を殺したやなんて話は、聞いたことがありません」

「実例はあるけれどな」

　これまで矢作を安心させようとしていたくせに、急に火村が態度を変えた。彼女は「え？」と声を洩《も》らし、私が問い質《ただ》す。

「夢中歩行の最中の殺人の実例があるのか？　お前がそんな事件に立ち会うたと聞いたことはないぞ」

「文献で読んで知っているだけで、俺がフィールドワークで遭遇した事例じゃない。そんな稀《まれ》なケースについても調べる学者がいるんだよ」

「恐ろしいんですけれど、どういうケースなのか聞かせていただけますか？　私は知っておくべきです」

　矢作は、右手で左の二の腕をさすりながら言う。

「あなたが知っておくべきことでもありませんが、私が口を噤むとかえって気になってしまうでしょうね。いずれも非常に特異な事例だということをお含みの上、参考程度に聞いてください」

　職業意識に駆られて、私はメモの準備をした。今回の事件の真相解明には役に立たないとしても、ミステリ作家としては覚えておいて損はなさそうである。

「入眠した状態で行なわれた犯罪は、古くから研究の対象になっています。十九世紀後半から二十世紀初頭にかけて、精神病理の分野で先駆的な研究をしたクラフト＝エビング男爵も関心を寄せました」

　同性愛やフェティシズムについて考察した性科学の先駆者でもあり、サディズムやマゾヒズムを命名したのもクラフト＝エビングだ。犯罪病理の探求家でもあるからミステリ周辺の雑学として知っていたが、火村がその名を口にするのは初めて聞いた。

「さすがに百年以上も前に収集された事例は信憑性が不充分ですけれどね。重大事件の鑑定をいくつも手掛け、犯罪被害者学を日本に紹介したことでも知られる犯罪精神医学の権威、中田修《なかたおさむ》という先生に、『犯罪精神医学』という著作があります。この人は飲酒試験における酩酊《めいてい》型の研究もしていますから、意識の清明さが失われた状態下での不法行為に関心が強いようで、『犯罪精神医学』には〈ねぼけの犯罪〉という項を立てています。タイトルだけ聞くと、どことなくユーモラスでしょう。寝惚けと夢遊病は別物ではあるけれど、両者を鑑別するのは困難であるとも記しています」

「似て非なるものやろう」

私は嘴《くちばし》を挟んでしまう。

「だから別物だと言ったじゃないか。話が長くなるから、あまり厳密さを要求しないでくれ。判りやすい差異を一つだけ挙げると、寝惚けというのは覚醒《かくせい》に向かっている状態で生じるもので、当人はストレスや不安に襲われているのに対して、夢中歩行中の精神はいたって静かだ。そこに激しい情動はまったくない。攻撃性を発揮しやすいのは前者ということになる」

「でも、その本に夢遊病者が殺人事件を起こした例が出てくるんですね？」

矢作はなお不安げで、実例があるのならさっさと教えてもらいたいようだ。

「殺人を含む不法行為の数々が紹介されています。先ほどあなたは、夢中歩行の最中に怪我をすることがあると言いましたが、そういう際に痛みは感じないものらしいですね。寝惚けたまま自分の体を切り刻んで自殺に至った男の症例がありました。眠ったまま妻を銃で撃ち殺した男の例からすると、銃声も睡眠を破らないらしい」

「そうなんですか？　銃声でも駄目なら、家の前で車のクラクションをけたたましく鳴らされたとしても目覚めないでしょうね」

記憶を手繰っているのか、火村は目を細めて話す。

「えーと、夢遊病者の犯した事件として、こんな事例がフランスであったと伝わっています。ロベール・ルドリュという有名な探偵がいました。休暇である保養地にきていたルドリュの許にパリの上司から電話が入る。近くの海水浴場で殺人事件が発生した、というので、探偵は地元の警察の捜査に協力することになり、現場に赴きます。彼は、電話を受ける前に十二時間もぐっすりと眠っていたそうです。被害者は海水浴客と見られる裸の男性でした。犯人を示す手掛かりは二つ遺《のこ》されていて、一つは特徴のある足跡。もう一つは遺体から剔出《てきしゅつ》された弾丸。警察が調べてみると、凶器に使用された拳銃《けんじゅう》の種類は、あろうことかルドリュが所持しているものと同じでした」

「え、まさか」と私。火村はこちらに顔を向けた。

「ミステリ作家でなくてもオチが読めるよな。そう、さらに詳しく調べると、ロベール・ルドリュの拳銃そのものが凶器であることが判明する。動かぬ証拠だよ。犯人は探偵だった。――あっと驚く意外な結末だけれど、探偵は現場にきて早々に自分がやったのではないか、という疑心に駆られていたに違いない。足跡には拇趾《ぼし》がないという顕著な特徴があったし、熟睡から目覚めた時、彼はどうしたことか自分の靴下がじっとり濡《ぬ》れているのを訝《いぶか》しんでいたから。――これ以上の詳細は知らないけれど、探偵は拳銃を手に眠ったまま浜辺に出て、通りすがりの男性を撃ち、そのままベッドに戻ったのさ」

冷たい水を浴びせられたように感じた。

「それ……ほんまにあった事件なんやな？」

「夢遊病者の殺人として、『もっとも有名なケースの一つ』と紹介されていた。ただし、引用文献の記載がないから真実だという保証はない」

「靴下がじっとり濡れてたそうやけど、『じっとり』が怪しいな。白々しいというか、表現がいかにも作り話っぽい」

「作家の耳は侮れないな。すまん、その修飾は俺が勝手に付け足した」

犯罪学者は、視線を私から矢作に戻した。

「私は、あなたに気休めを言わないし、むやみに不安を煽《あお》ったりもしません。不可解な事例が文献に出てきたり、覚醒する途上の意識が清明ではない状態で犯罪を為したりした事例は色々とありますが、肝心なのはあなたがどうだったか、ということ。それを検証したい。ご協力いただけますね？」

彼女に拒む理由はなかった。

「では、始めましょうか。事件があった水曜日の夜、どのように過ごしたのかをあらためてお訊きします。問題となるのは午後九時半から木曜日の午前一時半までの間。それが沖田依子さんの死亡推定時刻です」

「行動と言われても、独りで家にいただけですから……」

「ええ、それは警察も承知しています。家を出なかったことが立証できないんですね。早くお休みになったんですか？」

「床に就いたのは十一時過ぎです。それまではここで仕事をしていました」

「急ぎのお仕事があったため？」

「昼間さぼっただけです。とても気まぐれに働いているんです」

「十時半頃に雷が鳴って、激しく雨が降りましたね」

「私は雷が好きではないので、カーテンを閉めて音楽を鳴らしました。ゴロゴロというのに負けない大音量で、ベートーヴェンの『田園』を」

適当に選んだのかもしれないが、あの曲の第四楽章には〈雷雨、嵐〉という標題がついている。毒をもって毒を制するつもりだったわけでもあるまい。

「就寝はいつもそれぐらいの時間ですか？」

「いつもより若干遅めです。ラジオのタイマーをセットして、軽い音楽を流しながら寝入ります」

「その夜の寝つきはいかがでした？」

「すぐに眠れました」

「ふだん聞き慣れない物音を聞いたりすることもなかったんですね？」

「はい。事件のあった現場からは距離があるので、何も聞こえませんでした。捜査のお役には立てそうにありません」

「寝室は道路に面していますか？」

「いいえ、反対側です」

「ならば、車がこのお宅の前を通っても気がつきませんね」

「犯人の車がこの家の前を通るなんてことはないでしょう。あっ、〈レヴリ〉にいた誰かが犯人だとしたら通る……」

「そういうことです。どうでした？」

「寝室にいたら車が通っても気がつかなかったと思います。寝室に行く前だったらカーテンを閉めていても判りますけれど」

「ここでお仕事をなさっている間、車は一台も通らなかったんですか？」

「はい」と答えてから、「いいえ」と言い直す。彼女は、思い出すべきことを思い出した。

「雷が鳴っていた時、〈レヴリ〉に向かって行く車がありました。あれは弓削さんの車だったんですね」

「一台だけだとしたら弓削さんの車に間違いありません。落雷で倒れる木の直撃を食らいかけたそうですよ。木が倒れる音は聞こえましたか？」

「天が裂けるような音がしたので、雷が近くに落ちたのは判りましたよ。でも、音楽をかけていたせいか、大きな木が倒れたとは思いませんでした。道がふさがったことを知ったのは、翌朝になってからです。〈レヴリ〉のご主人が電話で報せてくれました」

　夜更かしをする白布施正都には当夜のうちに速報でメッセージを送り、早寝をする矢作には翌朝に直接電話で報せるというのは、光石燎平の細やかな心配りだ。

「質問を変えます。一連の事件には渡瀬信也さんが遺した何かが関連しているかもしれません。沖田さんが獏ハウスに泊まりたがったのは、その何かを捜すため。ですから、亡き好青年についても調べなくてはなりません。あなたは彼とごく親密だったのではありませんか?」

「男女で『ごく親密』だと恋人同士になってしまいます。決してそんな間柄ではありませんでしたよ。何というか……遊び心で寝たこともないし」

遠回しな言い方は面倒だ、とばかりに彼女は言い切った。

「どちらかが恋愛感情を寄せていた、ということも?」

「はい。……ああ」何か引っ掛かるようだ。「私にはそんな気持ちはなかったし、渡瀬さんに恋慕われていたはずもないんですけれど、純情な由未さんの目にはいくらか親密に映ったかもしれませんね。ただ自宅に食事に招いただけでも」

「由未さんは、渡瀬さんに恋心を抱いていたように見えましたか? 彼が亡くなった時にひどいショックを受けていた、というお話は伺いましたが」

「どの程度のものだったかは知りませんが、好きだったんでしょう。〈レヴリ〉へお茶に行った折、由未さんが私に何か言いたそうにしていたことがあります」

「最近のことですか?」

「いいえ、渡瀬さんが元気だった頃です。もじもじしていたので、『矢作さんと渡瀬さんはどんな関係ですか?』なんて訊かれるのかな、と身構えたのに黙ったまま。こっちから『彼とは何でもないのよ』と言いそうになったんですけれど、訊かれてもいないのにそんなことを言ったらよけいに誤解されそうなのでやめました。気を遣っていたんですよ」

「お察しします」

そう言われて、矢作は微笑した。話してすっきりしたようだ。

「ところで、母恋信也という名前に聞き覚えはありますか？」

鋭い牽制《けんせい》球のような質問を火村が放ったので、彼女がどんな反応を見せるか注目したのだが、特にどうということもない。

「いいえ。どんな字を書くのか判りませんけれど、事件に関係がある人ですか？」

「母が恋しいと書いて母恋。これは渡瀬信也さんのご両親が別れる前の姓です。お聞きになったことはない？」

「はい。珍しい姓ですね」

私が観察したところでは嘘をついているようには思えなかった。母恋少年の顔写真と名前がネット上に洩れたことは忘れたのか、ニュースに興味がなくて知る機会がなかったのか。

「渡瀬さんの旧姓を私が知っていたら、どうなんですか？　お尋ねになる意味が判りません」

「いずれ判ります。今のところ答えは伏せておきますから、記憶をたどってみてください」

「謎々みたいに思わせぶりなことをおっしゃって、先生は意地が悪いですね。正解はいつ教えてもらえるんですか？」

「遠からぬうちに。警察の方が話してくれるんじゃないかな」

矢作はとぼけているようには見えず、本当に見当がつかないようだった。

訊くべきことが尽きたので私たちが暇《いとま》を告げると、最後に彼女から質問があった。

「夢の中で意識がないまま罪を犯したら、起きている時と同じように裁かれるんですか？」

火村は玄関の方に踏み出した足を止め、振り返って答える。

「酩酊中の犯罪と同様に扱われる可能性もありますが、ケース・バイ・ケースでしょうね。医学的にどんな鑑定が出るかによります」

「酔っ払って悪さをするのと同じでは不公平ですね。お酒の飲み方は意志の力でコントロールできますけれど、眠り方は選べないし、自分をベッドに鎖でつないでおくわけにもいきません。取り乱して理性をなくした人……心神耗弱でしたっけ？　そういう状態の人の犯罪でさえ罪が軽減されるのに」

ぼやく矢作の方に火村は体ごと向き直り、一気にまくし立てた。

「私は法律家ではないので量刑について解説することはできませんが、心神耗弱による減刑というものには納得していません。人が大きな罪を犯す時、ことに殺人などを実行する場合は、みんな理性を喪失した通常とは違う精神状態にあると考えるからです。殺人というのは、道徳心が麻《ま》痺《ひ》した冷酷な粗暴犯によるものを除けば、どれも夢の中で行なわれると言ってもいい」

「入念に計画を練ってから実行する犯人もいますよ」

「そんな人間は、計画から実行に移るまで長い夢を見ているんです。誰かが耳許で大声を出せば正気に戻してやれるのでしょうが、誰がどんな夢を見ているのか判別する手段がありません。残念ながら」

「先生がおっしゃるとおりだとしたら、殺人を犯した人たちは、犯行後に夢から覚めて驚いたり茫然《ぼうぜん》としたりするんですね？」

「多くの者がそうなるでしょう。問題はその後で、次に彼らを襲うのは恐怖です。自分の犯行であると露見すれば破滅してしまう、という恐れ。それは自責の念をはるかに凌駕《りょうが》する」

「人によるのでは？　先生はご経験がないのに断言なさるんですね」

「殺人の経験はありませんが、人を殺した人間をたくさん見てきました。そこから得た確信です。想像が混じっていることは否定しません」

「そんな犯人を捕まえて、罪と向き合わせるのが使命ですか？」

「使命だなんて言いませんが、やっているのはそういうことですね。私は、彼らが忘れた夢を思い出してもらう。その悪夢が実は現実だったと理解できるように」

「犯罪の研究という目的を達するために、そんなことを……」

矢作が混乱するのも無理はない。十四年間も友人として付き合い、彼のフィールドワークの数々に立ち会っている私ですら、いまだに火村英生という人物を理解しかねているのだから。

4

〈レヴリ〉で車を駐《と》めたところで、火村は喫煙タイムを取った。矢作から聞いた話の内容を検証するでもなく、黙って煙草をふかす彼の横で私はスマホに着信がないかチェックする。無用のメッセージが溜まっていたので一つずつ消去していると、メタルグレーのフーガ——見たところほとんど新車——がやってきた。弓削与一の車だ。フロントガラスやボディに木立の影がきれいに映り、まるでテレビCMの一場面である。

「車の汚れが気になっていたので洗ってきました。先生方はいつ帰ってくるかも知れないボクを待ち伏せしていたんですか？　弱りましたね」

ぴかぴかのフーガから降りてくるなり、細身の男はおどけて溜め息をついた。彼も亀岡駅前まで洗車や買い物に出ていたのだが、警察の車に尾行されていて落ち着かなかったという。

「犯人だったとしても逃走する度胸なんかないのに。というか、まだ有力な容疑者にもなってない段階で逃げるほど馬鹿じゃない。どうか早く犯人の正体を暴いて欲しいですね」

火村は携帯灰皿で煙草を揉み消すと、「では」と切り出した。

「情報収集のお手伝いをお願いしましょうか。待ち伏せしていたわけではありませんが、ここなら誰の耳もないから立ち入った話もしやすい」

「告げ口や陰口にはお誂《あつら》え向きですね。いや、そんな材料は持っていませんけれど」

長い立ち話に備えるためか、弓削は愛車にもたれかかる。

「水曜日の夜、弓削さんは犯行があった時間帯に現場の横を車で通り過ぎています。何か気になるものを見たり聞いたりしていませんか？」

「それは刑事さんから散々訊かれました。雨と雷に気を取られていたせいかもしれませんが、思い当たることはありませんね」

今さら重大な新事実がぽんと出てくるとは期待していなかった。

「矢作さんのお宅の様子もご記憶にありませんか？　車が家にあったかどうかなど」

「その質問は初めてだ。あの人の赤い車については何も言えませんけれど、明かりが点《つ》いていたのは覚えています。それと、音楽が流れていたのも」

「通り過ぎただけなのに、車の中から聞こえたんですか？　微《かす》かに洩れていても雨の音に消されてしまいそうですが」

「普通はそうでしょうけれど、すごい大音量だったんですよ。一軒家とはいえこんなにガンガン鳴らすんだ、と驚いたぐらい。街の中じゃできない一種の贅沢《ぜいたく》ですね」

「どんな曲だったかまでは判らない？」

「ちらっと聞いただけなので曲名までは。オーケストラの演奏でしたよ。矢作さんの音楽の趣味は知りませんが、クラシックだか映画音楽だかでしょう」

矢作が話したことが裏付けられたが、そんな細かいことはどうでもいいように思う。音楽が洩れているのを聞いただけで彼女の姿を見掛けたわけでもないし、もともと彼が運転するフーガがその時間にあの付近を通りかかったことに疑いはない。山麓《さんろく》のコンビニの前を彼の車が通過した時間は警察によって確認済みだし、〈レヴリ〉に到着した時刻もはっきりしているのだから。

「〈レヴリ〉に着いたのが十時三十五分ぐらいでしたね。その時の様子を詳しく話していただけますか？」

「『雷の中、大変でしたね』と静世さんが熱いコーヒーを出してくれて、少しばかり階下《した》で皆さんとおしゃべりしました」

「皆さんとは、どなたです？」

「光石さん夫妻と由未さんです。ディナーにきたお客さんはとっくに帰っていたし、ボク以外には宿泊客もいなかった」

まずは落雷で杉の大木が倒れ、道をふさいだことを臨場感たっぷりに伝え、「よくご無事でしたね」「よかった」と幸運を祝福されたそうだ。それから、燎平はすぐ白布施にメッセージを送っている。

「矢作さんには報せなかったんですね」

私は、彼の話をいったん遮った。

「それはあとになって知りました。ダイニングの隅でスマホを操作していたので。もっと詳しく言うと、ご主人は『先生にお報せしておこう。明日、お客さんをお迎えに車を出すみたいだから』と言っていましたね。矢作さんには急いで連絡しなくてもいい、と考えたんでしょう」

「大音量で音楽を流していたんですから、まだ起きていたわけでしょう。その場で一報を入れてもよかったのでは？」

「矢作さんの家からオーケストラの演奏が洩れていたことまでは話しませんでしたからね。夜も更けていたので、礼儀を優先させて翌朝にしたんだと思いますよ」

筋が通っていたし、そんな些事《さじ》が事件の真相解明につながるとも思えないので、さらに詮索《せんさく》するのはやめた。

「落雷で木が倒れたといっても、轟音《ごうおん》を立ててドーンと横倒しになったんじゃないんです」弓削は熱弁をふるう。「暗かったし、カーブを曲がりながらルームミラーで見たので鮮明な映像として記憶はしていないんですけれど、中ほどで裂けたんでしょうね。黒い棒みたいな幹の上半分ほどがゆっくりと傾いて、道路の向かい側の木にぶつかってから、ずるずると崩れ落ちていった感じです。映画の一場面みたいだったなぁ」

彼を除くと、その時に倒木現場の最寄りにいたのは白布施だが、木が倒れるようなすごい音がした、とは語っていなかった。

「他にはどんな話を？」

そう尋ねる火村のネクタイが、さっと吹き抜けた風になびく。

「由未さんが『あの人、びっくりしただろうな』と呟《つぶや》いたので、『誰のこと？』とボクが訊いて、沖田さんの話になりました。こういう女性が訪ねてきて、今夜は渡瀬さんがいた家に泊まっている、と。木が倒れたことを伝えてもどうしようもないし、『明日は倒れた木の向こう側までタクシーにきてもらって、何とかするしかないわね』なんて静世さんが言っていました」

「その女性がここへきた目的が気になりませんでしたか？」

「ふーん、今頃になってきたのか、と思っただけです。『渡瀬さんにも恋人だかガールフレンドだかがいたんですね』とボクが言ったら、『どうでしょうね。そうだったら、もっとはっきり言いそうなものですけれど』というのが燎平さんの反応でした。確かにそれもそうです」

コーヒーを飲みながら話したのは十五分ほどで、「お疲れでしょうから」と静世に二階の客室へ通され、シャワーを浴びてすぐに寝たという。眠りに落ちたのはおそらく零時前で、翌朝まで一度も目を覚まさなかったとのこと。不審な物音を耳にすることもなかった。

「沖田さんの話になった時の由未さんはどんな様子でしたか？」

「どんな様子って……彼女、何か言ったかな？　黙って聞いていただけでしたよ。——ご質問の狙いは何です？」

「由未さんは、渡瀬さんに惹《ひ》かれていたらしい。そんな彼女が沖田さんの訪問をどう感じたのか、知りたかったんです」

「由未さん本人に訊けばいいだけのことでしょう。傍《はた》からどう見えたかなんて質問は、無駄玉だと思いますけどね。だいたい彼女があんな残酷な殺人に手を染めているはずがない」

気分を害したことをあからさまに示した弓削は、由未に降りかかる火の粉はどんなに小さくて

か？」

も払いたいようだ。

「彼女は渡瀬さんを慕い、あなたは由未さんに好意を寄せて〈レヴリ〉に通っている。邪推ですか？」

「だったら何なんです？　どんな理屈を組み立てても、事件には結びつきませんよ。火村先生、他に訊きたいことはないんですか？」

「何がどう真相につながっているか判らないので、無駄玉だろうと思いながらも四方八方に向けて撃っているんですよ。ご辛抱ください」

火村は、ここで母恋信也の名前を出す。弓削は「はっ？」と奇声を発してから、表情を硬くした。そして、しばらく唸《うな》っていたかと思うと、ぴんと立てた右手の人差し指を火村に突きつける。

「もう十年以上も前、母親を守るために父親を刺して死なせた高校生ですね？　顔写真と名前がネット上に流出して騒ぎになった」

「よく覚えていますね」

「もちろん、とうに忘れていましたけれど、名前を聞いたら記憶が甦《よみがえ》りました。衝撃的だったからら。事件が悲惨だからインパクトがあったし、名前が人間の運命に影響しているように感じられたのが少し怖かった。思わず弓削という姓の由来を調べてしまいましたよ」

弓削氏は古代に弓作りを統率していた氏族だ。彼の姓が運命に及ぼす呪術《じゅじゅつ》的な影響を恐れるべきは、十三年前ではなく今だろう。

「母恋信也の名前をここで出すということは、ひょっとして渡瀬信也さんと同一人物？」

ゲーム・クリエイターは、人差し指を火村に向けたままである。その指も鉛筆のように細い。

「はい、警察が確認しました。渡瀬というのは彼の母方の姓です。事件の後、母恋の姓を捨てています」

「ボクでもそうしたでしょう。母恋信也という印象的な名前が全国的に広まってしまいましたからね。それも含めて気の毒に思いました」直角に曲げていた右腕をやっと下ろして「渡瀬さんはそのことを周囲に隠していたわけですね？　話す必要もないことですけれど」

「白布施さんにも打ち明けていなかったようです」

「隠された貌を持っていたということですか。だけど、それが今回の二つの殺人事件とどう関わるんです？」

「まだ判りません。渡瀬さんの隠された貌について、あなたがお気づきだったかどうか伺ってみただけです」

「彼とはろくに話したこともないのに、ボクが知るはずがない。事件の当時とは顔立ちも変わっていただろうし、この人はもしかしたら、と思う瞬間もありませんでした。――他に何か？」

質問を催促された火村は「いいえ」と答え、弓削は〈レヴリ〉に向かいかけた。

「先生方は入らないんですか？」

「ここでもう一服してから行きます」キャメルのパッケージを出して見せる。「煩わしい質問にお答えいただいて、ありがとうございました」

弓削が〈レヴリ〉に消えても火村は煙草をくわえようとしない。もう一服と言ったのは方便だったらしく、駱駝《らくだ》のロゴが入ったパッケージをポケットに戻した。

「沖田依子が獏ハウスにいてることを、弓削は〈レヴリ〉に着いた早々に聞いてた。今の事情聴取のそれがポイントやろ？」

私が言っても応《こた》えない。何か考えているのだろうが、かまわずに続けた。

「犯人は、あの夜に獏ハウスに沖田が泊まっていることを知ってた人間の中にいる。〈レヴリ〉に着くなりそれを聞いた弓削は、真夜中に部屋を抜け出して現場に行ったのかもしれん」

「今になって彼が容疑者にエントリーしたように言うな。これまでずっと犯人候補の一人にしていたくせに」

「沖田がきてることをどこでどうやって知ったんやろう、と疑問に思うてたわ。それがさっきの証言ではっきりした。〈レヴリ〉にきた直後に知った、と弓削が自ら明かしてくれた。隠してもいずれ光石さんたちの口から出るのは避けられん、と思うたんやろう。――彼だけでなく、矢作萌もや」

「彼女がどうかしたか？」

「夢遊病に悩まされてることを早くから話してたし、さっきも警察に疑われてないか気に病んでいるふうやったけど、したたかに布石を打ってるんやないか？　布石というより予防線か。心神耗弱についてお前に訊いたのが臭う」

「つまり彼女が犯人で、それが発覚した時は夢遊病を理由に罪を免れようとしている、か？」

「ざっくり言うと、そんなところや。実際に夢の中で犯行に及んだことに目覚めてから気がついたとも、実はしっかり目を覚ましたまま犯行を遂げたとも考えられる。はたまた、ほんまに自分がしたのかしてないのか判ってないのかも」

あくまでも可能性について論じているのであって、彼女を犯人だと決めつける根拠はない。

そこへ私のスマホに着信。片桐からだ。

「何か進展がありましたか？　僕が行く頃に火村先生の推理がまとまっているかな」

難しい注文だ。

「そうなるという保証はできませんね。過度の期待はせんようにしてください。――こっちには明日の何時ぐらいに着けそうですか？」

「まだ読めません。目処《めど》がついたらご連絡するようにします。って、僕が行ったからといって捜査が進むものでもありませんが。用事があれば何でも遠慮なく江沢にお申し付けを」

「用事は全部、片桐さんのために取っておきます」

そんなやりとりで終わるなり、号令が飛ぶ。

「次、行くか」

5

火村は自分の考えを述べずに、〈レヴリ〉へと歩きだした。渡瀬信也の過去という要素をどこに嵌《は》め込んだものか思案しているのだろう。事件解決にまったく関係がないのかもしれず、取り扱いが厄介だ。

玄関の扉に伸ばしかけた手を止め、火村は建物の横手を覗き込む。そちらから江沢鳩子の声がぼそぼそと聞こえてきた。「ご確認いただけますか。では、また」と言ってすぐに途絶えたが。

顔を上げて私たちの存在に気づいた彼女は、お化けに会ったように「わっ！」と驚きの声を発した。こっちもびっくりしてしまう。

「ああ、あの、仕事のことで電話をしていたんです。お店の中だと憚《はばか》られたので外へ出て……」

何をしていたのか、と尋ねてもいないのに、スマホを翳しながら弁解がましく言うのが妙な感じだった。許されるものなら彼女のスマホの通話履歴を覗いてみたくなる。

「あ、片桐は日曜日の何時頃に着くかまだ判らないそうです」

思い出したようにそう言ったが、江沢が受けたという電話は片桐からのものではない。彼はつい先ほどまで私と電話で話していたからタイミング的にあり得ないのに、彼女は片桐からの電話を受けていたと勘違いさせたがっているかのよう。

「こちらにいらしたんですね。白布施さんのお宅かと思っていました」

何でもない火村の問い掛けにも「それは!」と声の調子をはずす。

「三十分ほど前までは夢守荘にいて、お仕事の打ち合わせをしていました。先生がお疲れになってきたようなので、こちらに戻って、光石さんご夫妻にお茶を出していただいてお話を。——警察にいらして、どうでしたか?」

これ以上、質問されるのを封じるかのように訊いてきたので、ますます私はもやっとしたのだが、火村は怪訝《けげん》に思ったふうでもなく、渡瀬の隠された貌について話した。

編集者は「えっ!」と目を丸くする。鳩に豆鉄砲。

「それって注目すべき新事実ですよね。だからどうした、とも思いますけれど」

ならば注目するほどではないだろう、と表現の撞着《どうちゃく》について校正のチェックを入れたくなる。

「でも、渡瀬さんの静かでどこか秘密めいた生活の理由が判った気がします。白布施先生にも自分の過去を語らなかったことや、パソコンを使っていなかったことやら。保護されるべき個人情報がインターネット上に流出した苦い経験があるから、電子媒体を嫌っていたんでしょうね」

「ええ、そんな憶測が成り立ちます。隠遁《いんとん》したような暮らしぶりは、社会から遠ざかりたいという想いによるのかもしれない」

「痛々しく感じます。まだ若かったのに、半ば世を捨てるなんて」

「彼の過去を、実は白布施さんが承知していたということはないでしょうか？」

「うーん、ないと思います。もし知っていたのなら、渡瀬さんが亡くなった後も知らなかったふりをする必然性がないからです」

「故人の気持ちを尊重して黙っていたということもある」

「だとしても、沖田さんが殺されて警察が捜査に乗り出してきた時点で話すんじゃないですか？　刑事さんが渡瀬さんについて調べたら判ることだから、隠し立てする意味がありません。現に警察は、沖田さんの素性を調べる過程で渡瀬さんの前歴をすぐに突き止めました」

訊いているうちに、私は江沢に同意したくなった。

「そうですね。渡瀬さんの過去というのが悪辣《あくらつ》非道で唾棄《だき》すべき犯罪者やったら、白布施さんは故人の名誉を守りたがったかもしれんけれど、母恋信也は軽蔑《けいべつ》よりも同情される存在やった。事実を知ってたんやったら、『今だから言うけれど、彼にはかわいそうな過去があってね』という調子で話しそうに思います。——とか結論の出ない推量をするより、白布施さんに『本当のところはどうなんですか？』と訊いてみましょう」

江沢は、まっすぐに犯罪学者の目を見る。

「火村先生は、相手が嘘をついたら些細な表情の変化などで見破れますか？」

答えは「まさか」だった。

これは愚問と言うしかない。そんな能力があるのなら、せっせと集めた手掛かりを分析し、呻吟《しんぎん》しながら推理する必要がない。

江沢はチェックする原稿があると言うので、私たちは玄関を入ってすぐに別れた。出張が長引いて仕事が溜まってきているのだろうか。

ダイニングに〈レヴリ〉の人々が顔を揃えていた。デリケートなことは個別にじっくり訊く方がいいように思ったが、火村はまたの機会を選ばない。

「事件が起きた日のことを、あらためて皆さんにお訊きしたいのですが」

小柄な夫妻もショートヘアのその姪《めい》も、迷惑そうな顔を見せずに承知してくれた。静世の「何かお飲みになりますか？」の問いに、火村は「では、水を」と所望し、私もそれに倣った。暑さを覚える気温ではないのだけれど、無性に喉《のど》が渇く。謎解きに没頭していると水分を消費するわけでもないだろうに。

沖田依子がアフタヌーンティーにやってきた時のことについては、これまでどおりの話しか出ない。弓削与一が到着した直後のやりとりは、ほぼ彼から聞いたことの再現だった。火村なりに質問に工夫をしているのだが、どうにも手応えがない。弓削が部屋に上がった後、三人はほどなく自室に戻って就寝したと言う。

そろそろだな、と思ったところで火村が母恋信也の名前を出し、覚えがないかと尋ねると、彼らは互いに顔を見合わせた。

「信也というと、渡瀬さんと同じですね。もしかして、彼の旧姓とか別名とかですか？」

口にしたのは燎平だが、静世と由未も同じように引っ掛かった様子だ。これからよくない事実が告げられる予感でもするのか、由未は表情を曇らせていた。

「説明は有栖川から」

いきなり役目を振られたのは、彼らの反応に注目するためだろうか。とにかく私は、亀岡署で聞いた事実を感情を込めずに話す。三人はそれぞれに驚きを隠せなかった。燎平はわずかに悲痛な面持ちになり、静世は「まあ」と口許に両手をやる。そして由未の方はというと、瞬時に漂白されたかのように顔色を失った。

「昔のことをしゃべりたがらなかったのには、わけがあったんですね」

「どこか翳《かげ》がある人だと思っていましたけれど、高校時代にそんなつらい目に遭っていたら無理もありません」

夫妻は感想を漏らしたが由未は言葉もなく、その胸中を察するに余りあった。この先の説明は火村が引き受ける。

「正当防衛で実の父親を死なせてしまっただけでも心が折れそうになったはずなのに、信也少年に追い打ちを掛けるようなことがありました。彼の顔写真とフルネームがネット上に流れたんです。それ自体も事件となったんですけれど、ご記憶にありますか？」

騒動そのものの記憶は全員にあった。夫妻はテレビや新聞で報じられたニュースで騒動を知り、小学生だった由未はクラスで話題になったことを覚えていた。

「ということは、母恋信也という名前は初めて聞いたんですね？　その名前はマスコミでは流れませんでしたから」

　燎平だけが「いいえ」と言う。

「その事件があった当時、勤めていた店の料理人仲間で話したことがあります。『ネットで流れてる顔写真と名前を見たか？　母親を守ろうとした子の名前は母恋しいと書いて母恋というそうだ。泣けるね』とか」

「さっき私が母恋信也の名前を出した時は首を傾げていましたが」

「十年以上も前のことですから、とっくに忘れていました。先生方のお話を聞いているうちにだんだんと思い出したんです。——由未ちゃん、大丈夫か？」

　姪の上体が前後に揺れているのを見て、彼は声を掛けた。彼女は「大丈夫です」と答えたものの、気分が悪そうにしている。

「部屋で休んでくる？」

　叔母が勧めるのを無視して、とうとう我慢ができなくなったのか、由未は感情を爆発させた。

「殺された沖田という人は、渡瀬さんが高校時代にしたことを蒸し返しにきたんでしょう？　人の不幸を面白がる社会から逃げて、おとなしく静かに暮らしていたのに、それを嗅《か》ぎつけて、何かの魂胆を持ってここにきたんだわ。もう彼、死んでるのに。そっとしておいてあげたらいいのに。ひどすぎる」

　夫妻は狼狽《ろうばい》し、由未はアニメ声でさらに吼《ほ》えた。

「そんな人でなしは殺されても仕方がない！」

　興奮した彼女に魔法をかけるかのように、火村は大きく開いた右掌《て》を向けた。

「落ち着いて。沖田さんがやってきた本当の理由はまだ不明です。彼女が渡瀬さんに悪意や敵意を抱いていたとは決めつけられない。どこにぶつけていいか判らない感情が込み上げたとしても、何の落ち度もなく被害者になったのかもしれない沖田さんをスケープ・ゴートにするのはやめましょうか」

拗《す》ねて横を向いた由未に、静世が穏やかに言う。

「ねぇ、聞いて。うちにお茶を飲みにきた時に少しお話ししただけだけれど、私にはね、あの沖田さんが悪い人には見えなかった。魂胆を持っている人って、あんな感じにはならない」

「あんな感じって？　本心を見せないようにしながら渡瀬さんのことを嗅ぎ回ってるみたいで、すごく胡散《うさん》臭かった。殺されたと聞いた時、やっぱり何か秘密があってここにきたんだ、それで襲われたんだ、と思った」

由未が感情的になりすぎているのか、鋭い観察力を披露しているのか、私に判定が下せるはずもなかった。同じ場にいて沖田と接した燎平はどちらに肩入れすることもできず、渋面を作って腕を組む。

「あんな人は殺されても仕方がない、とか言ったのだけは、よくないから取り消します。――ちょっと頭を冷やしてくる」

はずしたエプロンを椅子の背に投げつけるように掛けると、由未は床を蹴《け》って店から出て行く。扉が閉まったタイミングで、火村が追った。

しんとなる店内。

「お見苦しいところを……」

やがて燎平が頭を垂れた。叔父《おじ》としてはバツが悪いだろうが、私たちに謝罪するようなことではない。

「殺人事件の捜査のために、慕っていた方の過去を掘り返したんですから、感情が高ぶるのは自然なことです。由未さんはとても自然な反応をしただけだと思いますよ」

こうかな、ああかな、と戯れにパズルを解いているわけではないのだ。彼女の態度を不快に思うどころか、いっそ私は清々《すがすが》しいものすら感じていた。

「あ、私は勢いで『慕っていた方』と言いましたけれど、そういう理解でいいんですね？　由未さんは、渡瀬さんが好きだった――」

夫妻は「はい」と頷き、静世が嚙み締めるように言う。

「想い出の男性になりかかっていたところへこの度の事件で、さらに不幸な過去の出来事まで知ることになってしまい、冷静でいられなかったようです。以前に比べると情緒が安定するようにはなったんですけれど、あの子は感情をコントロールするのが得意ではないんです。もう子供じゃないのに、まだまだ未熟で」

感情をコントロールすることは社会生活を送る上で大事だが、どんな人の精神にも弱い箇所はある。由未にとって、渡瀬信也への想いがそれに当たるのだろう。

あるいは、渡瀬の不幸な体験を聞かされて、過度に感情移入してしまったのかもしれない。だとしたら、彼女がかわいそうに感じているのは自分自身でもある。

「あの子、水曜日の夜中ずっと家にいたよな。間違いなく」

燎平の言葉に、妻は反発する。

「いたに決まっているでしょう。あなた、何を言うんです」

「だから『いたよな』と言ったんだ。『いたのか？』とは訊いてないだろう」

「当たり前のことをわざわざ言わないでよ。由未ちゃんのことを疑ってるみたいに聞こえる」

「毛の先ほども疑うもんか。あんなにおとなしくて優しい子が、大胆な真似をするはずがないのは判ってる」

「大胆な真似というのは、獏ハウスに沖田さんの様子を見に行く、といったことですか？」

そんなひと言を私が差し挟むと、二人から強い視線が返ってきた。

「私はそんなことは言っていませんよ。由未は家から出ていません。真夜中に外へ出る理由は何一つないんです」

静世が夫の肩をバシンと叩いた。

「だから、あなたがそんなに力んで言うから悪いんですよ。うちにいた人間は事件と無関係なのに」

私はその言葉も拾う。

「泊まっていた弓削さんもですか？」

夫妻は嘘が下手で、即答ができなかった。当夜、この家をこっそり抜け出す余地があったのを認めたのに等しい。燎平は論点をずらしにかかった。

「あの方は、沖田さんと顔を合わせてもいませんよ。犯人のはずがない。怪しむのなら、もっと関係が深い人でしょう」

「たとえば、どなたですか？　事件があった時、現場近くにいた人の中で沖田さんと関係が深かったのは大泉鉄斎ですが、彼は犯人ではありません」

「殺されたから犯人ではない、と決めつけていいんですか？　その人が沖田さん殺害の最有力容疑者であることに変わりはないと思いますよ。ここらの人間は、沖田さんと何のつながりもありません。強いて言うなら、渡瀬さんを間に挟んで白布施先生と縁があったというぐらいで——」

「先生ともつながっていないでしょう」また怒る妻。「誰かを間に挟んだら、みんな世界中の人間とつながるじゃない。あなたは考えずに口に出す癖を直しなさい。由未ちゃんのことを見苦しいなんて言えませんよ」

「つべこべうるさいな。俺は口下手な料理人でセールスマンじゃないから、しゃべるのは達者じゃない。そんなこと、何十年も前から判ってるだろう」

南方系の顔をした妻が「口が上手《うま》いとか下手とかいう問題じゃありません」と咎めれば、北方系の顔をした夫は「じゃあ、どういう問題なんだ？　説明してもらおうか」と言い返す。一分ほど前までは夢にも思わなかった事態となった。行きがかり上、私はお客なのに夫婦喧嘩《げんか》の仲裁をする破目になってしまう。燎平が性格的に議論に向いていないことはよく判った。

元来は仲がいい夫婦だ。二人ともしばらく言い合っているうちに表情が和らいでいき、ついには照れてにやにや笑いだした。事件が発生して以来溜まっていたストレスが発散できたらしく、間に割って入った私は胸を撫で下ろす。

そこへ由未と火村が戻ってきた。彼女の機嫌は直っていて、警察の質問攻めやマスコミから店にかかってくる電話の対応などで募っていた鬱然《うつぜん》としたものを吐き出して、すっきりしたと言う。

光石夫妻は、その相手をさせられた犯罪学者に二度三度と頭を下げた。

「そんなことはいいんですけれど」火村はジャケットの襟についた埃《ほこり》を払って「由未さんと話している最中に電話があって、警察の方が私に会いにくるそうです。部屋に上がってもらってもかまいませんか？　秘密を要する話になりそうなので」

律儀に許可を得ようとする彼に、静世が「もちろんです」と承諾した。そこへちょうど車が到着した音。

6

小さな捜査会議の場に選ばれたのは、私の部屋だった。チェックインしたばかりで散らかっていないから、という理由で火村が決めたのだ。

「オーベルジュの客室というのに入ったのは初めてなんですけど、きれいやないですか。窓の向こうには緑がいっぱいで気持ちがいい」

部屋に入るなり、南波警部補は感心したように言った。女性客に受けそうな淡いパステル調の壁紙とカーテン、高価ではなさそうだが趣味のいい丸テーブルと椅子。シーツの白さが眩《まぶ》しいベッド。広さも満足なものだが、大の男三人が集まると狭苦しく感じるのはやむを得ない。

南波に椅子を勧めて、火村と私はベッドに腰を降ろした。急いで伝えたいことができたらしいが、はたして何だろう？

「関係者の聞き込みをして回ったそうですが、収穫はありましたか？」

持ってきた情報を出す前に、警部補は訊いてきた。

「矢作萌がベートーヴェンの『田園』で雷鳴に対抗していたことぐらいですね」

火村の答えに、南波は苦笑いする。

「何ですか、それは？　雷嫌いだからといって、犯人ではないという証明にはなりませんね。そんなものはすぐに通り過ぎたんですから」

南波が何を伝えにきたのか、私は早く知りたかった。渡瀬信也に関わることだと予想する。

「ここにくる前に、白布施正都と会って話してきました」

〈レヴリ〉に直行するつもりだったのだが、たまたまホラー作家が郵便を取りに出ているのを見掛け、車を停めたのだと言う。

「渡瀬信也の高校時代の一件についてぶつけると、あの先生、のけ反っていましたよ。『本当ですか？　信じられません』と大変な驚き様で、そんな過去はまったく知らなかったそうです」

極上の悪夢の提供者としてアシスタントに採用したのだから、彼の経歴などどうでもよく、本人が語りたがらなかったので問うてもいなかったのだ。

「『たとえありのままを聞いたとしても、犯罪に手を染めたわけでもないし、彼を雇って同じように働いてもらいました』というのが本人の弁です。『ずっと隠し事をしているのは、精神的に負担だったはず。打ち明けてくれたらよかったのに、そうしてもらえなかったのは僕の人徳のなさでしょう』とも」

白布施と会ったら悄然《しょうぜん》としていそうだ。

「南波さん、本題に入っていただけますか」と火村が促す。

「はい。沖田依子が、高校卒業後にも渡瀬信也と接触を持っていたことが確認できました。それを示す証拠が見つかったんです。――おっ、有栖川さんが頷いてますね」

「高校時代に親しかったというだけでは、渡瀬が最期を迎えた家に泊まり込み、ごそごそと捜し物をしたりしないでしょう。もっと濃い関係があったに違いない、と思っていました」

「捜査員らが当時のクラスメイト五人と面会して話を聞くことができたんですが、そこで出てきたのは『仲のいい友だちという程度だった』という証言ばかりでした。彼が父親を刺して死なせるという悲惨な事件があった際、沖田は深い同情を寄せて、寛大な措置を求める署名活動にも参加したそうです」

　火村が細かなニュアンスを確認する。

「『仲のいい友だちという程度』は、どういうものなんでしょうね。恋仲ではなく、互いに同性の友人のように接していた、ということですか?」

「まさにそうです。被害者の姉も話していたとおり、沖田には入れ代わり立ち代わりボーイフレンドがいたようですから。沖田依子と母恋信也については、『どう転んでも恋人同士にはなりそうもない二人で、同性に生まれていたらきっと親友になっていた』という証言もある。事件前から母恋は内向的で物静かな少年。沖田は一見おとなしそうに見えて実は活動的で物怖《ものお》じしない性格だったのですが、性格が違うから惹かれ合うこともあります。得意科目も違っていて、相手が苦手にしている科目を教え合ったりもしていたということです」

　微笑ましいばかりではないか。

「母恋の事件は、沖田をひどく傷つけたでしょうね」

「ええ、彼女が受けたダメージは相当なものだったと想像できます。事件そのものもさることながら、その後に顔写真と名前のリーク騒動がありましたから」

署名運動にも加わった沖田だが、正当防衛であるとして信也が裁きを免れた後、渡瀬と改姓した彼との友情に終止符が打たれる。彼が連絡先も告げずにいずこかへ転居してしまったからだ。苦しく孤独な時にこそ友人を支えにすればよさそうなものだが、彼はすべてを捨て去りたかったのだろう。深刻な厭世《えんせい》の気分に沈み込んでいた故《ゆえ》か。

「右と左に運命が分かれて、彼と彼女はそれぞれの人生を送ります。その後、歳月は流れて……。時期と場所は不明ですが、二人は再会しています」

「南波さんはさっき、彼らが接触を持っていた『証拠が見つかった』と言わはりましたね。どこから何が出てきたんですか?」と私は急《せ》かす。

「沖田の部屋から、古い携帯電話が見つかったと署でお話ししたでしょう。あの中に残されていたメールです。二〇〇九年六月の時点ではやりとりをしていました。両名が東京にいた時期ですから、あちらで出会ったと推測されるんですが、精読しても彼らが再会したのがいつなのかは特定できません」

「再会してからは、どんな関係やったんでしょうね」

「高校時代のままのようですよ。恋愛感情のようなものは読み取れません。先生方に見分していただくため、内容をプリントアウトしたもののコピーを持参しました」

警部補が提げてきた鞄《かばん》から紙の束を取り出したので火村が受け取り、彼が読み終えたものをこちらに渡してもらって目を通していく。

渡瀬信也からの最初のメールが受信されたのは、二〇〇九年六月一日の午後十時八分である。

〈お疲れさま。飲み会はどうだった？　二日酔いにならないところで自制していますように。〉

その三十分後。

〈それで会費５０００円はないなー。幹事が抜いてるんじゃないの？　もうそいつが仕切る飲み会には出ないほうがいいぞ。〉

飛んで六月九日の午後十時二十七分。

〈こんばんは。一ヵ月ぐらい前のメールに書いてたお坊さんの名前、思い出した？〉

何のこっちゃと思ったら、その十分後のメールで謎が解ける。

〈明恵《みようえ》ね。なんか字だけ見たら女の子の名前みたいだな。サンキュ。その人についての本を探して読んでみるわ。〉

さらにその十分後。

〈高山寺《こうさんじ》なんてお寺は初めて聞いた。京都に遊びに行くことがあったら、ついでに寄ってみようかな。ありがとう、おやすみ。〉

明恵上人は鎌倉《かまくら》時代の高僧で、華《け》厳《ごん》宗中興の祖だ。ここから直線距離にして十キロ余りの栂尾《とがのお》に高山寺を創建している。十九歳から没する前年の五十九歳まで四十年近くにわたって自分が見た夢を『夢記《ゆめのき》』に書き遺したことでも知られている。

どんなきっかけだったのか、沖田がそのことをメールに書いて送り、渡瀬の興味を惹いたようだ。悪夢に悩まされてきた彼だから、夢への関心が強かったのだろう。

歌人としても高名だったかの上人が詠んだ歌を一つだけ暗記している。とても覚えやすかったからだ。——〈あかあかやあかあかあかやあかあかや　あかあかあかやあかあかや月〉。平仮名の連なりが異様だが、鋭くオチる小説のようでもある。聴覚的にも普通ではないので、夜、耳許で朗詠するのはやめて欲しい。

克明な夢日記を書き続けた人、というだけでこの上人を知っている者もいる。夢を記録している酔狂な人はたまにおり、横尾《よこお》忠則《ただのり》にも『私の夢日記』という著書があるが、何十年間も記録を続けた人物は、明恵の他には十九世紀のフランスの中国学者、エルヴェ・ド・サン＝ドニ伯爵ぐらいしかいないそうだ。

送信記録には、渡瀬のメールに対応するものが遺されている。バイト先の仲間と居酒屋に飲みに行ったら料理の質も量もお粗末だった、と彼女はぼやいていた。

夢日記に関する応答の後、メールは五往復しているのだが、いずれも内容は他愛もなく、間隔がひと月からふた月も空いていて、およそ恋人同士のやりとりとは思えない。一日を終える前の半端な時間に、暇潰しに書いたようなものばかりだった。

時期的には、沖田が渡米するよりずっと前。東京で色々なバイトをして独り暮らしをしていた頃だそうで、渡瀬が白布施と出会う前年だ。身辺の愚痴はあっても悩みの相談などはないので、ごく浅い付き合いと見るしかない。学生時代のことも出てこないのは、懐かしさより悲しみを誘うからだろうか。

二人が交わした最後のメールは同年十月二十三日。

〈本当にごめん。最近、いやな記憶がいっぱいあふれてきて、夢にまで出てくる。沖田さんの責任にするのは申し訳ないけれど、つらくなってきたから、ぼくのことは忘れてほしい。ふたりで学園祭の準備をしたことだけ、想い出にする。元気でね。沖田さんの幸せを心から祈ってる。カ

ウダカウダ！〉

　二十分後に沖田が返信。

〈気にしなくていいよ。元気でがんばってるのがわかって、うれしかった。メル友になろうなんて、無理させてたみたい。ごめんなさいね。昔みたいに、長い長いメールが読みたかった。わたしの知らないどこかで幸せになってね。カウダカウダ！〉

　私は、しんみりとしてしまった。文面からすると、沖田とつながっていること自体が渡瀬に痛みを与える事態となり、二人は連絡を取り合うことをやめたらしい。切り出した彼も、訣別《けつべつ》を乞われた彼女も猛烈に淋しかったはずだ。この後、送受信の履歴に渡瀬信也の名前は一つもない。

「これでは小説の最後の部分だけを読んだようなものですね」

　最後の一枚を私に送りながら、火村は顔を顰《しか》めた。彼が言わんとするところは判る。

「彼女の自宅から見つかった古い携帯電話は一台だけなんですね？」

「はい。先生がおっしゃるとおり、これだけ読んでも二人の間にどんな物語があったのか、全容は見えてきません。ラストシーンは収められているようですが」

「二人の間にどんな物語があったか……。南波さんも洒落た表現をしますね。ラストシーンは別れのようですが、この間の部分が知りたい」

　火村は、唇の端をぼりぼりと掻いた。私だってそこが知りたいと思うが、どんな結末に至ったか判るだけでも価値がある。

「どこかで出会うて、暇な時にメールを交換する緩い付き合いが始まったんやろう。で、渡瀬の感情が沖田を受け容《い》れかねるようになって、連絡を取るのをやめた。それが物語の概要や。お前はどこまで読めたら満足なんや？」

「情報の欠けた部分に事件に直結するような事実が書かれていたかもしれないんだから、この形では満足しかねる。もちろん、これだけでもないよりはありがたい。二人が高校を卒業してから音信不通のままではなかった、ということが確定した」

「ええ、それは大きい」と南波。

欠けた部分を推理で補えないものだろうか、と全文を再読してみた。ヒントになるような箇所はなく、二人が最後のメールに揃って記したカウダカウダという言葉だけが謎として残った。

「二人の間だけで通じる符牒《ふちょう》か。方言めかして『買おう買おう』と囃《はや》しているみたいやけど、そういう意味やったら文脈に合わん。『さようなら』『お元気で』あたりが妥当なんやけど、それがカウダカウダになる理由は――」

どうぞ、と火村に答えを促したが、にべもなく「知るか」と返ってきた。南波は考えるのも放棄している。

「お気に入りの漫画やアニメに出てきたのか、漫才やコントに由来するのか、何かの冗談や言い間違いがきっかけで生まれた言葉なのか、正解はこの二人にしか判らないんでしょう。つまりは永遠の謎です」

「カウダカウダという一語の中に事件を解くための重大な何かが織り込まれているとも思えませんが、もしかしたら学生時代のエピソードにちなむんやないですか？　心当たりがないか同級生にも話を訊いてみたらどうでしょう」

「なるほど」と警部補は応えたが、気乗り薄なのは見て取れた。

火村が質問を繰り出す。

「この携帯電話に保存されていた写真の中に、渡瀬、あるいは二人が一緒に写ったものはありましたか?」

「一枚もありませんでした」

「彼女は、その携帯電話をいつまで使っていたんでしょう?」

「二〇一三年の十二月です。その後はスマートフォンに買い替えています」

「でも、そのスマホは見つかっていない」

「はい。殺された後で、犯人が持ち去ったものと思われます」

「渡瀬とのメールが残っている携帯より前に使用していたものは自宅になかったんですね?」

「ありません」

「愛着があって古い携帯が処分できない人は多いようですが、沖田もそうだったとしたら……どうして手許に一台しか残しておかなかったんだ?」

最後は独白だが、私が応えてやろう。

「使《つこ》うた携帯を全部手許に置いておくとは限らんやろう。他の古い携帯が自宅になかったとしても不思議やない。愛着が深かったものだけを残しといたんやないか?」

「かもな」

メールのコピーに出てくる名前のうち、私たちが知っている名前は渡瀬信也の他には姉の木部恭子だけだった。それらにも目を通してみたが、どうということもないものばかりで、そのうちのどれかが捨て去りがたくて当該携帯を処分できなかったわけでもなさそうだ。実物を見てはいないが、電話本体のデザインが好きだったのかもしれない。

南波は大きな手を膝《ひざ》の上で組む。

「ご報告が遅れましたが、例の弓と矢が凶器であるという鑑定結果が出ました。火村先生が早々に推察なさったとおりです。大泉が、沖田と同じ場所にいたことも間違いありません。現場で採取された毛髪の中に大泉のものが交じっていました」

「殺されたのは沖田が先だということは立証されましたか？」

「両名が殺害された時間はかなり接近しているようで、せいぜい一時間ぐらいの差しかないのでは、ということです。どちらの死が先だったのか、法医学的には断定しかねます。しかし、沖田に続いて大泉という順であったことは、現場検証等によって明らかになりました。沖田が流した血を、大泉が踏んだ形跡が認められたからです」

「沖田が先、大泉が後」

呟いてから火村は黙り、床の遠い一点に視線を固定した。これまで入手したデータの数々を高速で分析し始めたらしい。結論を出そうとするのはまだ早いのではないか、と私は思う。いくらかの新情報を引き出せはしたが、解決への道標となってくれそうなものは乏しい。

もしや、と思って彼に尋ねる。

「お前、さっき由未さんと外でどんな話をしたんや？　大事なことを聞き出しておきながら独り占めしたらあかんぞ」

ぶっきらぼうな声が「してねぇよ」と答えた。

「訊きたいことがあったから、あの子のあとを追うてロケットみたいに飛び出したんやろう。取り乱したお嬢さんを宥《なだ》めたり慰めたりするためやない。違うか？」

「違わない」

「どんな質問をした？」

私がしつこく訊くので、彼は思考に集中するのをやめるしかなくなった。助手としての存在理由が問われそうだ。

「何か話しかねていることがないかを質しただけだ。ぼそぼそと打ち明けてくれたのは、ただ一つ。渡瀬信也が好きだという気持ちがまだ消せない。『相手が生きていたら好きでいることに飽きたりもできるけれど、死んでしまったせいでそうならない』と。去る者は日々に疎し、とはいかないようだ」

「ほんまにそれだけ？」

「事件の夜のことも訊いたさ。そっちは『すぐに寝たので何も話すことはありません』だった。俺は何かを独り占めするということができない性分だ」

「自分をええように言うやないか。今後、そういう男と信じて付き合うわ」

南波の頭越しの会話になっていたので、由未が渡瀬に寄せていた好意について私から説明する。興味をそそられたようで、早速に警部補は手帳にメモをしていた。火村が顔を上げる。

「現場検証で他に判ったことはありませんか？」

「報告が上がってきません。沖田が捜していた何かが残っていないかについても徹底して調べているんですが、それらしきものも出てこず。もともと存在しなかったのか、犯人が持ち去ったのか」

第三の可能性もある。

「沖田が見つけて処分してしもうたんやないですか？」

「もしそうだったら、それが何だったかは判らず終《じま》いということです」

「それも永遠の謎……やないな。犯人を捕まえて吐かせることができる」

火村がゆらりと立ち上がり、誰にともなく言う。

「夢みたいに混沌《こんとん》としていて、無茶苦茶に散らかっている。おそらくは犯人が利口で答えが見えないんじゃない。散らかっているだけだ」

いつにないことで、南波が呆《あき》れたように見上げていた。

「凶器の弓矢。切られた右手首と左手首。血染めの手形。落雷で倒れて道をふさいだ大木。空き家の地下収納庫で見つかった死体。大音量のベートーヴェン。渡瀬信也の過去。沖田依子が捜していた何か。——畜生、不揃いな積み木みたいだな。うまく組み立てられるかどうか……」

犯罪学者は人差し指で唇をなぞっていたが、険しい目で南波に言った。

「ちょっと失礼して、自分の部屋にこもります。頭の中を整理するために」

つかつかと出て行く背中を、警部補と私は見送るよりほかなかった。

7

自室にこもり、独り静かにもつれた事件を解きほぐす作業に没頭したいという火村の希《ねが》いは、柳井警部から南波警部補にかかってきた電話によって潰《つい》えた。いかに推理が佳境に差しかかっていようとも、大急ぎで部屋を飛び出さざるを得ない発見があったのだ。

南波の車に同乗して、火村と私はその現場へと急行する。場所は、沖田依子が非業の死を遂げた猥ハウスと大泉鉄斎の死体が床下から見つかった空き家のほぼ中間あたりの林の中だった。木々の間に見え隠れする捜査員らの中には、小柄な柳井の姿もある。

車道から二十メートルばかり分け入った現場は、事件後に雨が降ったため、犯人が足跡を遺していたとしてもきれいに洗い流されてしまっている。

「現場からそう離れておらず、足を踏み入れやすいこの一帯だろうと見当をつけて捜していたんです。金属探知機が反応して、案外、早く見つかりました。二つの現場の真ん中あたりに穴を掘って埋めるとは、犯人も芸がない」

警部は、木陰に潜んでいる空想上の犯人に聞かせるかのようにせせら笑った。確かに安直ではあるが、私が犯人だったとしても同じ行動を取ったであろう。車を走らせて遠くに捨てに行こうとしたら、当節のことだからどこかで防犯カメラに撮影されてそこから足が付きかねない。そして、穴を掘る作業は雷雨から間もない頃、地面が柔らかくなっている時に行なわれたはずだから、犯人は労力を節約できただろう。

直径およそ三十センチ、深さ五十センチ弱の穴から掘りだされたものが、青いビニールシートの上に並べられている。グロテスクな眺めと言うよりなく、さながら悪魔が開いた小さな露店だ。並んだものは、右から順に血の付着した包丁、女のものらしき右手首、男のものらしき左手首、執拗《しつよう》に破壊された携帯電話が二台とスマートフォンが二台。

火村は黒い手袋を嵌めながら屈《かが》み込んで、それらを一つずつ吟味していく。女の右手首は五本の指の先がすべて焼け焦げていた。

「死後に火で炙《あぶ》られたんだろうな」

彼が呟くのに、私が応える。

「そうであって欲しいわ。彼女が生きているうちにこんな目に遭《お》うたと考えとうはない」

「生きながら拷問のようなことをされたんだとしたら、身動き一つできないほどに拘束されてでもいない限り、こうもきれいに指先だけ焼け焦げない。死後に受けた仕打ちだということは、生活反応を調べればはっきりするさ」

「死んでからやったとしても、なんでこんな惨《むご》いことを？」

「アリス、見ろよ」

犯罪学者はその手首を取り上げて、私の顔に無造作に近づける。探偵助手としては乗り越えるべき試練だ。

「この炙り方は指紋を消すためじゃない。指の先というより爪の先が焦げている。俺が推察するに、犯人は被害者の爪と指の間にあるものを始末したかったんだ。たとえば、自分の皮膚片」

「犯行の際、被害者にどこかを引っ掻かれて、皮膚片が遺った？」

「遺ったかもしれない、と考えて証拠隠滅を図ったんだ」

「そうやとしたら、被害者が引っ掻いたんは衣服から露出してる部位やな。けど、顔や手首に派手な傷をつけてる関係者はいてないぞ。矢作萌の手にあったんは擦過傷やし」

「犯人が不安を感じただけで、そう派手に引っ掻いたのではなかったのかもしれない。一日二日もすればほとんど消えてしまう程度の傷だったとも考えられるし、外から見ただけでは判りにくい部位に爪を立てられた可能性もある」

「外から見ただけでは判りにくいって、どこや?」

火村は頭髪をゆっくりと掻き回した。なるほど、頭皮をわずかに剝《は》がされたというケースもあるか。

「しかし」南波が言う。「先生のおっしゃるとおりやとしたら、犯人は相当用心深い人間ですね。爪の間に残留したDNAを鑑定できないようにするために指先を炙るだけでは足りず、ご丁寧に手首を切って土に埋めるとは。そこまで科学捜査を恐れる犯人はミステリの愛読者でしょうか。——ああ、有栖川さんの前で失礼」

火村は切断面をとくと見てから、手首をビニールシートの上に戻した。

「ミステリを読まずとも犯罪捜査を扱ったドラマや映画で知識を得られるし、ふだんから犯罪報道を熱心に見ていたので『用心に越したことはない』と思ったのかもしれませんよ。にしても、手間を掛けすぎていて妙ですが」

犯罪学者にミステリ作家と愛読者がかばわれた恰好だ。今度は柳井が口を開く。

「沖田の右手首が切り落とされていた理由は、そういうことかもしれませんが、大泉の左手首が切られたのはどういう事情によるものでしょう?　こちらは火で炙られていません」

その代わり、掌《てのひら》が血でどす黒く染まっていた。火村はこれも手に取って、古物商が持ち込まれた品を鑑定するように見つめる。血で汚れている以外に変わった点はなさそうだ。

「ノー・アイディア。こっちについては見当がつきかねます。——どう思う?」

また私に手首が突き出されたので、義務を果たしてから答えた。

「ノー・アイディアや。この手の元の持ち主が生きてたら、そろそろ爪を切った方がええと忠告したやろうな。――ところで、これが沖田と大泉のものであることは確認できたんですか?」

柳井が苦笑を浮かべる。

「掘り出したところですから、まだそこまでは。有栖川さんも厳しい態度で捜査に臨んでいますね。これが沖田、大泉の手首でなかったとしたら私の頭はパニックで、耳から白い煙を噴きそうです」

私にしても、第三第四の被害者がいるのでは、と疑ったわけではない。尋ね方がよくなかったようだ。

「これが道具か」

残留しているかもしれない指紋の保存を意識してか、火村は包丁には手を触れない。どこの台所にもありそうな品で、獏ハウスから持ち出されたものだと思われる。白布施に見てもらえば判るかもしれない。

「問題は、こいつですね」

火村が大きな関心を寄せたのは、都合四台の電話機だった。犯人がこうも徹底的に粉砕したのは、そこに残されている記録をこの世から抹消したかったからに違いない。あたりには手頃な大きさの石がいくつか転がっていたから、そのうちの一つを繰り返し打ちつけたのだろう。

「電話会社に依頼したら通信記録は突き止められるから、電話機を壊しても無駄や。DNA鑑定を恐れた犯人は、そっちの知識は欠けてたんかな」

深く考えずにそこまで言ったところで、そうではないことに気づく。

「いや、いつ誰と通信したかが問題やない。それ以外の何か。ここに残ってた写真かメールを人の目に触れさせたくなかった、ということか」

「だろうな。犯人につながる決定的な何かが残っていたとしても、ここまで壊されてしまったら引き出せない」

「犯人が消し去りたかったものは何や？　推理せえ」

「する」

とはいえ、火村にしてもヒントなしで即座に仮説を組み立てられるものではない。彼の答えを待たず、私の疑問は電話機の台数に移った。

「なんでや。なんで四台もある？」

二台のスマホは沖田と大泉が所持していたものだとして、もう二台の携帯電話の出所が判らない。二人の被害者が二台ずつ電話を持ち歩いていたという可能性は低いだろう。

ぐちゃぐちゃになった電話機を順に調べていた火村は、銀色の端末を裏返して何かを発見したらしい。覗き込むと制服姿の女の子が二人写ったプリクラのシールが貼ってあり、一人は沖田依子のようだった。

「二台の携帯電話は沖田のものだろう。こっちには彼女の写真が貼ってあるし、もう一つは色が明るいピンクで大泉のものとは思えない。両方ともかなり古い機種だな。シールが貼ってある方はアンテナがあって、今はもうない通信会社のロゴ入りだ」

「友だちと撮ったプリクラからして、高校時代に使《つこ》てたものやろうな。もう一台のピンクはその後続機っぽいぞ」

「この三台と彼女の自宅にあったものとを合わせたら、歴代の電話がすべて揃うということか」

妥当な推測だ。何故古い二台を持って貘ハウスを訪れたのか、何故もう一台は家に置いたままだったのかが解せないが。火村もその理由を考えていた。

「古い二台はここへ持ってくる必要があったんだ。必要になるかもしれないと予想していた。どういう事情があって沖田はそう考えた？　電話に記録されている何かと、ここにあるかもしれない何かを照合するため？　あるいは……」

「あるいは何や？」

彼は答えず、地面に片膝を突いて色とりどりの電話機の残骸《ざんがい》に視線を注ぐ。柳井や南波だけでなく、周囲の捜査員たちもそんな火村の様子を窺っていた。

足音がしたので振り向くと、白布施正都がこちらにやってくる。柳井が報せたのかと思ったがそうではなく、警察車両が何台も駐まっていたのでブレーキを踏んだという。

「街へ買い出しに行こうとして通りかかったんです。何か見つかりましたか？」

江沢と私を亀岡駅まで迎えにきてくれた時の象牙《ぞうげ》色のバケットハットをかぶっている。街に出る際のスタイルなのか。

「ちょうどよかった。先生にもご覧いただこうとしていたんです」

南波の説明を受けたホラー作家は難しい顔で歩み出て、ビニールシートの上のものを見つめた。強い義務感に駆られているように見受けられる。

「この包丁に見覚えがあるか、というお尋ねですけれど、自信を持って答えられません。自分が日常的に使っているものならいざ知らず、渡瀬君の家にあったものについてのご質問ですし、包丁なんてどれも似たりよったりですからね」

「そうですか。――このほっそりとした手首は沖田依子のものと思われます。何か気がついたことはないでしょうか？　指輪がなくなっている、だとか」

「指輪をしていたかどうか記憶がありませんね。気がついたことと言われても、特に何も。……指先が焼け焦げているようですが、それは何が原因ですか？」

「犯人のしわざでしょうかね。これから調べます」

「そちらの壊れた電話も一緒に見つかったんですね。どうして電話がざくざく出てきたんでしょう？」

南波が「これから調べます」と繰り返すと、白布施はやや不満そうだった。そう適当にあしらわず、もう少し説明してくれてもいいだろうと、言いたげだ。

「これらの電話機のうち、三台は沖田さんが所持していたものと思われます。データは破損してしまっても、指紋を調べれば確認できるでしょう」

それを聞いた白布施は、発言者の顔を見た。

「どうして彼女は三つも電話を持っていたんですか、火村先生？」

「愛着ある想い出の品として使い古した電話機を手許に置く人は珍しくない。通常、持ち歩いたりはしないでしょうが。――ここにある電話のいずれかに見覚えは？」

「いいえ。沖田さんが僕の前でスマートフォンだの携帯電話だのを取り出す場面は一度もありませんでした」

「そうですか」

火村がまた手首をいじりだし、白布施は顔をそむける。生首が宙に飛ぶシーンを小説に書くのは平気でも、切断された現実の手首は正視に堪えないのだ。

「お役に立てないようですし、惨たらしいものに耐性がありませんから、この場から離れてもかまいませんか？　ショックの連続ですよ。さっき警部補から伺ったお話からの動揺がまだ収まっていないのに」

白布施は掘り出されたものに背を向け、五メートルほど車道の方角に歩いたが、立ち去ろうとはしなかった。私はその傍らに移動する。

「大丈夫ですか？　ご気分が悪いのなら無理をすることはありません」

「ありがとう、有栖川さん。首に矢が刺さった死体に比べれば手首ぐらいどうということもないんですが……。渡瀬君のことが衝撃的だったもので、精神状態が乱れています」

「そんな状態で車を運転するのは危険です。どうしても要るものがあるのなら、私が買ってきますよ」

「急ぐ買い物ではありません。好みのコーヒーが切れかけているので、気分転換も兼ねて下界の空気を吸いに行こうとしただけです。有栖川さんの忠告に従って家に引き返しましょう。確かにこういう時に運転すると、ろくなことはない」

私たちのやりとりが耳に届いたようで、柳井が言う。

「お宅に戻っていただいて結構ですよ。尋ねたいことがあれば、こちらから出向きます」

白布施に付き添って車道に戻りながら、私は心を乱している男に訊かずにはおれない。

「渡瀬さんの過去について、まったくご存じなかったんですか？」

「ええ。おくびにも出しませんでしたから」

「母恋という旧姓を聞かれたこともない？」

「ありません。彼は、ひた隠しにしていたんですよ。その心情を想像すると、何だか自分にも彼を苦しめていた責任の一端があるように思えます」

「どうして白布施さんがそんなものを感じるんですか？」

渡瀬の面前で、相手の過去を知らぬまま少年犯罪や匿名報道に関して厳しい意見を述べたことでもあるのかと思ったが、そうではない。重い秘密を抱えた苦衷を察して、告白するように持っていけなかったことを不徳と感じているらしい。

「もしも、彼がありのままを白布施さんに打ち明けていたら、その時はどんな態度を取りましたか？」

車道に出たところで非礼な質問をすると、迷いのない答えが返ってきた。

「どんな罪を犯したにせよ、更生しようと真面目にがんばっていたのなら受け容れてやらなくてはなりませんが、正直なところ、遊ぶ金が欲しくて強盗殺人を働いたことがある、と言われたらそばに置く気が失《う》せたかもしれません。しかし、彼がやったのはそんなことではない。結果は重大ですが、父親の暴力から母親を守ろうとして偶発的に起きた悲劇で、事故に近い。渡瀬君は恐ろしい殺人者どころか、同情されるべき被害者ですよ。彼をいたわり、より大事にしたいと思ったはずです。この気持ちに嘘偽りはありません」

真摯《しんし》な表情を見て、率直な想いだと受け取った。

「よく判りました。火村にもそう伝えておきます」

「お願いします。――しかし、渡瀬君の過去が今回の事件に関係しているんでしょうか？　今になって何故……」

「まだ見えていませんけど、どこでどうつながっているか判りません」

ふっと白布施が笑ったので、警察や私たちを嘲《あざけ》っているのかと思った。

「謎だらけの事件を解く面白さを小説に描いてみたかったんですけれど、僕にはできそうもないな。ミステリを一本だけ書いて引退なんて考えたのが恥ずかしい。やめにします」

「引退を、ですか？」

「ではなく、ミステリを書くことです。一昨日《おととい》の夜、ほんの少しだけ有栖川さんに話したら反応が芳しくなかったし」

「いえ、そんなことは――」

「言い繕おうとしないでください。何だかつまらなそうだな、と肌で感じました」

誤解だと訴えたが、取り合ってくれない。白布施はもう笑っていなかった。

「ミステリを書く計画は破棄する代わりに、新たな目標を立てます。引退する前に、渡瀬君のことをよく調べた上で書いてやりたい。彼が味わった悲しみや苦しみ、喜びや幸せを、何らかの形で。事実をありのままに書くのに差し支えがあったり、スキャンダラスなモデル小説として注目されたりしそうだったら、天国の彼にだけ伝わるように書く手もある。生きている間に何もしてやれなかったことへのせめてもの償いです。渡瀬信也の墓碑銘を書いてやること。今となって僕にできることは、それぐらいしかない」

車のドアを開ける手を止め、彼は言う。

「渡瀬君と沖田さんの関係について、何か判ったことはありますか？」

どこまで話していいものやらと思いつつ、やはり恋人同士という間柄ではなかったらしいこと、渡瀬が白布施のアシスタントになる前年に二人は再会したがすぐに連絡を絶ったことを話して聞かせた。

「どっちを向いても濃い霧ですね。羅針盤はなく、船は海原に漂うのみ。——ああ、ちょっと失礼」

白布施はスマホを出して、かけてきた相手に「うん……うん」と応えだす。通話はものの二十秒ほどで終わった。

「江沢さんからですよ。〈レヴリ〉で夕食を摂《と》らないか、と。彼女もご苦労なことです」

「明日には片桐さんと交代するそうですけれど」

「それだって無用の気遣いですよ。片桐さんが手掛かりを運んできてくれるわけでもないし、彼だって忙しいのに」

夕食は七時半からとのこと。それを言い残して、彼は車に乗り込んだ。

林の中に戻ってみると柳井と南波が何やら話し込んでいて、火村は離れたところをうろつき回っている。捜し物をしているわけではなく、歩きながら考えているようだ。白布施とどんな話をしたかを伝えるのは、あとにしよう。

五分が経過した。なおも行ったり来たりしている男に近づき、声を掛ける。

「頭の中は、まだ散らかったままみたいやな」

「アリス、いたのか」

不思議そうな顔をされる。

「いてるわい、さっきから」

「散らかってるかって？　整理できたさ。一応はな」

煮え切らない回答だ。

「一応は、って……妖精からのメッセージは届いたんやな？　どんな内容だったのか聞かせてくれ」

「まだだ。検証させてくれ」

説明しようとしたら、片づけたものが崩れてしまいそうなのかもしれない。私も小説の構想を練る過程でそうなることがある。沈黙に入ったかに思えた火村だが、ぼそりと言い添える。

「この事件において、おそらく犯人の思いどおりになったことは一つもない。何もかも尋常じゃない散らかり方をしていた。必死でもがいた結果がこれなんだ」

そう言って、視線をビニールシートの上に投げた。

8

その夜の〈レヴリ〉には矢作萌もやってきて、事件の容疑者と目される人間全員が顔を揃えることになった。矢作は食事の支度をする気力もないと言っていたが、自分だけが家にこもっているると大事な情報を聞き逃してしまう、と心配したのかもしれない。

光石燎平によると、事件前からここにいた弓削と江沢と私を例外として、昨夜から〈レヴリ〉

は開店休業状態で、明日の夜に馴染《なじ》み客から入っていた予約もすべて断わったという。報道関係者をシャットアウトするための措置なのだが、いつまでもこんなことが続いたら商売は上がったりだ。

「昨日もそうでしたが……皆さん、ディナーというご気分でもないでしょうし、家庭料理でご勘弁ください。よい食材をひと工夫してお出しいたしますので」

静世は申し訳なさそうにしていたが、凝った料理を供さないのは配慮というものだ。美食を楽しむのが不道徳に思えて、ご馳走《ちそう》を出されたらかえって食欲が減退してしまうだろう。

それにしても奇妙な晩餐《ばんさん》と言うしかない。ここでテーブルを囲んでいる中に隠された貌を持つ者、二重殺人の犯人が紛れ込んでいるようなのだ。口にこそ出さないが、みんながそれを意識しながら平静を装っている。

「明日は曇りか雨らしい」

「梅雨明けが待ち遠しいですね」

白布施と江沢が交わしているのは、当たり障りのない会話の見本だ。その横に座った火村と私は、たまに料理についてコメントするだけ。よく自炊する准教授は肉じゃがに感心した様子で

「そうか、味醂《みりん》が違うんだな」とのたまった。

矢作が独りだけで食事をするのを見かねたのか、弓削は「ご一緒してもいいですか?」と同じテーブルに着いていた。話が弾む場面ではないが、ゲーム・クリエイターはうまく話題をつないでいるようだ。

「矢作さんが美大で日本画を専攻していたとは意外です。聞いてみないと判らないものですね」

「日本画には懲りました。才能がないのに気づいたのは卒業制作に入ってからです」

空々しさがこの場に充満している。誰かが爆弾発言をする気配もなく、こんなことなら八時からの捜査会議に出席してもよかったのでは、と思うのだが、火村はここで食事をすることを優先した。会議で明らかになったことは南波が電話で報せてくれるという。食事が始まる直前に、「二つの手首の持ち主は沖田依子と大泉鉄斎で、死後に切断されたものに相違ない。ルミノール試験の結果、弓に血液が付着した形跡なし」という速報だけが入っていた。ルミノール反応の有無は、火村が確認を求めたものだ。

捜査会議に出ないことにした火村には彼なりの考えがあるのだろう。しかし、すでに犯人の見当がついていて、その言動をこっそり窺っているのだとしたら空振りに終わりそうだ。おいしい夕食だけが収穫か。

弓削たちのテーブルからの声。

「お疲れみたいですね。夜はちゃんと眠れていますか?」

「寝つきはよくありませんね。睡眠時間は取れているはずなんだけれど……夜中に外を散歩しているのかしら」

「あ……、いえ、そういうつもりで訊いたんじゃありません」

「ええ、判っていますよ。面白い人ねぇ、弓削さんは」

豆やズッキーニがたっぷり入った煮込みをスプーンですくいながら、火村はそんなやりとりにも耳をそばだてていた。目の微かな動きで察せられる。

「早く枕を高くして寝たいですね」

弓削の発言は危ない方に接近しているな、と私が危惧《きぐ》した次の瞬間に、矢作はみんなが見て見ぬふりをしていた扉を開く。

「渡瀬さんのこと、驚いたわ。大ニュースの主役だったことがあるなんて」

魔法の杖《つえ》がひと振りされたかのごとく、一座が静かになった。弓削は覚悟を決めた様子で、彼女の言葉を引き取る。

「ボクもびっくりしました。人には思いがけない秘密があるものですね」

「つらい経験をした上に、あの人は悪夢に悩まされていた。眠っている時ぐらい、安らぎがあってもよさそうなものなのに。何の因果かしらね」

苦々しげに言って、グラスのビールを呷《あお》る。彼女だけがアルコールを注文していた。

「ねぇ、白布施さん。ずっとそばに置いていたのに、本当の本当に彼の過去を知らなかったんですか？」

グラス半分のビールで酔いが回ったわけでもないだろうに、矢作は大きな声を出す。それを背中で受けたホラー作家は、振り向いて答えを返した。

「まったく聞いていませんでした。話すきっかけを摑みそこねてしまったんでしょう」

「聞いていなかったとしても、人間観察に長《た》けた小説家なんだからピンとくることはなかったんですか？　彼が話す悪夢に、自分を見舞った悲運を仄《ほの》めかすようなことがあっても不思議はないのに」

もともと相性がよくないということだが、こんなふうに絡んでくるとは始末が悪い。白布施に動じるところはなく、椅子ごと体を相手の方に向けた。

「僕は精神分析の技能を持ち合わせていないので、彼の悪夢に隠された意味に気づくことはなかったし、そもそも頼まれてもいないのに他人が見た夢の意味を解釈しようだなんて下品な行ないだから自分に禁じていた。見識というものです」

「鈍感すぎるんじゃありません？」

白布施を援護したいであろう担当編集者は、下手に割り込んで矢作がヒートアップするのを案じてか、唇を結んでいる。

「鈍い奴だというご批判は甘んじて享《う》けましょう」

彼は椅子の向きを戻し、喉を湿らせる程度にジンジャーエールを飲んだ。

「何にしても、身近な先生にも胸の裡《うち》を明かせなかった渡瀬さんがかわいそう」

語気が和らいだところをみると、矢作なりに感情の高ぶりを抑制しようとしているのだ。弓削がすかさず慰める。

「お気の毒でしたねぇ。だけど、渡瀬さんは寝ても覚めてもつらかったわけではありませんよ。白布施先生のアシスタントという安住の地を見つけて楽しいこともいっぱいあっただろうし、〈レヴリ〉のおいしい料理も味わったし、毎晩悪夢を見ていたわけでもない。それに、今は苦しみのない世界にいます。もう安らかに眠っているんですよ」

厨房《ちゅうぼう》でガチャンと音がした。「大丈夫か？」「はい。久しぶりにやっちゃった」という燎平と由未の声。手が滑って皿を取り落としたようだ。店内のやりとりのせいで、注意が散漫になったのかもしれない。

「江沢さん、月曜日はご出勤ですか？」

私が間の抜けた感じで尋ねたので、彼女は「へっ?」と訊き返す。

「ああ、週明けは会社に出ます。出張が予定より長くなりましたから」

「大変ですね」

それだけ言って食事に戻る。この場の緊張の緩和が目的だったが、もう少し自然な台詞はなかったものか。

「火村先生も月曜日は授業がおありでしょう。お休みなしで、そちらこそ大変です」

「月曜までに解決の目処が立てばいいんですが」

火村が言うと、白布施は咳《せき》払いを一つしてから緊張感を呼び戻す。

「林の中で見つかったアレは、やはり亡くなった二人のものだったんですか?」

アレという表現がかえって生々しい。火村は、答える前に口の端をナプキンで拭《ぬぐ》った。

「すぐに指紋で確認できました。沖田さんと大泉さんのものです」

何が掘り出されたのか、ここにいる者はみんなすでに知っている。隣のテーブルでは弓削が唸り、矢作が眉《まゆ》を顰《ひそ》めていた。

「やはりそうですか。穴を掘って埋めていったということは、犯人はそれが欲しかったわけではないんですね」

「用がなくなったので処分したとも考えられます。――まだ食事中ですから、この話はよしませんか?」

「無神経で失礼しました。控えます」と詫びる白布施。火村に一蹴《いっしゅう》された恰好で、バツが悪そうにしている。

ドビュッシーのピアノ曲を聴きながら、みんなが食事に専念しだした時に、江沢がポケットに手を入れたまま「あ、すみません」と席を立った。どこからの電話か知らないが、忙しいことだ。食後のコーヒーが出ても彼女は戻ってこない。

寛《くつろ》いだ雰囲気になってきたタイミングを見計らっていたように、弓削が白布施に話しかける。明日にでも少しお時間をいただけませんか、と。満を持して『ナイトメア・ライジング』ゲーム化の打診をするつもりなのだ。ホラー作家は承諾し、午後からの面談が決まった。

矢作は火村と話したがる。

「さっき聞いた夢遊病者の事件には驚きましたけれど、火村先生が心配するなと言ってくださったから楽になりました。他にも面白い事件の記録をたくさんご存じなんでしょうね」

などと言われた犯罪学者が、座興でいくつか披露するはずもない。

「警察に協力して、これまでどんな事件を解決してきたんですか？　固有名詞をぼかして、いくつか教えていただきたいわ」

「秘密を保持することを警察に約束しているので、それはできません。聞いたとしても、別に面白くはありませんよ。私のケースブックなんかどうでもいいので、有栖川の小説を読んでやってください」

こっちに誘導しやがった。それでも矢作は引き下がらない。

「有栖川さんの本も読ませていただきますけれど、私は推理小説より実話が好きなんですよ。事実は小説よりも奇なり、というか」

現実はいいよな。どんな出鱈目《でたらめ》をやらかしてもリアリティがない、と叱られることがない。出鰐目ばかりやらかしているくせしやがって。

理不尽なほど急に尿意を催してきたので、私は静かに席を立った。矢作の話し相手は火村に任せる。

奥まったトイレに入ると、細めに開いていた窓から風が吹き込んでいたので閉めようとしたら、江沢の声が聞こえてきた。部屋に戻るのではなく、またスマホを片手に外へ出ていたのか。

「……はい。……そうですね」

うろうろと歩きまわりながら話しているようだ。立ち聞きをする趣味はないのでそっと窓を閉めかけたところで、彼女は耳を疑うような言葉を発した。

「……はい。私はベッドの上ですっ裸ですから。……よろしくお願いします」

言い終えたところで、窓の近くまできた彼女と私の目がしっかりと合う。

絶句する二人。


その二十分後。食後のコーヒーもすませた犯罪学者と編集者は私の部屋にいた。トイレで聞いた言葉の真意について、江沢の説明を聞いた私は笑い転げてしまった。

「そういうことやったんですか。衝撃がすごくて鼻血が出そうでしたよ」

「一点の曇りもなく納得していただけましたね、有栖川さん？　オール・クリアですね？」

昼間は南波が座った椅子に掛けた江沢は、しつこいほど念を押す。まだ含み笑いが止まらない私に代わって、火村が「はい」と答えた。

毎月十日が近づくと、雑誌編集者の忙しさはピークに達する。二十日過ぎに発売する月刊誌の原稿のチェックをすませ、印刷所に送る校了に向けて大童《おおわらわ》となるのだ。思いがけず亀岡出張が延びている江沢は、尻《しり》に火が付きかけていた。頻繁に電話をかけ合っていた相手は、校閲担当者と作家。

「私、ミステリ作家のくせによく日付や時間を間違えるんです。登場人物の名前が途中で変わっていたこともあるし、地元の大阪を舞台にした小説を書いてるのに『地理がおかしい』と指摘されることもあって赤面するんですけれど……。ジャンルが変わると色々あるもんですね」

ようやく普通にしゃべれるようになった。

「有栖川さんを朗らかにできて光栄です。誤解もすっかり解けたようで、ほっとしました」

彼女は、次号で担当している官能小説についての疑問を校閲から示され、それを作者に伝えていたのだ。そのことを懸命に訴える鳩ちゃんを思い出したら、また笑いたくなる。

――担当している小説の矛盾について、作家さんに説明していたんです。作中の〈私〉が男性とベッドインするシーンがおかしい、という校閲の指摘があったので、『〈私〉は二ページ前にもう全裸になっているので、下着を脱ぐ描写を削ってください』と。

若い女性編集者にそんなことを言わせるのはセクシャル・ハラスメントではないのか、と思いかけたが、相手の作家も女性だと聞いて安堵《あんど》する。そんな校正作業もあるんだなぁ、とにやついていたら、「お前、喜びすぎだろ」と火村に咎められた。

「どう手直しされたのかは、次号を読んでのお楽しみです。その件はここまで。ガラガラ」

江沢がシャッターを下ろす手真似をしたので、もう言わない。

「会社に戻ったら校了めがけて仕事が山積みですけれど、有栖川さんもお忙しいんじゃないですか？」

「急ぎの原稿はないので、まだ余裕があります。さっきから、江沢さんはテーブルの上に伏せた紙の束を気にしているみたいですけど、仕事を持ち込んでいるわけやないですよ」

南波が持ってきた沖田依子のメールの記録である。火村が保管しておくべきものだが、二人ともつい放置していた。

「私が見てはいけない捜査資料ですか？」

彼女の勘は鋭い。火村は「はい」と答えた。

「捜査資料であることについてはイエスで、あなたが見てはいけないということについてはノー。沖田さんの自宅にあった古い携帯電話の通信記録のコピーです。渡瀬さんとの間で交わされたメールが遺っていました。極秘文書というものでもありません」

「拝見してもかまいませんか？」

「ご興味があれば」

許しを得た江沢はコピーの束を手に取り、目を通していく。彼女の顔と視線の先を、火村は斜め前からさりげなく見ていた。いささか非礼では、と思ってしまう。

短いメールの往来なので大した量の文章ではない。プロの編集者は読むスピードも速く、表情もないまま次々にページをめくり、すぐに最後の一枚になる。

彼女の唇がわずかに開き、あっ、という形を作った。無音の、あっ。

私でも気づいた反応を、火村が見逃すはずもない。

「何かに驚いたようですね」

江沢は首を振りながら「いいえ」と否定する。

「最後に表情が変わりましたよ。どうしたんですか？」

答えがない。

「警察に逮捕されたわけでもないのに黙秘権の行使ですか。——どこで引っ掛かったんだろう」

火村は問題の一枚を彼女の手から奪い、紙面に目を走らす。そこには沖田と渡瀬の最後のメールだけがプリントされていた。

「反応したのは、おそらく『カウダカウダ！』だ。あなたは、この言葉の意味を知っている。そうですね？」

再びの「いいえ」が掠《かす》れる。

「隠したって、いずれ私は突き止めますよ。あなたは隠し事をするのに失敗した。捜査を進めるために話してください」

「知らないものは知らないとしか……」

突然の波乱に、私は狼狽した。何故、火村が興奮しているのか理解できない。

「もういい。白状したのに等しいから」

「そんな……」

「あんたが犯人だと思っていたよ」

犯罪学者の言葉に、編集者は「違います！」と叫んだ。

第六章　夜の狩り

1

オンボロベンツが夢守荘の前に着くなり、ドアが開いて白布施が現われた。玄関先でのお出迎えとは、私たちを待ちかまえていたかのようだ。

「非常識な時間に訪問して、すみません。しかも、警察と電話をしていたせいで少し遅れました」

「火村先生は時間に厳しいんですね。まだ十一時六分だ。これぐらいは遅刻の範疇《はんちゅう》に入りませんよ」

白布施自身、私と対談する際に五分の遅れを詫《わ》びたが、他人の遅刻には寛大なようだ。

「どうぞ、中へ」

広いリビングに通される。飲み物は断わったのだが、主《あるじ》は全員分の紅茶を淹《い》れてきて、自分のティーカップにブランデーを垂らした。ラベルはフランス語で、コニャックらしい。

「火村先生と有栖川さんもどうですか？」

ボトルが差し出されたが、私たちは遠慮した。

「緊急会見のお申し出を受けて、何事かと思いました。『用件はお目にかかってから』というのは、編集者がよく言うことだ。——でしょう、有栖川さん？」

「私は、あまり言われたことがありません」

「そうですか？　電話やメールで頼むと作家は断わりやすい。だから『お目にかかってから』なんですよ。僕は作家しか経験がないけれど、どんな仕事にも通じるセオリーですかね」

紅茶を啜《すす》って、目を細める。ブランデーの加減が思ったとおりだったのか。

「想像するに、ご用件の向きは事件の捜査状況について、ですね？　きっと内密を要するお話だかご質問だかがあるんだ。三文作家にはそれ以外に思いつきません。――時間がかかりそうですか？」

「ひとコマ分の講義ほど長くはないでしょうけれど。お休みになる時間が遅くなって恐縮です」

「大学のひとコマは一時間半だから……それよりは短かったとしても意外と長いお話なんですね。前置きは省いて、さっそく伺いましょう」

白布施と火村は対峙《たいじ》し、互いに目を見て会話を続ける。脇に控えた私は、張り詰めた空気に身を硬くしていた。

「また新しい手掛かりでも見つかりましたか？」

「それはありません。――遠回りをするようですが、白布施さんの作家引退問題から伺えますか？」

いきなりデリケートな領域に踏み込まれても白布施は泰然としていた。

「およそ事件に関係があるとも思えませんね。お尋ねになるのはかまいませんよ。どうぞ」

「では、引退を決意なさった時期と理由についてお聞かせください」

「三年近く前にハリウッドから『ナイトメア・ライジング』を映画化したいというオファーが舞

い込みました。エンターテインメント作家としては晴れがましいことです。珀友社経由で報《しら》せが入った時、渡瀬君は万歳をして喜んでいましたよ。しかし、僕の心境は複雑だった。何ヵ国語にも翻訳され、ベストセラーになるという恵まれたシリーズではありましたが、そんなに素晴らしいものでもないだろう、という意地の悪い声が頭の内側から聞こえたんです。もう一人の自分というひねくれ者の言葉です」

「ご自身にとって会心の作ではなかったんですか?」

「僕が命を燃焼させて書くべき小説ではありませんね。こんなことは読者や江沢さんの前では言えませんけれど。同業の有栖川さんなら判っていただけるでしょうか?」

共感するのは難しい。

「私は白布施さんのような大きな成功を収めたことがないので、その心理は理解しかねます」

「あなたは僕と違って、自分が読みたいものだけを書いているようですね。『ナイトメア・ライジング』が誰か他の作家が書いたものだったら、僕は何時間もかけて別に読みたいと思わない。ここだけの話ですよ」

真意をいちいち質《ただ》すよりも、彼が思うがまま語ってもらうことにする。作家といっても在り方は千差万別で、私自身、他の作家が何を考えながら小説を書いているのかよく知らない。

「映画にしたい、という話はその前からいくつもありました。どれも実現しなかったのは、僕が脚本を読んで『これでは困る』と撥《は》ねつけたから。根本的なところで作品の核心を捉《とら》え損ねていて、容認しかねたんですよ。だからハリウッド版にも期待せず、どんなひどい脚色をするのか見てから断わってやろうとしたら——」

後日に送られてきた準備稿は原作にぴたりと沿ったものではなかったが、彼の言う〈作品の核心〉にジャストミートしていたため、自作を委《ゆだ》ねる決心がついたという。

「前言を訂正しますが、あれは会心の作ではあるんです。こんなふうに書けば大勢の読者に楽しんでもらえるかな、と知恵を絞って書いたものが人気を博したわけですから。しかし、その人気が高まれば高まるほど、僕の中で不満が燻《くすぶ》りだした。二十代の後半にわが身を削りながら書いた小説は認められなかったのに、気まぐれに書き始めたホラー小説はちやほやされ、破格の扱いをしてもらえる。この落差は何だ？　悪い冗談に思えました。そんな屈折した感情が、映画化を契機に噴き出してきた。もうやめたい、と真剣に考えだしたのはその頃です」

「皮肉なものですね。噴き出したその感情を誰かに伝えましたか？」

「いいえ。やめたくても当分はやめられないだろう、と思って呑《の》み込みましたよ。大勢の読者に愛されている作品ですから、作者としてはしかるべき形でまとめる責任があります。どう結末を着けるかは未定でしたが、大多数の人に『これで終わったんだな』と思ってもらえるところまでは書く義務があるでしょう。また、わがままを言って版元を戸惑わせ、印税率のアップを狙っているなんて勘繰られるのも業腹だった。そんなふうに自分の気持ちを押し殺しているうちに、ますます創作意欲が薄らいでいき……。不慮の事故に遭いました」

「二年前のことですね。入院中にゆっくりと考える時間ができたせいで気持ちが引退に傾いたんでしょうか？」

猫舌の准教授は、ここでやっと紅茶に口をつけた。

「まさにそのとおり。どういう巡り合わせか純文学の世界を馘首《かくしゅ》された男がエンターテインメント作家として虚名を上げ、大金を手にし、その代償として精神が消耗した。奴隷じゃあるまいし、いつまでも意に染まない仕事を延々と続けることはない。エンディングまで駆け抜けて早く自由になろう、という結論を下しました」

「誰にも相談はせずに？」

「渡瀬君には包み隠さず話して理解を求めるつもりでしたよ。僕の決断を悲しんだとしても、最終的には判ってもらえると信じていた。ところが運命は残酷で、その機会を僕に与えてはくれませんでした。まさかまさか、あの若さで突然に逝ってしまうとは夢にも思わなかった」

「無念は察します。でも、彼にも相談する必要がなくなったわけですね」

「はい。深い悲しみをくぐり抜けた後で、これで自分は遠慮なく自由になれる、と感じました」

「とはいえ、小説を完全に捨ててしまうおつもりもなかったのでしょう？　有栖川から聞いたところによると、ミステリを一本書いてから純文学に戻ろうというお考えもあるようですが」

「できればそうしたい、という願望に近い。『ナイトメア・ライジング』の成功を手形に純文学への再就職がかなうかどうか。かえって不利になったかもしれません。エンターテインメントに汚れた作家ですから」

「文学の世界には暗いのですが、そこまで偏頗《へんぱ》なことは言われないのでは？」

「失敬。ケチなひがみ根性が出てしまいました。エンターテインメントに汚れた云々《うんぬん》は取り消します。腹蔵なく本心を言えば、小心さから出戻りに気後れしているだけです。僕は、あまり図太い人間ではないんですよ。ミステリのアイディアが浮かんだので書いてみたいと思ったんですけど、それも尻込《しりご》みしかけています。がんばって書いても大して面白くなりそうにない」

白布施は、われに返ったように言う。

「火村先生は、こんな話を聞いてどうするんですか？　僕が作家から足を洗おうとしたから二人の人間が殺されたなんてことはないでしょう」

「そんな因果関係は仮構していません。かといって無関係なインタビューでもないのですが……この調子だと朝までかかってしまいそうなので」火村は虚空で人差し指をくるくる回した。「巻きでいきます」

かくして、沖田依子と大泉鉄斎殺害事件の話へと入っていく。

「本件で最も特徴的なこと。それは凶器に矢と弓が使用されたことではありません。それらは現場にたまたまあったから使われたにすぎない。何よりも特異だったのは、二つの死体からそれぞれ片方の手首が切断されていたことです。しかも意味ありげに、沖田は右手首、大泉は左手首がなくなっていた。犯人はどうしてそんな猟奇的で面倒なことをしたのか？　狂信的な理由に拠《よ》った可能性も捨て切れませんが、合理的な説明をつけるのを端《はな》から諦《あきら》めるのは禁物です。難問でしたよ。しかし、今日の午後になって失われた二つの手首が発見されたことで解決への橋頭堡《きょうとうほ》が築けました」

火村は、右手をぶらんと振ってみせる。

「掘り出された二つの手首は異なる様相を呈していた。沖田のものは指先が焼け焦げていたのに、大泉のものにはそんな痕跡《こんせき》がなかった。とりあえず前者についてだけ考えましょう。犯人が沖田殺害後にその右手の指先を火で炙《あぶ》った理由。それは、衣服から露出した犯人の体の一部を沖田が引っ掻《か》くなどしたため、ＤＮＡ鑑定を恐れて取った措置だと考えられます」

間を空けて、白布施の反応を見る。

「無理のない推測ですね。そうだったとは限りませんが」

「それ以外にどんな見方ができますか?」

「いや、僕には思いつきません。しかし、それも妙ですね。爪の間に入った皮膚組織のDNA鑑定をされたくなかったのだとしたら、火で炙るだけで事足りたわけで、わざわざ手首を切り落とすことはない。もしも何らかの事情があってその手首を現場に遺《のこ》したくなかったのだとしても、五本の指だけ切った方が楽だったんじゃないですか?……どうにも胸がむかつくような会話ですね」

「ご辛抱を。——白布施さんがおっしゃるのは道理で、私は最初こう考えました。火で炙ろうにも犯人はマッチやライターを持っていなかった。となると、キッチンのガスコンロを使うしかないのですが、血まみれの死体を抱き上げてコンロまで運んだら服が汚れてしまうし、新たに自分のDNAを死体に付着させてしまうかもしれず、危険です。だから大袈裟《おおげさ》になるのを厭《いと》わず、手首を切断して指先をコンロで炙ったのではないか?」

「そうとも考えられる、という感じですね。あまりスマートな方策とも思えません。自宅までマッチやライターを取りに戻る手もあった。……この界隈《かいわい》の人間が犯人だとしたらですが」

「ええ。それも非常に手間ではありますけれどね。火種を取りに自宅に戻るか、手首を切断してしまうか、犯人は迷ったかもしれません。手首の切断を必ず選んだはずだと断定はできないまでも、犯人の行動として合理性があるとして話を進めます」

お好きなように、というふうに白布施は右手を翳《かざ》した。

「大泉の左手首の問題に移りましょう。特に損傷がなかった代わりに、こちらの掌《てのひら》は血でどす黒く汚れていました。沖田の死体が掛けていたソファ近くの壁に、彼の手形が血をインクにしてスタンプされていましたから、血で汚れていたことに驚きはしませんでしたが――。この血まみれの左掌《て》が意味するのはどんな事実でしょうか？」

「問い掛けが多いですね。マン・ツー・マンで探偵術の指導を受けているみたいです。……大泉の左の掌にべったりと血が付いていていたら、さぁ、何なんでしょうね」

「質問を変えます。大泉の手首が切断されたのは、どの時点だと思いますか？」

「殺された後だと思っていましたが、違うんですか？」

「違いません。問題は、殺されてからどれぐらい時間が経過していたのか？」

「すぐではない？」

「すみやかに切断に取り掛かった、と私は思いました」

白布施は困惑の色を見せた。

「拘《こだわ》るところをみると大事なポイントのようですね。火村先生が繊細な手つきで積み木を組み立てようとしているのは判ります。だから、こちらも細かいことをあえて伺います。『すみやかに切断に取り掛かった』と推測なさった根拠はありますか？」

「大泉の体にも衣類にも目立った血痕がなかったのが根拠です。彼の左手は沖田の血でべっとりと汚れていました。普通であれば上着やスラックスの太腿《ふともも》あたりに手が触れて、血が付いてしまいそうなものなのに、そうなってはいない。どこにも触らないように注意することは可能ですけれど、人間というのは、生きて活動していたら無意識のうちにすぐ自分の体に触れてしまうものです。歩いているうちに掌がズボンに擦《こす》れることもあるし、衣類に触れずとも、髪をいじったり鼻を搔いたりする」

まさに白布施は小鼻を搔いているところだった。その手を止めて「確かに」と言う。

「しかし、火村先生の推測が正しいとは限りませんよ。大泉は、殺害されてからしばらく床に倒れたまま放置されていたのかもしれないでしょう」

「はい。『すみやかに切断に取り掛かった、と私は思いました』が、じきに考えを改めました。そうではないかもしれない、と。現場で何があったかについて想像を巡らせているところへ、夕食の前に南波警部補から電話があった。大泉殺害に使われた弓には、沖田の血が付いた形跡がないと言うんです。これはルミノール試薬を使ったテストで簡単に調べられることです」

「それが何か？」

火村は、右膝《ひざ》に右肘《ひじ》をのせて前屈《かが》みの姿勢になる。

「おかしいと思いませんか？　どんな体勢だったにせよ、大泉は弓を手にした犯人に頸部《けいぶ》を圧迫されて死に至った。苦悶《くもん》のうちに必死で抵抗をしなかったはずがない。それならば凶器の弓に沖田の血が付かないはずがないんです。もしも、彼の左掌が血で汚れていれば」

「その理屈はよく判ります。ということは？」

「大泉が殺害された時、彼の左掌は汚れていなかったという結論が疑いもなく導かれます」

火村の推論を咀嚼《そしやく》するのに、白布施は数秒かけた。

「……そうですね。犯人を蹴《け》ったり胸を突いたりもしたでしょうが、まったく弓に触れなかったとは考えにくい。押し返そうとしたはずだ」

「第一のチェックポイントを通過しました。次を目指しましょう。――大泉の左掌が沖田の流した血で汚れたのは、彼が死亡した後ということになります。しかし、死んだ人間が壁に手形を捺《お》すことはできない」

「待ってください。瀕死《ひんし》の状態で床の血溜《だ》まりに左掌が触れて汚れ、もがいているうちに壁に手を突いたということはありませんか？　ほら、あの手形は壁の低い位置に付いていました。大泉は、犯人に押し倒された状態だったのでは？」

「彼が血溜まりの近くでそんな格闘を演じたのだとしたら、左掌だけに血が付いたとは考えられません。左掌だけが血で汚れ、壁にその手形が遺るのはどんな場合か？　胸がむかつきそうですが、もうお判りでしょう」

白布施は頷《うなず》く。

「ホラー作家が血腥《ちなまぐさ》い話に怯《ひる》んでいては笑われますね。――ええ、判りました。犯人は大泉を殺害した後でその左手首を切断し、判子として使った。そうですね？」

「ええ。犯人が冷静さを保ち、よく思慮していたら壁のもっと高いところにスタンプを押したでしょうね。不自然な位置に手形を付けたのは杜撰《ずさん》でした」

「了解しました。手形は、切り落とされた大泉の左手首によるスタンプの跡だった、というのが第二のチェックポイントですね？　驚きました」

「驚きはしない。それぐらいはミステリではよくあることだ、という顔をしている男がいますよ」

火村は私を一瞥《いちべつ》して笑った。ひと言、応《こた》えてやろう。

「せやな。その可能性は大泉の死体が見つかった時から考えてた」

本当は考えていなかった。

2

白布施は耳にかぶさった髪をいじっていたが、先ほどの火村の話を思い出したのか、照れたような表情になって手を膝に置く。

「ところで火村先生、事件解決までにいくつのチェックポイントを通過すればいいんでしょうね」

「数えていないんです。申し訳ありませんが、まだまだ先は長い」

「続けてください」

火村は上体を起こして、ソファの背にもたれる。

「当然の疑問が湧きます。何故、犯人は大泉の左手首を切断して壁に手形を遺したのか？」

「何故ですか？」

「求める解答を得るためには、問題を正しく立てることが大切で、私が今言った問いは二つに分割しなくてはなりません。疑問一、どうして犯人は大泉の左手首を切断したのか？　疑問二、どうして犯人はそれで壁に手形を付けたのか？」

「わざわざ分割する必要がありますか？　壁に手形を付けたいから手首を切ったというだけのことでしょう」

パチンと火村は指を鳴らす。

「そこなんですよ。何が謎なのかを見極められるかどうかの分かれ目は」

「さっぱり見当がつきませんね。やっぱり僕にはミステリを書く才能はなさそうだ」

ミステリ作家の看板を上げている私にも判らなかった。ここへくる前に火村の説明を聞くまでは。

「難しいことは言っていません。壁に大泉の手形を捺したかったのであれば、手首を切り落とさずともできました」

「死体を壁際まで引きずっていって、ぺたんとやればよかった、ということですね？　そうしようとしても、壁の手前の血溜まりが邪魔だったのではありませんか？」

「ならば、壁にスタンプしなくてもよかったでしょう。ソファなり床なりに手形を遺しておけば楽でしたよ」

「まぁ……そうですね」

「ここでもう一つの疑問です。何が目的で犯人は現場の壁に大泉の手形を遺したかったのか？」

「ぜひ、答えをお聞きしたいものです」

「まだ早い。この疑問も二つに分割しなくてはならないんです。やってみますよ。疑問三、どうして犯人は現場に大泉の手形を遺したのか？　疑問四、どうして犯人は手形を壁に付けたのか？

——必要な手順なので、うんざりしないでください」

「うんざりするどころか、火村先生の推理の行方に興味が尽きない。眠気が這《は》い寄ってくる気配はありません」

「ありがたい。――この二つのうち、疑問四についてはあっさり答えを出しました。手形が壁に付いていようが、ソファに付いていようが、捜査員に与える効果は何も変わらない。強いて言えば、視覚的なインパクトの強弱だけで、それとて大した差はありません。つまり、スタンプの場所としてたまたま壁が選ばれただけなんです」

「断言してもいいんですか？」

「推理に支障が出れば再考します」

「では、そういうことにしてお話を進めていただきましょうか」

「疑問四は消えて疑問三に収斂《しゅうれん》します。分割したものをすぐに統合させてしまうわけですが――」

「必要な手順なんですね。ええ、納得しています」

「疑問三の文言を少し修正した上で検証しましょう。どうして犯人は現場に大泉の手形を遺したかったのか？　大きな問いですが、答えを出すのは容易です」

「これは僕にも答えられそうだ。要するに犯人は、沖田殺害が大泉のしわざであると警察に誤認させたかったんですね？」

「それ以外の目的は考えられません。現に犯人の思惑どおりに捜査は進められました」

「犯人は、沖田と大泉の関係がしごく険悪であることを承知していたわけだ。しかし、この界隈に該当者がいますか？」

「全員が該当者たり得ます。生前の沖田か大泉が口走ったかもしれませんし、彼女か彼のスマートフォンにロックが掛かっていなかったら殺害後にざっと読んで事情を知ることもできた。ははぁ、この男は嫌がる女をつけ回していたんだな、と」

「罪を着せるには絶好の人間、というわけですか。それで壁に血の手形をねぇ」

「ご納得いただけていますか？」

「もちろん。ミステリに無縁の男でもついて行けますよ」

「大泉の犯行に偽装することを決めた犯人が、次にすべきことは何でしょう？」

「やさしい質問が続きますね。必ずすべきことは、大泉の死体を現場から運び出し、警察に見つけられないように隠してしまうことです。林の中で穴を掘って埋める、とか」

「死体が埋まるほど深い穴を掘るのは骨が折れるのみならず、どれだけ丁寧に埋め戻しても痕跡が遺る。草や葉っぱで完全にカムフラージュをするのも難しく、殺人者にとって永遠の課題です」

「だから、犯人は穴を掘らずに空き家に隠した」

「はい。空き家の存在は、皆さんご存じでした。あそこがいい、と思いつくのは自然です」

「警察が本腰を入れて捜査したら見つけられてしまいそうですが。実際、発見されましたよ。犯人の判断が誤っていたということですか？」

「一概にそうとも言えません。警察は、ハッチの上に椅子が置かれていたからという理由で床下収納庫を調べずに捜査を終えるところでした。犯人が勝ち目のない無謀な賭《か》けをしたとも思いませんが、結果として敗北したわけです」

「空き家まで大の男の死体を運ぶのは苦労しただろうな」

「肩に担いで行けるものではありません。車のトランクに積んで運んだはずです」

「ここらの者はみんな運転ができるし、めいめいが使える車もある。そこから犯人を絞り込むことはできませんね」

白布施は、ここで質問する側に転じる。

「犯人の行動にはおかしな点があります。僭越《せんえつ》ですが、僕から疑問五として提示させてください。空き家の床下収納庫に大泉の死体を隠そうとした犯人が、どうして被害者らの電話機や手首やその切断に使用した包丁は別の場所に埋めたんでしょうか？　二度手間にしか思えない」

「この上なく的確な指摘です」

「お世辞はよしてください」蜘蛛《くも》の巣を払うような手振りをして「火村先生も疑問に思わなかったはずがない」

「疑問五は避けて通れません。死体を埋められるほどの大きな穴を掘る余裕はなかったが、手首その他を埋める程度の穴ならば掘れた——と考えることもできます」

「しっくりときませんね。余裕というのは時間的なものですか、体力ですか？　どちらにせよ、床下にぽいとやれば完了した作業を二つに分ける必要がない。犯人の精神状態がまともではなく、錯乱していたとしてもそんなことはしませんよ」

「最善の策ではないと判りながら取った行動なんですよ。林の中に掘った穴に何もかも投げ込んで埋め戻すのが最善手でしたが、大きな穴を掘ったら跡が遺る、という殺人者にとって永遠の課題を乗り越えることができなかった」

「金属探知機が活躍して、その小さな穴に犯人が隠していたものはあっさり見つかりましたけれどね」

「こちらの場合は、警察が僥倖《ぎょうこう》に恵まれたきらいがあります」

白布施は、わずかに小首を傾げた。

「話が見えにくくなりましたね。結局のところ、犯人はどんな意図を持って動いたんですか?」

「意図なんてなかったんです」

「え?」

「犯人にとっての理想は、不都合なものをすべて空き家の床下収納庫に押し込み、沖田を殺害した大泉がいずこかへ消えたと警察に信じてもらい、事件が迷宮入りすることでした。ところが、そうはいかない事情ができてしまい、ひたすらそれに処さなくてはならなくなった。意図はなく、対処があっただけです」

「どんな事情なんでしょうね」

白布施は私に視線を送ってきた。

「予期せぬ事態です」

短く答えると、彼は唇を人差し指でなぞる。火村がよくやる仕草だった。

「はて……。犯人が急に腹痛に襲われたのだとしても、そんなことまで火村先生に判るわけがない」

「あの夜に発生した予期せぬ事態ですよ。白布施さんもご存じのことです」

私が水を向けると、「ああ」と喉《のど》の奥から声を出す。

「もしかして、落雷ですか?」

私より先に火村が「そうです」と答えた。

「雷が落ちて杉の大木が倒れ、道をふさいだこと。犯人にとっては歯嚙《はが》みしたくなる事態です」

これに白布施は納得しなかった。

「質問させてください。どうして犯人が悔しがるんですか？　倒木で道が不通になったとしても、大泉に罪を着せたがった犯人が困ることなんかない。警察は、彼が倒れた木を乗り越えて遁走《とんそう》したと思うだけです。彼がここまで自分の車できていたならば、その車の扱いに手を焼いたでしょうけれど」

「倒木を乗り越えて、どこかでタクシーを拾うなり用意しておいた車に乗り込むなりした、と考えることもできますね」

「でしょう？　道がふさがっても大泉を犯人に偽装する作戦は狂わない」

「ここが難所です。犯人がそう考えたのなら、じたばた慌てる必要はありませんでした。が、どうも違う思考をしたようです」

「何故そう思うんですか？」

「犯人がじたばた慌てたからですよ」

私の錯覚かもしれないが、微《かす》かな舌打ちの音が聞こえた。

「じたばたとは具体的にどんなことを指しているんですか？　ご教示ください」

「大泉に罪を着せるのに益さない行為すべてを指します。まずは、スタンプ代わりにした彼の左手首を切断したこと。次に、彼の死体と証拠物件の数々を別の場所に隠そうとしたこと」

「『すべて』とおっしゃいましたが、二つだけですか」

「まだあります。空き家の床下収納庫から長さ八十センチぐらいのビニール紐《ひも》が見つかっています。それが大泉殺害の凶器に使われた、と警察に思って欲しかったらしい」

予想したとおり、ここで白布施は火村を止めた。

「待ってください。犯人は、大泉がどこかへ逃走したと警察に考えて欲しかったんでしょう？　彼を殺すのに使われた凶器の偽物としてビニール紐を遺しておくなんて支離滅裂です」

「死体が見つかる場合を想定して、保険を掛けたんですよ。いわば二面作戦です」

「警察が空き家を調べて、死体を見つけてしまうことも犯人は想定に入れていたということですか？　まぁ、楽観主義者でない僕には理解できなくもない。しかし、ビニール紐が凶器だったと誤認させるメリットは何です？」

「ビニール紐は荷造り用で、あの家の持ち主が引っ越していく際に置き忘れたものでした。つまり、もともと空き家にあった。それが凶器に使われたのなら、犯行現場は空き家の中もしくはその近くと推認されやすい。犯人は、最悪の場合でも大泉殺害の現場が貘《ばく》ハウスであることを警察に悟られたくなかったんです」

「沖田と同じ家で殺されたことを警察に知られたくなかった理由が判りかねます。いったん大泉の死体が見つかってしまえば、彼が殺された現場がどこかを隠しても無意味じゃないですか」

「犯人はそうは考えませんでした」

「言い切る根拠を……」

尋ねかけて、白布施は口を噤《つぐ》む。火村がどう答えるかは明白だった。

「訊《き》くまでもありませんでした。犯人がそう考えなかったから死体と一緒にビニール紐を置いた、ということですね？」

「はい」

低く唸《うな》ってから、白布施はまた私の方を向いた。

「ねぇ、有栖川さん。火村先生はいつもこんなふうに背理法的な推理を巡らせていくんですか？僕が思っていたのと全然違う」

「今、彼が語っている推理が背理法的と言えるかどうか判りませんけれど、最後まで聞いてやってください。彼は、白布施さんの力をお借りして自分の推理の強度を試したがっています」

「喜んでお手伝いしますとも。僕にお貸しするだけの知力があるかどうかはさて措《お》き」

謙遜《けんそん》を聞き流して、火村は話しだす。

「この事件全体に対して私が抱いた感想は、ひどく散らかっている、でした。大泉に罪をなすり付けるという計画が破綻《はたん》し、犯人が懸命にその対処に追われたせいです。そして、犯人の計画を打ち砕いたものは落雷による倒木であると考えることには妥当性がある。森羅万象を見透かす神ならざる身としては、別の事情——突如として激しい腹痛に襲われたとか——が生じた可能性を完全に消すことはできませんが」

「倒れた木が道をふさいだことが原因で、犯人の計画がどう破綻したのかを拝聴したいものです。さっきも言ったとおり、道が車で通れなくなっていても大泉は徒歩で逃走できたんだから、齟齬《そご》は起きないのではありませんか？　タクシーを拾わず、どこの防犯カメラにも映らないルート——田圃《たんぼ》の畦《あぜ》道など——を慎重に選んで逃げやがった、と警察が考えることも期待できたと思うのですが」

「楽観主義者ではないあなたが犯人だったとしても、そのように考えて安心しますか？」

反問された男は、「多分」と自信なげに答えた。

「つまらない仮定の質問をして失礼しました。この事件の犯人は、あることを回避しようとしています。自分が犯人だと発覚することを恐れるのは当然ですが、容疑者の中に入れられることも避けたがっている」

「そりゃ容疑者にもならないに越したことはない」

これは相槌《あいづち》というよりも独り言っぽかった。

「警察に容疑者を絞り込ませないために犯人はじたばたと慌て、大泉の左手首を切断したんです」

火村はわざと話を飛躍させて、相手の反応を窺《うかが》った。白布施は、くっくと含み笑いを堪《こら》える。

「さっぱり判りません。火村先生は優秀な学者さんであっても、小説家には向いていないようですね。編集者に『もっと読者に判りやすく書いてください』と叱られそうだ。……いや、待てよ」真剣な目になって「ミステリならば火村先生のような持って回った書き方や出し抜けの飛躍が推奨されるのかな？　読者は探偵がこのように語るのを楽しむのかもしれない。僕はそんなことも知らずにミステリを書こうとしていたのか」

白布施の独白が途切れるまで、犯罪学者は冷めた紅茶を飲んでいた。

「ご説明願いましょうか。大泉の左手首を切り落としたら、どうして容疑者が絞れなくなるんです？」

「それをしなかったらどうなったかを考えてみてください」

「もう頭が回りません。僕にも理解できるようご説明を」

カップを受け皿に置く小さな音が、やけに鋭く響いた。私は音に対して敏感になっているようだ。窓の外で梟《ふくろう》が啼《な》いている声も耳に届く。

「犯人が大泉の左手首を切断したのは、空き家に到着してからです。獏ハウスにあった手形は、死体の左掌を沖田の血で汚して壁に捺しただけです。大泉の体が床の血溜まりで汚れると運ぶ際に面倒なので、そうならないよう気をつけながらスタンプしたんでしょう。——意外そうな顔をなさっていますね」

「意外ですよ。わざわざ血溜まりの近くの壁にスタンプしたのは見た目のインパクトを考えてのことですか?」

「血溜まりに大泉の左掌を浸した後、そのまま死体の腕を引っぱって捺すのに都合がよかっただけかもしれません。明言できませんが、そのあたりは些事《さじ》です」

「では、そういうことにしておくとして……空き家で手首を切ったのならば、警察の捜査で痕跡が見つかりそうなものですが」

「床を汚さないように屋外でやったんでしょう。雨や水溜まりで血を洗い流したと思われます」

白布施は吐息をつく。

「火村先生は三十分ほど前に、大泉の手首がどの時点で切断されたと思うか、と僕に尋ねましたね。その回答がこれですか。いきなり答えられるはずのないことを質問されたわけだ。意地が悪い。——ん?」

浮かんだ微苦笑が消え、白布施は険しい顔になる。

「どうにもこうにも変ですよ。火村先生は第二のチェックポイントのことをお忘れになったんですか？　あなた、自信たっぷりに堂々とおっしゃったじゃないですか。壁の手形は、切断された大泉の手首でスタンプされたものだ、と」

「ちゃんと覚えていますよ。あれはロケットのブースターのような仮の推論です。ここで切り離して捨てます」

「そんな……。あんまり翻弄《ほんろう》しないでください。頭痛がしそうだ」

「申し訳ありません。それに、巻きで行くと言いながらどんどん時間が経っている。ここからは本当にテンポアップします」

「僕からの質問に答えてもらう方が早そうだ。えーと、つまり……こういうことか。大泉の死体を空き家に隠そうと運んでみたら、倒木が道をふさいでいた。犯人はそれに愕然《がくぜん》となり、大泉の左手首を切り落とした、と火村先生はおっしゃる。まるで風が吹けば桶屋《おけや》が儲《もう》かるみたいな飛躍ですが、どういう因果関係があるんですか？　僕に質問を返すのはやめてください」

釘《くぎ》を刺すように、最後は火村に人差し指を突きつけた。

「不運にも大泉の死体が空き家で発見された場合、犯人はそこが犯行現場だと誤認して欲しかったんですよ。だからビニール紐の工作を施した。現場が獏ハウスだと知れると不都合が生じる。ごく単純なことです。獏ハウスが現場だとしたら、犯人は大泉の死体を空き家まで運び込んだことになる。まさか背中に負ぶって歩いたはずもないから、自動車を使ったに違いない。ところがその時、道は倒木でふさがっていたとなると、犯人の車は倒木で封鎖された空間の内側にまだある。よって容疑者がたった六人に限定されてしまうんですよ」

「それを避けるために……」

「ええ。おそらく犯人は隣人愛に燃えたわけではなく、自分が容疑者の輪に入りたくないがために思案した。すでに獏ハウスの壁に大泉の手形をスタンプしている。引き返してそれを消してしまう手もありましたが、大泉の死体が見つからなければ非常に価値のある偽装証拠ですから没にするのは惜しい。そこでまたしても二面作戦を発動させた。大泉の死体が見つかった場合でも、死体の移動に車が使われたとは限らない、と思わせるための工作。それこそが左手首の切断というわけです。大泉が殺されたのは空き家で、獏ハウスの壁の手形は切り落とされた手首でスタンプされたものだとしたら、車を使えた者が犯人とは限らない。手首だけなら徒歩で運べますからね」

白布施は啞然《あぜん》とした顔になり、火村を見つめていた。見つめてもおらず、ただその方向に視線を固定したまま呆《あき》れているようだ。やがて——

「第二のチェックポイントと称して捨てた仮説が、ここに関係してくるんですか……」

「手首を切ったのはスタンプにするため、という仮説はいずれ誰かが思いついたでしょう。ところがそれは思う壺《つぼ》。罠《わな》です」

その罠に真っ先に嵌《は》まったのは、私だったかもしれない。

「二人も人を殺し、落雷による倒木というハプニングに直面した後で、よくそこまで考えられたものですね。いわゆる火事場の馬鹿力の知能版でしょうか」

「感心してもらうほどのことでもなく、大して知恵は使っていませんよ。じたばたと慌てているうちに苦し紛れに思いついたものです。だから、あんなに散らかっていた」

犯人が利口だと思われることを火村は拒絶したいのだ。散らかったものを片づけるのが大変だった、とぼやいているようである。

「長々と伺ってきましたが、つまるところ犯人は事件当夜に現場近くにいて、倒れた木で閉じ込められていた僕を含む六人の中にいる、というのが結論ですね。瞠目《どうもく》の新説ではありませんが、被害者たちの手首が切断されていた謎が解けたのは幸いです。さっぱり意味不明で気味が悪かったので」

私たちに付き合って徒労ではなかった、と言いたいらしいが、火村は硬い声で言う。

「恐縮ながら、私の話にはまだまだ続きがあるんです」

一瞬、間があった。

「朝までかかってもかまいませんよ。興奮して眠れそうもない。——紅茶のお替りを」

主は空になったカップを盆に載せて下げ、湯気が立つ二杯目を持ってきた。そして、また自分のものにブランデーを注ぐ。一杯目の倍ほども、たっぷりと。

江沢鳩子はどうしているだろうか、と私は思う。

3

頭脳を酷使したから、と白布施はしばしの休憩を望み、雑談を始めた。といっても小説から話題が離れないのがこの人らしい。勉強のためにエラリー・クイーンの作品を何冊か読んだのだそうだ。

「劇場やらスタジアムやら、不特定多数の人間が大勢集まった場所での殺人を描くのが得意だったようですね。エラリー・クイーンは、ずっとそんな作風なんですか?」

これはもちろん、私への問いだ。

「初期の作品に顕著な特徴ですが、後年もそういうタイプのものを書いています」

「面白く書いてはあるんですけれど、登場人物表に名前も出ていない観客AやBが犯人のはずがない。被害者の周辺にいた何人かの中に犯人がいると絞り込む過程がまどろっこしく感じました。これは間違った感想なんでしょうね」

「容疑者を絞り込むのは論理的な犯人当て小説には単に必要な手順というだけでもなくて、そこにロジカルで意外な推理を盛ることもできます」

「やはりそうですか。僕には馴染《なじ》みのない書き方や読み方があるみたいだ」

「そんな大袈裟なものでもありません」

火村が腰を上げた。

「ちょっと夜風に当たってきます」

白布施は止めた。

「煙草をお吸いになりたいのでしたら、灰皿になるものを持ってきますよ。僕は気にしないので、ここでどうぞ」

「ありがとうございます。でも、外の空気も吸いたいので、少し作家同士の話をしていてください」

彼が出て行くと、残された作家二人は顔を見合わせて、曖昧《あいまい》な微笑を交わした。

「火村先生は次々と課題を投げてくれますね。『作家同士の話を』と言われましたが……。有栖川さんから何かありますか？」

　雑誌の対談では主導権を譲るしかなかったが、今は事情が違う。彼から聞き出したいことがたくさんあった。

「警察が手首等を見つけた現場の近くで私におっしゃいましたね。亡くなった渡瀬さんのことを書いてあげたい、と。それは強い想いですか？」

「戯れに言ったのではありません。ええ、本当に書きたいと思っています。しっかりした作品に仕上げて、珀友社から出してもらいたいですね」

「書くのは渡瀬さんへの哀惜の念からですか？　それとも贖罪《しょくざい》？」

　白布施は、刺激性の臭いを嗅《か》いだように鼻をひくつかせた。これまで見せたことのない顔だ。

「……贖罪。適切な言葉を見つけてもらったようです。僕は、渡瀬君に負い目を感じています。彼の悪夢を小説の材料として拝借し、仕事に関する雑務から身の回りの世話まで任せながら、彼が抱えていたものには何一つ気づきませんでした。健康上の問題も、過去のトラウマも。無論、彼が満足するだけの報酬は払っていましたが、それは雇い主として当たり前のことで、僕の鈍感さは免罪されない」

「あ、失礼。私は白布施さんが渡瀬さんに対して罪を犯したとは言っていません。あくまでもお気持ちを推察しただけです」

「有栖川さんは正しく見抜いていますよ。僕は、後ろめたくて仕方がない。だから渡瀬君のための一冊を書いて……。引退するのはそれからですね」

「引退すると、書く喜びがなくなってしまいますよ」

「小説から足を洗えば、書く苦しみから解放されます」

書く苦しみと喜びはコインの両面だということぐらい白布施ならよく承知しているはずなのに、面白くもない切り返し方をする。やけになっているように見えた。

「命を懸けて小説を書こうとしたことがある人間が、四十を前にこうなってしまいました。『ナイトメア・ライジング』の成功によって、認められなかった時代の渇きを癒《いや》すことができたと思ったのに、それぐらいでは小説への恨みが振り払えないんだな。純文学に打ち込んでいた時に評価されなかったことへの恨みが、いつしか小説そのものへの憎悪に転化してしまったらしい。興味のないホラー小説で評価されたことで、僕の症状はひどくこじれたものになっています」

「そんな話を江沢さんにも？」

「まだしていませんが、いつまでも僕を引き止めようとするのなら話すことになるかもしれません」

火村が戻ってくる気配はなく、もとからここにいなかった気さえしてくる。江沢の名前が出たことが引き金となって、最も訊きたかったことをぶつけることにした。

「夢乃美弦が、ヨルの一族の娘に淡い恋心を抱くエピソードが最新作にありましたね」

それがどうかしたか、という目で白布施はこちらを見る。

「相手の娘も美弦に惹《ひ》かれていたけれど、戦う宿命にある二人の恋がかなうわけもない。短い語らいの時間を持っただけで、この次に会った時は殺し合うことになると思いながら別れる場面。そこで交わされるのが『サーナサーナ！』。ヨルの別れの言葉で、あなたの心が安らかでありますように、という祈り」

「メロドラマっぽい場面です。あれがどうかしましたか?」

「『サーナサーナ!』という言葉は、どこから出てきたんでしょう?」

作者は照れ隠しに笑う。

「才能のなさを晒《さら》すようですが、『さようなら』をもじっただけ。読者には内緒ですよ」

「『カウダカウダ!』でよかったのではありませんか?」

今度は怪訝《けげん》な顔になった。

「わけあって変更したんですよ。……僕のゲラを読んでいないはずの有栖川さんが、どうして『カウダカウダ!』をご存じなんですか?」

「たまたま知る機会があったんです」

詳しい経緯はわざと省いた。白布施は、きょとんとしていたが、ちょうどいい雑談の材料が見つかったとばかりに話しだす。

「『カウダカウダ!』なんてものは架空の言葉ですから、ふと頭に浮かんだ意味のない音の羅列にすぎません。二人が手を振って別れるシーンにきたところで、一分間ほど考えて書きました。ところが、ベテラン校閲者に『これでよいか?』とチェックを入れられてしまった。その理由が傑作なんです。恐ろしい校閲氏でしたね、カウダというのはラテン語で動物の尾のことで、男性器の意もあると言うんです。『白布施先生の御作は何ヵ国語にも翻訳され、この最新作もいずれアメリカで映画化されるでしょうから、その際に差し障りが出るのでは』と。さらに、男性器の意味もあるカウダは何故か女性名詞である、という博覧強記の雑学まで披露してくれました」

ここで笑うなり感心なりしてみせるのが社交というものだが、どちらもできず、私はじっと白布施を見返した。そんな反応をされたら彼の笑顔も引っ込む。

「ふと頭に浮かんだだけですか?」

「そうですよ。ミステリをお書きになっていても、意味のない言葉をこしらえる機会があるのでは? ないのかな。とにかく、化け物の言語だから無意味に片仮名を組み合わせただけです」

「何もヒントにしていないんですね?」

「はい。……有栖川さんは何に引っ掛かっているんですか?」

攻め込む時と判断した。失礼なことを訊きますが、などという前置きは省く。

「『ナイトメア・ライジング』は、どこまで白布施さんの創作なんですか?」

殴られる覚悟まではしていなかったが、相手が憤慨のあまり腰を浮かす場面は想像していた。実際には、「え?」と間の抜けた声が返ってきただけだ。質問が単刀直入すぎて、白布施はわが耳を疑ったのかもしれない。ならば重ねて訊こう。

「他人が見た悪夢を題材に使ってはいるが、小説自体は隅から隅まで白布施正都の創作。そういうことになっていますが、事実ですか?」

白布施はわずかに戸惑いを見せながらも、落ち着いた口調で答える。

「小説家はすべてを一人で行ないます。隅から隅まで僕が考え、書きました。——もしかして、共同執筆者がいたとお疑いなんですか?」

胸の鼓動を感じながら「はい」と答えた。いったん口にしたら取り消すことはできない。

「この上なく非礼で非常識なことだと判りながら尋ねています。渡瀬さんは自分の悪夢を提供しただけではなくて、『ナイトメア・ライジング』のストーリー創りにも深く関わっていたのではないですか？　重要なシーンに出てくる『カウダカウダ！』が彼の創作であることを、私は知っています」

「どうして有栖川さんが？」

手の内を晒してしまうことはない。私が黙っていると、白布施は推測を巡らせる。

「『カウダカウダ！』はゲラの段階で赤字を入れたんだから、有栖川さんの目には絶対触れていない。ゲラを読んだ人間は僕を除いて世界中に二人しかいない。最近は、書店員やら読者にモニターになってもらったり、前宣伝のため書評家や評論家にコピーを配ったりすることもあるらしいが、僕は部外者にゲラを読まれるのが大嫌いだから、版元が勝手にそんなことをしたはずもなく、読んだのは江沢さんと校閲者だけだ。いや、校閲は複数いたんだっけ？　どちらにせよ、その二、三人しか知らないはずのことをあなたが知っているということは……江沢さんから聞いたんだ。しかし、何故『サーナサーナ！』がゲラでは『カウダカウダ！』だったことが話題になる？　何かの拍子に話題に出たとしても、どうして僕が嘘つき呼ばわりされるんだろう？」

いくら考えても正解に行き着くわけがない。白布施は明らかに当惑していた。

「僕は怒っていません。何か誤解があるようなので、まず有栖川さんが説明してくださいますか？『ナイトメア・ライジング』に渡瀬君の手が加わっているなんて突飛な邪推をした理由を」

言い渋っていると、さすがに不快感を露《あら》わにした。

「おや、返事がない。鎌を掛けただけなら不愉快です。どれだけ侮辱的なことか同じ作家ならば判るはずだし、ミステリ作家としても芸のなさを恥じるべきではありませんか？」

火村が戻ってきたので、私は返す言葉を考えずにすんだ。白布施の矛先は犯罪学者に向けられる。私から何を問われたかを話した上で、犯罪学者に尋ねた。

「もしかして、これは火村先生が発案した揺さぶりですか？　だとしたら不発ですよ。『ナイトメア・ライジング』は純粋に僕の創作物で、渡瀬君の助けは借りていない。ただ悪夢の提供を受けただけです」

「助けを借りるぐらいは、いいではありませんか」火村はそっけなく言う。「作家というのは、編集者の助言に従って作品を手直しすることもあるし、配偶者の知恵を借りる人だっている、と聞いていますよ。私だって自分が考案した密室トリックをいくつも有栖川に提供している——というのは冗談ですが」

「場を和まそうとしてくれずとも結構」

さらに空気が重くなっても火村は涼しい顔で、ソファに座ると湯気が立たなくなった紅茶を飲んだ。

「もし仮に、白布施さんの作品に渡瀬信也の手が入っているどころか、彼が書いたものにあなたが補筆して発表していたのだとしたら、とんでもない秘密ですね。それを誰かが公表しようとしたら、殺人の動機にだってなりかねない」

白布施は「はあ？」と顎《あご》を上げた。ここから先は戦いだ。

「『誰か』は実在し、それは沖田依子だった。違いますか？」

問われた男は、ソファの肘掛け部分をバンと叩《たた》く。

「馬鹿げた妄想です。それは事実ではないし、もし沖田という女性がそんな因縁をつけにきたとしても、根も葉もない出鱈目《でたらめ》だから毅然《きぜん》として追い返しましたよ」

「根も葉もあったのでは？」

「僕に喧嘩《けんか》を売りにきたんですか？」

火村は、ネクタイの結び目に手をやりながら言う。

「あなたにとっては喧嘩かもしれませんが、私にとっては狩りです」

刺すような視線を受けて胸中がざわついたのか、白布施の喉仏が小さく動いた。

4

キッチンからグラスを一つ取って戻った白布施は、ブランデーを注いでゆっくりと飲んだ。アルコールで動揺を鎮めようということか。

「酒の肴《さかな》に、火村先生の推理を聞かせてもらいましょう。『まだまだ続きがある』ということですが、僕を退屈させないようにお願いしますよ」

「あなたが酔っ払ってしまわないうちに終わらせます。これから先は犯人探しです」

「どうせ犯人は僕なんでしょう？　結末が面白くありませんね」

「私の推理がどんな筋道を経て自分にたどり着くのか、ご興味があるはずだ。世界中を探してもあなたほど楽しめる人は他にいませんよ」

「楽しいもんですか」

「でも、不思議でしょう？　ご自分が犯人に指名されたことが。どこでしくじったのか、私と会話を交わしながら、さっきからずっとあなたは考えている」

「犯罪学者や探偵というより香具師《やし》ですね。空疎な口上は要らないので、推理とやらを早く聞かせてください」

失いかけた威厳を、白布施は取り戻していた。グラスを手にしたまま胸を張る。

「事件の全容を再構成するうちに、あなたが犯人だという結論に達したのであって、最初から疑惑の目を向けていたわけではない。犯人はあくまでも謎の人物Xだった」

白布施は微動だにせず聴き入る。

「正体不明だから犯行の動機はまるで判らない。動機については無視して考えました。これは私のいつものやり方です」

「殺人事件の犯人を探すのに動機の面を無視するとは乱暴な」

「強盗や通り魔、あるいは知らぬ同士の路上での諍《いさか》いが原因になったものを除くと、ほとんどの殺人事件は動機がある者を洗えば犯人が浮上します。警察はこれを二、三日でやり遂げる。しかし、それだけでは解決しない事件もあるんです。本件のように」

白布施を黙らせて、火村は自分がすべき話に戻る。

「事件当時にXたり得た者の条件は、いくつかある。第一に、沖田依子が獏ハウスにいるのを知っていたこと。第二に、落雷で木が倒れた場所よりも奥にいたこと。第三に、車が使えたこと。この三つを具《そな》えていなくてはなりません。該当するのは白布施正都、矢作萌、光石燎平、光石静世、光石由未、弓削与一の六人であることは、休憩前にお話ししたとおり。大泉の死体を車に積み込み、空き家に移動して降ろし、キッチンの床下収納庫へと運ぶのにはそれなりの体力を要しますが、女性や痩身《そうしん》で見るからに非力そうな弓削も容疑者からはずしませんでした。がんばれば何とかできただろう、ということです。さて、ここからが問題だ。これまでに得た証拠と証言から一人に絞り込まなくてはならない」

私には必要な証拠や証言が得られているとは思えなかったのだが、火村にとっては充分だったのだ。

「Xの行動を振り返ってみましょう。時間は不詳ですが、警察が割り出した死亡推定時刻である午後九時半以降に獏ハウスで沖田を襲い、殺害した。現場にあった矢が強引に凶器として使われていることから、計画性のない突発的な犯行だったことが窺われます。現場は血で汚れて、事件そのものをなかったことに偽装するのは不可能となる。現場をきれいにして死体をどこかに隠す時間があったとしても、沖田が行方不明になれば『ここを訪ねてきたはずだ』と警察が調べにくることも予想されました」

Xはまだ正体不明で男とも女とも知れず、顔がない。六人のうちの誰が犯人であってもそのように振る舞っただろう。

「一刻も早く現場から立ち去りたいXでしたが、その場に留《とど》まってすべきことがありました。沖田の右手五指の先を火で炙ることです。頭だか顔だか手だかを掻きむしられるなどしたためだと思われます。血まみれの死体を抱き上げてコンロへと運ぶのを避け、Xは右手首を包丁で切断してしまう。自宅までマッチを取りに行くより早い、と判断したのでしょう。為すべきことは他にもある。自分が犯人であることを示す証拠や痕跡を遺していないか部屋中をチェックしたり、沖田の所持品を調べたり。そして、彼女が持ってきていたスマートフォンと古い携帯電話二台を処分することにしました。不都合なデータがあったためでしょうね」

白布施は我慢しかねたようだ。

「決めつけですね。捜査を邪魔するため、中身も見ずに持ち去ったとも考えられる」

「掘り出された電話機の壊され方を見て、私は犯人の恐怖心を感じ取りました。この中のデータを見られてたまるものか、という執念とも言うべきものを」

「『感じ取りました』ですって？　犯罪捜査だというのに、これはまた頼りない」

「あなたの言うとおり電話のデータを調べもせずに持ち去った、というストーリーを採用してもかまいませんよ。三台の電話機を処分することがXの利益にかなったことには同意していただけるわけだから」

火村は悠揚迫らぬ態度を見せて、また語りだす。

「Xが知らないところで、別の事態が進行していました。沖田をつけ回す大泉が九時十三分にタクシーを降り、獏ハウスへと向かっていたんです。小雨がぱらついたので大泉は空き家で雨宿りをしたかもしれず、何時何分に獏ハウスに到着したのかは判りません。Xが沖田を殺害する前だったとも後だったとも考えられるし、まさに凶行が行なわれている最中だったのかもしれない。いずれであったとしても沖田を救うことはできなかった。彼が沖田の奇禍に気づいてすぐに警察に通報していれば事件はたちどころに解決したのですが、そういう展開にはならず、彼もまたXに殺されてしまう。玄関の鍵《かぎ》が開いていたのでしめしめと忍び込んだところで、ソファの横に立ち沖田の死体を見下ろしていたXに気づかれたのか、現場で死体を見て立ち尽くしているところへ沖田の所持品を調べて戻ってきたXに見つかったのか、Xに自白してもらわない限りこれも知る術《すべ》はない。どうであれ、大泉は自ら死地に赴いたのです」

別れた女をつけ回した大泉の行為は犯罪的だが、殺されたことを身から出た錆《さび》と言うのも酷だろう。

「大泉は驚愕の中で死んでいったでしょうが、いきなり見知らぬ男が闖入《ちんにゅう》してきたのだからXも恐慌状態だった。生きて帰らせてはならじ、と殺意を持って弓を取ったものと思われます。かくして二人目が殺された。それからXがどうしたのかは、先ほど検証ずみです。事前に沖田が洩らしたのか、彼らのスマートフォンにそれを示唆するデータが遺っていたのか、闖入者が沖田のストーカーであることにXは思い当たり、大泉に罪を着せようと考えた。大泉の死体を空き家の床下収納庫に隠せば、警察は死んだ男をいつまでも追ってくれるのではないか。沖田のスマートフォンを持ち去っても、ストーカーに悩んでいることは彼女の肉親や友人の証言が期待できた。うん、これなら禍《わざわい》を福に転じることができるぞ。大泉が犯人であることを明白にするため、壁に手形を捺しておこう。それが完了すると始末すべき沖田の右手首、三台の電話機、包丁とともに大泉の死体を車に積み込み、空き家へ急げ。おっと、大泉の所持品も忘れずに」

火村は車を運転する身振りを挟んだ。

「空き家は杉の倒木の手前にあり、カーブしているため道がふさがっている地点は見えにくかったのでしょうが、どうも様子がおかしい。この先で何かあったのかとカーブの向こうを見たら、なんてこった、大木が横たわっているじゃないか。すごい落雷の音がしたが、この木に落ちて倒したのか」

その場の情景を思い描こうとするかのように、白布施は目を閉じる。

「まずいことになったと直感が告げる。Xは頭脳をフル回転させた末に、自分が置かれた状況がいかなるものか把握します。大泉は車に乗ってきていないから、彼が徒歩で逃走したという筋書きは変更せずともよい。しかし万が一、警察が空き家を捜索して死体を見つけ出したらどうなる？　獏ハウスの壁に血の手形が付いた経緯が問われるだろう。何者かが沖田と大泉を殺害したのなら手形は偽装工作ということになりそうだが、手形は本当に大泉が付けたもので、彼は沖田を殺した後で別の誰かに殺されて空き家に運ばれたと見ることも可能だ。ならば計画どおりでOKか？　そうではない。いずれの場合でも大泉の死体は獏ハウスから空き家に運ばれたわけだから、犯人が車を使ったことが露見する。倒木が道をふさいでいるから、その内側にある車が使われたことになり、容疑者がそのエリア内の者に限定される。これだ、これがまずい。それを回避する方法として、Xが考えついたのが大泉の左手首切断です。犯人は手首だけ空き家と獏ハウスの間を移動させたことにしようとした」

瞑目《めいもく》したまま白布施は反論を試みた。

「万が一を織り込んだ二面作戦のおさらいは結構です。そのストーリーには穴がある。大泉の左手首を切断する道具が手許《てもと》にあったとしても、不快で面倒な作業です。Xはやりたくなかったでしょう。何もしなければよかったんだ。ほったらかしにしておいても説明はつく。たとえば、大泉が獏ハウスで沖田を殺して手形を遺した後、空き家に歩いて移動し、そこで別の何者かによって殺されたとも言える」

「凶器の弓は獏ハウスにあったんですよ。あなたがおっしゃる犯人は空き家までそれを持ち込み、犯行後に獏ハウスに返しに行ったんですか？　そんなことをする理由がない」

ここで白布施の目が開く。

「あの弓が凶器だということがバレないと考えたんでしょう」

「バレなかったとしても、獏ハウスにある弓を持ち出して空き家で凶器として使う理由がありますか?」

「それは、説明がつけにくいところですが……」

「空き家が犯行現場なら、ビニール紐を使って絞め殺せばよかった。弓が凶器になったのは、それが手近にあったためで、犯行現場が獏ハウスであることを疑いようもなく示しています」

「犯人はビニール紐を死体の傍らに遺していて、空き家が犯行現場だったと偽装した形跡があったんでしょう? 大泉は空き家まで自分で歩いてきて、そこで殺されたことに偽装したのなら、左手首を切らなくてもよかった」

「ええ、でも切った。私がトレースしたように思考したんです」

「あなたは屁《へ》理屈の天才だな」

「休憩前はそんなふうに言わなかったのに、随分と私の評価が下がりましたね。君子の豹変《ひょうへん》ですか?」

「恣《し》意《い》的な解釈が多すぎることが見えてきただけですよ。皮肉はよしてください。君子ならぬ凡夫は反応が遅いんです。——飲まないとやってられない」

グラスにブランデーを注ぎ、喉に通す。アルコールが瞬時で作用したはずはないが、途端に態度が改まった。

「火村先生。あなたの推論をすべて認めますよ。随分と奇怪なストーリーではあるが、一抹の論理性はある。当たらずといえども遠からずなのでしょう」

「また豹変ですか」

「評価が上がるんだから、この変心は歓迎すべきです。――あなたのこれまでの推論が正しいとすると、Xたり得る人物が誰か見えてくる。一人だけいますね」

「そこまで一気に雪崩《なだ》れ込めるでしょうか？　私は、犯人はこんなふうに動いただろうというイメージを描いたにすぎませんが」

「イメージどころか、克明な再現ビデオじゃないですか。ただ犯人の姿にモザイクが掛かっているだけ。その無粋なモザイクをはずせばいいんだ。――現われるのは僕ではなく、矢作萌画伯です」

「ほお」

感心したように応じたが、火村にとって意外な言葉ではない。夢守荘に乗り込む前に彼の推理を聞いた際、私が同じタイミングで同じことを口にしていたからだ。

「どうして矢作萌だけが犯人の条件を満たすんですか？」

「あなたが得々と語ったストーリーの中のXを演じられるのは、彼女しかいない。Xは、落雷による倒木を知らなかったゆえ空き家に大泉を運んでから大慌てをしたんでしょう？　それまでは道がふさがっていることを知らなかったんだ。倒木の目撃者である弓削さんから聞いて、〈レヴリ〉にいた人たちは全員が知っていたし、僕も燎平さんからメッセージをもらっていた。が、彼女だけに情報が伝わっていない。よって、ふさがれた道を見て慌てたXは矢作萌である。ほら、きれいに話が通った」

火村が何も応えないので、白布施は訝《いぶか》しげにする。

「イエスかノーか、返事をしてくださいよ。Xに該当するただ一人の人物は、彼女だ。そうですね？」

「ただ一人じゃないな。白布施さんも該当者ですから」

「僕はメッセージを受けています」

「十一時近くにね。問題はその時刻ですよ。あなた、その時にはもう二人を殺害して沖田の右手首を切り落とし、壁に大泉の手形を付けてしまっていたでしょう？」

「なっ！」

何を言うんだ、と叫ぼうとしたのだろうが、あとが続かなかった。おそらくは、火村が薄笑いしているのを見てしまったせいで。

「あなたが倒木のことを知ったのは大泉への濡《ぬ》れ衣《ぎぬ》作戦を発動させた後だったから、引き返すことはできなかった。やむなく取った苦肉の策が大泉の左手首切断。『奇怪なストーリー』と評してくれましたが、その奇怪さがホラー作家のあなたには魅力的でもあったのではないですか？」

「ホラー小説は読者に受けたから書いていただけで、僕の興味の対象ではないと言いましたよ」

「じゃあ、ホラーを取っ払って作家と言い換えます。あなたがどんな小説を理想に掲げているかは存じませんが、純文学を愛していても物語への志向はお持ちで、二つの死体から意味ありげに切り取られた女の右手首と男の左手首が喚起するものを面白く感じたのかもしれない」

「推理になっていない。そんなことを言うのなら、意味ありげで無気味な対称性が独創的なヴィジュアル・イメージとして絵描きの琴線に触れたとも解釈できる」

「ごもっとも。今のは雑感として扱ってください」

激しい応酬となる。

「あなた、真面目にしゃべっているのか？　酒も口にしていないのにおかしい」

「ふざけながら狩りができるもんですか。殺人犯を突き止めようとしているんですから死ぬほど真剣ですよ」

「とてもそうは思えないな」

「矢作萌にはアリバイがある。彼女はずっと自宅にいたんです」

「そんな話は聞いていない。いや、本人はそう言ったらしいが、証人がいないのだからアリバイにはならない」

「弓削与一の証言があります」

「嘘だ」

「すぐにバレる嘘はつきません」

「あのゲーム作家だかクリエイターだかは、倒れてくる大木の直撃をからくも免れて、まっすぐ〈レヴリ〉に向かったんだろ。矢作の家に寄り道をする時間はなかった。アリバイの証人になれっこない」

「寄り道なんかしなくても証人になることはできる。家の前を通り過ぎただけでも」

「窓に矢作のシルエットが映っていたのか？　夜更けに庭いじりでもしていた？」

「いいえ。窓のシルエットすら見てはいない。大音量でオーケストラの演奏が流れているのを聞いただけです」

「僕は聴覚に変調をきたしたようだ。おかしな声がしたぞ。間違いでなかったなら、それがどうして矢作のアリバイを証明するのか判らない」

「弓削の証言は、矢作の証言とぴたりと一致している。その時間には、苦手な雷鳴を消すようにベートーヴェンの『田園』を鳴らしていたそうです」

「まさか……雷が怖いから、その時間に人は殺していないという理屈かな？　沖田を殺す前にはまだ雷が鳴っていなかっただけのこと――」

「そんなことは言っていない。音だけで充分なんだ。彼女が自宅にいたことは証明される」

「ＣＤを鳴らしていただけで、本人は家にいなかったんだ」

「何故？」

「えっ？」

「家を空けて人殺しに出掛ける前に、どうしてＣＤでベートーヴェンのシンフォニーを鳴らす？出陣の景気づけでもあるまいし」

「それは……」

「あり得ない。音楽が鳴っていたのなら彼女は自宅にいた。音楽は鳴っていた。証人は弓削与一。彼に証人になってもらうため、アリバイ工作としてＣＤをかけたという可能性はない。弓削があんなに遅くに〈レヴリ〉にやってくることも、ちょうどあの時間に自宅の前を誰かの車が通りかかることも、予測するのが不可能だったからだ。よって彼女ではなく――」

火村の右腕がまっすぐに伸び、人差し指が白布施を指した。

「あなたが犯人だ」

5

火村の話に神経を集中させながら、私は私なりに当夜の出来事を脳内で再現していた。

夜になって白布施が貘ハウスに足を向けたのは、沖田が何をしているか探るためだったのかもしれないし、談判しようと沖田が呼び出したのかもしれない。二人が相まみえたのは遅くとも九時過ぎだったであろう。

一軒家での話はこじれ、沖田を亡き者にせねば、と白布施に殺意が生じる。激しく争った形跡がなかったところからして、彼が彼女の不意を衝《つ》いて刺したようでもあるし、彼が弓と矢を持ってその由来を説明しているうちに彼女が決定的な言葉を発して殺意を誘発したとも考えられる。どうであったかは犯人自身に供述してもらうしかない。

彼女が右手で彼を引っ掻いたのだとしたら、殺される直前に不穏なものを察知して、攻撃を逃れようとしたのだろう。DNA鑑定を恐れて被害者の指先を炙ろうとした彼は、死体を抱き上げてコンロまで運ぶことができなかったために、その細い右手首を包丁で切断。そんな作業をしているところに、何も知らない大泉がやってきた。

沖田が殺されてからどれぐらいの時間が経っていたかは不明。タクシーを降りた後、大泉が空き家で雨宿りをしていたか否かで貘ハウスに到着した時間がぶれるが、十時過ぎといったあたりだろうか。午後に下見をしにきた家を前にして、大泉はしばらく中の気配を窺ったり、沖田と相対するため自らを鼓舞したりして、いくらか時間を浪費したかもしれず、何時何分の時点で玄関のドアを開けたかは判らない。殺人者とどんな形で対面したのかも。

不謹慎な言い方だが——雷鳴が低く轟《とどろ》きだした頃に大泉が獏ハウスに到着したと考えると、最もドラマチックな情景になる。彼は十時十二分に職場の先輩と電話で話しているから、その直後に入ったのかもしれない。カーテンの隙間から青白い稲光が射すリビングに入った大泉が見たのは、ソファでのけ反って逆さになった沖田の死に顔と、女のものらしい細い手首を持って立つ白布施。何が起きたのか判るより前に、その異様な雰囲気に大泉は慄然《りつぜん》としたのではないだろうか。

そして、殺人劇の第二幕が上がる。

大泉を殺害した白布施は、闖入者の素性を知る。沖田から身の上話として大泉のことを聞いていたのか、はたまた彼女や大泉のスマートフォンの中を覗いて関係に気がついたのか。この男が女を殺して逃げたことにしよう、という計画が生まれる。

まずは大泉の左手に沖田の血をなすって、壁に手形を遺す。あとは男の死体その他を適当な場所に隠してしまえばよい。その場所には心当たりがあった。車に積んで運べば、ものの数分ですむところだ。

さて、今は何時？

分単位では判らないが、およその見当はつく。

大泉が獏ハウスに踏み込んだのが十時半頃だったとすると、白布施はもう沖田の右手首切断や所持品のチェックを終えかけていたかもしれない。それから大泉を殺害して、彼の所持品も調べたと考えられる。

発作的に殺人を犯したショックで茫然《ぼうぜん》自失していた時間をゼロと見積もったとしても、すべてを終えるのに三十分では足りないように思う。いったん自宅に車を取りに戻る時間も加えると、ことがどれだけスピーディーに運んだとしても四十分は欲しい。すべてが最も迅速であったとすると、白布施が空き家に着いたのは十一時頃。

これらの状況から勘案すると、どう考えても彼が空き家にやってきた時点で、すでに杉の大木は倒れていた。さっき火村が語ったとおり、その倒木の現場にきてみて白布施は驚愕し、何らかの対処を迫られたのである。

その時の白布施の顔が、私には見えるようだ。書きたい場面や展開があるのにそこへつなぐ必然性が見つからなかったり、登場人物を窮地から脱出させる方法が思いつかなかったりして、苦吟する作家と同じ顔をしていたのだろうと想像する。

理想的なのは、これから空き家の床下収納庫に隠す大泉の死体が見つけられず、沖田を殺した彼がいずこかへ消えた、と思われること。だが、発見されてしまうかもしれない。

次に望ましいのは、大泉が空き家で何者かに殺害された、と思われること。そのため死体の傍らに首を絞めた凶器に見えるものを添えておくが、科学捜査を欺けないかもしれない。

希望的観測どおりに事態が動かなかった場合、犯人が大泉の死体を獏ハウスから空き家へ移動させたことになり、事件当夜、倒木現場よりも奥にあった車を使えた者に疑いがかかる。該当者は数人しかいない。

倒木が道をふさぐよりも前にすべてが行なわれたのかもしれない、と警察が考えてくれるとありがたい限りだが、それは期待薄だろう。大泉が獏ハウスまで徒歩でやってきたとは思えず、彼のスマホには地元のタクシー会社の電話番号が登録されていた。警察が捜査すれば、彼が獏ハウスに着いた時間が突き止められてしまいそうだ。死体発見が遅れて死亡推定時刻の幅が広がっても、大泉を乗せたタクシー運転手が記憶していたらごまかせない。

そこで編み出したのが、大泉の左手首切断という奇策。沖田の右手首を持ち去っただけでも不可解な状況が生まれているのに、もう一つの死体から左手首がなくなっていたら、警察にはさっぱりわけが判らなくなるだろう。

これで行こう、と決めて白布施は実行する。大泉の死体を床下収納庫に入れ、気休めだがハッチの上に椅子をのせておく。

証拠品の数々も投げ込みたい誘惑に駆られたかもしれないが、すべてが一緒に見つかると計略が瓦解《がかい》してしまいそうだ。車で遠くに運ぶことができなくなったので、林の中に穴を掘って埋めることにした。

くたくたになって自宅に帰ったのは、日付が変わってからだっただろう。シャワーを浴びてベッドに飛び込む以外に、やるべきことがあった。

それは、江沢鳩子と有栖川有栖の訪問に備えること。こんなことになるとは思いも寄らなかったので、二人の客を招いてしまっていた。何と因果な巡り合わせか。リビングを片づけるなど、客を迎える用意は昼間のうちに完了していたとしても、亀岡駅に客たちを迎えに行くまでにすませておくべきは——沖田と大泉を殺して乱れた心を落ち着かせ、平常心に戻ることだった。

対談の中で、夢守荘の悪夢の部屋について語りつつ、彼は言った。

——ご興味があるのなら、今度うちに遊びにいらしてください。

ボイスレコーダーが止まった後にも誘われた。

――お越しください。悪夢の部屋に泊まるかどうかは別にして。

あの時の気さくで弾んだ声と、にこやかな顔を思い出す。

私たち人間が歩いている道はなんと暗いのだろうか。踏み出す足の先すら見えないほどに。

6

グラスを口許まで運んだ手を止めて、犯人と名指しされた男は引きずるように重い口調で言う。

「極めて根拠が薄弱だね。あなたがどう言おうが僕以外の誰もが犯人であり得るし、矢作のアリバイとやらは不確かだ。もしも雷雨の最中に家で音楽を聴いていたのだとしても、雨が上がってから貘ハウスに行って犯行に及ぶことはできた」

「沖田と会うために雷が去るのを待っていたのだとしたら、貘ハウスに着いた時にはもうとっくに大泉がきていたことになる。事件の様態と合わない」

「雷がくる前に殺した可能性もある」

「で、すべてを終えて家に戻り、おぞましい所業を頭から振り払おうとしてベートーヴェンのシンフォニーに身を浸した？　それもないな。もしそうであれば、彼女は倒木のことを知る機会がないままだから、大泉の左手首を切り落とさない」

白布施は、敵意に燃えた目で火村を見据えていた。

「どいつもこいつも、やろうと思えばできたじゃないか。物理的に犯行が不可能だった人間はいない」

獲物は逃げ、狩人は追う。

「最後の砦《とりで》はそれですか。濠《ほり》も石垣もなくて、あまりにも貧弱ですね。やろうとすればできただって？　物理的に可能であっても、やろうとする者はいませんでしたよ。誰がどんな嘘をついているかもしれない中で、私がただ一つ拠《よ》り所としたのは弓削の証言です。十時半頃に落雷があり、倒木が道をふさいだ。これは実際にその現場を目撃した者にしか語れないことだから、その点については彼の言を信じられる。そこに軸足を置いて考えると、仮にその情報を聞いた光石燎平、静世、由未の三人が犯人だとすれば、死体を獏ハウスから空き家に運ぶことはなかった。倒木の内側にいる者たちを怪しんでくれ、とアピールするのに等しい愚行だから。また、その三人のうちの誰かが沖田を殺害し、口封じに大泉も殺してしまった後、彼に罪を着せようと発想したとしても、その左手首を切断しなくてはならない状況には直面しないから、わざわざ切らない。車を使わず、がんばって死体をどこかに埋めるしかなかった。矢作のアリバイについても然《しか》り。ＣＤを鳴らしておけばアリバイができるかもしれない、という発想は逆立ちしても浮かばないから、やろうとしたはずもない。できたできなかったは問題ではなく、彼らは皆、物理的にやれたとしても決してやらない」

反論をことごとく却下された白布施は、もはや沈黙したままだ。

「後付けの理由と謗《そし》られそうですが、倒木の内側にいた人間に容疑の目が向くことを犯人が恐れたのは、自分がその中で最も被害者と関係が深かったからでしょう。もちろん、深いと言っても相対的なものですが。──何か言いたそうですね」

「相対的も何も……。渡瀬君を間に挟んで僕と沖田依子がつながっていたと言うのでしょうが、あの日、初めて会った女をどうして殺すんですか？」

火村は紅茶を喉に流し込み、いくらか気怠《けだる》い目で私に言う。

「アリス、頼む。講義でしゃべり慣れているけれど、さすがに声が嗄《か》れてきそうだ」

「ああ」

まだ狩りは終わっていない。獲物にとどめを刺す大役を仰せつかり、緊張せずにいられない。

「白布施さんには、沖田依子を殺害する動機があった、と私たちは考えています。あなたの弱みを彼女が握っていたからです」

「弱みとは、『ナイトメア・ライジング』を書いていたのはゴーストライターの渡瀬信也だった、という衝撃の事実のことですか？　いい加減にしてもらいたい。妻子ある大学の先生が出てきたら教え子と不倫中、小説家が出てきたら盗作者か陰にゴーストライター。手垢《てあか》まみれで、世間の皆さんが飽き飽きしている陳腐な設定だ。その弱みを材料に僕が恐喝されたことが殺人の動機だと？」

「秘密を守ることと引き換えに金品を要求されたとは限りません。その事実を公表すると言われて、阻止したかったんやないですか？」

「腐った卵よりひどいものを僕に投げつけている自覚がありますか？　作家が作家に対してそんな暴言を吐くなんて信じられない」

勇気を掻き集めて話している。渡瀬がゴーストライターであったことを確信していても、なお口にするには重い言葉なのだ。

「僕は、対談の席でもそれ以外の場でも、有栖川さんに創作論を披露しましたね。ゴーストライターに仕事を丸投げしている偽作家にあんなことが言えますか？　こう言っては失礼だが、あの対談を第三者に聞かせ、『どちらが本物の作家でしょう？』というクイズを出したら、きっと回答者は白布施正都だという札を挙げるに違いない」

「はい」

苦い想いとともに答えた。相手は拍子抜けしただろう。

「私は手探りをしながら小説を書いている者で、白布施さんは弁が立ちますから」

「僕は口先だけが達者だと？」

「ああ、いや、そうではなくて、客観的な事実を述べたまでで、創作論の中身にも大きな差があります。さすがは大人気作家だと感服しましたけど……」

私の中で、何かが音を立てて切れた。

「作家としての心掛けやら創作の秘訣《ひけつ》といったものは、小説を一本も書いたことがない人間にもそれらしく語れる。それなりの真剣さを持って小説をたくさん読んできた人間であれば、そんなことは難しくありません」

自然に語気が強くなったせいもあってか、白布施は、はっとした顔になった。

「子供の頃、私は友だちと野球をするのが好きでしたが、中学や高校で野球部に入った経験はなく、リトルリーグのチームでプレイしたこともない。それでもテレビでプロ野球の中継を観ながら言いたい放題ですよ。『あんなに左肩の開きが早かったら打てるはずがない』やら『投球フォームが安定しないのは下半身を鍛えていないからだ。走り込みが足らん』やら。監督の采配《さいはい》にも難癖をつけまくり。球場に行ったら青白い男がカノジョに自信満々で講釈している。一流選手の欠点を指摘して『あれじゃメジャーで通用しない』って、お前はメジャー・リーグのスカウトか、と横から突っ込みたくなるけれど、そんなものです。――あなたは小説を一本も書いたことがない人間どころか、若くして純文学の方面で高い評価を得たこともある立派な作家ですから、エンターテインメント小説はこう書くべし、といった講釈をするぐらいはたやすかった。それだけで『ナイトメア・ライジング』の作者だという証拠にはならないんです」

「作家とは思えない無茶な創作論だった、と批判されるのならまだしも、まともなことを語ったのに『それらしい』とはね。因縁をつけるにしても、もっと上手にできないものかな」

いったん高ぶった感情を抑制できず、私はさらなる攻撃を加える。この男はホラー作家のふりを賢《さか》しらに務めていただけ、と思うとたまらない気持ちになる。何が〈日本のスティーヴン・キング〉だ。

「沖田は、獏ハウスで何かを捜していました。捜していたものは渡瀬信也の創作の痕跡です。彼がパソコンを使っていなかったことを知らなかったのか、こっそりと使っていたかもしれないと思ったのか、記憶媒体に遺った未発表作品を掘り出したかったんでしょう」

「沖田が捜し物をしていたかどうかも確かではないのに、どこまで空想を広げるんだろうな、あなたは」

「『ナイライ』シリーズを存分に楽しみ、こんなに長時間にわたって話したのに、あなたが本当の作者でないことに気がつかなかった。自分のことを恥じています。けれど、演技力にやられた。演技力というより、エンターテインメント作家になり切った憑依《ひょうい》力かな」

ここまで挑発したら、蹴り返してくる。そこで足払いを食らわせてやろう。

「僕を泥棒扱いする根拠を教えてもらわなくてはね。渡瀬君が急死したのは二年前。死因は心筋梗塞《こうそく》で、僕は入院中だったから、口封じのために殺したわけではありませんよ。退院した僕は、心身のリハビリ期間を置いてからシリーズの続編を執筆している。ゴーストライターなんか存在しないことが判りそうなものだ」

「二年分のストックがあっただけのことです。あなたの入院中に、渡瀬が書き溜めたものを使って作者のふりを続けたにすぎません。そのストックが底を尽いてきたから、引退宣言というわけです」

「ああ、そう結びつけるのか。引退するのはゴーストライターが書き溜めたものが払底したから。悪意に凝り固まれば、そんな見方もできるわけだ。僕を偽作家と断罪する状況証拠にもならない」

「『カウダカウダ！』の件はどうです？」

火村から託された矢を弓につがえる。

「さっきもそんなことを言っていましたね。あなたは、どこで僕のゲラを見たんです？」

「ゲラは見ていません。ただ、その言葉がゲラにあったのを知っただけです」

「曖昧にしておきたいらしい。で、その言葉を僕が『サーナサーナ！』に変えたから何だと言うんです？」

チャイムが鳴ったので、私は飛び上がった。もう一時をとうに過ぎているのに、訪問者とは。

火村が立ってドアを開けると、江沢鳩子が立っていた。申し訳なさそうな顔で。

再び驚かずにいられない。示し合わせてもいないのに、こんなタイミングで姿を現わすとは、偶然にしてもできすぎだ。

「有栖川さんと火村先生がいつまでも帰っていらっしゃらないので、気になって……居ても立ってもおれず、きてしまいました。すみません」

低頭して詫びる。火村は無言のまま、中に入るよう促した。

「僕たちがどんな話をしていたのか、君は知っているのか？」

白布施に問われ、編集者は「いいえ」と答えた。

「聞いてはいませんが、想像していることがあります。火村先生は、白布施先生が犯人だと指摘しにいらしたのではありませんか？」

「いい勘をしている」

火村が言うのに、彼女は硬い声で応える。

「ゲラのことを話すなり火村先生の態度が急変しましたから。見当はつきます」

ゲラの一語が出たことで、白布施は合点がいったのだろう。頭髪が後退した額を撫《な》でながら、眉間《みけん》に皺《しわ》を寄せる。

「そこにお座りになったら」

火村に勧められて、彼女は私の左横に腰を降ろした。非常に緊迫した空気が漂っているのは察知している。明るい彼女が、いつになく不安そうだ。

江沢の登場で話しにくくなった、と感じる私の背中を火村は容赦なく押す。

「議事進行だ、アリス」

進める。

「あなたのゲラを見ていない捜査員らも、『カウダカウダ！』という言葉を知っています。沖田さんの古い携帯電話の中にあったからです」

法廷ではないから、ここからは故人の名前に敬称をつけることにした。

「今度はブラフですか？　林の中で掘り出されたものを見ましたが、古い携帯電話はどれも壊されていた。データが復元できるとは思えませんね」

「もう一台あったんです。彼女の自宅に」

「……本当ですかぁ？」

からかうような尻上がりの語尾だったが、その目に初めて怯《おび》えが浮かんだ。

「はい。沖田さんが使っていた電話機は四つあったんです。古い順にA、B、C、Dと呼びましょうか。壊されて埋められていたのは想い出のために保存していたと思《おぼ》しきA、Bと、現在使用していたスマートフォンのD。これも想い出の品であるCは自宅にあったので無傷のままですから、遺されていたメールもすべて読めます。彼女と渡瀬さんが交わしたものもあり、そこにあった別れの言葉が『カウダカウダ！』です。高校を卒業した数年後に二人は再会し、短期間だけメールのやりとりをしていました。渡瀬さんがあなたと出会う前の年のことです」

下手な抗弁をして尻尾《しっぽ》を摑《つか》まれるのが怖いのだろう。私が間を置いても白布施は何も言わず、話の続きを待つ。

「あなたが没にしたのと同じ言葉が、同じ意味を持って書かれている。この言葉はふと思いついたものだと先ほどおっしゃいましたが、『カウダカウダ！』があなたのオリジナルではないことは明らかだ。この言葉だけでなく、小説そのものが渡瀬さんの作ではないんですか？」

「……僕は勘違いをしていたらしい。渡瀬君が洩らした言葉を、思い出して書いただけなんでしょう。たったワン・ワードのことで、小説そのものの作者が彼だと決めつけるのはおかしい。僕と会う前に渡瀬君が書いた小説が見つかれば別ですが」

「残念ながら、それを読むことはできません。あなたが壊した電話機の中にあったんでしょう」

自分の傍らで江沢がどんな顔をしているのかは見えず、盗み見ることも憚《はばか》られる。私は今、彼女が敬愛する男を討とうとしているのだから。

「証拠はないわけだ」

「現時点では。しかし、どこから何が出てくるかもしれず、あなたがすべてを抹消できたかどうかはまだ判りません。生前の渡瀬さんが、クラスメイトに自作の物語のさわりを話して聞かせたことがあったら、その友だちが証人になります」

「見つけてから出直してください」

嘯《うそぶ》きながらも、白布施の体から何かが洩れだしているように窺えた。江沢の面前で、嘘を並べたり虚勢を張ったりすることに苦痛を感じているのだろう。

「あなたが『ナイトメア・ライジング』の本当の作者ではないことを、どうして沖田さんは知ったんでしょうね」

「僕に訊かれても困る。有栖川さんが火村先生と合作したストーリーなのだから、自分で辻褄《つじつま》を合わせなさい」

「渡瀬さんが書いたオリジナルをどこかで読んだんですよ。どこかとは、どこ？　携帯電話のメールです。携帯電話Cに遺っていたメールで、沖田さんは渡瀬さんに書き送っています。昔のように長い長いメールを送って欲しかった、という意味のことを。その長い長いメールとは、彼の創作。一時期に大流行したケータイ小説の形で書かれた『ナイトメア・ライジング』の原形だったんです。渡瀬さんが亡くなったと知った後、彼女は『ナイライ』を読んだ。彼がお手伝いをしていた作家がどんな小説を書いていたのだろう、という興味からだったと想像します。そこにあったのは、かつて彼がメールで送ってくれた物語だった。単に設定やキャラクターが似ているだけなら、渡瀬さんがアイディアを提供したのだと思えますけど、文章や台詞《せりふ》までもが一致していたら、作品を盗んだことになる。あなたに連絡を取り、ここまでやってきたのは、獏ハウスで亡き人を偲《しの》ぶためではありません。真実を訊き出すためです」

江沢が、自分の両膝をしっかりと摑んでいるのが視野に入った。途中でこの場に加わった彼女にしてみればとんでもない落丁の本を読まされているようなものだが、ストーリーを正確に把握できているらしい。

そろそろ火村の喉が恢復《かいふく》していそうなものだが、いっかな口を開こうとしない。よし、そのまま黙っていろ。

「沖田さんがあなたを恐喝したとは思いません。おそらく彼女は、渡瀬さんがこの世に素晴らしい小説を遺したことを世に知らしめたかっただけです。その一心で、白布施正都に真実を打ち明けてもらおうとした。とはいえ、ここまで声望が高まったあなたにとって、それが至難だということも理解していたでしょう。醜い言い逃れをしようとするかもしれない。そんな場合に備えて古い携帯電話を持参していた。『先生、ありのままを潔く話してください。ここに渡瀬君の書いたオリジナルが遺っていますよ』と。あなたは彼が書いたものを丸写ししたのではなく、脚色を施すぐらいのことはしたんやないですか？　もともと作家なんですから。そうやったとしたら、沖田さんはこうも言ったかもしれない。『オリジナルと比べたら、本に彼の名前を加えてあげてください』。しかし……それでも……あなたは拒絶した。純文学に傾倒したあなたにとって、小説は独りで書くもの。ミステリ作家のエラリー・クイーンでもあるまいし、合作やなんてみっともないだけ、と思うたんやないですか？　他人の手を借りとったんか、パクリがバレかけて自白しよった、という落胆や嘲《あざけ》りを受けるのが耐えられず……」

わがことのように悔しくなってきた。

「あなたは言い返したいんでしょう。『どうして僕は渡瀬君を意のままに操れたんでしょうかね。彼の弱みを握って脅し、小説を取り上げたとでも？』」

口調を真似て言ったが、相手はそんな皮肉にも反応しない。

「そんなことはできませんよね。渡瀬さんは、高校時代の不幸な出来事を秘密にしてきましたけれど、それを公にされたからというて身の破滅があるわけでもない。別の誰かを殺していて、そっちを公表するぞと脅された？　ありそうもない。あの人は、天性のホラー作家やったんでしょう。ほんまやったら、二十代の前半で新人賞を取って華々しくデビューできたかもしれへん。けど、過去が邪魔をしてできんようになった。『あの怖い小説の作者、母恋信也らしいで』『あのよけ人が死ぬ小説の作者が母恋か。へえ！』と話題になるのが嫌で、自作を世に出すことは諦めてた。政治家や俳優と違って、顔も名前も素性を隠したまま作家になることはできますが、マスコミが彼の過去を突き止めて、これは特ダネだとしていつ報じるか知れたもんやない」

彼はマスコミを嫌悪し、恐れてもいただろう。珀友社が渡瀬の秘密を守ろうとしても、どこからどんな形で漏洩《ろうえい》するかは判らない。小説と無縁で原稿依頼をすることがない出版社が嗅ぎつけたら、おいしいニュースになる。かつての母恋少年は元気でがんばっています、という感動ネタに仕立てることもできた。

「そんな彼の人生に、白布施正都が現われる。あなたが口説いたと断言はせえへん。渡瀬さんの方から『実はこんな小説を書いています。先生のお名前を借りて発表できないでしょうか』と持ちかけて、納得ずくのことやったのかもしれん。天国の彼は、沖田さんが下界でしたことを見下ろして、『僕には何の不満もなかったのになぁ』と思うてたかも。けど……沖田さんはそれでは嫌やったんや。渡瀬さんのことが好きで、みんなに彼の才能を認めてもらいたかったから」

火村の代理は無理だと知った。私は、これしきのことも冷静に言えない。

「先生」

江沢の声に、白布施は顔を上げる。

「担当編集者として、大変失礼ながらお訊きします。『ナイトメア・ライジング』は、先生が独りでお書きになったものですか？　そうだったら、『そうだ』と私に向かって言ってください。きっぱりと」

問われた男は即答せず、視線を遠い天井にやる。

窓の外で——ホウ。

それが聞こえた途端に、白布施は顫《ふる》えながら洩らす。

「梟の声がした。これは夢……なのかな？」

追い回される恐怖に懸命に耐えてきた彼だが、もう限界のようだ。
狩りが終わる。
雀斑《そばかす》が散る江沢の頬を、ひと筋の涙が伝った。

エピローグ

事件について白布施正都が話したがっている、との電話を火村が入れた十五分後には、南波警部補を乗せたパトカーが夢守荘に到着した。それに乗り込む白布施は、赤色灯に照らされて血みどろの死者が歩いているようだった。

江沢鳩子を〈レヴリ〉に帰し、火村と私は亀岡署に同行。朝までかけて事情を説明し、疲労困《こん》憊《ぱい》した。白布施は、署に着いた時点で犯行を認めていた。

柳井警部が直々に手配してくれたおにぎりを朝食にした後、私たちは〈レヴリ〉に送り届けられ、正午まで仮眠したのだが、その間に江沢は部屋で電話をかけまくっていたらしい。その夜、彼女がどれほどの睡眠を取ったのかは知らない。

私たちが遅いランチを食べに下りると、容疑者だった面々が揃っていたので、顚末《てんまつ》を話すことになった。ゴーストライティングについて問い質《ただ》すうちに真相に至った、という形で。

早期に解決したことに光石夫妻は安堵《あんど》の色を見せながらも、地元の名士で馴染《なじ》みが深かった男の逮捕を喜ぶこともできず、複雑そうであった。

矢作は無表情を保つのに努めていたようだが、弓削は驚きと失望を隠さなかった。仕事を一緒にできなくなったことについて嘆くとともに、作者であることを名乗れなかった渡瀬信也への同情も吐露する。

由未は、『ナイトメア・ライジング』が今後どのように扱われるかを気にして、作家の私に尋ねてきた。本が出版中止になったりするのか？　継続して販売されるのなら著者として渡瀬信也の名前がクレジットされるのか？　映画の方はどうなる？——答えられない質問ばかりで、「どうなるんでしょうね」と言うしかなかった。

渡瀬が自分の名前で本を出したかったのかどうかもよく判らなくて、自作が他人の名前で出版されることに頓着《とんちゃく》していなかった可能性もある。それが不特定多数の読者に届いて誰かに楽しみを与えるのであれば自分の名前が添えられずともよい、と永遠に覆面作家でいることを望んでいたのなら、白布施正都は邪《よこしま》な存在どころか都合のいい仮面だったであろう。だとすれば私が渡瀬の無念を推し量って、悔しがることもないわけだ。実のところどうであったかは白布施の供述を待つしかないが、彼がどこまで真実を語るかは判らない。

テレビは白布施の緊急逮捕を大々的にニュースで報じ、マスコミのヘリコプターが何機も夢守荘、犯行現場や〈レヴリ〉の上空を騒がせた。事件の全容が明らかになると、また母恋信也の名前にもスポットライトが当てられ、彼の人生の数奇さが事件報道にあたって恰好《かっこう》の調味料にされてしまいそうだ。

食事をすませた火村は、亀岡署に向かう際に言い残した。

「行くのは俺だけでいいから、お前は昼寝でもしてろ。ヘリがうるさくて眠れないのなら、江沢さんのことを——」

昼寝なんかするなよ、と命じられたようなものだ。

——あんたが犯人だと思っていたよ。

火村からそんな言葉を投げつけられた時に彼女が見せた表情が、私の脳内でまだ鮮明な像を結んでいる。驚きや戸惑いを超えた怯《おび》え。よほどの迫力を感じたのだろう。

犯罪学者は彼女を疑っていたわけではなく、担当編集者を透過した向こうにいる白布施正都に啖呵《たんか》を切っていたのだ。思いがけない手掛かりが突然に降ってきて、彼も興奮したらしい。

やがて江沢が二階から下りてきた。ぎこちなく気遣う私に「大丈夫ですよ」と言ってくれたので、こちらが救われる想いだった。

食欲がないと言う彼女だったが、燎平に勧められてオニオン・スープとパンだけのランチを摂《と》る。ナプキンで口許《くちもと》を拭《ふ》きながら「食べてよかった」と呟《つぶや》いた。

五時頃に片桐がここに着くが、彼に引き継ぎたいことが色々とあるので、〈レヴリ〉でもう一泊だけするそうだ。ならば私も、と思いかけたが、ここにいても誰かの役に立つわけでもないし、片桐と交代して帰るのがよさそうである。

気分転換の散歩に誘うと、江沢は「行きましょう」と立ち上がった。霧の朝に歩いた径《みち》をたどり、岩場まで。その途中でこんなことを言う。

「担当編集者で、『ナイトメア・ライジング』の熱心なファンでもあったくせに、白布施先生が本当の作者ではないことを見抜けませんでした。情けなく思います」

騙《だま》されたことへの怒りはなく、ひたすら自分の不明を恥じているようだ。

「雑誌の企画で対談をしたり、プライベートで長々と創作談義をしたりした私も、露ほども疑わなかった。あの人の嘘を見破るのは無理でした」

自分を責めることはない。ショックから立ち直るのに時間を要するかもしれないが、早く乗り越えて欲しい。

「先生と渡瀬さんは、ちゃんと折り合いがついていたんでしょうね。『ナイトメア・ライジング』

を白布施正都の名前で世に出すことについて」

「だと思いますよ。そうでなかったとしたら、渡瀬さんはあれが自分の創作であることをひそかに伝えることもできました。証拠になる何かを、すぐには見つからないけれど自分が死んだら必ず判るところに預けるなりして。ふだんの態度も、渋々と白布施さんに従っているようではなかったみたいやし」

黄色い蝶《ちょう》が飛んできて、彼女の顔の前を横切る。

「先生としても、渡瀬さんを食い物にしていたのではなく、敬意を払っていたんじゃないかな。合作者として公表してもいいのに、渡瀬さんが首を縦に振らなかったということも……」

「考えられます」

「そうでなかったら、自分の作品はアシスタントが見た悪夢を元にしているなんて、公言する必要はありませんよね。あれは、甘露のシャワーのような人気や名声を独り占めしてしまうことに対して、申し訳なく思う先生の気持ちの表われだったのかもしれません」

「江沢さんの言うとおりです」

「先生は、ものすごく怖かったんでしょうね。みんなが褒めそやしてきた作品が他人のものだと知られるのが。死ぬほどつらいと思った。ベストセラーになって、世界各国で翻訳されて、ハリウッドで映画化なんて大きなことになったから、よけいに。一生懸命に書いた小説が認められない時代の苦しさが、その何十倍にもなって返ってくるのに耐えられなかった。水に落ちた犬に喜んで石を投げる風潮にも恐怖したんだわ」

白布施が罪を認めても、なお「先生」としか呼べない彼女だった。

「一つだけ、先生をかばってもいいですか？」

「何でしょう？」

「わが社の極秘事項。ある年、印税の支払い時期の件でうちの経理部が手違いをして、先生のご希望よりも早く入金してしまったんです」

私ならば早いのに越したことはないが、白布施の場合は課税金額のことが頭にあって、想定外の入金をされると節税対策が台無しになったりするのだろう。

「こちらの落ち度でした。東京のマンションへお詫《わ》びに伺って低頭すると『すんだことは仕方がない』でお赦《ゆる》しいただけました。その時に事情が見えたんです。先生は、ある慈善団体に大きな寄付を継続的にしていらっしゃいました。どうせなら節税にもなるように、という工夫をしていたにしても、普通のお金持ちが税金を削るためだけではやらないような金額で、完全な匿名を条件としたものです。他の団体にもそういうことをなさっているようだったので、正直なところ意外でした。『僕は寄付マニアなんだ。自己満足の偽善でしていることだから秘密にすると約束してくれ』ということでしたけれど……」

彼女が言わんとするところが理解できた。白布施の行為は、自作で金を稼いでいない後ろめたさへの償いも兼ねていたのかもしれない。そのことを渡瀬には打ち明け、「これは君が匿名でしていることだ」と話している場面を想像する。

そう考えると、やはり渡瀬は満ち足りていたのかもしれない。創作だけに没頭できる環境、作品を発表して多くの読者を喜ばせる機会、そして何よりも静かで穏やかな暮らしを保証してくれた白布施に対して、恨む気持ちはなく、ひたすら感謝していたのだとしたら――

「私、沖田さんがしたことも判ります」

江沢は、腰掛けている岩のごつごつとした肌を撫《な》でる。

「先生と渡瀬さんがいつどうやって出会い、創作上のパートナーになったのか、判らなくなりました。それは警察の取り調べを受ける先生がこれから語るとして……『ナイトメア・ライジング』が白布施正都の作品として発表されるのが渡瀬さんの納得ずくであったとしても、どうしても我慢できなかったんでしょう。渡瀬さんの大事なものが奪われている。奪った人が作者面をしていることに。世界は彼から色々なものを奪った上に、まだこんなひどいことをするのか。絶対に正さなくてはいけない。その想いだけを持って、先生に会いに行ったんです。そうせずにいられなかった気持ち、判ります。……そんな強いものをぶつけられた先生は、顫《ふる》え上がった」

怒りと恐怖が、雷鳴が近づく中で遭遇した結果が今回の事件なのだ。

「有栖川さんは、このへんに引っ越してこないか、と先生に誘われたそうですね」

「ええ。なかなかしつこかったですよ」

「引退しても作家同士の話がしたかったんですよ。きっと小説のそばにいたかったからです」

私ごときを小説の化身扱いするのはおかしいが、作家としてはいかにも不器用で熱心に話を聞くところが面白かったのかもしれない。

〈レヴリ〉に引き返すと、予定よりも早い四時過ぎには片桐がやってきた。第一声は江沢に「大変だったね」。

「何があったか、私から彼に話します」

江沢が言うので、私は同席しないことにした。今後の対応について、業務上の話もするのだろう。

私は、ぶらぶらと歩きだす。矢作の家の前を通り過ぎ、夢守荘を過ぎ、獏《ばく》ハウスまでやってきた。犯行現場が見たかったわけでもないので、突っ立って外から眺める。どれぐらいそうしていたであろうか。〈レヴリ〉の反対方向から、見慣れたベンツが走ってきて、傍らで停車した。運転席の窓が開く。

「独りで事件解決の感慨にふけっていたのか？　もう気がすんだのなら乗れよ」

両手をステアリングに置いたまま火村が言った。右手の人差し指と中指に挟んだ煙草から紫煙が立ち上っている。

私が助手席に乗り込んでも、彼はすぐに発車させなかった。煙草を指に挟んだまま、ぽつりと言う。

「俺の推理の矢には、充分な威力がなかった。もっとグサリといきたかったのに距離が遠すぎて」

本人には不満があるようだが、鬼気迫るハンティングだった。虚勢を張り続けた白布施も最後には怯《おび》えを露《あら》わにし、隠しようもなく顫えていたではないか。自分があがいた軌跡をまるで見てきたように再現される恐怖をたっぷり味わったのだろう。私に人を殺す予定がないのは幸いと言うべきで、火村英生に狩られる側にだけは回りたくない。

「そうか？　柄にもない謙遜《けんそん》はやめとけ。遠距離ではあったけど、ちゃんと犯人に命中して狩りは成功したやないか」

「お前に手伝ってもらったからだ。俺が放った矢は浅くしか刺さっていない。白布施が必死の抵抗をやめなかったら、警察が物的証拠を見つけるのを待つしかなかっただろう」

「天下の火村先生に評価されるほどの手助けをした自覚がないんやけどな。俺の矢が急所に刺さったか？」

「急所というより……お前の矢には毒が塗ってあった。だから、白布施にとって致命傷になったんだ」

作者のふりなど誰にでもできる、と作家に言われたことが毒なのだろうか？　どの言葉だったのかまでは火村は語らない。

「お前は、悪夢の中で誰を殺す？」

尋ねても返事はなく、彼は口許を歪《ゆが》めるだけだ。

「昔、フィールドワークで和歌山に行った時、お前は言うたことがあるな。憎い相手を刺して、目が覚めてからも両手が血に汚れた感触が残る、と。刺すだけやないのか？　自分のネクタイをはずして、それで絞め殺すこともある？」

告白は期待していない。だから一方的に言う。

「どうでもええわ。ナイフを振りかざすんか、相手の頸《くび》にネクタイを巻きつけるんか知らんけど、ことに及ぼうとした時、よう耳を澄ませ。お前の悪夢の中で梟《ふくろう》が啼《な》く」

ホウ、ホウと啼いてみせた。

「それから婆ちゃんの声。『火村先生、今晩は一緒にご飯食べまひょか』。後ろで瓜太郎《うりたろう》、小次郎《こじろう》、桃《もも》の三匹がニャアの合唱。続いて俺の声や。『火村ぁ！』」

彼は前を見たまま、真顔で聞いている。

「『火村ぁ。煙草一本くれ！』。それが合図になって、お前は夢を見てることに気づき、笑いだす」

わずかな間があった。

「悪くないアイディアだ。副業にカウンセラーを始めるか？」

「久しぶりにくれ」

ダッシュボードのキャメルを一本抜く。

「カウンセリングに従ってやってみるから、参考のためにも梟の声をもう一回聞かせてくれ」

「やらすな。――ホウ」

車にエンジンがかかった。

〈レヴリ〉に着いてみると、江沢鳩子と片桐光雄が庭先に出ていて、それぞれスマホで電話中である。火村と私がくわえ煙草で――生意気な不良少年のように――車から降りたところで、彼女と彼の通話は前後して終わった。

「火村先生、ご無沙汰《ぶさた》しています。この度は本当にご苦労さまです。江沢が大変お世話になり、ありがとうございます」

深々と一礼する片桐。火村は携帯灰皿を出して煙草を揉《も》み消した。

「事件が早期に解決したのは、江沢さんのお力添えが大きかった。労《ねぎら》いは私よりも彼女に」

その彼女は、いえいえ、と首を振る。

江沢は明朝にここを発《た》ち、情報収集と事後処理のために片桐は留《とど》まるそうだ。

「そうですか。有栖川と私は、とりあえずチェックアウトします。その後、また亀岡署に出向かなくてはなりませんが、ここに泊まる必要はもうなくなりました」

「じゃあ、お会いしたばかりですが、先生方とはお別れですね。お疲れさまでした」

私は、雑誌の校了のことが少し気になった。江沢は東京に戻るなり出社して、作業にかからなくてはならない。

「ベッドに入る前のあれが修正されているかどうかのチェックを忘れずに」

「はい。肝に銘じています」

意味が判らず、片桐がぎょろりと目を剝《む》いていた。

曇っていたが、西の空は晴れ間があって明るい。私たちはしばらく風に吹かれて立ち話をした。

「あの……」

そろそろ会話が途切れようとしたところで、江沢が切り出す。

「こんな時におかしいと思うんですけれど、お伝えしておきたいことがあります」

「何でしょう？」と火村に訊《き》かれると言いにくそうにするので、片桐が助けに入った。

「火村先生に一つご相談と言うか……お願いがあります。有栖川さんには命令が」

「別々のことですか？」

「いえ、内容は同じです」

私は苦笑した。

「表現にえらい温度差があるやん。――何ですか？」

「今年の十一月三日、文化の日のご予定を空けておいて欲しいんです。ご無理ならば仕方がありませんが」

二人とも手帳を確認せずに、今のところは予定がない、と即答できた。

「空けとくようにするけど、何があるんですか？」

勘が鈍い私は、説明されるまで気がつかない。

「実は……僕たち、結婚するんです。式も披露宴も東京なので恐縮なんですけれど、ご出席いただけないか、と」

私の唇の間から、まだくわえていた煙草が落ちる。火村が拾い上げて灰皿に収めた。

「そ、そうやったんですか。全然気がつきませんでした。片桐さん、おくびにも出せへんから」

「おめでとうございます」

火村が祝福したので、慌てて私もそれに倣った。この言葉がすぐに出ないようでは人間失格だ。驚きが勝って「おめでとう」が遅れてしまったが、デビュー以来ずっと親身になって世話してくれた片桐が、よきパートナーを得たことがうれしい。鳩ちゃんはいいぞ、知っているだろうけど。

「ほんまにめでたい。もちろん、お二人の結婚をお祝いするためやったら私は喜んで出席しますけど」親指で傍らの男を指して「こいつまで招待する？」

「厚かましくてお願いするのも躊躇《ちゆうちよ》したんですけれど、僕は火村先生にご縁を感じているもので。今回の件では江沢もお世話になりましたし……いや、だからなおさら厚かましいんですが」

「承知しました。空けておきます」

火村が明言したので、婚約者たちは手を取り合って喜んだ。まことに微笑ましい光景だ。

「お前、うっかり間違うて他の予定を入れるなよ。たとえその時」私は両手で拳《こぶし》を作り「フィールドワーク！　の最中やったとしても中断や」

「ああ、もちろん」

江沢を見たら、私と同じポーズをしてみせた。

白布施に惚《ほ》れている、と彼女が言っていたから心配したが、やはり作家として傾倒していただけであったか。彼が代作者にすぎなかったことに傷ついたとしても、片桐がついていてくれるなら大丈夫だ。

また別々に電話を始める多忙な編集者二人をその場に残して、火村と私はそれぞれの部屋に戻り、チェックアウトのため荷造りにかかった。

あとがき

ミステリには〈倒叙〉という形式がある。犯人の側に視点を置き、犯行の経緯を順に描いたタイプの小説で、サスペンスものではなく本格ミステリとして書く場合は、「犯人に直接結びつく手掛かりはなさそうなのに、探偵はどうやって真相にたどり着けたのか？」が焦点となる。

私は、火村英生を探偵役としたシリーズの短編で何回かこの形式を採用し、犯人の側から見た火村を描いたことがある。これからも試みるかもしれない。

それを長編でやってみたらどうなるのか？　気の置けない友人のアリスの目に映るのとはまったく別人のような火村像を書けるだろうし、語り手のアリスについても客観的に描写ができる。どんなふうになるか興味があるので、『狩人の悪夢』で挑戦しようとしたが、「この小説ではない」と翻意して、いつもの形式になった。これはこれでいい、と納得しながら、作者の頭には途中で捨てた「犯人の側から見た物語」バージョンがまだ残っている。

このシリーズの長編で〈倒叙〉形式をいつ採用するかは予告できないし、もしかしたら結局は書かずに終わることもあり得る。次にどんな物語が頭に浮かぶか、さっぱり判らない。

などと言いながら、火村とアリスがコンビを組んだシリーズを書き始めて、二〇一七年の三月でちょうど二十五年になる。飽きるどころか、まだまだ色々とやれるのではないか、と考えてい

るので、今後ともアリスを助手だか相棒だかにした火村のフィールドワーク！　に立ち会ってい
ただけますように。

美しい本に仕上げてくださった装丁の鈴木《すずき》久美《くみ》さん、イラストレーターの引地渉《ひきちわたる》さんに深謝いたします。ジャケットをめくると、カバーもすごい！

「文芸カドカワ」連載にあたっては、矢のような催促（あまり効きませんでしたが）をくださった金子《かねこ》亜規子《あきこ》編集長と三村《みむら》遼子《りょうこ》さんに、単行本化の際は小林《こばやし》亜矢《あや》さん（ここにも矢が！）に大変お世話になりました。篤《あつ》く御礼申し上げます。

そして、お読みいただいた皆様へ。

ありがとうございます。

二〇一六年十二月二十七日

有栖川有栖

本書は「文芸カドカワ」
（二〇一六年五月号～二〇一七年一月号掲載分）を
加筆・修正の上、単行本化したものです。

有栖川有栖（ありすがわ　ありす）
1959年生まれ。大阪府出身。同志社大学法学部卒。1989年『月光ゲーム』で作家デビュー。書店勤務を続けながら創作活動を行い、94年作家専業となる。2003年『マレー鉄道の謎』で第56回日本推理作家協会賞、08年『女王国の城』で第８回本格ミステリ大賞を受賞。推理作家・有栖川有栖と犯罪学者・火村英生のコンビが活躍する「火村英生（作家アリス）シリーズ」は、シリーズ開始後20年以上となる今も人気を誇るロングシリーズとなっている。他作品に江神二郎が探偵役となる「学生アリスシリーズ」（『双頭の悪魔』ほか）など多数。

狩人《かりうど》の悪夢《あくむ》

2017年１月28日　初版発行

著者／有栖川有栖《ありすがわありす》

発行者／郡司 聡

発行／株式会社KADOKAWA
東京都千代田区富士見2-13-3　〒102-8177
電話 0570-002-301（カスタマーサポート・ナビダイヤル）
受付時間 9:00～17:00（土日 祝日 年末年始を除く）
http://www.kadokawa.co.jp/

印刷所／旭印刷株式会社

製本所／本間製本株式会社

ISBN 978-4-04-103885-7　C0093

使用楽譜：全音楽譜出版社刊「全音ピアノピース No.200 ドビュッシー：夢想」より
転載許諾済み